Close to You
by Christina Dodd

めぐりあう恋

クリスティーナ・ドット
青海 黎[訳]

ライムブックス

めぐりあう恋

主要登場人物

ケイト・モンゴメリー……………テレビ局のレポーター
ティーグ・ラモス…………………警備会社の社長
マリリン・モンゴメリー…………ケイトの養母
ジョージ・オーバーリン…………上院議員
エヴリン・オーバーリン…………ジョージの妻
ブラッド・ハッセルベック………ケイトの上司
ホープ・ギヴンズ…………………ケイトの姉
ザック・ギヴンズ…………………ホープの夫
ペッパー・グラハム………………ケイトの姉
ダン・グラハム……………………ペッパーの夫
ガブリエル・プレスコット………ケイトの兄

プロローグ

テキサス州オースティン
二三年前

　マリリン・モンゴメリーは、養子縁組斡旋《あっせん》所のオフィスの椅子に座ってドアを見つめていた。この瞬間を結婚してからずっと待ちわびてきた。赤ちゃん――わたしの赤ちゃんを、やっとこの腕に抱くことができる。

　隣には、夫のスキーターが肩を寄せて座っている。大柄で無骨な南部男の夫は、マリリンのことを誰よりもわかってくれている。そのことを彼女は心から感謝していた。結婚して一四年、それこそ数えきれないほど不妊検査を受けてきたけれど、夫はどんなときも岩のようにがっしりとマリリンを支えてくれた。いつも冗談を言って笑わせてくれる優しい夫は、これまで彼女が出会った中で、誰よりも愛情深い男性だった。

　今、妻がどれほど心をはずませているかを自分のことのようにわかっているスキーターは、マリリンの手を取ってぎゅっと握りしめた。

彼女は夫に微笑《ほほえ》んでみせようとしたが、唇の震えを止められなかった。もしも、赤ちゃんに嫌われてしまったらどうしよう？　もしも、ちゃんと母親らしくできなかったらどうしよう？　すべてはこの瞬間にかかっている。あまりにも多くのことが……。

マリリンは雑誌で、この養子縁組斡旋所を見つけた。すばらしい子供と養子縁組ができたという親たちの体験談を読んで手紙を送ると、熱意のこもった案内書が届いた。マリリンが記入した養子縁組斡旋所の質問表は、スキーター（本名はスティーヴン）との結婚生活や、夫婦の年収（高収入）、学歴（スキーターはテキサス農工大学を卒業して石油会社に就職した地質技術者。マリリンはテキサス大学卒で、心理学の学位を持っている）、居住地（インドネシア、サウジアラビア、アラスカなど、石油会社に派遣されるところならどこでも）を詳細に問うものだった。

ここは教会が運営している養子縁組斡旋所なのに、夫婦の宗教に関する質問がまったくなかったことにマリリンは驚いた。教会の斡旋所でこんなに大らかなところはほかになかった。けれども、この教会は並はずれて寛容なのだろう。それに実のところ、そんなことは少しも気にならなかった。ライト牧師がさっそく、子供が見つかったというありがたい知らせを伝えてくれたからだ。幼児ではなかったけれど、それでもよかった。写真で見るその子は、ふわっとした柔らかそうな髪の女の赤ちゃんで、大きく見開いた青い目に涙をいっぱいためていた。

なんといってもうれしいのは、赤ちゃんをすぐに連れて帰れることだ。この教会の斡旋所は、スキーターとマリリンに関する照会先からの報告に満足していた。赤ちゃんは教会の入口の階段に置き去りにされ、着ていたシャツにピンで留められていたメモには、名前のほかは何も書かれていなかったという。ライト牧師は、スキーターとマリリンが仕事で翌週にも国を離れる予定になっていることは気にしなかった。その愛らしい女の子にはモンゴメリー夫妻が最適だと、ライト牧師は判断を下したのだ。

もうすぐ、マリリンは我が子と対面する。

けれども、壁の時計の針は遅々として……信じられないくらいに……進まない。もう夕方に近く、彼女は体がほてってきて、たまらなく不安になった。

「大丈夫だよ、ハニー」いつもと変わらぬスキーターの声に、マリリンはびくっとした。「ライト牧師はすぐに来ると言ってたじゃないか。彼が育児室から連れてきたら、もうあの子はぼくたちの子だ。うちに連れて帰れば、永遠にぼくたちの子供になるんだ。ほかの斡旋所で体験してきたことを考えれば、これは奇跡だよ」

「そうよね」マリリンは、閉じたドアの向こう側の廊下に足音が聞こえないかと耳をすませた。ライト牧師の説明によると、養子縁組斡旋所は空き店舗だったこの小さなショッピングセンターに引っ越しをしている最中なのだそうだ。だから、物音がすればライト牧師に違いない。「ライト牧師は、必要な書類は全部渡してくれたのよね？　わたしたちはちゃんとそれを持ってるわよね？」

スキーターは革のブリーフケースを叩《たた》いてみせた。「新しい出生証明書はこの中に入っているし、テキサス州に提出した養子縁組の書類のコピーもある」

「それなら大丈夫ね」マリリンは汗ばんだてのひらをズボンで拭《ぬぐ》った。「斡旋所が実の両親を徹底的に探してくれたのならいいんだけど。だって、実の親が戻ってきて、あの子を返せなんて言われたら、わたし、耐えられないもの」

「そんなことありえないよ」スキーターがあっさりと言った。「ええと、あの子の名前はなんていったかな？　ケイトリンだっけ？」

彼はマリリンの緊張を和らげようと話しかけてくれているので、彼女はぴしゃりと言い返したくなる衝動を抑えた。「そうよ」

「名前は変えるのかい？」

マリリンは驚いてスキーターに顔を向けた。「名前は変えられないわよ！　あの子はその名前に慣れているんだから」

「まだなんにも慣れちゃいないさ。赤ん坊なんだから。原油みたいなものじゃないか？」

今度はマリリンもなんとか笑顔を作った。「原油みたいなもの？」

「そうさ、これからぼくたちの望むように変わる、ねばねばしたかたまりだろう？」彼は両手でこねるような仕草をした。

「スキーター、あの子はすでに人格を持っているのよ。ひとりの人間なの」マリリンは疑わしそうに尋ねた。「わたしが渡した育児書を一冊も読まなかったの？」

「ああ」スキーターは長い脚を伸ばして、ゆったりと優しい笑みを浮かべた。それはかつて、テキサス大対農工大のフットボールの試合のときに、彼女の心を奪った笑顔だった。「ぼくは実践を通して父親というものになっていくことにしたんだ。親父《おやじ》もそうだったけど、ぼくはまともに育ったよ」彼は再びマリリンの手を握りしめた。「違うかい？」

「ええ、あなたはまともよ」マリリンは彼の脇腹《わきばら》をつついた。「だと思うけど」

「ぼくはくそがつくぐらいまじめだよ！」

「〝くそ〟なんて言っちゃだめ」マリリンはこれまでも彼が悪態を口にするのを決して許さなかったが、これでそれをやめさせる口実ができた。「もう汚い言葉は使わないでね、スキーター。あなたの悪い癖を赤ちゃんがまねしちゃうから」

「はいはい、かしこまりました」スキーターは従順に言った。「それじゃ、赤ちゃんがこれからどんなことをするのか教えてくれないか」

「お座りができるようになって、たぶん伝い歩きをして、いくつか言葉もしゃべれるようになるわ」マリリンは再びドアに注意を戻した。「ちゃんと自分の名前もわかるようになるのよ！」

「ケイトリンか」スキーターはその名前に思いをめぐらせた。「かわいい名前だな」

「そうよね」それにしてもライト牧師は、赤ちゃんを連れてくるのにどうしてこんなに時間がかかっているのだろう？

「でも、ぼくはケイトと呼ぶよ」

「ケイト？」マリリンはびっくりして夫のほうを向いた。「どうしてケイトなの？」

「ケイトという名前が好きなんだ」

それでマリリンは、会ったことのない彼の祖母がケイトという名前だったことを思い出した。それと、自分と同じようにスキーターも、この赤ん坊を心から望んでいることも思い出した。彼はすばらしい父親になるだろうということも――。「その名前なら、赤ちゃんもあまり混乱しないですむわね」

ふたりは微笑みを交わした。

ドアが開いた。

マリリンは立ちあがった。

そこにはライト牧師が立っていた。三〇歳くらいの背が高い、ブロンドの髪のハンサムな男性で、いかつい顔立ちに青い瞳が印象的。いかにも、すれ違った女性が振り返りそうなタイプだ。

マリリンは、彼にはほとんど目を留めなかった。すべての関心は、牧師の腕に抱かれた赤ん坊に向けられていた。フリルのついた青いベビー服を着せられたその子は、写真ではわからなかったけれど、きめの細かい肌をしていて、何時間も泣いたせいで頬が赤くなっていた。下唇を震わせながら、涙のあふれた目でマリリンたちをじっと見つめている。置き去りにされたことで崩壊してしまった人生に、さらに現れた見知らぬ人間たちを……。

マリリンはかわいそうになって、両腕を広げた。「ああ、わたしのかわいい赤ちゃん」

「マムマムマム」ケイトリンは自分から身を乗り出すようにして、マリリンに抱かれた。

とたんにマリリンは、ベビーパウダーの香りに包まれた。小さな両手が首に巻きつき、安物のおむつが抱えた腕の中でがさがさと音をたてる。

「マムマム」この赤ちゃんはおしゃべりができるのだ。

赤ん坊はマリリンのことを〝お母さん《マム》〟と呼びながら、彼女の首に顔をうずめ、胸がつぶれそうなほど泣きじゃくっている。赤ん坊を抱きしめるマリリンの耳に、男たちの会話がかろうじて聞こえてきた。

「わたしどもの方針として、基本的な赤ちゃん用品のほかに、チャイルドシートとおむつバッグを差しあげることになっています」ライト牧師は、赤ん坊を連れてくるのがさも大変だったかのように、いらだたしげな顔をしている。

「どうぞ、ご心配なく」それでもスキーターはとりあえず、おむつバッグを受けとった。

「ケイトに必要なものはすべてマリリンが持ってきていますから」

「ケイト？」そのとき初めて、ライト牧師が関心を持ったように見えた。「これからそう呼ぶんですか？」

「そのつもりです」スキーターは簡潔に答えた。

「ケイト……ケイト・モンゴメリー」ライト牧師は考えてから頷《うなず》いた。「いい名前ですね」

「そう言っていただけるとうれしいですよ」スキーターはライト牧師をしっかりと見つめて言った。「ほかにサインの必要な書類はありませんか？　ケイトをわたしたちの娘にするために必要な書類は？　誰かが彼女の様子を見に来るというような書類とか？」

「いや、ありませんよ」ライト牧師は手を振った。「我々はあなた方の回答に満足していますし、わたしは人を見る目がある。ケイトリン——ケイトはおふたりのもとで幸せに育つでしょう。それでは、外までお送りしますよ」彼はスキーターたちを部屋の外へ導き、足音が反響する廊下を歩いていった。

マリリンは大切な荷物を両腕で抱え、ロビーへと歩いた。赤ん坊は泣きやみ、マリリンの肩に頭を預けている。マリリンは小さな柔らかい頭に頬をすり寄せた。

「まだうかがっていませんでしたが」スキーターが言った。「あなたはどちらの教派ですか？」

「会衆派教会です」ライト牧師は、もう一〇回以上も繰り返したと思える質問を再び口にした。「来週にはケイトを国外へ連れていくおつもりですか？」

「そちらが別におさしつかえないようでしたら」スキーターが南部独特のゆったりした口調で答えた。

スキーターの決して友好的とは言えない物言いが、マリリンの満ち足りた思いに突き刺さった。彼女は驚き、不安になった。いったい彼はどうしたのだろう？　まさか、今になって何もかも台なしにするつもりじゃないでしょうね？　わたしはもうこの赤ちゃんを愛しているのよ。この子を手放すことなんかできない。マリリンはあわてて口を挟んだ。「この子の面倒はちゃんと見ます。危険な場所に連れていったり、危ない目に遭わせたりするようなことは絶対にしないと約束しますから」

「よかった。そう聞いてうれしいですよ」ライト牧師は彼らを連れてロビーを抜け、ドアを開けた。テキサスの夏のむっとする暑さが流れこんできて、彼らを包んだ。ライト牧師はスキーターと握手をすると、腕時計に目をやった。「この件を無事に終えることができてよかった。実は次の約束がありましてね。遅れているので、わたしはこれで――」

「ええ、ええ、どうぞ」マリリンは、牧師が誰もいない玄関ホールを戻っていくのを眺めながら、軽い驚きとともに文句を言った。「この子にさよならさえ言おうとしなかったわ」

「あんまり子供が好きじゃないみたいだな」スキーターはケイトの丸々した頬を人差し指でそっと撫《な》でた。「彼にとっては妙な仕事なんだよ。牧師でありながら、養子縁組斡旋所を運営するというのはね」それから彼は、急いで先に進んで車のドアを開けた。

車は木陰に停《と》めて、チャイルドシートには毛布をかけてあったが、それでも閉め切った車内は暑かった。マリリンがチャイルドシートに座らせてシートベルトを締めると、ケイトは泣き声をあげた。マリリンは耐えられなかった。懇願するような口調で夫に尋ねる。「ねえ、今回だけ、膝に抱いていってはいけないかしら……?」

「だめだ。抱いていたら危険なのは知ってるだろう」スキーターはマリリンにドアを開けてやり、彼女が乗りこむのに手を貸した。「家まではそんなに遠くない。大丈夫だよ」彼は急いで運転席に乗りこむと、エンジンをかけた。

バックで駐車場を出るあいだにクーラーがきいてきて、ケイトは泣きやみ、マリリンはほっとした。くつろいでいるうちに、斡旋所でのスキーターの態度が気になってきた。つっかかるような口調で詮索《せんさく》するようなことを訊《き》いて、まるで今起こっていることが気に入らないとでも言いたげだった。「いったいどうしたの？　ライト牧師にあんな言い方をするなんて」マリリンは彼をにらんだ。「何かあったの？」

スキーターは答えなかった。まっすぐ前を見つめて運転し、いつもは優しげな口もとを厳しく引き結んでいる。

本当に何かおかしい。「スティーヴン、どうしたの？　言ってよ。ケイトに何かまずいことでもある？　男の子のほうがよかったの？」不安に駆られて、マリリンはもっとも恐れていた質問を口にした。「もしかして、気が変わったの？」

「えっ？　違うよ！　とんでもない！　そんなことじゃないんだ」彼はちらっとマリリンを見て、浮かない顔で肩をすくめた。「あの建物は養子縁組斡旋所が引っ越してくるような場所には見えなかった。ライト牧師は子供が好きじゃない。ぼくにはよくわからないんだよ、ハニー。なんだかいやな感じがしたんだ。この養子縁組が、いささかあっけなさすぎたように思えてね」

1

二四歳のケイト・モンゴメリーは、小型で弱いハリケーンが、最低でも秒速三三メートルの強風を吹かせることは知っていた。

そのときの雲が一時間に一二七ミリの雨を降らせ、危険な雷を生み出し、猛烈な竜巻を起こすことも知っていた。

そして何より、ハリケーンの最大の被害と人命の喪失が高潮によって生じ、津波が家屋や道路ばかりでなく、カテゴリー一程度のハリケーンなど恐れるに足らずと居残る浅はかな人々をも押し流してしまうことも知っていた。

だから、ガルヴェストン湾の波の中に入っていき、テレビカメラに向き直ったときは、ケイトは自分がテキサス州一の大馬鹿《ばか》者になった気がした。

それでも誰かが犠牲の子羊にならなければいけないのだ。ヒューストンからの道中でカメラマンのマリックが説明したところによると、いつもいちばん若くて美しいニュースレポーターが、その哀れな役割をおおせつかるらしい。マリックは、視聴者は若い女性が雨に濡《ぬ》れた髪を風に乱されるのを見たがるものだと断言した。それは情けないことだが、否定しがたい報道の真実だった。

「ところで、あなたはどうしてこんな目に遭わされたの？」ケイトは尋ねた。

「虐げられるのが黒人の運命だからさ」マリックは悲しげな口調で答えたが、ケイトはだまされなかった。

「それと、あなたがテレビ局でいちばんたくましくて、こんな天気でもカメラをかつげる唯一のカメラマンだからでしょう」ケイトは乗っていた報道用のライトバンの窓の外に目をやり、激しさを増す嵐《あらし》に見入った。

「それもあるけどね」マリックの運転する車は砂利道を越えて、津波を防ぐにはいささか頼りなげな堡礁《ほしょう》島に入り、ほかのテレビ局の報道陣や、ハリケーンのスリルを求めてこの島のホテルに宿泊する見物客たちに合流した。

今、ケイトは波打ち際に立ち、くるぶしまで水につかっている。背後ではすさまじい勢いで波が砕け、風に飛ばされて渦巻く泡をカメラのライトが照らし出していた。彼女の黄色いレインコートの裾《すそ》が脚に打ちつける。レインコートのフードは、激しい雨にはほとんど役に立たなかった。ケイトは、新人のレポーターが死んだら困るのはあなたですよ、と誰かがニュース担当ディレクターに言ってくれないかと心から願った。

それでもディレクターにとっては、どういうことはないのかもしれない。何しろ有名になるチャンスとあらば、ケイトに代わって、激しく打ち寄せる波に喜んで入っていく野心家の若くてきれいなレポーターは掃いて捨てるほどいるのだから。

ケイトだって、このチャンスを得るために、ナッシュヴィルのヴァンダービルト大学で政治学と放送学を専攻してがんばってきたのだ。彼女のエージェントが履歴書と面接のテープを送ってくれて、ようやくヒューストンにあるこのテレビ局で仕事にありつけた。どれひとつとっても、たやすいことなどなかった。だから撮影が終わるまでは、水から出るつもりはない。

「リハーサルの準備はいい？」ケイトはマリックに向かって叫んだ。

彼は親指を立ててみせた。安全な距離を取って、肩にかついだカメラを彼女に向ける。

「三、二、一」ケイトは顎の下のマイクに向かって言った。嵐の轟音《ごうおん》に負けないように声を張りあげる。「今、わたしはガルヴェストン島にいます。またしても怒り狂う自然がこの海岸に襲いかかり、いつもは穏やかな保養地を――」いきなり、すさまじい波がケイトの膝の後ろを直撃した。

彼女は前によろめいた。

心臓が飛び出しそうになった。

足もとの砂が波にさらわれていく。

ケイトはバランスを取るために夢中で両腕を振り回し、少女のような甲高い悲鳴をあげた。暴風による大波が彼女をのみこもうとして高く迫ってくる。ケイトは激しく砕け散る波の中に、今にも……もう少しで……倒れこみそうになった。

彼女はぐっと踏ん張った。高波がおさまり、水は引いていったが、勢いを集めて再び海岸に打ち寄せてくる。

これでいちばん小型のハリケーン？

ケイトがよろよろと浜にあがっていくと、マリックがにやにやしながら撮影を続けていた。

「ひどい人ね！」背中に汗が伝い落ち、両手が震える。「わたしは死んでいたかもしれないっていうのに」

「まさか。せいぜいマイクが水につかるくらいのもんだ」マリックが真顔になって頷いた。

「そうなったら、ブッチに大目玉をくらうところだったぞ」

ケイトはユーモアのセンスを取り戻して笑った。「今のはNG集に入るわね」

「ああ、そうだな。おれはいつもクリスマスパーティでNG大賞をもらってるんだ」とマリック。「今度は波が来たら教えてやるよ」


テキサス州オースティンでは、州上院議員のジョージ・オーバーリンが、自宅の居間に入っていくところだった。暗い色調の壁板に鹿《しか》の頭が飾られたその部屋では、彼の妻がテレビの前のカウチに座って、画面に釘《くぎ》づけになっていた。どうやらニュース番組に見入っているらしい。

「ハリケーンは上陸するのか？」彼は大して興味もなさそうに尋ねた。大きなハリケーンではないから、全国放送ではあまり熱心に報道しないだろう。国民が見ていないのなら、追跡調査をして被害状況を調べても意味がない。

「彼女だわ」エヴリンが指輪をはめた細い指を突き出すと、手にしていたグラスの中で氷が音をたてた。

「誰だって？」オーバーリンが五二インチ型テレビの画面に目をやると、黄色いレインコートを着た愚かなレポーターが叩きつける波の中に立ち、激しい風の音に逆らって叫んでいた。カメラのレンズが曇っているので、彼はレポーターの顔がよく見えるように目を細めた。「わたしたちの知り合いかい？」

「あれは……あれはラナ・プレスコットよ」エヴリンはろれつが回らないほどではないが、明らかに酔っている。まだ午後の五時半にもならないというのに。

「なんだって、エヴリン、夢でも見てるのか？　ラナ・プレスコットは死んだじゃないか」これからアメリカ合衆国上院議員の選挙戦に打って出ようというのに、エヴリンはわたしの足を引っ張るつもりなのか。

オーバーリンの選挙運動の広報部長には離婚のことを口にしないように言われているが、急ぐに越したことはない。

「見てわからないの？　じゃあ、教えてあげる。あれはラナ・プレスコットよ！」今や、エヴリンはやせ細った全身をぶるぶる震わせていた。まるで老婆のような、中風になってしまったような震え方だ。間違いなく、長年飲みつづけてきたアルコールが積もり積もって影響を与えているのだろう。

「ラナ・プレスコットは二三年前に死んだよ」オーバーリンはそのことを誰よりもよく知っ

ていた。

「ええ、知ってるわ」エヴリンはカウチに背中を預けた。

彼女はオーバーリンに目を向けようとはしなかった。食い入るように画面を見つめている。そのことだけでも、彼はその場を動く気になれなかった。エヴリンはふだん、ふたりでいるときはいつも彼を見つめている。まるでおどおどしたコッカースパニエルみたいに、その大きな茶色の瞳で、わたしを見て、と必死に訴えかけてくる。だからこんな様子は彼女らしくないし、まして亡霊が見えるというのでは、そのアルコール漬けの脳の中でいったい何が起きているのだろう?

そのとき、カメラマンがレポーターをアップで映した。

強風にあおられて、レポーターの頭から黄色のフードがはずれた。

布切れがレンズを拭う。

するとオーバーリンにも、エヴリンが目にしたものが見えた。

肩まで届くカールした黒髪が、愛らしい顔を縁どるように濡れて張りついている。大きく見開いた青い目。それを取り巻く長いまつげが、まばたきして雨のしずくを払う。透きとおるようなきめの細かい肌。えくぼの浮かぶ柔らかそうな頬が、自然なピンク色に染まっている。小さな鼻に、あの微笑み……男なら誰でも、あの温かな笑みに夢中になるだろう。あの微笑みのためなら、人だって殺せる。

ラナ・プレスコットの微笑みだ。

オーバーリンはテレビに近づいた。いつもの洗練された力強い口調を忘れ、彼は思わずテキサス訛《なま》りで尋ねていた。「彼女の名前は？」

「ケイト・モンゴメリーよ」エヴリンがささやいた。

「ケイト・モンゴメリー」オーバーリンはそう繰り返して、微笑んだ。「こんなことがあるとはな。かわいいケイト・モンゴメリー……」


ケイトは一〇時にもうひとつレポートをしたが、このときはハリケーンの目が上空を通過中で比較的穏やかだったので、プロのレポーターらしく見せることができた。少なくとも、あまり強風にあおられずにすんだ。その後、レポーターが全員宿泊するホテルにマリックとともに戻り、まだハリケーンと闘う元気が残っていることを示すために――そうであることを願いながら――にこやかに彼に手を振って、自分の部屋に戻った。

歯のあいだにまで砂が入ってじゃりじゃりする。頭も砂だらけだ。寒くてびしょ濡れで、早くシャワーを浴びたい。シャンプーと石鹸《せっけん》をたっぷり使って、熱いシャワーを心ゆくまで浴びたい。

けれども、エンドテーブルの上で携帯電話のライトが点滅していた。母からだろうと思い、ケイトは着信履歴に残った電話番号を見た。ところが、それは彼女のエージェントからだった。

ボイスメールのメッセージはこう告げた。「戻りしだい、お電話をください」

ヴィックの口調はいつもと変わらず穏やかだったが、これまで勤務時間外に仕事の話でかけてきたことは一度もない。すぐに電話をくれというほどの緊急な用件がなんなのか、ケイトには想像がつかなかった。

もしかして母が……いいえ、まさか。何かよくない知らせがあるなら、まったく別のところから聞かされるはずだ。父にあんなことがあったから、神経質になっているだけよ。

それでもケイトは携帯電話を持ってバスルームに入り、ブーツを脱ぎながら発信ボタンを押した。

ヴィックがすぐに応答した。いつものように簡潔に彼は言った。「仕事の依頼が来ましたよ」

「なんですって?」仕事の話は期待していなかった。今はシャワーを浴びることで頭がいっぱいだったから。「こんな時間に?」

「オースティンで、あなたのハリケーンのレポートを見ていた人がいたんです。KTVのブラッド・ハッセルベックが、あなたに州議会議事堂の取材を任せたいと言ってきてるんですよ。ほかのテレビ局にあなたを取られないうちに依頼したかったとかで」

ケイトは目をしばたたいた。「これまでは仕事を見つけることすら大変だったのよ。それが今は、競り合う相手がいるんじゃないかと心配されているわけ?」

「競り合う相手なんかいないことは伏せておいて、この仕事を受けましょう」

何もかもがヴィックらしくなかった。電話をしてくる時間帯といい、引き受けろとせかす

こととい い……。「どうして？　わたしはヒューストンの仕事を始めたばかりなのよ。新人としては上々の勤め口だと言ったのはあなたじゃない」

「あのときはそうでした。今はこちらのほうがもっといい」

「もっといい？」バスタブの上に身を乗り出して、ケイトは蛇口をひねり、水が温かくなるのを待った。シャワーよ。とにかくシャワーを浴びたい。「いいって、どのくらい？」

「ブラッドはあなたのハリケーンの取材を見て、すばらしいと言ってました。あなたが政治学と放送学の学位を持っているのも知っていたし。どうやら、それで州議会の取材をするにはうってつけだと考えたようですね」

「彼はそういうことをどうやって知ったのかしら？」

「たぶん、あなたの履歴書をまだ持っていたんでしょう」ヴィックの声がいらだたしげな響きを帯びた。「願ってもない依頼ですよ。収入は今の倍になる。オースティンで暮らせますよ。もともとあなたは、それを望んでいたじゃないですか」

「ええ、母のそばにいたかったから。でも――」ヴィックが言ったことの重要性を、ケイトはやっと理解した。「収入が倍になるって言った？」

「言いましたよ。収入が二倍になります」

「話がうますぎるわ。わたしの父がいつも言ってたの。うますぎて眉唾《まゆつば》ものに聞こえる話は、たいてい本当にそうだって」けれどもケイトは、天気とかパレードとかより、もっと重要なレポートがしたかった。州議会の取材ならやりがいがありそうだ。興味を引かれる。

わたしが夢見てきた仕事だ。

「わかります。ぼくもそう思いましたよ。ですが、ブラッドには以前にも人を紹介したことがあるので、その人に電話してみたんです。彼女はサンフランシスコのテレビ局へ行ってしまって、ブラッドとは一年近く仕事をしてなかったけど、いい雇主で、変な性癖もなく、実に仕事熱心だったと言ってました。何かあるとすれば、彼が仕事中毒で、仕事以外に費やす時間がないことくらいだろうと。どうも仕事となると躁病《そうびょう》同然らしくて」

つまりヴィックは、彼自身とケイトの疑いを払拭《ふっしょく》するためにベストを尽くしたのだ。「すごく魅力的な話ね」

「魅力的どころじゃありません。理想的です。あなたが住みたい都会で、あなたの望む仕事につけて、しかも収入は倍。ケイト、もしもこれを断ったら、あなたはテキサス一の大馬鹿者ですよ」

2

ビール腹に薄くなった髪、小さな茶色い目をしたブラッド・ハッセルベックは、七〇年代の映画に出てくる南部の悪徳保安官のように見えた。彼のオフィスの窓からは、ウエストオースティンのなだらかに起伏する街並みが見渡せる。部屋の中には初期のコカコーラの自動販売機が置かれ、ビデオテープが並び、七台のテレビにはそれぞれ違う映像が流れていた。彼の手が次から次へとリモコンの上を動き回り、視線が画面から画面へ移動する。ケイトはブラッドがそのすべてを——そして彼女のことも——把握しているという印象を受けた。

それでも彼は歓迎するように微笑むと、吸い殻があふれそうな、テキサス州の形をした灰皿で煙草《たばこ》をもみ消した。「ミス・モンゴメリー——」

「ケイトと呼んでください」

「このKTTVは、いささか礼儀作法にはうるさいものでね。ミス・モンゴメリーと呼ばせてもらうよ。だが、わたしのことはブラッドと呼んでくれ」彼の口調はテキサス西部の訛りのおかげで、少しも辛辣《しんらつ》に響かない。「ようこそ、KTTVへ。きみのような優秀な人に来てもらえてうれしいよ。こんな大都市で、迷わずにここまで来られたかい？」

「ええ、オースティンはよく知っていますから」ケイトは答えるべきことをきちんとわきまえていた。「母がこちらに住んでいるんです。ですから、レポーターが必要なときはどこにでも、わたしを差し向けてください。探しあてて行けますから――」

「それはいい」ブラッドはまだ直接ケイトを見ようとはしなかった。「それじゃ、お母さんと一緒に暮らすんだね」

「いえ、別々に暮らします」一緒に暮らすだなんて、おかしなことを考えるものね！

ブラッドは彼女に鋭い目を向け、全身にすばやく視線を走らせてから、テレビ画面に戻した。彼の視線は侮辱的なものでも、性差別的なものでもなく、もっと分析的なものだった。まるでケイトを値踏みし、鑑定するような……今、初めて彼女をじっくり観察しているような感じだった。

ずいぶん変な話だ。レポーターとしてのわたしをそんなに欲しがっていたのなら、とっくに評価は下しているはずなのに。今さら気が変わらなければいいけれど。「ダウンタウンの、倉庫を改装したアパートメントを借りました」

「それなら安全だな」

「そう思います」なんて奇妙な感想だろう。でもその一方で、ブラッドは変わり者なのではないかという気がしてきた。「母はわたしに同居してほしがったんですが――」

「いやいや、いいさ。きみにも自分だけの場所だのなんだのが必要だからな。若さだとか自由だとか、そのほかあれやこれや……。きみには州議会議事堂で働いてもらうよ。上院は臨時議会の会期中だから、感謝祭か、州知事が閉会を宣言するまで休みはない」ブラッドは立ちあがりながら、茶色の革のベルトを腹の上に引っ張りあげ、広い窓の向こうのニュース編集室を指さした。ここからはデスクのひとつひとつが、そしてレポーターのひとりひとりが見渡せる。彼はレポーターたちのことも全員、把握しているに違いないとケイトは思った。「きみをリンダ・グエンにつけるから、仕事のこつを学ぶといい。来なさい。彼女と引き合わせよう」ブラッドはジョン・ウェインのような足どりで、肩を揺すってオフィスを出ていった。

彼のあとについて廊下を歩きながら、ケイトは思った。ブラッドのまわりで、たとえ一文でも最後まで話し終えることのできる人がいるのだろうか。

ふたりが入っていくと、とたんにニュース編集室は静まり返った。ケイトは微笑を浮かべて見回したが、反応はない。ただのひとりも笑顔を返してくれなかった。編集室の全員が、ひとり残らずケイトを見つめている。冷ややかな、敵意を含んだ目で……。

ケイトの顔から笑みが消えた。

初出勤の今日、彼女は慎重に服を選んだ。黒のパンツに白いシャツ。濃紺のジャケット。女っぽさを感じさせるものはいっさい排除した。人と目を合わせたときに気おくれしないように踵《かかと》の高い靴で脚を長く見せ、目線を高くした。化粧は控えめに、髪はつややかにブロウして、肩もブラシで払った。わたしは完璧《かんぺき》なレポーターそのものだ。なのに彼らはどうして、車のフロントガラスに衝突してつぶれた虫か何かを見るような目で、わたしを見ているのだろう？

「こちらはケイト・モンゴメリー。新しく州議会を担当するレポーターだ。みんな、温かく迎えてやってくれ」ブラッドはぐるりと見回すと、いくらか威嚇するような口調で付け加えた。「オースティンらしく、礼儀正しく迎えるんだぞ」

「こんにちは、ケイト」

「やあ、ケイト、オースティンに来てくれてうれしいよ」

「よろしく、ケイト」

どの歓迎の言葉にも熱意は感じられず、本心からのものでないことは明らかだった。ブラッドがじろりとにらんでも、みな目をそらすだけだ。

どうして反感を持たれるのか、ケイトにはわからなかった。確かにこの業界は競争社会だけれど、こんなに違和感を覚えたのは初めてだ。

「ここがきみのデスク。きみの電話に、きみのパソコンだ」ブラッドが窓際のスペースを指さした。「あまり、ここにいることはないと思うがね。州議会で何かあれば、てんやわんやになるはずだから」

「よかった」同僚たちがいつもこんなに無愛想だったら、なおさらだ。

「リンダ、きみがいろいろ教えてやってくれ」ブラッドは若いアジア系の女性のデスクのそばで立ち止まり、拳《こぶし》でこつこつとデスクを叩いた。「ミス・モンゴメリーを連れていって、議事堂内を案内してやってくれないか。しかるべき連中に紹介して」

「わかりました」小柄だが、筋肉の引きしまった体つき。黒い目につややかな黒髪のレポーターの仕事は、その容姿と一〇センチヒールで犯罪者を追いかける能力に支えられている。リンダは書類を積み重ねると、パソコンの電源を切り、しなやかな動きで立ちあがった。

「来週には仕事に取りかかれるように頼むよ」そのときブラッドが大声をあげたので、ケイトは飛びあがった。「なんてこった！」彼は自分のオフィスの窓越しにはっきり見えるテレビモニターを指さした。「小学校に爆破予告だ！」くるっと向きを変え、オフィスに引き返す。「ロバーツ！　ポッター！　こっちに来い！」

ふたりのレポーターがそれまでの仕事を脇に放《ほう》り出すようにして、急いであとを追った。

ブラッドがいなくなると、ニュース編集室の温度が低温から極寒へと急降下した。

「行きましょう、ミス・モンゴメリー」リンダが言った。「あなたが来るのを待ってたのよ。聴聞会に遅刻だわ」

まるでわたしが悪いみたい！

リンダは後ろをちらとも振り返らずに、部屋を出てエレベーターのほうへ歩いていった。

ニュース編集室では誰もが忙しく動き回っていたが、仕事をしているふりをしているのが見え見えだった。誰も口をきかない。何か変だという証拠をあげるなら、この状態がそうだった。ニュース編集室が静かになることなんてありえないからだ。

ケイトはこの状況の真相を突き止めようと心を決めて、エレベーターのところでリンダに追いついた。

「あなたはあなたの車で行って。わたしは自分ので行くわ」リンダはエレベーターを呼ぶボタンを押した。「たぶん、あなたは先に帰ることになるから」まるでそうすればエレベーターが早く来るかのように、もう一度ボタンを強く押す。

「どうしてわたしが先に帰るの？」ケイトは冷静に尋ねた。

「あなたが本当に仕事をやりたがっているふうには思えないからよ」

「そう？」ケイトは小学生のときに、他人に愛想よく接する訓練ができていない女性の扱い方について母から教わっていた。

「ねえ、お互いに本音で話さない？」リンダは叩きつけるようにまたボタンを押し、いざドアが開くと驚いた顔になった。「女性レポーターの中には、自分の容姿やお金をかけたヘアカットや、偽物の歯なんかでのしあがっていくタイプがいるけど、あなたもそのひとりね」

彼女はエレベーターに乗りこんだ。

ケイトはあとに続いた。怒りがこみあげてくる。

「わたしはシカゴの猛吹雪《ブリザード》だとか、ノースカロライナのお嬢様方の社交界デビューの舞踏会だとかの取材を一〇年もやって、やっとテキサスの州議会を取材する資格を得たのよ」リンダは一階のボタンを拳で叩いてから〝閉〟のボタンにパンチをくらわせ、それからまた一階のボタンを叩いた。「それなのにブラッドに職を用意してもらったあなたは、すんなりと華々しい仕事につくことができる。あなたが誰の知り合いかは知らないし、あなたに仕事の仕方を教えることについては、わたしは拒みようがない」エレベーターは一階へと降りはじめた。「でもだからといって、あなたに仕事を教えることをわたしが好ましく思う必要はないし、あなたを好きになる必要もない。そういうふりをする必要もないわ」

わたしには知り合いなんかいないのに。でも、そう言ったところで、なんの役に立つというの？　リンダは信じないはずだ。局の誰も信じようとはしないだろう。

「ブラッドのところに駆けこんで、わたしのことを告げ口する？」ドアが開くと、リンダはエレベーターを降り、両手を腰に当ててケイトに向き直った。ケイトも心を惹《ひ》かれる青いシルクのスーツに身を包んだ、この小柄で好戦的なベトナム系アメリカ人は、自分だけが正しいと言わんばかりの独善的な態度を崩さない。

ケイトの母は礼儀正しさと優雅さが身についた南部女性だが、父は馬鹿がつくほど正直で、歯に衣《きぬ》着せぬ物言いをする人だった。

ケイトは母親似だ――だが、このときは父親の気性が彼女を支配した。「いいえ、告げ口なんかしないわ。わたしは州議会議事堂へ通って人脈を作る。二年もたたないうちに、この地区の報道ではわたしをしのぐレポーターはいないってことを、オースティンの全員が知るようになるから」

リンダはあんぐりと口を開けた。

「何かわたしに言いたいことはある？　車はどこに停めろとか、どの人はあなたの情報源だから近寄るなとか。わたしはあなたを困らせたくないし、お金のかかったヘアカットや偽物の歯で不当に優位に立って勝つなんてまっぴらよ」ケイトは、何年もかけて歯列矯正はしたが作り物ではない自前の歯を見せて微笑んだ。

リンダはぱっと口を閉じた。

「ところで、もしよかったら、わたしの行きつけのお店の名前を教えてあげるわよ」ケイトはもう一度艶然《えんぜん》と微笑むと、スポーティな愛車のBMWクーペに向かった。革張りのシートに身を沈め、車のドアを閉めると、リンダが今何を考えているか想像できる気がした。

〝甘やかされた能なしの金持ち娘〟

外部から守られた車内で、ケイトは大きく息を吸うと、ほてった頬に冷たい手を当てた。いったいなんだっていうのよ！　この仕事にはすごく期待していたし、どうして自分にこの仕事が回ってきたのか、何かまずいことになりはしないか気になってはいたけれど、でも、こんな……こんなに辛辣な批判をされるなんて思いもしなかった。確かにわたしは裕福な家庭の出で、そのおかげで学費の心配はせずに大学を選べたという点では恵まれていた。でも、ヴァンダービルト大学に入るためには人一倍がんばったし、一生懸命に勉強して首席で卒業した。もちろん知り合いもいるけれど、仕事を得るために誰かに声をかけたことはない。実際はまったく逆だった。それにブラッドがわたしのために職を用意してくれただなんて――わたしは信じないわ。どうして彼がそんなことをするの？

オースティンの中心に位置する、赤い御影《みかげ》石造りの州議会議事堂は四階建てで、コングレス・アヴェニューの突き当たりに南向きに立っている。建物の地下は北側の地下街につながり、そこには上院と議会事務局のオフィスが入っていた。地下通路は州の最高裁判所と、ほかのさまざまな機関のある建物に続いている。この地域は手入れの行き届いた緑の芝生と遅咲きの花に彩られ、都市計画が行き届いていて、すべてが整然と美しかった。ただひとつ、駐車場を除いては――。これは笑い出したくなるほどの代物で、駐車場の争奪戦はスタッフ用に割り当てられたスペースも例外ではなく、アスファルトにはびっしりと白線が引かれていた。訪問者や議員用に残されたスペースはほとんどない――議会の開会中でないときでも。

ケイトはリンダの車のあとについて駐車場に入っていった。

リンダの案内で、ケイトは九月の蒸し暑さの中を地下街の入口に向かった。するとリンダが言った。「ふだん、この時期はあまり継続審議はないんだけど、学校財政のための特別議会が招集されたのよ。わたしたちにとって幸いなことに、議論は白熱するし、党派色が強く打ち出されるわ」ふたりは階段を下りて上院財政委員会へ向かった。「事務官とインターンがくれる情報はなかなかのものよ。どんな議員とも、ほかに誰もいない部屋にふたりきりで入らないこと。貞操を守るために闘う覚悟がないかぎりはね。へまはしないでよ」ふたりのためにドアを開けてくれた紳士に、リンダは辛辣な口調にはまるで似つかわしくない笑顔を向けた。「わたしがブラッドに責められるんだから」

「覚えておいて、ミス・グエン、明日からはわたしたち、ほとんど顔を合わせなくてすむのよ」エアコンの送風が強くて、ケイトは思わず息を詰めた。廊下を足早に歩くと、大股でリンダの前に出る。

リンダは急いでケイトに追いつき、黄褐色のスーツ姿の、小柄な白髪の男性のもとに連れていった。「リマー下院議員、こちらはうちの新人レポーターの……」彼女はケイトの名前を忘れたふりをした。

ケイトは前に進み出て、彼と握手をした。「リマー下院議員、ケイト・モンゴメリーと申します」

彼は力強い口調で言った。「うれしいね、ミス・グエンの代わりの人と会えるなんて」

もう黙っていられないわ。「わたしは彼女の代わりじゃありません」かっかしているリンダが発する熱が、こちらまで伝わってくる。「彼女に案内してもらっているところなんです」

「そのとおりですけど、ケイトは政治学の学位を持っているんですよ」リンダは賞賛が嫌味に聞こえるだけの蔑《さげす》みをこめて言った。

ふいにケイトの自尊心が頭をもたげた。〝それと放送学の学位もね〟まただわ、自己弁護をしても時間の無駄よ。わたしが持ちこたえるか脱落するかは、資格ではなく、わたしの行動にかかっているのだから。いくらか人だかりができてきたので、彼女はわざと無邪気そうに目を見張ってみせた。「だから、下院と上院の違いは知ってますよ」

リマー下院議員は大声で笑い出した。小柄なわりに笑い声は大きい。

「なかなかやるじゃない」ふたりのやりとりを耳にした白髪のヒスパニック系の女性が、ケイトに手を差し出した。「教育が報道の質を高めているのがよくわかるわね」

その女性が誰か、ケイトにはすぐにわかった。「マルティネス上院議員、お目にかかれて光栄です」それは本心だった。テキサス州上院の紅一点、マルティネス上院議員は夫の死後すぐに議席を獲得し、区画再編成や党派争いがあった二〇年のあいだ、一度もその席を手放したことはなかった。

マルティネス上院議員は、しばらくケイトと話をしてくれた。リマー下院議員や通りかかったほかのふたりの議員も話に加わった。レポーター、とくに若い独身の女性レポーターは、政治を動かす推進力の重要な歯車のように思えて、ケイトは精いっぱい第一印象をよくしようとした。

端に立ってこわばった笑みを浮かべているリンダをちらっと見あげたとき、別の男性の姿がケイトの目に飛びこんできた。

五〇代ぐらいのハンサムな男性で、豊かなブロンドの髪を、かちっとしたビル・クリントン風のヘアスタイルに撫でつけている。たちまちカリスマ性のある微笑が浮かび、青い瞳がほんの一瞬、熱く輝いた。

その熱っぽいまなざしにケイトは驚いて、はっと息をのんだ。

すると男性は優しく微笑み、情熱的な印象は消えた。彼が前に進み出ると、人ごみが分かれ、彼を通した。

リンダが口を開いたとき、その声には相手に対する敬意がこめられていた。「オーバーリン上院議員、こちらはKTTVの新人レポーター、ケイト・モンゴメリーです」

「ケイト」彼の声は低く、耳に心地よく響く。テキサス訛りがなく、レポーターと同じようなボイストレーニングを受けたことがあるのだろうとケイトは思った。「お会いできてうれしいよ」オーバーリンはケイトと握手をしたが、ひと呼吸長く彼女の手を握っていた。

ああ、彼はそういう男性のひとりなんだ。地位があるから女性たちにもてると思いこんでいるような男なんだわ。ケイトはそっと相手の手から指を引き抜いて、彼が人々に敬意を払われているという事実や、彼がたくみに誇示している知的な落ち着きに意識を向けた。

「きみにこの議事堂内でいちばん重要な人物のひとりを紹介しよう」オーバーリンは人だかりの外に手を伸ばした。「ミスター・デュアーテ、こっちに来て、新任のレポーターに挨拶《あいさつ》を」

ミスター・デュアーテは、足を引きずりながら進み出た。制服の胸の名札には〝守衛〟とある。ひ弱そうに見えるが、ケイトが最初に思ったほど年寄りではなかった。痛みのために老けてしまったのだろうか？　彼は関節炎で曲がった手を差し出した。

ケイトは注意深く、その手を握った。

「ミスター・デュアーテはルイジアナ州出身なんだ」オーバーリンが言った。

「わたしはケージャン人なんです」得意げに付け加えたデュアーテの強い訛りが、彼の主張を証明している。

「それに朝鮮戦争に従軍した経験もある」オーバーリンは続けた。「議事堂と政治について知りたいことがあれば、なんでも彼が教えてくれるよ」

「お会いできてうれしいです、ミスター・デュアーテ。わたしの父もベトナム戦争の退役軍人でした」

オーバーリンの青く鋭い目が、ケイトをしげしげと見つめた。「お父さんを亡くされたのかね？」

「五年前に外国で亡くなりました」ケイトの笑みがゆがんだ。「石油会社に勤めていたんです」何人かが息をのむ音が聞こえた。彼らは思い出したのだ。ケイトは、ミスター・デュアーテに共感して、つい身の上話をしてしまったことを後悔した。

「あなたのお父さんは、テロリストに拉致《らち》されて殺害されたスティーヴン・モンゴメリーなの？」リンダはびっくりしているようだった――狼狽《ろうばい》しているようにも見えた。

「ええ」ケイトはミスター・デュアーテから目をそらさずに答えた。「でも、母はこのオースティンで暮らしています」

「そいつはよかった」ミスター・デュアーテの目が優しくなった。「お母さんの近くにいてあげるんだよ」彼は周囲を見回した。「さて、そろそろわたしは仕事に戻らないといけないが、ほかのみなさんはどうですかね？」

彼の鋭い意見に続いて、どっと笑い声があがり、人々は散っていった。

ケイトはミスター・デュアーテが足を引きずっていくのを見送ったあと、オーバーリン上院議員に向き直った。「彼に紹介してくださってありがとうございました」

「道がわからなくなったら、彼に訊けば教えてくれるよ」オーバーリンは慎重に言葉を継いだ。「わたしはテレビで取りあげられるのは一向にかまわない。もちろん、ここにいる政治家は誰もが、自分のことを報道してもらいたがっている。我々はみんな宣伝されることが大好きだからね」

「よく覚えておきます」オーバーリンはとてもハンサムで魅力的だ。わたしに興味があるのだろうか？　それとも単に一票を得たいがために、たやすく人と親しくなるタイプなのかもしれない。

「委員会のミーティングは時間ぴったりに始まる」オーバーリンは腕時計をちらっと見てから、リンダに目を向けた。「ぜひとも議場内で会いたいものだね。この議案については世論の支持がどうしても欲しいんだ」

「わたしたち、ちょうどうかがうところなんです」リンダは微笑んで請け合った。「行くわよ、ケイト」廊下を行くうちに、リンダの笑みは消えた。彼女は声をひそめて言った。「さてと、これであなたはオーバーリン上院議員と知り合ったわけよ。彼は五六歳。出身地はホバート、ここから一六〇キロほど南へ行った、人口一万人ほどの小さな町よ。彼は二五年以上も上院議員を務めているの。表には出さないようにしてるけど、かなりの権力を持ってるわ。お金と結婚もしたしね」リンダは横目でケイトを見た。「彼はいつも、あっというまにレポーターと仲よくなるの」

「大したものね」ケイトは心からそう言った。つまり、オーバーリンに興味を持たれているというのは気のせいだったのだ。

「彼を国の上院にかつぎ出そうという動きがあるんだけど、本人はテキサスを離れたくないと言いつづけているわ」

「そうなの」よく言われていることだが、州の政治家が地元にとどまると言い張るときは、連邦政府の役職から閉め出されるくらいの大きなスキャンダルを隠している場合だけらしい。リンダはケイトの心を読みとったようだ。「スキャンダルはないわよ。彼はしかるべき時機が来たら出馬を表明するつもりなんだと思うわ」

「そういうことなのね」ケイトは、アルマーニのスーツがぴたりと決まったオーバーリンを見ようとして振り返った。

彼はまだその場に立って、上品な仕立ての上着に覆われた腰に手を当て、ふたりが歩き去るのを見守っている。

そして再び、ケイトはわきあがってくる不安を追い払った。「ええ、彼のことは覚えておくわ」

3

水曜日。ケイトが仕事について三日がたった。

昼間はあまり微笑んでばかりいるものだから、唇がそのまま固まってしまった気がした。夜は臨時議会に関して徹底的に勉強した。学校財政について、誰が何に投票しているか、教師たちはなんと言っているか、州知事はなんと言っているか――。ケイトは、リンダが州議会議事堂でとくに好かれているわけではないことを知った。それはリンダが事実を誤って受けとるからではなく、事実を正確に把握し、大げさな美辞麗句に頼らないで世間に公表するからだ。

ケイトはまるで別世界に足を踏み入れたような気がした。同時に、我が家に戻ってきたかのような感じもした。

昼過ぎにカメラマンを頼むと、ブラッドはキャシー・ストーンをよこしてくれた。彼女は長身で肩幅が広く、野球帽をかぶっている。カメラの扱いが慎重で手際がいい。ケイトが議事堂の円形広間でインタビューの準備をするのを、座禅を組んでもいるかのようにじっと黙って眺めている。

「いったいどういうつもり？」リンダがふたりのもとに駆け寄ってきた。ケイトが見たこともない踵の高いヒールと、ぴったりしたスカートをはいている。「わたしのカメラマンを連れてどこに行こうっていうの？　なんで？」

「ハウエル議員の話では、共和党が州の学区制を変える件について秘密裏に会合を開いたそうよ」ケイトはハウエル議員に、インタビューをするあいだの立ち位置を指示した。

「嘘《うそ》だわ」リンダはすぐさま切り返した。ハウエル議員にちらっと目をやって、言い直す。「それは大げさよ」

「ミスター・デュアーテがその会合にこっそり入れてくれたの。写真も撮ったわ。じゃあ、もういいかしら？」ケイトはリンダに作り笑いをしてみせたあと、仕事に戻った。

それぞれのインタビューをするあいだ、ケイトは背中にリンダのにらみつける視線を感じていたが、情報提供者全員からすべての情報を聞き出したあと、やっとリンダをにらみ返してやろうと思って後ろを振り返った。

だが、リンダはもうそこにいなかった。その代わりに、カメラに映るのを期待した人々が集まってきていて、当然のように人だかりができていた。目を丸くした子供とその母親。ブリーフケースを下げたふたりの日本人男性。電動車椅子に乗ったやせた若い女性。そして、その後ろに前かがみに立っているのは、背の高いヒスパニック系の二五歳くらいの男性だった。汚れたジーンズを細い腰まで下げてはいている。袖《そで》を切った黒いTシャツからのぞく日焼けした肌と、鍛えあげられた腕。広い肩。腰に巻きつけた派手な紫と赤のシルクのジャケットに、首のあたりまで届く黒い髪。小麦色の頰には白っぽくなった傷跡があり、口ひげをたくわえている。目は……ケイトが生まれて初めて見る、このうえなく美しい、深みのある琥珀《こはく》色をしていた。美しくて——冷たい。冷酷な瞳。その目が彼女を見て細められた。

二五歳？　違う。ケイトは思い直した。三〇歳、もっと上かもしれない。強靭《きょうじん》そうで、怖い感じがする。非行グループのリーダーというには年がいっているけれど。麻薬の密売人かしら？　それはない。暗がりにひそんでいたい人間にしては、あのジャケットは目立ちすぎるもの。

そのとき、男性が微笑んだ。危険を感じさせる鋭い笑みだ。

ケイトは息をのんだ。

彼は無言で、彼女にセックスの誘いをかけている。耳に心地よい言葉もささやかず、どんな言葉も口にせずに、熱い情欲のまま裸の体を絡み合わせようと誘っている。

そしてケイトは直感的にわかった。この人——この野獣のような男とのセックスは、燃えあがる炎のごとくたちまちのぼりつめ、一気に果ててしまう満ち足りたものに違いないと。ふたりが絶頂に達したら、またそれを繰り返すのだ。その立ち姿やたくましい体つき、あざ笑うように唇をゆがめた微笑のひとつひとつが、彼が飽くなき欲望の持ち主であることを告げている。

彼が相手なら、きっとわたしもそうなるだろう。

ケイトは頰が熱くなった。わたしはそんな女じゃないわ。見ず知らずの男に惹かれたりしない。生々しい欲望なんて理解できない。激情なんかに動かされたりしない。慎み深い、きちんとした躾《しつけ》を受けた……普通の女性なのだ。ごく、ごく普通の……。

その男を無視して、ケイトはインタビューに答えてくれた全員に礼を言った。

もう一度男のほうに目をやると、彼はいなくなっていた。

だが、撮影したテープを編集するためにテレビ局のワゴン車へ歩いていくときに、キャシーが言った。「あそこにはいつもテレビ好きの人間が集まってくるけど、ひとり、あなたのことをじっと見つめていた男がいたわ。わたしだったら、あと二、三日注意して様子を見て、そいつがまた現れたら警察に相談するわね」

「やっぱり、わたしの気のせいじゃなかったのね？」そうでないことを、ケイトはわかっていた。

「もちろんよ。それにあの男は、刃物沙汰《ざた》の喧嘩《けんか》でも負けそうにない感じだったわ」キャシーはケイトを見下ろすようにして言った。「わたしだって、すごく怖かったもの。あなたはわたしよりずっと小柄だし」

「じゃあ、わたしが怖いと思って当然ね」ケイトは断言した。

ワゴン車の中では、すでにリンダが自分のテープを編集していたので、ケイトは彼女が終わるまで待たなければならなかった。間に合わなくなるのではないかとはらはらしたが、なんとか編集を終えて、テレビ局に送った。すぐにブラッドのオーケーが出たので、リンダは音がしそうなほど歯ぎしりし、キャシーはにんまり笑った。それからケイトは議事堂の中に戻り、生中継でレポートしたあと、テレビ局に戻った。彼女はEメールが大量に届くのを眺めた。

〝あの新人は誰だ？〟

〝頭が悪そうな顔だ〟

〝賢そうな顔だ〟

〝彼女にはイメージチェンジが必要よ。パイン通りと第三通りの角にある〈ルエラ・ビューティ・ハウス〉はいかが？〟

オースティンのテレビ局で、ケイトのレポートは実質的に今日が初日だったが、上々の出来だった。彼女は口を結んだままの局のクルーたちに微笑みかけたあと、家路に着いた。いい仕事をしたと自分でもわかっていたので、ゆったりした気分で車を走らせた。

ところが翌日になると、仕事の成功を祝うどころか、何もかもがうまくいかなくなった。

朝、リチャードソン上院議員が引き延ばし戦術を始め、それが一三時間にも及んだ。明らかにその兆候を察知していたリンダは、具合が悪くなったと言って帰宅した。他局のレポーターたちも時間がたつにつれてしだいにいなくなったが、彼らはケイトと違い、もはやしゃかりきに有能さを証明する必要はない。彼女はほかの取材陣がいなくなってからの新展開を期待して、うんざりする美辞麗句を残らずテープにおさめたが、終わってみるとまったく使えそうになかった。

午後九時、ケイトはよろめくようにして議事堂を出た。残照が薄らぎはじめ、街灯がともっている。早く家へ帰って熱い風呂につかり、ハイヒールの中でバービー人形の足みたいになったかわいそうな足を元に戻したかった。彼女はひとりで歩いていても怖くはなかった。これまでさまざまな国に住んで、さまざまな学校に通い、さまざまな友達を作ってきたから、たいていのことはうまくやれる自信がある。

ところが自分の車に着くと、車体が傾いていた。しばらくして気づいた――タイヤがパンクしている。そして、またしばらくして気がついた――誰かがタイヤを切り裂いたのだ。

ケイトはその場に立ち尽くし、信じられない思いで、ずたずたになったゴムの切れ端を見つめた。長時間の演説を聞かされて麻痺《まひ》していた心がとたんに元に戻り、急に恐怖がこみあげてきた。

わたしは駐車場にひとりきりだ。

昨日、わたしを見ていた男性。そのあまりにも冷たい瞳に、思わずひるんでしまうほどの非情さと欲望をたたえたヒスパニック系の男。ケイトは自分が彼のことを鮮明に覚えているのに驚いた――長身で、官能的で、危険な感じのする男だった。

もしかしたら彼は、わたしをレイプするとか殺すとかいうことを表明するためにタイヤを切り裂いたのではないかもしれないが、どんな危険も冒すわけにはいかない。しだいに深くなる夕闇《ゆうやみ》の中で、ケイトはジャケットの内ポケットから携帯電話を取り出した。

電話をかけながら、バッグの中の催涙スプレーを探す。彼女は警察に通報するつもりだった。万が一、誰かに危害を加えられそうになったら、相手の目にスプレーしてやるわ。

「ミス・モンゴメリー？　どうかしたのか？」

ケイトは催涙スプレーをつかんだ手を掲げて、さっと振り向いた。

「うわっ！」オーバーリン上院議員が、二メートルほど手前のところで止まって両手をあげた。「驚かせるつもりはなかったんだ」

「まあ。ええ、もちろん。つまり、その……」それはあの冷たい瞳の男ではなかった。だが薄暗いうえにひとりだったので、オーバーリンの姿が威圧的に恐ろしく見えた。

けれども彼が話すうちに、その幻影も消えた。「それはきみの車かね？」オーバーリンはうんざりしたように舌打ちした。「我々を取材してくれるレポーターたちにもなんらかの警備が必要だと、かねがね議員たちに言ってきたんだが、何も対策を取ろうとしないんだ。あの連中は秘密兵器は理解できても、常識ってやつが理解できない」

ケイトは車のボンネットに手を突いた。ふだんはそれほど想像力を働かせるほうでもないのに、今回はオーバーリン上院議員に罪悪感を持たせてしまった。オーバーリンといえば、わたしをじっと見つめてなかなか手を放してくれず、落ち着かない気分にさせた人物だ。

「警備員がいればいいんですけど」彼女は言った。

「九時から一一時まで、この議事堂は民間の警備会社と契約しているんだ」オーバーリンはスーツの上着を脱いで、シャツの袖をまくりあげた。「警備会社は覆面警備員を派遣している。だが巡回するのは建物の中だけだから、こうしてわたしがきみを守るしかない。さてと、ミス・モンゴメリー、わたしは一〇代のころにガソリンスタンドで働いていた。タイヤ交換はかれこれ三〇年ぶりだが、やり方はちゃんと覚えているよ」

ケイトは携帯電話に手を伸ばした。「いえ、そんな。サービス会社に電話して、タイヤ交換をしてもらいますから」

オーバーリンの目がいたずらっぽく光った。「わたしが年寄りすぎて、ジャッキを使えないと思っているんだね」

「とんでもない！　そんなこと思っていません。あなたはすばらしい体型を保っていらっしゃいますもの」実際そのとおりだった。ケイトは前からそのことに気づいていた。腹まわりには少しの贅肉《ぜいにく》もなく、あらわになった腕にはたくましい筋肉がついている。「でも駐車場で膝を突いたら、せっかくの服が汚れてしまいます」

オーバーリンは車のトランクを開けて、ジャッキとタイヤを取り出した。「かまわんさ、厚意でやっているんだと思ってくれ。きみにお返しをしてもらうためにやっているのは見えかもしれないが」

ケイトは本当に疲れているに違いなかった。というのも、またしてもレイプと殺人のイメージが広がり、リンダの警告――〝どんな議員とも、ほかに誰もいない部屋にふたりきりで入らないこと。貞操を守るために闘う覚悟がないかぎりはね〟――が頭の中で鳴り響いたからだ。

「いつか、わたしの法案のことで取材してもらう必要があるだろうから」タイヤのそばに膝を突いて、オーバーリンは手際よくナットをはずした。

ケイトは心からほっとしたが、そのあとであわてた。「上院議員、それはお約束できません」と弱々しく言う。

「じゃあ、次に引き延ばし戦術があったときは、ハンバーガーを買いに行ってもらおう」オーバーリンはパンクしたタイヤをはずし、スペアタイヤと交換した。慣れた手つきでタイヤをねじこみ、鉄製の工具でナットを締める。

彼女はほっと全身の力を抜いた。昨日のヒスパニック系の男のことが、ずっと気になっている。どこにいても、厄介なものが目に入った。実際には存在しないときでさえ……。「ウエンディーズがいいですか、それともマクドナルド?」

「もっといいことを思いついた。来週、家内とわたしはパーティを開くんだ。きみもぜひ来てくれ。九月一九日だ。わたしたちの二五回目の結婚記念日でね。にぎやかにやろうと計画しているところなんだ」オーバーリンの口調は優しく、温かだった。彼はジャッキを下げると、ずたずたになったタイヤをトランクに放りこみ、ハンカチで指を拭った。「友達も連れてくるといい」

ケイトは断る理由を思いつかなかった。間違いなくほかのレポーターたちも参加するパーティに行くことになんの不都合もないし、人脈ができれば役に立つだろう。それにオーバーリンには本当に感謝していた。サービス会社の人間がやってきてタイヤ交換をするまで、ひとりで待っていたくはなかった。「喜んでうかがいます。上院議員、いろいろとありがとうございました」

「よくわからないのよ、お母さん」洗練された高層タウンハウスの母の部屋で、彫刻を施したインドネシア製のテーブルから汚れた皿を下げながら、ケイトは言った。「ヒューストンでは局長がいやなやつで、ほかはみんないい人ばかりだったわ。KTVは局長はいい人なんだけど、レポーターたち全員がわたしのことをまるでごみみたいに扱うの」

「すてきな人？」母が尋ねた。ケイトの着任一週間目を祝ってすばらしいごちそうを作り、今は後片づけをケイトに任せて、小さなグラスでポートワインを飲んでいる。

「誰が？」

「局長よ」

「ブラッド？　うーん、そうでもないわ」彼のまわりに漂う刻み煙草のきつい匂《にお》いを思い出して、ケイトはまたうなった。「うーん」

「残念だわね」母はケイトが独身でいることに、赤い布に向かっていく雄牛のように反応する。「あなたはプライベートを充実させる必要があるわ」

「違うわよ。わたしに必要なのは、あの性悪女のリンダ・グエンがわたしに愛想よくせざるをえなくなるくらいのニュースのネタを見つけること」ケイトは銀のナイフやフォークを勢いよく皿の上に置いた。

「〝性悪女〟なんて言わないの。そんなに乱暴にするなら、お皿はそのままにしておいて。明日、家政婦に片づけてもらうから。ねえ……ちょっと待って……リンダ・グエンと言ったわよね？」母は話題を変えた。「彼女がレポートしているのを見たことがあるわ。わたしは大好きよ」

「彼女のほうはわたしを嫌ってるけどね」ケイトはもう少し気をつけて食器を扱った。

「あなたなら勝てるわ」ふたりは微笑みを交わした。黒髪のマリリン・モンゴメリーは五八歳。身だしなみのいい、ほっそりした美しい女性で、ジムで体を鍛えたり、慈善団体が募金を求めてくるたびに資金集めをしたりすることで体型を維持していた。パーティを企画し、その手腕と魅力で企業から容赦なく金をしぼりとるのも得意だ。オースティン交響楽団の役員を務め、ホームレスの子供たちを収容する〈ブレッドウィナー子供の家〉の理事長もしている。

母はいつもケイトを信じてきた。父もいつもケイトを信じていた。娘はやりたいことはなんでもできる、なりたいものになれると信じてきたのだ。ケイトが成功しなければならない本当の理由はそれだった。両親の信頼――それに彼女自身の自分を信じる気持ちをまっとうしたい。もしかしたら、わたしは孤児なのかもしれない。子供を育てるのが怖くなったティーンエイジャーか、娼婦《しょうふ》の娘なのかも。でも、わたしは強い。きっと成功してみせる。「彼女たちを味方につけられなくても、仕事は続けるわ」

「もちろんよ。あなたはお父さんの娘なんだから」

スキーター・モンゴメリーの死がもたらした苦痛と悲嘆が、ケイトと母の関係をこのうえなく親密なものにした。愛する人がテロリストに捕らえられ、おそらく拷問されて、殺されているかもしれないと知って、その苦しみに耐えられる女性などいるはずもない……。だから、二か月も待たされたあとに遺体が発見されときは、確かなことがわかって肩の荷が下りたような気がした。

父の死が確認されてほっとしたことは、その悲惨な事件の中でもっとも悲惨な出来事だった。

五年前に父が殺されてから、母は心配性になってしまった。ケイトがヴァンダービルト大学に通っていたあいだ、母は娘との生活のためにナッシュヴィルに居を構えた。ケイトは決して認めようとしなかったけれど、大学時代に母が娘の行動をいちいち把握したがることを窮屈に感じていた。だからヒューストンで就職したとき、母が生まれ故郷のオースティンに戻る決意をしたことは、ケイトにとって本当に驚きだった。〝もう、ひとり暮らしをしても大丈夫ね？〟と母は尋ねた。〝もう怖くないでしょ？〟

そのとき、ケイトは気づいたのだった。自分が怯《おび》えていたことに……母と暮らした時間が自分を癒《いや》してくれたことに。

わたしの母は世界でいちばん偉大で、賢い人だ。

「わたしはお母さんの娘でもあるわ」ケイトは重ねた食器をキッチンに運んだ。「〝にっこり笑って人を斬《き》る〟方法をお母さんに教えてもらってなかったら、今週はこんなにうまく乗りきれなかったと思う。州議会は予想してたとおりのところだったのよ」

「堕落してるの？」母は楽しげに尋ねた。

「そして魅力的なの」正面奥の壁にテキサス州の紋章を配した会議室、広い螺旋《らせん》階段、開会中の上院の熱気。「ずいぶんいろんな人に会ったわ。飛び抜けて有能なのは数人だけだったけど。マルティネス上院議員に会ったのよ。それとオーバーリン上院議員。知ってる？」

母は首を振った。「知らないわ。でも政治家なんてうんざりだもの。偉い人なの？」

「かなりの権力を持ってるとリンダは言ってたけど」

「その人はすてき？」

ケイトはくるりと目を回した。「年がいってるし、結婚してもう二五年だって」

「あらまあ」それで興味はうせたようだ。「あなたが自分でいい男性を見つけようとしないんなら、わたしが探してあげなくちゃね。ディーン・サンダーズはうってつけの結婚相手だわ。ハンサムだし。マクミラン・アンド・アンダーソン法律事務所の弁護士よ。オースティンの社交界での立ち回り方も知ってるし」

「それから？」ケイトは母がさらに推してくるのを待った。

「彼は離婚してるんだけど、お母様の話では奥さんにいろいろ問題があったからで、彼はまた女性と交際する気になっているんですって」

「いやよ。頼むから勘弁して」ケイトは母のそばに行くと、両腕を回して抱きしめた。「本当よ、お母さん。いやだわ。わたし、バツ一の男性とはつきあいたくない」

「でも、お母様が言うには――」

「嘘をついているのよ。彼女がどんな人か、お母さんも知ってるでしょ」

「それはそうかもしれないけど」母はじれったそうに言った。「だけど、彼はいい人よ。あなたのような人にふさわしい器を備えているわ」

「でも、わたしはひとりしかいないの」ケイトは冗談めかして言った。「すべての男性が幸運に恵まれるわけじゃないわよ」

ケイトは九時には母の部屋を出た。〝明日も仕事なの、お母さん〟と言って。建物の前の来訪者用駐車場に停めておいた車に急ぐころには、あたりはすっかり暗くなっていた。

そのとき、背後で物音がした。静かな足音。金属に布がすれるかすかな音。母が夕食のチキンの残りを持たせようと追いかけてきたのかと思い、ケイトは振り返った。

動きのあるものは見当たらない。停まっている車が数台。きれいに植えられた灌木《かんぼく》と花々
……。

たぶん猫だろう。それともリスか何か。

今は何もいない。ケイトは肩をすくめると、車に乗りこんで家へ向かった。


その夜、午前二時にケイトの家の電話が鳴った。彼女は目を覚まし、手探りで受話器を探した。心臓が喉から飛び出しそうなほど激しく打っている。

お母さんなの？　彼らはお母さんまで拉致したの？

受話器をとっても応答はなかった。回線はつながっているが、声はせず、息づかいも聞こえない。ケイトは電話を切ってベッドから出た。

電話機には〝非通知〟と表示されている。

彼女はそれを間違い電話として片づけた。

水を一杯飲んで、鏡の中の自分に目をやる。

実に腹立たしい。真夜中の一本の電話で、父が誘拐されたときの恐怖と苦しみが一気によみがえってきた。すべての記憶が頭の中をかけめぐる。息を吹き返した悪夢は、どんなにがんばっても消すことはできなかった。

ケイトはベッドに戻った。一時間後にようやくまどろみかけたとき、携帯電話が鳴った。彼女は起きあがって目をやったものの、今回は電話に出なかった。またしても〝非通知〟の表示だ。

きっと偶然だろう。どちらの電話も電話機に登録された番号ではなく、非通知でかけてきたのだから不愉快とはいえ、偶然には違いない。

午前五時に再び家の電話が鳴ったとき、ケイトは留守番電話に応答させた。ボイスチェンジャーで音声を変えた、低く唸《うな》るような声が言った。「出ていけ、売女《ばいた》」

それきり、電話は切れた。

その日、ケイトは目の下のくまを隠すために、いつもより化粧を濃くした。

二日後の夜、議事堂を出たところで、彼女は愛車の窓に白いペンキで落書きがされているのを見つけた。

震える文字で〝出ていけ、売女〟と書かれている。

ケイトはそのメッセージを見つめた。心臓が激しく打ち、恐怖でこめかみが締めつけられる。急いであたりを見回し、こちらを見ている人間がいないか確かめたが、行き過ぎる人は誰も注意を向けようとしなかった。

それでも彼女は、その事実と向き合わなければならなかった。

わたしはストーカーに付け狙《ねら》われている。

いったい、どうしたらいいのだろう。

これまではまだ、警察に通報する気にはなれなかった。ブラッドはケイトの仕事ぶり（オースティン中のテレビ局を出し抜いて、さらに二件のスクープをとった）を認めてくれているけれど、ケイトにはKTTVのレポーター全員が彼女の失敗を見たがっているという確信があった。ストーカー被害に遭っていることを公表すれば、スタンドプレイ的な行為だと思われるだろうし、背後で続いていた嘲笑《ちょうしょう》を今度は面と向かって浴びせられるようになる。これ以上、状況が悪くなるのは耐えられない。

それでもケイトは現実を把握していた。ストーカーが好んでターゲットにするのは〝若い女性〟のレポーターであることは知っている。そういう連中はいつ何をするかわからないところがある。彼女のストーカーはまだ暴力的なことはしていないが、こうした行為はエスカレートしがちで、レイプや殺人といった重大な犯罪につながりかねない。

もっと重要なのは、彼女が常に怯えていることだ。

誰も彼もが疑わしく思える。

例のヒスパニック系の男――あの男は一瞥《いちべつ》しただけで女性を怯えさせるすべを知っている。オーバーリン上院議員――彼と会ったとたんになんだか落ち着かない気持ちになったし、ちょうど駐車場に現れたのも都合がよすぎる。わたしに近づくために、タイヤを切り裂かせたのではないだろうか？

リンダ――わたしに嫉妬《しっと》してつらくあたってくる。

ブラッドにキャシー。わたしが出会ったすべての人々。議事堂を見学していて、わたしがレポーターだということに気づいたティーンエイジャー全員。わたしをじろじろ見て、声をかけてきたすべての男たち。

ようやく日が西に傾きかけた今も、ケイトは議事堂の建物群の裏の道を渡りながら、後ろを振り返った。こんな経験は初めてだが、たとえ笑われようと、あるいは馬鹿にされようと、警察に届け出るべきだということはわかっている。それも今すぐに。

命と引き換えにするだけの価値のある仕事なんかない。

道路の中央に引かれた白線を横切りはじめたそのとき、エンジンの回転音とタイヤがキーッとこすれる音が聞こえた。グレーの車が車体を傾けて角を曲がり、まっすぐこちらに突っこんでくる。

ケイトは歩道に飛びこんだ。地面に叩きつけられる。彼女は必死に転がった。激しいパニックが襲ってくる。逃げるのよ！　追ってくるわ！

車は停まらなかった。道の端から端へと蛇行し、コントロールを失って、もう少しで引っくり返りそうになった。体勢を立て直すと、タイヤから黒い煙を立ちのぼらせながら、猛スピードで走り去った。

　自分が車にはねられたのか、地面にぶつかっただけなのか、ケイトにはわからなかった。ちゃんと呼吸ができるかどうかもわからない。歩道に手足を投げ出して倒れたまま、動けなかった。爪が一枚折れて血が出ている。てのひらはすりむけ、パンツの膝が破けていた。黒い斑点《はんてん》が目の前に浮かび、視界が暗くなってきたのでまばたきをし、吐きそうになるのをぐっとこらえた。

「ちょっと、なんなの……？」

いらだたしげな鋭い声を聞いて、ケイトは頭をもたげた。

リンダが隣に膝を突いている。黒い目がもどかしげに光っていた。「いったい何があったの？」

「誰かがわたしを轢《ひ》こうとしたのよ」ケイトの頭の下の歩道に真っ赤なものが飛び散っていた。顎に触れると、指が血まみれになった。

「大げさなこと言わないで」リンダは携帯電話を取り出した。九一一とボタンを押しながら続ける。「誰がやったにせよ、たぶん酔っ払い運転よ。ナンバーは確認できなかったけど、車種はグレーのインフィニティのセダン。G三五だと思うわ」

　ショックで無感覚になっていたのが、じわじわと痛みが広がってきた。

「運転手は見えなかった。窓がスモークガラスだったから」オペレーターにつながったらしく、リンダは電話に向かって言った。「救急車をお願いします。場所は五番通りとサン・ジャシント通りの角。轢き逃げ事故で――」

「違うわ」ケイトはゆっくりと首を振った。「違う。これは事故じゃない」

リンダが携帯電話を耳から離した。「どういうこと？」

「ストーカーがいるのよ」ケイトはとうとう認めた。「わたしはストーカーにつきまとわれているの」

4

「これからの予定を説明しよう」月曜日の朝、ブラッドは自分のオフィスで、ずんぐりした両手の人差し指ですばやくEメールを打ちながら言った。「きみには、この街いちばんの警備会社の取材をしてもらう。ラモス・セキュリティ社は州議会議事堂の警備をしている。この会社のボディガードは、来訪するお偉いさんの警護にあたり、地元の社交界のご婦人方がどでかいダイヤモンドを身につけるたびに付き添うんだ」

ケイトはブラッドのデスクの前に立って話を聞き、頷いた。両方の手と膝には包帯が巻かれ、顎の傷は何針も縫っている。今日はクリーム色のタートルネックのセーターにこげ茶色のツイードのスカート、それに合わせた茶色いツイードのかっちりしたジャケットを着ていた。きちんとした服を身につけることで、自信をまとうつもりだった。日ごろのあふれんばかりの自信が、ひどく揺らいでしまったからだ。

さらに、長袖と濃い色のストッキングで痣《あざ》を隠している。片方のヒップにはとりわけ大きな紫色の痣ができていた。どうやら、そこに車がぶつかったらしい。「幸運にもわたしがその仕事に選ばれた理由をうかがいたいんですけど」彼女は皮肉な口調で言った。

「きみは、ごまんといるレポーターの中からストーカーに選ばれたことが心配じゃないのか。以前にも同じようなことがあったんだ。こういう連中は——いつも男なんだが——レポーター——必ず新人の若いレポーター——に病的に執着する異常者で、まずは迷惑行為から始まるんだよ」

「迷惑行為？」ケイトは包帯を巻いた両手を見下ろした。

「ああ、今回は相当な危険人物だがね。でも、やつらはそれほど利口じゃないから、すぐに捕まるさ」ブラッドはケイトに鋭い視線を向けた。「とくに、レポーターが問題に気づいて、ちゃんと通報するだけの分別がある場合はな」

「前のタイヤの事件のときに警察に届け出るべきでした」

「確かにそうだ」ブラッドはEメールの〝送信〟ボタンをクリックすると、椅子の背にもたれた。「あと何日か早く届けていれば、車に轢かれることはなかっただろうし、充分テレビ映りのいい姿でいられただろう。きみをカメラの前に戻すには、少なくとも一週間は待たないとな」

「わかっています。申し訳ありません」

ブラッドは低く唸った。こんなことになってがっくりしているのは間違いない。

ケイトはニュース編集室に目をやった。そこにいる全員が最新のニュースを追っている。

「でも、みんな優しくしてくれるんですよ」なんとも興味深いことに、みんなが優しくなっていた。リンダがあのときケイトの言葉をすぐさま否定したのは、明らかに彼女なりの気づかいだったらしい。緊急救命室《ER》で手当てを受けたときも、警察の事情聴取のときも、リンダはずっとケイトのそばを離れなかったのだから。さらに彼女は、テレビ局の人々にも正確な情報を伝えたに違いない。誰もがショックを受けたように見えたし、実際に何人かは心からの同情を示してくれた。

「うん、みんな、いいやつらだからな」ブラッドは煙草に火をつけた。「きみにはラモス・セキュリティ社の社長であるティーグ・ラモスを取材してもらう。一週間、彼の活動を追うんだ。ストーカーが捕まるのにもっと時間がかかるようなら、取材期間を延長する」どうやら彼は一週間で充分だと考えているらしい。「そして放映できるぐらいに、彼自身と仕事のやり方に関する情報を集めるんだ」

「放送はいつですか？」ケイトは尋ねた。それがレポーターというものだ。

ブラッドはもう一度鋭い視線を彼女に向けた。「五時台に二分間、それと日曜朝の『ようこそ、オースティンへ』の番組内で六分間与える」

「わかりました」五時枠の二分間はまあいいだろう。視聴率のいい六時台と一〇時台の二分間のようなわけにはいかないが、五時台には人の興味をそそる題材ばかりを放映するので、警備会社の社長の話題となれば確実に視聴者は関心を持つ。日曜の朝の番組は墓場みたいなもので、『ようこそ、オースティンへ』などという、州の品評会の宣伝やキルトの作り方といった内容のローカル番組は誰も見ない。だが、ケイトがひとつのテーマに多くの時間をかけるとなれば、テレビ局としては経費を正当化するために手を打たなければならないのだ。

「こうするんだ」ブラッドは続けた。「ティーグが議事堂へ仕事に行くときは、きみも同行してかまわない。きみが求めているのは、彼に関する取材をやりとげることだけというふうに振る舞うんだ。何かいい情報があったら」彼は満足げに舌なめずりをした。「リンダに教えて撮影してもらえばいい」

ケイトは荒々しく息を吸った。リンダにいい情報を教えろですって？

「何か言いたいことがあるのか？」ブレッドは目を細めてケイトを見すえた。

「おっしゃるとおりにします」彼女は言った。わたしに選択権なんかないじゃない。「でも議事堂の人たちは、わたしが一日中ひとりの男性のあとを付け回していることに気づくんじゃありませんか？」

「ティーグが誰も気づかないようにうまくやってくれるさ」ブラッドは笑った。「じきにわかるよ。心配するな。ティーグはいい仕事をする。実を言うと、わたしは彼ほど優秀なボディガードは見たことがない。何年も取材を許可してもらおうとしてきたんだよ。今回、彼が承知してくれたことには驚いているんだ。取材は仕事の邪魔になるからな。だが、彼がこの仕事を引き受けてくれれば、あっというまに解決だ」ブラッドは七つのテレビ画面に注意を向けた。「そうなれば、きみはわたしが給料を支払っている本来の仕事に戻れる」

その手厳しい言葉を聞いて、ケイトはできるだけ静かにブラッドのオフィスから退散した。今は高額な給料に見合った仕事をしていないのはわかっている。そのことをブラッドにじっくり考えこまれては困る。彼は投資の見返りを期待せずに金をばらまくような男には見えないからだ。

ケイトが自分のデスクへ歩いていくと、ニュース編集室がしんと静かになった。それは以前に経験した敵意の沈黙ではなく、気詰まりな状況でどう言葉をかけたらいいかわからないという気づかいの沈黙だった。その沈黙には覚えがある。父の死後に何度となく直面したものだ。ケイトは特定の誰かに視線を定めないようにして周囲に微笑みかけながら、パソコンの前に座ると、インターネットでラモス・セキュリティ社を検索した。

住所が表示された。ケイトはそれを書き留めてから、地図情報サイトでも探した。だが、会社やティーグ・ラモスについてはほとんど情報が出てこなかった。社交部門《ソサエティ・セクション》でティーグの写真を数枚見つけた。タキシード姿で、長身の美しいモデルたちをさまざまな資金集めのイベントにエスコートする彼は、ケイトが抱いていたボディガードのイメージとは違って見えた——スキンヘッドで無表情な、いかにもボディビルで鍛えたような筋骨隆々としたタイプを想像していたのだ。ところがティーグは、肩幅の広い引きしまった体つきで、脚がすらりと長い。肩まであるまっすぐな黒髪を黒いリボンでひとつに結んでいる。今どきこんな髪型をしている人は珍しいが、ケイトには理由がわかった。そのかちっとした髪型が、彼の生気あふれる顔に厳しさを加えているのだ。日焼けした肌に覆われた力強い骨格が、頰と顎と鼻を目立たせている。ティーグは彼の腕を取る女性を見下ろすようにして微笑みかけ、相手の女性は欲望をうかがわせる得意げな表情で笑みを返していた。

そのことにケイトは驚かなかった。ティーグは写真の中でさえ、性的な魅力を発散しているような男性だ。もしも自分が彼にエスコートされていたら、やはり誇らしく思うだろう。彼女はその写真を見つめ、さらに細かく見極めようとした。彼の顔には……見覚えがある。ケイトは写真を拡大してみたが、ただ粒子が粗くなっただけだった。

目を細めてそれを見ていると、隣の席のレポーターがそっと耳打ちしてくれた。「ブラッドが来るわ！」

ケイトのまわりのレポーターたちが忙しげに動きはじめ、あわただしく席を離れていった。ブラッドはニュース編集室に飛びこんでくると、大声で叫んだ。「鉄道の脱線事故の取材は誰がすることになってたんだ？　車両には危険物を積んでいるっていうのに、避難に関するフィルムはひとつも見てないぞ！」

ケイトはラモス・セキュリティ社の住所のメモをつかむと、急いでニュース編集室をあとにした。

ラモス・セキュリティ社は、州知事邸から遠くない復興地区の、二階建てのバンガロー式住宅の中にあった。玄関ポーチを飾る〝ジンジャーブレッド〟と呼ばれる凝った装飾は塗り直されたばかりで、階段は新しい板で修復され、玄関のドアは鮮やかな赤色に塗られていた。真鍮《しんちゅう》製の小さな飾り板に〝ラモス・セキュリティ社　中へどうぞ〟と書かれていたので、ケイトはドアのノブを回した。

ドアがきしんだ音をたてて開くと、デスクにいた受付の女性が顔をあげて微笑んだ。「ミス・モンゴメリーですね？　どうぞ、お入りください。あらまあ」彼女はケイトの怪我《けが》の様子を見て眉をひそめた。「ひどい目に遭いましたね。でも、もう心配いりませんよ。ミスター・ラモスが捕まえますから」

「ありがとう――」ケイトはデスクの上の名札に目を走らせた。「ブレンダ」初めて会う人に自分のことが知られているのは気持ちのいいことではないけれど、レポーターはそうしたことにも慣れてしまうものだ。

ブレンダは優美な面取りガラスのドアを指し示した。「ミスター・ラモスがお待ちです」

ケイトが足を踏み入れたのは、元は応接間だった場所で、庭のオークの木々を透かして両開きの窓から陽光が差しこんでいた。彼女はじっと立って、ほの暗い光に目が慣れるのを待った。

やがて周囲が見えてくると、ケイトはその部屋に感心した。格調高い豪華さと豊かな色彩が、古典的な二〇世紀初頭の様式をまったく新しいものにしている。壁は下の部分がダークグリーン、上部は落ち着いたゴールドに塗られていた。桜材のブラインドが丈長の窓に吊《つ》るされ、ワインレッドのペルシャ絨毯《じゅうたん》が床を覆っている。彫刻を施した桜材の重厚なデスクの向こうに、男がひとり立っていた――長身で肩幅の広い引きしまった体つきに、白いシャツとアルマーニの黒いスーツが文句のつけようもないほどさまになっている。けれども太陽を背にしているので、顔は影になって見えない……すると彼は身を乗り出して、デスクの上のスタンドをつけた。

その光が、影のようにとらえどころのなかった男に実体と詳細《ディテール》を与えた。彼の顔には力強い輝きと、アステカ族の戦士のような冷酷さがあった。ラモスという名字からすると、明らかにヒスパニック系だ。背が高く、手足の長い体つきから見て、イギリス系の血も入っているに違いない。まるでオリンピックのボート競技の選手のようにたくましい肩。服の下の力こぶはさぞかしすごいだろうとケイトは思った。頬には白い傷跡が走り、瞳はこのうえなく美しい、深みのある琥珀色で……。

ケイトはヴィクトリア朝時代の乙女さながらに、はっと息をのんだ。「あなただったのね！」

この人は、初めてのニュースを収録しているときにわたしを見つめていた男だ。黒いTシャツ姿の男、わたしの車のタイヤを切り裂いた犯人じゃないかと思っていた男。

「ぼくのことかな？」ティーグ・ラモスはからかうような口ぶりで言った。明らかに、ケイトの言葉の意味をわかっている様子だった。彼はゆったりとした足どりでデスクを回りこみ、彼女に近づいた。「どこかでお会いしたことがありましたか、ミス・モンゴメリー？ ぼくを見て、あの薄汚いメキシコ人がストーカーなんじゃないかと想像していたのでは？」

背筋をこわばらせたケイトに、ティーグはわざと近すぎるぐらいに近づき、彼女の空間を侵略して、あとずさりしたい気持ちにさせた。「あの薄汚いメキシコ人は麻薬の密売人か、ギャングの一味じゃないかと思ってたわ」ケイトは彼の美しい琥珀色の瞳をまっすぐに見つめて、きっぱりとした口調で訊いた。「そう思わせたかったんじゃないの、ミスター・ラモス?」

彼は楽しげに笑った。「よかった、ぼくがそういう連中に見えて――でもそれだと、ぼくはきちんと自分の仕事をしていることにはならないんでね」

「どういう意味?」ティーグはケイトが思っていたよりも背が高かった。彼女の一七〇センチに対して、一九〇センチはある。こんなに近くに立っていると、彼が放つ電流のようなオーラにうなじの毛から足の爪先まで貫かれるように感じた。

「ぼくは議事堂の中を歩き回るときは、ぼくを見た人が目を合わせるのを恐れて顔をそむけることを望んでいるんだ。人は知らない者同士でもつい愛想よくしがちだが、ぼくみたいな人間なら誰も声をかけられたがらないからね。つまり、ぼくはありふれた光景の中で、ごく目立たない無名の人間になりきっているんだよ」彼はケイトを見すえて、まるで尋問するような口調になった。「なのに、きみはぼくに気がついた」

「わたしはレポーターですもの。人の顔には目を留めるわ」ケイトは自分のジャケットが――胸が――彼の上着をかすらないように気をつけながら呼吸をした。

「ほとんどのレポーターは人の顔なんて気にも留めない。気になるのは自分の顔だけ、無数の視聴者の前にあるテレビ画面に映った自分の顔だけだ」

ケイトはかまわずに事実を口にした。「わたしもテレビで自分の顔を見るのは好きよ」

ティーグはますます楽しげに微笑んだ。「きみは正直だし、観察力が鋭い。ぼくの仕事が楽になる」彼はケイトのそばから離れていった。

彼女はふうっと長い息をつくと、鳥肌が立ちそうになるのを意志の力で抑えこんだ。「どうぞお座りください、ミス・モンゴメリー」ティーグはデスクの前の椅子を彼女のために引いた。

「ありがとう、ミスター・ラモス」ケイトは椅子に座った。

彼は床に片足をついてデスクに腰かけると、わざとケイトを見下ろす姿勢を取った。「きみはボディガードが必要なタイプの女性には見えないな」

だが、ケイトは脅し戦術――彼の脅し戦術を目にしたときにそれと気づくタイプの女性であり、対処の仕方も知っていた。彼女はじっと座ったまま相手の顔を見つめ、またしても事実を口にした。「わたしは臆病《おくびょう》なの」

「よかった。まさにその答えが聞きたかったんだ。臆病な人間は用心深いからね」ティーグは微笑んだまま、ケイトが打ち明け話を続けるように促した。

彼女は慎重に言葉を選んだ。「脅されたときには助けを求めるべきだと判断するくらいの分別は、わたしにもあるわ」

「それで?」

どうして彼は続きがあるとわかったのだろう?「ボディガードを雇わなかったら、わたしの母が許さないからよ」

「どうして?」

「ミスター・ラモス、あなたって本当に不愉快な訊き方をするのね」こんなにあからさまな言い方を、彼はどう思うかしら？

「ミス・モンゴメリー、ぼくはきみに話を聞いているんじゃない。尋問しているんだよ」

　同じようにあからさまに切り返してくる。

「それに今、何もかも話してくれれば、こちらの手間が省ける」

　その声は相変わらず気だるそうで、口にもまだ笑みをたたえていたが、ティーグは真剣そのものだった。ケイトは彼の言葉の真意に気づいた。彼女は首をかしげた。「わたしの母が不安がるから……父は反アメリカ組織の標的にされて、外国で殺されたの」

「どこで？　どのくらい前に？」

「中東で、五年ほど前よ」きっかり五年近くになる。絶対に忘れない。

「お父さんを狙って？」ティーグは尋ねた。「どうしてお父さんが？」

「父はそうするのが正しいと思ったら、危険な状況でも首を突っこむ人だったの」ケイトは微笑んだ。心から愛していた父を思い出して、唇が震える。「父は支援が必要な孤児たちと夫を亡くした女性たちに出会って、彼らに手を貸したのよ。世の中には、せっかくの〝巨大《グレート》な悪魔《・サタン》〟のイメージがそこなわれるから、アメリカ人がいいことをするのを喜ばない人々もいるの」

「まるで、きみのお父さんはすばらしい人だったように聞こえるな」ティーグは淡々とした声で言うと、さも重大なことのようにズボンの折り目を整えた。

「父はすばらしい人だったわ」ケイトは自分がむきになっているのを感じた。それがいやだったし、理解できなかった。どうしてティーグは父がすばらしい人だと信じてくれないのだろう？　なぜ彼はわたしが嘘をついていると思うの？「母は、同じテロ組織が家族までみな殺しにするんじゃないかと恐れているのよ」

ティーグはひゅーっと低く口笛を吹いた。「そいつはおもしろくなってきたな。きみはどう思う？」

「わたしはありえないと思うわ」

「だが、可能性がなくはない」

「そんなことを言ったら、なんだって可能性があることになるじゃない。それよりも、わたしをひとり占めしたい視聴者とか、わたしの政治観や肌の色が気に入らない視聴者がいることのほうがありうるわ」

「誰か心当たりは？」ティーグは身を乗り出し、ケイトが座っている椅子の両方の肘かけに手を置いた。息がかかるほど顔を近づける。「どんな意見にもぼくは耳を傾けるよ。きみがどれほど馬鹿げていると思えたとしてもね」

ケイトはさらに数センチ、触れ合いそうになるところまで身を乗り出した。「あなたはもう容疑者からはずれたわ——あなたは違う」

ティーグは体を後ろに引かなかった。前にも出ずに、ケイトの目をのぞきこむようにした。すると、またしても彼女のうなじの毛が逆立った。これが彼のいつものやり方なのだろう。助けを求めて彼のオフィスに来た女性から、情報を聞き出す方法なのだ。でも、このティーグ・ラモスという男には、これまで一度も感じたことのないような存在感がある。ケイトは呼吸が速くなり、目を開けていられなくなってきた。キスをされるのかしら……そうしてほしい。

頭の中で思考が交錯する。

〝彼の唇は柔らかそう〟

お昼に食べた鮭《さけ》料理は香辛料がきいていた。

〝器用そうな手ね〟

この部屋に入ってくる前に、ブレス・ミントを食べておけばよかった。

〝だけど、今日、男性とキスすることになるなんて、わかりっこなかったじゃない〟

ケイトは下唇を噛《か》みしめた。ティーグは魅入られたかのようにその様子を眺めている。

そして彼は体をまっすぐに起こした。「そのとおり。ブラッドが送ってくれた情報によると、車はインフィニティだったそうだ」

「えっ?」ティーグの呪縛《じゅばく》から解き放たれて、ケイトはどぎまぎした。「ああ、つまりあなたは、ストーカーはそれなりにお金のある人間だと考えているのね」

「もしくは、そのインフィニティはレンタカーだったか。あるいは誰かに借りたか、盗んだか――あの週にインフィニティが盗難に遭ったという報告はないけどね。残念ながら、車種がわかっても役には立たない」

「ナンバーは見なかったわ」ケイトは顎に触れた。「血が出ていて、それどころじゃなかったから」

「気の毒に」ティーグが気のない口調で言った。「だが、誰でもいいから何か変だと気づいたり、誰かがおかしいと感じたのを思い出したりしたら、すぐに知らせてくれ。そういうことがきっかけで、被害者がストーカーの名前や、敵を作り出したエピソードを思い出すことがあるから」

ケイトはかちんときた。「わたしは被害者じゃないわ」

「いいぞ、その調子だ」ティーグは小型冷蔵庫に行って、水のボトルを二本取り出した。二本ともキャップを開ける。「きみには誰か敵がいるのか？」

ケイトはいないと言いたかったが、KTTVで向けられている敵意を思い出さずにはいられなかった。「局全体が敵だらけよ」ティーグが差し出すボトルを受けとる。「でも、ほかのレポーターたちが本気でわたしを車で轢こうとするとは思えないわ」

「彼らを敵と呼ぶのは穏やかじゃないけどね。なぜ彼らはきみのことを嫌ってるんだ？」

「よくある理由よ。わたしのほうが美人だから」

ティーグは水のボトルを口もとまで持っていった手を止め、ケイトの爪先から頭のてっぺんまでじっくり観察した。頭と足の中間にある魅力的な場所に、たっぷり注意を払うことも忘れない。

この男性は、その気になればどんな女性ともベッドにもぐりこむことができるだろう。そんな男性が存在するなどと今まで信じたこともなかったが、乳房や脚のあいだのうずくような熱さが、ケイトに考えを改めさせた。

「きみはみんなよりも美人なのか？」ティーグは尋ねた。「そいつは信じられないな。ぼくはリンダ・グエンに会ったことがあるからね」

ケイトは思わず大笑いした。

ティーグはそんな彼女を満足げに眺めている。

そのときケイトは、彼が人を操ることに長《た》けているのに気づいた。彼はわたしを笑わせたかったのだ。そしてわたしは笑った。彼はわたしに男として意識されたがっている。そしてわたしは彼を意識している。

ティーグはボトルを持ちあげて水を飲んだ。彼が水をごくごくと飲むたびに、喉が力強く動く。ボトルの半分ほど飲むのを、ケイトは細かい動きまでじっと観察した。彼のような男性には気をつけなくちゃ、と自分に言い聞かせる。

ケイトは立ちあがると暖炉のそばまで歩いていって、年代物の美しい大理石を眺めた。ティーグと目を合わせたくなかったからだ。

「じゃあ、状況を説明しよう」いざ仕事にかかると、ティーグはがらりと変わった。声もきびきびして、その歯切れのよさにケイトは驚いて彼に顔を向けた。人を小馬鹿にしたようなにやにや笑いは跡形もなく消え、魅力をすっかり覆い隠した表情は弾丸すら跳ね返しそうだ。

「ぼくたちが相手にするのはひょっとするとテロリストかもしれないが、その可能性は低い。きみの同僚のレポーターたちという可能性もある。友人や知人、きみをテレビで見た見ず知らずの人間かもしれない」彼は広げた手の指の一本一本に、もう一方の人差し指を当てて数えあげた。「ミス・モンゴメリー、誰が犯人かを注意深く考えてくれ。容疑者が多すぎるからね」

「そうするわ」ケイトは頷くと、炉棚に置かれた真鍮の仏頭に指を滑らせた。

「さて、これからぼくたちはこういうお芝居を演じるんだ。きみはぼくの取材をする。だからぼくたちは四六時中、一緒にいる」

あまり気は進まないけれど、そうするしかない。それはわかっている。「もしもストーカーがわたしの知り合いだったら、あなたがやめさせてね」

「ぼくらは毎日、議事堂の建物の中で過ごす。ぼくが監視にあたるから、きみは議会の取材をしてかまわない。ぼくの部下とカメラがきみを見守るよ」

「それならうまくいくわ。ブラッドも満足するだろうし」一瞬、ケイトは自分が耳にするであろうニュースのことを考えた。せっかく取材をして話を聞いてもリンダに回さなければならないと思うと、心がくじけそうになる。

「傷が治るまでテレビに出ないでくれるのは助かるな」これっぽっちの同情も見せずに、ティーグはケイトの傷跡をじろじろ見た。「もしもストーカーが視聴者なら、きみが襲われたことはほぼ間違いなく、きみのテレビ出演と関連している。これで襲われなくなれば、おそらくぼくたちが相手にしているのはニュース番組でしかきみを知らない人間だ。きみがテレビに出なくなることで勝った気になっている人物だろう」

「それが何か役に立つの?」オースティンの人口は六五万人もいる。

「身近にいる多くの容疑者が除外される」ティーグは水のボトルを両手に挟んでくるくる回しながら微笑んだ。まるでケイトが知らない何かを知っているかのように。「きみの家でぼくが眠れる場所はあるかい? それともマットレスを持参するべきかな?」

「眠れる場所?」ケイトはすぐに合点がいったが、そこまでは考えていなかった……。

「きみにはストーカーの目の届くところにいてもらうつもりだ」ティーグは分別くさい答え方をした。「ストーカーに正体を現してもらうにはそれしかない」

「つまり、わたしはおとりってこと?」ケイトはますます気が進まなくなった。

「そしてぼくはきみのボディガードだ。きみはぼくが守る」誘いこむような魅力がティーグに戻っていた。「信じてくれ」

絶対に信じられないわ。「ゲストルームがひと部屋あるの。そこに泊まればいいわ。わたしの寝室のドアには鍵《かぎ》がついているから」

「よく覚えておくよ」彼はかすかな笑みを浮かべた。

そのとたん、ケイトは言わなければよかったと思った。自分はティーグへの報酬の一部ではないことをはっきりさせようとしたのだ。なんとなくケイトは、彼がそれを挑戦と受けとったような気がした。でも、そんなつもりではなかった。本当に。胸の奥底の、もっとも暗い秘められた思いの中でさえも……。

「じゃあ、議事堂へ行こう」ティーグは立ちあがり、部屋を横切って歩いていくと、ケイトのためにドアを開けた。「きみは自分の車で行ってくれ。ぼくはあとから行く。誰かがひそんで狙っていないか確認したいんだ。議事堂の中で落ち合おう。部下にきみを紹介するよ。それで準備完了だ」

「わかったわ」

受付に戻ると、ティーグはブレンダのデスクのそばで足を止めた。「何かあったら電話をくれ。今日はこれからずっと外にいるから」

「わかりました。お出かけの前に、この小切手にサインをいただきたいんですが……」

ケイトは外に続くドアへ向かった。

「ケイト、最後にひとつはっきりさせておく！」ティーグが鋭い口調で言った。「外に出るときは、ぼくを先に行かせることだ」彼はケイトの腕をつかんだ。

痛みが全身を駆け抜けた。彼女はたじろぎ、息を詰まらせた。

ティーグは腕を放すと、ケイトの背骨の付け根に手を当て、表情を注意深く観察した。

「打ち身かい？」

「ええ」

「車か？」

「そうよ」

「痛むのか？」

「ええ」

「もう心配はいらない」ティーグの瞳は暗く、底知れぬ淵《ふち》のように冷たい光をたたえていた。

「信じてくれ――ぼくが必ず、そのろくでなしを捕まえてやる」

5

「わかったわ」ケイトは腕の痛む部分をさすった。「よろしくお願いします」

「ぼくを信じてくれるね？」ティーグは熱い手と力強い視線とで、彼女を引き止めた。「きっとストーカーを捕まえてみせるよ」

「信じるわ」ケイトはそれ以上言えなかった。緊張で喉が痛い。彼女はじっとティーグの目を見た。泣きたくなったが、それはいくらなんでも子供じみている。

「よし。何か不安なことがあったら知らせてくれ。ぼくはここの二階に住んでいる」ティーグはポケットから名刺を取り出した。「そこに私用の携帯電話の番号が書いてあるから。ぼくがそばにいないときは電話をするか、探しに来ること。そうすれば、どんな問題でもぼくが解決する。そうしてくれるね？」

「ええ、必ず」

すばやく頷くと、彼はケイトから手を離した。

ブレンダがティーグに書類のサインをしてもらっているあいだ、ケイトに話しかけてきた。

「この人になら命を預けても大丈夫よ。わたしもそうしたけど、後悔はしなかったわ」

ケイトの緊張が和らいだ。「あなたもストーカー被害に遭ったの?」

「別れた夫からね。わたしはもう、夫がさんざん殴りつけていた彼の所有物じゃないってことを、どうしてもわからせてやれなかったのよ。ティーグがことの重大さを説明するまでは。それ以後は、さすがの夫も顔を出す勇気はないみたい」ブレンダは信頼しきった口ぶりで熱心に語った。

「そうさ。今はブレンダがデートする前には、相手のろくでもない男たちについて、いちいちぼくが調査するようにしてるんだ」ティーグは首を振ると、サインを続けた。

「ティーグの考えでは、わたしの好みの男性のタイプは決まってるんですって」ブレンダがケイトに言った。

「最悪のタイプだよ」ティーグはケイトの横を通って玄関を出ていった。

「わたしの人生は、もはやわたしのものじゃないの」ブレンダは文句を言ったが、それが本心からでないことはケイトにもわかった。ブレンダは声をひそめて付け加えた。「本当よ、彼ほど優秀なボディガードはいないわ」

ケイトが玄関ポーチで追いつくと、ティーグは道の左右に視線を走らせているところだった。ケイトのBMWに目を留める。「あれはきみのか? すごくいい車だな」

「ありがとう。わたしのお気に入りなの。これまで運転した中で、最高に走りのなめらかな五段変速車よ。コーナリングもすばらしいの」いやだ、わたしったら車のセールスマンみたいじゃない。

「キーをくれ、ぼくがエンジンをかける」ティーグが手を出した。

「その必要はないわ」

「その必要があるんだ。本当に」

この強面《こわもて》のボディガードは、ケイトに対する脅しを深刻に受け止めていた。きわめて深刻に――。ティーグは彼女を遠ざけ、車を調べてからエンジンをかけた。車から出ると、手招きしてケイトを呼び寄せ、彼女が乗りこむまでドアを押さえていた。「運転中はドアをロックしておくように。心配ないよ。後ろからついていくから」

心配ないですって？　わたしはストーカーに付け狙われていて、おまけにそのストーカーから守ってくれる人は、まったく違う意味でわたしをおびやかしているのよ。

ケイトは運転しながら、何度もバックミラーをのぞいた。何台か後ろに付けているティーグの運転の仕方を観察する。パッシングや無理な追い越しをしない、あの冷静なハンドルさばきなら、必要とあらばいつでも追いつくことができるだろう。スモークをかけたフロントガラス越しの彼は黒っぽい影にしか見えないが、ケイトのまわりのすべての人々にくまなく目を配っているのは間違いなかった。

ケイトは強引な男の扱い方は心得ていた。少なくとも、普通の女性並みにはわかっている。問題は――ティーグのそばにいると、彼と深い関係になるのがいかに愚かであるかを考えなくなってしまうことだ。まったく考えもしない。直感的に、本能的に反応してしまうのだけれど、それはやめなければならない。わたしは分別ある人間で通っているのだ。どこかから、その分別とやらをかき集めてこなくては。

いつもの駐車スペースに車を停めると、ケイトはブリーフケースを手に持ち、ティーグが車を降りるのを待ってからドアのロックを解除して彼のそばに行った。「何か見つけた?」

「いや、何も」ティーグは舌なめずりをしそうな目つきでケイトの全身を眺め回した。「くそっ!」

「ねえ、ミスター・ラモス、プロの仕事人同士はお互いに色目を使って時間を浪費したりはしないものよ」ケイトはきっぱりと言った。

「確かにそうだ」ティーグはそっと彼女の腕を取ると、州議会議事堂へ向かった。「一緒にぼくのオフィスを出てから、きみはまだ一度もぼくに色目は使っていない」

ケイトは肩をぐっと後ろに引いて、彼をにらみつけた。

「また目をぎらつかせてるな。襲われるんじゃないかとまだ不安なのか?」ティーグは心から気づかっているように尋ねた。恋を仕かけることよりも、ケイトの恐れを取り除くことのほうに関心があるかのように。

そこでケイトはそのことについて考えた。自分がまだ不安かどうかを考えてみた。ストーカーを阻止するために何かをすることが、自制心を与えてくれていた。

それにティーグは押しが強くて気にさわるところはあるが、いかにも有能そうで、それがケイトには心強かった。認めたくはないけれど、彼が一緒に住んでくれたら、よく眠れるだろう……少なくとも、夜中に突然襲われるのではないかとびくびくせずにすみそうだ。

「いいえ、大丈夫よ。あなたが安心させてくれたから。前ほど怖くはないわ」

ふたりは南ロビーから議事堂の建物に入った。

「警備センターに案内しよう。スタッフにきみを紹介する」ティーグは言った。

「わたし、上院の傍聴席の様子を見てくるわ。どうしても行かないといけないのよ。今日は学校財政改革法案——通称ロビン・フッド法案について話し合われているの。予算が減る立場にある裕福な学区の代弁者と、予算が増える立場の貧しい学区の代弁者が意見を述べることになっていて、もちろん議員席からはご立派な演説がたっぷり聞けるわ」ケイトは彼の脇をすり抜けていこうとした。

ティーグはさっと腕を出して彼女の行く手をふさいだ。「さっき言ったことは、お願いなんかじゃない。きみがずっとぼくと一緒にいるならいいが、そうでなければ、ぼくの部下にきみを引き合わせて、きみから目を離さずにいてもらう必要がある」

ケイトは驚いたように目をしばたたいてティーグを見た。とがらせたみずみずしい唇と、赤ん坊さながらの柔らかそうな肌に、甘やかされた少女の部分が見てとれる。彼女は自分のやりたいようにやることに慣れているのだ。事実、この〝わがままな女王様〟はかなり甘やかされてきたらしい。

「頼むよ、ケイト、そんなに時間はかからないから」ティーグはこれまでつきあったことのある、高収入で自分のことしか頭にない女性たちをおだてるのと同じ方法でケイトをなだめた。「あと何分かきみが行かなくたって、上院は消えてなくならないさ」

ケイトがあっさりと聞き入れたので、ティーグは驚いた。「確かにそうよね。どうせ、あの題材はリンダが取材するんだもの」笑って肩をすくめると、彼女はティーグとともに警備センターへ向かった。「わたしはあなたにインタビューをするんだけど。かまわない?」

「かまうようだったら、承諾はしなかったよ」実のところ、ティーグが取材要請に応じたのは、危険な目に遭っているレポーターがケイトだったからだ。初めて見たとき、彼女の物腰や品のよさ、はきはきした口調が気に入った。ティーグは誰が見てもギャングのボスだと思うような格好で人ごみをうろつき、彼女と目が合うのを待った。そしてふたりのあいだに燃えあがった炎に、自分でも驚いた。

ところが、どこかのろくでなしが彼女の自信の一部を剝《は》ぎとってしまった。

すべてではない。金と安全によって作りあげられた生まれ育ちは、ストーカーごときに消し去ることはできない。実際、これがほかの女性だったら、ティーグはこの恐怖は彼女がまさに必要とするものだと言っただろう。

だが、彼はありのままのケイトが好きだった。ありのままの彼女でいてほしかった。なのに、いまいましいことに、ますますケイトが欲しくなってきた——しかも彼女は依頼人だ。そのことは肝に銘じておかなければならない。

ケイトはメモ帳を取り出し、さっと開いた。ペンを片手に質問する。「警備センターはどこにあるの?」

ティーグは彼女の手に自分の手を重ねて制した。「テレビでは言えないことがある。せめてテロリストには自分たちで情報収集をさせよう」

「そうね」ケイトはメモ帳をしまうと、エレベーターのところでティーグに追いついて、二階へあがった。「気にしないで。情報の出し惜しみは、いっそう大衆の好奇心をそそるわ。あなたのことが報道されたら、すごい人気者になるわよ」

ティーグはケイトを見下ろした。〝そんなことはどうでもいい〟という言葉が喉まで出かかったが、それを言ってしまえば〝じゃあ、どうして取材を引き受けたの？〟と訊いてくるだろう。彼は自分の脳が生殖腺《せん》の命令に従ったことを認めるつもりはなかった。女性はどういうわけか、そのことを理解しない。「ぼくは議事堂の警備を指揮している。きみは議事堂のレポーターだ。この取材が会社のためになるなら、ぼくはこの身をきみの手にゆだねるよ」

ケイトは微笑んだ。今の言葉が気に入ったらしい。その言葉で、突然制御不能に陥った人生をいくらかでも思いどおりにできる気持ちになったからだろう。

ティーグには、ケイトはまるで若い男性版の『白雪姫』に見えた。透きとおるように白い肌、柔らかそうな頰、ビロードのようになめらかで肉感的な唇、顔を縁どるカールした黒髪。彼女は肉体をひけらかしたりはせずに、均整の取れた体を控えめに見せるくすんだ色の服で隠している。ティーグがふだんつきあっている、あえて危険な男とデートしたがる贅沢で金のかかる女性たちに比べると物静かで、プロ意識に徹していて、気どったところがない。

それでもケイトはプロポーションがよく、乳房はティーグのてのひらにすっぽりおさまりそうな大きさで、ウエストは細く、歩くたびにヒップが揺れる。すらりとした形のいい脚は、もっと見ていたい気持ちにさせる。歩き方にわざとらしさがない。ひとつひとつの仕草にしなを作ることはないが、彼女が人目を引く流れるような身のこなしを意識していないからといって、セクシーじゃないということにはならない。

「着いたよ」ティーグは強化金属製のドアの前に立った。電子掌紋認証装置にてのひらをかざして本人確認をさせ、暗証番号を入力すると、ロックが解除された。部屋に入りながら、彼は声をかけた。「きみたちの退屈な生活に、ちょっとしたお楽しみを与えてやろうと思ってね」

四人が顔を向けた。男性三人に女性がひとりだ。モニターがずらりと並び、ライトが点滅している。

ケイトはためらわずに中へ入った。「はじめまして。KTTVのケイト・モンゴメリーです。みなさんのボスの取材に来ました」

「おいおい、ボスがスターになっちゃうよ！」チーム・リーダーのチュンはカリフォルニア州出身の、独身でハンサムな二八歳のアジア系アメリカ人だ。早口で話すのが癖で、何かというとスタンフォード大学を首席で卒業したことを吹聴《ふいちょう》したがる。

一方、ティーグはチュンの専攻が美術だったことを人に言いたがった。

「キャッチフレーズが聞こえてくるようだな。〝きょうもきけんを顧みず、きれものぞろいのラモス・セキュリティ社！〟ってさ」技術担当のロルフは、ノースダコタ州出身のドイツ系アメリカ人。ブロンドの大男だ。

ビッグ・ボブは五四歳、生粋のテキサス人で、幸せな結婚生活を送っている。子供が三人に孫がふたり。彼はげらげら笑いながら、ティーグにハイファイブをしようと手をあげた。

「うまく韻を踏んだわね、ロルフ。ヘッドライン作りの仕事を探すべきよ」

ジェマは黒い肌の小柄な美人だ。

「それ用のコンピューター・プログラムがあるのさ。作ったのはぼくだけどね」ロルフはにんまり笑った。

ジェマは雌鹿のような茶色の目をくるりと回した。

彼らのはしゃぎぶりとからかいにケイトは面くらったが、ティーグは違った。この業界では目立ちすぎると容赦なく無視されるし、部下たちは彼を怖がってはいない。ティーグもふだんは別に怖がられたいとは思っていなかった……だがこの騒ぎで、多少は変化があるほうがいいかもしれないと証明されたわけだ。

騒ぎがおさまると、ティーグはケイトに全員を紹介した。「ここにいる警備のエキスパートたちは交代制で任務にあたる。廊下を歩いているスタッフにも、きみを紹介するよ。ぼくが近くにいないときに問題が起こりそうだと感じたときは、誰でもいいから知らせれば対処してくれる。全員がつながっているんだ」彼はドアのそばのフックにかけられた六組のイヤホンマイクを見せた。「部屋の外に出る前に回線でつなぐ」

「無線なの、それとも携帯電話？」

「無線だ。議事堂の周囲三キロまでの範囲をカバーできる。それ以上は携帯電話に切り替える」ティーグは部下たちに言った。「ケイトがぼくの――ぼくだけでなく、彼女がおもしろいと思えば誰でも――撮影をしているあいだに、ぼくたちで彼女のストーカーを捕まえる」

「わあ、テレビのインタビューだよ」チュンが言った。

「げえっ、ストーカーか」ビッグ・ボブが言った。

ビッグ・ボブは常に物事の核心を突く。

ティーグは脇へよけて、部下たちがケイトのまわりに群がるのを眺めた。男が三人に女がひとり、全員がインタビューしてもらおうとしている……というより、単に彼女の注意を引こうとしていると言うべきか。

「ほら、これが警備システムの中枢なんだ」チュンが何台ものコンピューターとカメラを指し示した。彼は女性の扱いがうまい。今はケイトに興味津々だった。

ケイトはチュンの好奇心に気づいていないようだ。「つまり、ミスター・チュン、この部屋から議事堂の建物全体を監視できるということ?」

「そのとおり」チュンは言った。

「違うね」ビッグ・ボブのゆったりしたテキサス西部訛りが、チュンのはきはきしたウエストコーストの口調にかぶさった。「この部屋で見るのは大まかな部分で、各棟にはそれぞれカメラがあって、監視室も個別にある」

ケイトの注意がビッグ・ボブに移った。彼はいくつものモニターの前に座り、画面から画面へと視線を動かしている。「それぞれの監視室には、常に誰かが詰めているの?」

「いや……」ビッグ・ボブはちらりとケイトを見た。彼女の熱い視線を受け、ただでさえ血色のいい頬が上気して、くすんだ赤色になった。

それを見たティーグは笑いそうになったが、ケイトはビッグ・ボブを励ますように微笑んだ。「定期的に誰かが部屋をチェックするの?」

「一五分ごとにね」ビッグ・ボブの頬の色が元に戻った。

ケイトが優しく彼の肩に手を置いた。

ティーグは自分の部下をケイトが落ち着かせるのを見守った。彼女は驚くほど冷静に、カメラの位置についてビッグ・ボブから聞き出した。監視室についても詳しい説明を引き出していく。

ケイトがメモを取っているあいだに、ビッグ・ボブがティーグに近づいてきた。「ボス、ファニータから具合が悪くて休むという連絡がありました」

「ファニータが?」ティーグはいつもの心配で胸が痛くなった。「理由は言ったか?」

「ふだんの大変な日だ、とだけ。彼女にはそういう日がありますからね。仕方がないでしょう」

「ああ」ティーグはファニータに電話したが、彼女が出ないので眉をひそめた。留守番電話にメッセージを残す。「電話をくれ！　ぼくの性格はわかっているはずだ。心配している」

それは本当だった。まったく、ファニータについては、いったいどうしたら心配せずにすむようになるのだろう。

しかし今は、ケイトを守る仕事に専念しなければならない。もしも警護の対象が……再び……傷つけられるようなことがあれば、ぼくは自分を許せないだろう。

ティーグは前に進み出た。「ぼくがケイトを案内してくる。モニターの彼女から目を離すな。彼女が議事堂内にいるときは、それがきみたちの任務になる。忘れないでくれ」

「ミス・モンゴメリーの監視なら楽しいだろうな」チュンが力をこめて断言した。

頬を赤らめながら、ケイトは黒いブリーフケースにあわただしくメモ帳とペンをしまった。ティーグはイヤホンマイクを手に取り、送信機をジャケットの内ポケットに入れた。人目につきにくいようにコードを整える。これなら、まるでイヤホンマイクをつけた携帯電話で話しているかに見える。

彼はケイトのためにドアを開けた。

部屋を出ていくとき、ケイトは微笑んで手を振った。「ありがとう、みなさん！　一緒にお仕事をするのを楽しみにしているわ」ティーグが重いドアを閉めると、彼女は言った。「ジェマとロルフは見覚えがあるわ。議事堂のあちこちで見かけたことがある。もっとも、議員の秘書か何かだろうと思っていたけど」

「きみは目ざといな」そう、ケイトは目ざとい。彼女は実に多くのことを吸収しているようだ。「もしもレポーターを辞める気になったら、ぼくが雇ってやるよ」

「ありがとう」コングレス・アヴェニューに続く南出口の前を通ると、ケイトは向きを変えてそのドアへと向かった。

「どこへ行くんだ？」ティーグは驚いて尋ねた。

「〈スターバックス〉よ。フラペチーノのダブル・ホイップを飲む時間なの」

「〈スターバックス〉ね」ティーグはうんざりしたように言った。「コーヒーなら、ぼくのオフィスにあるよ」

「フラペチーノが飲みたいのよ」

外に出てもかまわないだろう、とティーグは思った。ケイトはふだんどおりに振る舞うべきなのだから。それでも、いささか馬鹿にする口調になった。「女子供の飲み物じゃないか」

ケイトはにっこりと微笑み返した。「わたしは女だもの」

確かにそうだ。

ほかの女たちとそんなに違わない女性ではあるけれど、ケイトの何かに、いやおうなしに惹きつけられる。容姿のせいだけではない。彼女のそばに寄るといい匂いがする……豊かで健全な匂いだ。〝健全な匂い〟という言い方はおかしいと言われるかもしれないが、ティーグはそうは思わない。彼の少年時代にまつわる匂いは、すべて健全とは正反対のものだった。彼が育った国境の町には、何ひとつ健全なところはなかった。狭い路地裏と腐った生ごみと蒸し暑さは、何ひとつ健全ではなかった。だから、とティーグは思う。だからぼくは、ケイト・モンゴメリーとは正反対の人間になったのだ。彼女は健全で、ぼくは……違う。

彼女は金持ちの出だ。

彼女はおそらく、お嬢様学校に通ったのだろう。

彼女はおそらく、大学では女子学生クラブ《ソロリティ》に所属していたのだろう。

彼女はおそらく、自責の念を感じるようなことは一度もしたことがないだろうし、過去に〝おい、このクソガキが〟という甲高い叫び声を聞いたことはないだろう。

ケイトが依頼人であることを忘れてはならない。それを忘れたところで、ふたりのあいだの大きすぎる距離は縮まらないし、ぼくにつきまとう過去から一時的に解放されるにすぎないのだ。

過去が消えることはない……永遠に。

この秋初めての寒冷前線が、オースティンをじわじわと通過中だった。むっとする湿気が一掃され、身の引きしまるような冬の気配に変わりつつある。ケイトは両腕を大きく伸ばして深呼吸した。「すごく気持ちがよくない？　テキサスの冬は大好きよ」

「ほかにもいろいろな場所で冬を経験してきたんだね」ティーグはケイトとおしゃべりをすることで、彼女を付け回している人間に関する手がかりを引き出そうとした。別れた恋人だろうか？　古い友人か？　彼は興味があった。ありすぎるほどに。金色の陽光を受けて輝くケイトの魅力的な顔立ちに、思わず心を引きこまれそうになる。

ティーグは反射的に、道行く人々を注視した。秋の日差しにきらっと光る銃器がこちらを狙っていないか目を凝らしながら、ケイトからも視線をはずさなかった。

「そう、ずいぶんいろんな場所でね。いちばん最近はナッシュヴィルよ」彼女はなめらかに言葉を継いだ。「ちょうどわたしたちがいたときに、何年かぶりの大雪が降ったの。そんな雪の中でどうやって車を運転したらいいか、誰にもわからなかった。どの車も、みんな溝にはまっていたわ」

「わたしたちって？」かつての恋人のことを言っているのだろうか。

「母とわたしよ」ケイトはからかうような笑みを浮かべた。「ほかに誰がいるの？」

「お母さんだよ、もちろん。お母さんは今、どこにいるんだい？」

「このオースティンに住んでるわ」

「仲がいいんだね」よすぎるくらいに。

いきなり目の前が灰色の影に覆われ、ティーグは頭の中であの金切り声を聞いた。母親の声だった。〝なんてこったい、ティーグ、このクソガキが、あの子を不良の喧嘩に連れていくなんて。そんなろくでもないことをするんじゃないよ。おまえは白人の血が混じった出来そこないだ。ナイフで刺されたって、誰も気にかけやしない。あたしだってそうさ。だけどあの子は――〟

「そうなったのは父が亡くなってからよ」ケイトはぎこちなく微笑んだ。

「えっ？　ああ、そうか」ティーグはケイトと母親を親密にさせた事情を思い起こした……。彼女たちは愛し合っている。たいていの母と子は愛し合っているものだ。「ストーカーを捕まえるには、きみが立ち寄る場所のリストが必要になる。食料雑貨店、スポーツジム、パーティ、いちばん新しい恋人とのデート場所」

「デートなんかしないわ」

それは信じられない。「どうして？」

「出会いがないのよ。友達がひとりもいないの」ケイトは低くセクシーな声で楽しげに喉を鳴らし、含み笑いをした。「ずいぶん哀れっぽく聞こえない？　つまりね、仕事で忙しくて、ここでは友達を作る暇がないのよ。オースティンでは、まだ」

「ふだんの立ち寄り先を教えてくれ」

「食料雑貨店、スポーツジム」ケイトはティーグが推測したとおりの場所をあげていった。

「あとでリストを渡すわ。それから、母の家にも行くわよ」彼女は顔を輝かせた。「今度の木曜日の夜にパーティに招かれているの」

「そいつはいい！」それは期待できる。「場所は？」

「オーバーリン上院議員が、結婚記念日のパーティに招待してくれたのよ」

「オーバーリン上院議員だって？」ティーグは自分の運のなさが信じられず、笑いたくなった。「それはまた、大いに楽しめそうだな」

「何を期待していたの？」ケイトの声がいらだたしげな響きを帯びた。「ドラッグに、ワイルドなダンス？」

「そうしたことは、そのパーティでは絶対にありえない。ジョージ・オーバーリンは、まともなことしか言わないまともな人間ばかりを集めたパーティを開くことで有名だ」ティーグはケイトのあとに続いて〈スターバックス〉に入った。

「要するに、あなたは一度も行ったことがないのね?」ケイトは彼のプライドを傷つけるような言い方をした。

「ボディガードとして行っただけだよ」

「そう」それでケイトは、その話をやめてしまった。

やれやれ。

カウンターの向こうの女性が声をかけてきた。「いらっしゃい、ケイト。いつものですね?」

「ええ、お願い」ケイトは言った。

「ぼくはスコーンを」ティーグはにこりともせずに立っていた。「それとコーヒー、ブラックで」

店員たちが注文の品を用意しているあいだ、ティーグはショーケースにもたれて、冷たい視線をケイトからそらそうとしなかった。「その良識ある人々は馬鹿でかいダイヤモンドをお持ちだから、警護が必要になる。ときにはご婦人方が、危険そうな男を鎖につないだドーベルマンよろしく連れ回したがることもあるんだ。そういうわけで、ぼくは上流社会のパーティには何度も行ったことがあるよ」

「あなたのおかげで行くのが楽しみになったわ!」ケイトは明るく言った。

「だろうね」ティーグはふたり分のコーヒーに大金をはたくと、壁際の席へ向かった。椅子を引いてケイトを座らせ、自分は複数の窓から外が見える位置に腰をおろし、客が入ってくるたびに目を凝らして危険がないかどうか確かめた。

ケイトは、いかにもコーヒーが飲みたくてたまらなかったというように嬉々《きき》として、甘ったるい飲み物に口をつけた。メモ帳とペンを取り出し、さっそく仕事に取りかかる。「教えて、ティーグ、あなたのところの社員は何人いるの？」

「正社員は八人」彼はスコーンの半分をふた口で食べた。「それとは別に、必要なときに呼び出せる契約社員が二五人いる。仕事のほとんどは監視だから、目ざとくて、トラブルを引き起こしそうなことに敏感な人間なら誰でも使える」

「その人たちを訓練するの？」ケイトはもうひと口飲んだ。

「監視の仕事に、別に訓練はいらない。ぼくが彼らをテストするんだ。なんらかの兆候を察知できる人間だとわかったら雇い入れて、いくつかアドバイスを与えて仕事につける。彼らは人に強制されずに自分から仕事をして給料をもらうのが好きだ。ボディガードは違う。たいていは元軍人で、武器を扱ったり、素手で戦ったりした経験がある。うちの連中は最高だよ」

「その人たちはどうやって見つけたの？」

「大半はぼくと一緒に軍隊にいた連中だ」ティーグはケイトのペンがメモ帳の上で止まるのを見た。重苦しい沈黙が広がる。ほとんどの女性は――彼が知っている女性はひとり残らず――その情報に飛びついて、いろいろ個人的な質問をしてくる。

ケイトも尋ねて当然だが、ためらっていた。ティーグの経歴を掘り下げて調べるのが仕事なのに、それをする勇気が出ないようだ。

なぜだろう？　ああ、わかったぞ。ぼくと同じように、心惹かれるものを感じているからだ。ケイトはこれまでそれを否定してきたが、ぼくの私生活を調べ、ぼくのことを知っていくにつれて、肉体的にではなく精神的、感情的に親密になる危険を冒すことになるからだ。

ケイトは女だ。女たちは——ぼくがかかわりを持った女たちは——セックスはセックスとして楽しむが、親密さというものにころりと参ってしまう。

どうせケイトは、じきにぼくと顔を合わせる必要はなくなるのだ。

ティーグは手を止めたケイトがどうするか見守っていた。そして彼女が自分のカップをそっとこちらに押しやるのを、驚くと同時におもしろがって眺めた。

「飲んでみて」

「ひとつ条件がある」彼はスコーンをケイトのほうへ押しやった。

それは食べ物によるきわめて文化的な闘いだったが、このふたりでは勝負がつきそうもなかった。ティーグはケイトのフラペチーノを味見するのはごめんだし、ケイトも彼のスコーンの味見は気が進まない。

ケイトが興味津々で見ていると、ティーグはカップを口へ持っていき、ひと口すすった。

さあ、どうだ、と言わんばかりの目で彼女を見る。

ケイトは椅子の上でもぞもぞと体を動かした。彼といると落ち着かなくなる。

それでも彼女は挑戦的な目で見返すことができた。わたしだって、いろいろ経験を積んできたのよ。うまくやる手段のひとつやふたつは知っているわ。

ケイトはスコーンを小さくちぎると、ゆっくり唇へ運んで口に入れた。「気に入った？」かすれた声で尋ねる。

「何が？」ティーグは彼女の唇から目をそらそうとしなかった。

「フラペチーノよ」

「気に入ったよ」彼はカップを押し戻した。「もっと飲めよ——そして必要なことを質問すればいい。というより、質問できるならしてみろと言うべきかな」

ケイトはティーグが仕事に長けている理由がわかった。彼は実に目ざとい。観察力がきわめて鋭いのだ。彼女はティーグの私生活について尋ねたくなかった。プロに徹したいと思っているのに、それを訊けばふたりの関係に親密さが生じてしまう……けれど仕事をまっとうするには、彼の挑戦にいちいち反応するのをやめなければ。「あなたは軍隊にいたのね。いつ入隊したの？　どこの部隊に？　どれぐらいの期間？」

「入隊したのは一八歳のときだ。いつかは大学に行きたいと思っていたんだが、高校生のときに母親が亡くなり、おまけに学校をさぼりすぎたおかげで奨学金をもらえなかった。だから四年間海軍に入り、それから大学へ行って、そのあとはスーツを着てブリーフケースを持つような仕事につこうと思ったのさ」ティーグは若いころの自分をおもしろがるように笑った。「軍には八年間いた。特殊部隊に配属されて、ずいぶん鍛えられたよ。それで自分には統率力があることに気づいた。除隊したときには、ブリーフケースは持ちたくなくなっていた。それで五年前に警備会社を始めた。二年前に州議会議事堂の警備業務の契約を得た。それで現在に至るというわけだ」

「わかったわ」ティーグが饒舌《じょうぜつ》なのが、ケイトには意外だった。これまで多くの人々にインタビューしてきたが、自分のことを語る機会を与えられて喜んで話してくれる人がほとんどだった。それに対して彼は、自分の過去を話したがらないタイプのような印象を受けたのだ。もちろん、ティーグが嘘をついている可能性はある――ケイトは彼の顔をじっくり観察した――でも、もしそうだとしたら、彼は嘘をつくのがとてもうまい。「どこで育ったの?」

「国境沿いにある小さな町の貧困地区だ。父はぼくが幼いころにいなくなり、二度と会うことはなかったし、ぼくらはなんとか食べていくのが精いっぱいだった」

ティーグは自分の不幸をあまり気にしていないようだ。「ほかに家族は?」ケイトは尋ねた。

「いない」

「ひとりも? 感謝祭には誰と食事をするの?」

「トラックのサービスエリアに集まる連中だ」彼は微笑んだ。「いいやつらだよ」

「ええ」ケイトは唇を噛んだ。「確かにいい人たちだわ」そうでなければ、彼らのことを話したがるはずがないのは明らかだ。「ボディガードなんて珍しい職業よね。何がきっかけで、そっちの方向へいったの?」

「軍隊にいたときに、ボディガードをしている連中の話が出て、報酬がどんなにいいかとか、人が怖がるような格好で立っているだけでどれほど金をもらえるかという話を聞いたんだ。特殊部隊を経験したあとだから、ぼくは楽に金を稼ぎたかった。ところがそういう仕事には、あっというまに飽きてしまった。小さな組織でも大きな会社にできると気づいたんだ。今ほど安全が求められているときはないし、一か八《ばち》か賭《か》けてみようという男にとっては、とびきりの機会がそこにあったというわけだ」

「今はデスクワークに専念しているの？　それともまだ現場に出ているの？」

「ぼくは社長だ。自分がやりたい仕事だけを引き受ける」ティーグはまた、あのゆったりとした強烈な笑みを浮かべた。

　もちろんそうよね。つかのま、ケイトはいつもと変わらない安心感が戻ってくるのを感じた。まるでストーカーなんかにつきまとわれてなどいないみたいな……。だって、ティーグが守ってくれているのだから。

　そのとき、彼がジャケットの内ポケットに手を入れて携帯電話を取り出した。発信者番号をひと目見るなり、「失礼」と断って電話機を開くと、いかにも優しい口調で言った。「具合はどうだい、ケリーダ？」

　ティーグは相手の話を聞いているようだったが、見る見るうちにその顔から笑みが消え、厳しい表情になった。ケイトにちらりと目をやる。彼女への関心はほとんどうせて、まるで見ず知らずの他人を見るような目だった。彼はついさっきまでケイトに示していた思いやりを、今は電話の相手に向けて言った。「もちろんすぐに行くよ」再び耳を傾ける。「何を言うんだ、きみのことなら何をおいても飛んでいくさ」

彼は誰と話しているのだろう？　〝愛しい人《ケリーダ》〟とスペイン語で呼んでいたけれど、恋人でないことは確かだ。恋人なら、あれほど一生懸命にご機嫌とりをするはずがない。家族？彼は家族はいないと言っていた。別の案件だろうか？　別のストーカー事件？　ほかにも危険にさらされている女性がいて、彼が守っているの？

「ここの用事を片づけたら、すぐにそちらへ行くよ」ティーグは電話を終えて立ちあがると、ケイトにドアを指さした。

彼女はティーグのあとに続き、彼が窓越しにすばやく通りに視線を走らせるのを眺めた。ティーグは気もそぞろなのかもしれないが、それでもケイトの安全のための警戒は怠らなかった。

「ケイト、きみを議事堂へ送っていくよ。あとは部下に警護を任せる」ティーグは先に立って通りを歩き、議事堂へ向かった。「部下の誰かがきみを自宅に送り届けられる手はずがつくまでは、決して議事堂を離れないでくれ」

ケイトは急に不安になった。あたりを見回すと、通りの角で笑いながらバスを待っている議員付きのメッセンジャーボーイたちの中に、そして議事堂の敷地内を歩き回る見学者たちの中に、危険人物がひそんでいるような気がした。ティーグがそばにいなくなったら、ケイトがよく知っている大好きなこの街も、もはや安心はできない。「でも、わたしはあなたとずっと一緒にいることになってるのよ」彼女は言い返した。「あなたの生活を取材するんだから」

「個人的な用件なんだ」ティーグはすべての注意をふたりのそばを通り過ぎる歩行者と車に向けながら、完璧に礼儀正しく、完璧によそよそしい口調で答えた。

「個人的な用件？」ケイトは尋ねずにはいられなかった。「それが感謝祭の日にトラック運転手のたまり場なんかで食事をする人の言葉かしら？」

ティーグは唇をゆがめた。目が優しくなる。「ぼくは嘘をついた。感謝祭は友人たちと食事するんだ」

「ふうっ」ケイトは額を拭うまねをした。「あなたが重度の社会的不適応者じゃないかと心配しちゃったわ」

ティーグの楽しげな様子はまたすぐに消え去り、声はこれまで聞いたことのないほど辛辣な響きを帯びた。「ぼくの生活はごく普通だよ。典型的なアメリカ人の生き方を宣伝して歩いてるみたいなものだ」彼はイヤホンマイクで部下に話しかけ、ケイトの警護を引き継がせた。

それがすむと、ケイトは説得するように彼に語りかけた。「あなたの個人的な用件についてレポートすれば、話に人間的な奥行きが出て、視聴者にも好感を持たれるわ」

「視聴者がぼくに好感を持とうが持つまいが、大した問題じゃないさ」ティーグはケイトを議事堂の大きな扉の中に促した。「きみはもう部下たちの監視下にある。議員に関する情報を集められるかどうか、やってみるといいよ。きっと激論を交わしているはずだ。ただし、テレビには映らないこと、ひとりでこの建物を出ないこと。ぼくもきみが家に帰りたくなるころには戻ってくるから」

ケイトはティーグが歩み去るのを見送った。なんとしても普通の生活に戻りたいという熱い思いがこみあげてくる。かかってきた電話には出たいし、電話の向こうの沈黙に不安を感じたくない。ましてや〝出ていけ、売女〟なんて声は聞きたくもない。車が突進してくるのではないかと気をもまずに道を歩きたい。

もう二度と安心感を持てないような気がする――ティーグ・ラモスが横に立っているとき以外は……。

そのことに、ケイトはストーカーに対する不安以上に困惑を覚えた。

ティーグ・ラモスは自分の鍵を使って、オースティンの中心部に近いアパートメントに入り、後ろ手にドアを閉めた。寝室に入ると、ベッドに近づいて身をかがめ、そこに横たわっている女性にキスをした。深い愛情をこめて、彼女の茶色の瞳に微笑みかける。「ケリーダ、きみからの電話が、今週いちばんうれしい出来事だったよ」

6

ケイトは不安を感じながら、駐車スペースに停めた愛車の中に座って、フロントガラス越しにアパートメントを眺めた。そこが我が家だ。それは五階建ての倉庫を改造した築五年に満たない建物で、大きな窓ときしんだ音をたてる貨物用エレベーターがついている。そのエレベーターも取り換えるべきだったのにそのままになっているのだが、いい雰囲気を醸し出しているのは確かだ。鉄製の大型ごみ箱が駐車場の脇に置かれ、細長い芝地が駐車場のいかめしいコンクリートの印象を和らげている。丈の高い街灯が駐車場を照らし、複数の防犯カメラが外に向かって取りつけられていた。

この界隈《かいわい》は、まだダウンタウンのスラム街から流行《はや》りのアパートメント街に変わる途中だったが、ケイトはここが好きだった。楽しくて、現代的で、古い倉庫街の中にあるこの場所が気に入っていた——今までは。ケイトはドアをロックし、車内に座ったまま、ティーグが来客用スペースに車を停めて彼女の車に近づいてくるのを待った。

彼がそうしろと指示したからだ。ケイトは青い革張りのハンドルの渦巻状の模様がてのひらにつくぐらい、きつくハンドルを握りしめた。

ケイトはストーカーが暗闇にひそんでいるかもしれないことより、ティーグの命令に従わなかったときに彼がどんな態度をとるかということのほうが気にかかっていた。彼女の不安はまさにそれが原因だった。実のところ、人生のどんなことよりも、これから始まる夜のことのほうが心配で、不安に胃がよじれた。自分の安全ではなくティーグのことを考えているなんて、本当に馬鹿みたいだ。

それでも昼間はティーグの仕事をずっと追いかけ、その活動についてメモをとり、仕事について説明する彼の低い声に耳を傾けた。彼の存在がざらざらした感触になって肌にこすりつけてくる感じがしたが、その夜、一緒に帰宅すると知ったことで、ついにひりひりと痛むほどになった。

さらに悪いことには四時間も――なんと四時間も！――放っておかれて、身の安全は有能な人たちに守られているとわかっていたにもかかわらず、大好きな仕事に集中できなかった。ケイトはティーグの声が聞こえるのをずっと待っていた。そばにいて安心させてほしかったのだ。

自分の安全を守ってくれるはずの男性に心を乱されるなんて、わたしはなんとひどい状況に陥ってしまったのだろう。

ティーグに運転席の窓を叩かれて、ケイトはぎくっとした。車が揺れるほど激しく飛びあがる。顔を向けると、彼が窓越しに微笑んでいた。ゆったりとしたセクシーな笑みだ。

彼はロックを解除するように身ぶりで示した。

運転席のドアを開け、ティーグはケイトの腕を取った。「部屋は何階?」

「五階よ」ケイトは下着が見えないように注意して両脚を外に出した――南部育ちの母親から、車体の低い車から上品に降りる方法をきちんとしつけられていた――が、ティーグの目をちらりと見ると、どんなに気をつけても、彼の狩猟本能を抑えるには不充分なことがわかった。

「どうやってこの場所を見つけたんだ?」ティーグはダッフルバッグを手にして、ケイトに歩調を合わせて歩いた。彼の視線が彼女と周囲を行き来する。

「母の親友の子供が施工業者なの。アパートメントの居住者のひとりが立ちのかされたときに、わたしがその部屋を契約したのよ」

「立ちのかされた理由は?」ふたりは玄関口に入り、ティーグは周囲を注意深く見回した。コンクリートの床と高い天井が、いかにも元は倉庫だったという感じだが、内装業者は壁を渦巻き模様のある温かなオレンジ色に塗り替えていた。壁に取り付けた琥珀色のガラスと青銅の燭台《しょくだい》が玄関を照らしている。

「家賃が払えなかったのよ。月々の支払いが遅れて」これから何日かのあいだ、ティーグが同居することになる。あいにく彼はとても魅力的だ。それはケイトにはどうすることもできないけれど、かといって欲望のうずきを満足させる必要もない。

「彼の名前を知っているか?」

「いいえ、でも、わかると思うわ」わたしは大人よ。ヴァージンじゃない。強い心と確かな直感を持った大人の女性だわ。

「ぼくが調べる」

ティーグの語気に、ケイトはぎくっとして注意を向けた。彼があたりを見回す様子、彼女の一歩後ろを歩く様子……わたしはまたしても、ティーグがここにいる理由を忘れていたわ。

彼は忘れていなかった。携帯電話を開き、番号を押して言う。「ビッグ・ボブ、ここの住所に以前、誰が住んでいたかを突き止めて、そいつと話ができるか確かめてくれ。我々が興味を持っているやつかもしれない」

ティーグが携帯電話を閉じると、ケイトは尋ねた。「その人がストーカーだと思っているの？」

「その可能性はある。きみに家を乗っとられたと思いこんで腹を立てているのかもしれない」

今の部屋のことを自分よりもよく知っている男がいるかもしれないと思うと、ケイトはぞっとした。そうなると、また状況が変わってきて、ティーグが同居することが新たな意味合いを帯びてくる。ケイトは想像がつく気がした。ティーグが侵入者と格闘し、その男を倒して縛りあげたあと、彼女に向き直るところを。彼は額から汗を流しながら胸を波打たせ、ごほうびを要求しようとして……。

「この建物の入口はあそこだけかい？」ティーグが尋ねた。

「えっ？」いいかげんに空想するのはやめなさい。「いいえ、裏口があるわ」

「裏口にも監視カメラはあるのか?」

「ええ」ケイトは次の質問を先読みした。「全部、機能しているわ。住宅所有者組合がクレオパトラ・セキュリティ社にお金を払って、この地域の警備をさせているの」

ティーグは不満とも満足ともつかない声で唸った。「あの会社なら信頼できる。監視カメラのテープを見せてもらえないか頼んでみるよ」彼はエレベーターのボタンを押しながら、にやりとした。「施工業者はきみのお母さんの親友の子供なんだろう? ハンサムかい?」

「彼女はとても美人よ。大工仕事も得意なの」貨物用エレベーターの幅広のドアが開き、ケイトは乗りこんだ。「紹介してほしい?」

「いや、今のところは手いっぱいだからね」すぐあとから、ティーグもエレベーターに乗った。

わたしは数に入ってないでしょうと言い返そうとしたが、ケイトは思いとどまった。そんな軽口を叩けば、手にあまるトラブルを招くことになる。それなのに、小さな誘惑が心の中に忍びこんでくる……もしもティーグの魅力に負けて彼とベッドをともにしたとしても、どんな不都合があるというの? 恋に落ちるわけじゃあるまいし。

ケイトは横目でティーグを見た。とてもすてきに見える。彼女は大きく息を吸った。エレベーターという狭い空間で、彼はいい匂いがした。温かい清潔な肌と、サンダルウッドのような匂いだ。

ドアが開くとそこは通路で、やはりオレンジ色に塗られ、琥珀色のガラスと青銅の燭台で飾られていた。注意して見ていなければ気づかないほど、ティーグの動きはなめらかだった。エレベーターを降りるとすばやく周囲を見回し、防犯カメラと、向かいの閉じた三箇所のドアに目を凝らす。彼は通路が安全なことを確かめると、ケイトが降りられるようにエレベーターのドアを押さえた。その顔はすっかりリラックスしているふうに見える。だが、そうではなかった。彼はケイトを守っていた。いかなるときも彼女を守っているのだ。

ケイトは自分の部屋のドアへ歩いていき、鍵を差しこんで脇へよけた。ティーグが家の中を細かく調べるのを見ながら、ごくりと唾をのみこむ。彼なら命をかけてわたしを守ってくれる——それがわかっていること以上に、すてきなことがあるかしら?

分別くさい声が、頭の中に冷たくはっきりと響いた。〝だって、それが彼の仕事なのよ、ケイト。彼はあの男らしさの大部分を、仕事を成功させるために投じているのだから。そしてちょっぴり残った男らしさを、あっというまのセックスと、あっというまの別れで満たしているのよ〟

頭の中のそのいまいましい声が、ケイトは嫌いだった。

ティーグは下の階を歩き回っている。リビングルームはメゾネット形式になっていた。色とりどりの非対称なまだら模様の大きな絨毯が、タイルの床を覆っている。ギリシャの島々でよく使われる純白と明るいブルーで飾られた開放型のダイニングキッチンが、リビングルームに続いていた。キッチンの天井のラックに銅製のフライパンがいくつも吊るされ、一本の鎖にはインドネシアのお守りがぶらさがっている。

ティーグがケイトを振り返った。「いつもと違うところはないかい?」

「ないわ」玄関から見るといつもどおりで、ほとんど片づいている。金曜日に来たハウスキーパーのおかげだ。

壁際の螺旋階段をあがった先は、広いロフトになっている。「上には何があるんだ?」ティーグが尋ねた。

「寝室よ」

「もう入っていいぞ。ぼくは寝室を見てくる。きみは夕食の支度を始めてくれ」

ケイトが食事を作るのが当然という言い方が、彼女の感情を逆撫でした。「ピザのトッピングは何がいい?」

ティーグの眉があがった。「きみはピザを好むような女性には見えないけどね」

「わたしはレポーターよ。ピザで生きてるの」それほど食べたいと思わなくても、かなりの量を食べている。とくに仕事中は……。

「ここは、いかにもレポーターの住まいって感じじゃないな」彼は、クリーム色と茶色の革張りの家具や、アフリカの豊穣《ほうじょう》の神々のコレクションを身ぶりで示した。

「信託財産があるとこうなるのよ」ケイトはそのあとに、ニュース編集室で耳にしたような嫌味な言葉が続くものと覚悟した。でなければ、ストーカーにつきまとわれているのは金を持っているせいで、それは彼女に責任があるのだとほのめかす質問が続くに違いないと。

ところがティーグは言った。「全部」

になる。

「えっ？」

「トッピングは全部だ」ティーグは階段をあがりはじめた。

ケイトは彼が寝室に入っていくのを見守った。結局、最終決定権はティーグにあったことになる。

彼女は冷蔵庫に留めたマグネットの〈パパ・ジェリーズ〉の電話番号にかけ、Lサイズのミックスピザを注文した。そのあと、緊張したまなざしで階段を見つめた。温かみのある琥珀色でシンプルにまとめ、台紙を貼《は》って額に入れたインドのシルクペインティングを壁に飾った寝室を、ティーグはどう思うかしら。

なぜそんなことが気になるの？

残念ながら、ケイトはその理由を知っていた。ティーグが一緒にいることや、彼とベッドをともにすることについて考えるのをやめなければならないのはわかっている。いつからわたしは、自分を傷つけるに違いない男たちを好きになるような女になってしまったのだろう？　わたしはハンサムな女たらしに熱をあげるほど世間知らずではなかったけれど、今はティーグとひと晩——あるいはそれ以上を過ごすことを正当化しようとしている。

じゃあ、わたしはティーグのことをどう扱えばいいの？　彼がここにいるのはストーカーを見つけるためだ。ダイニングルームのそばに空いている寝室はあるけれど、就寝時間までにはまだ間があるし、このとおり、彼はわたしのプライベートな空間にまで侵入しつつある。

ケイトは大理石のキッチンテーブルにランチョンマットを並べたが、すぐにそれを片づけてリビングルームへ持っていった。コーヒーテーブルの天板もキッチンテーブルと同じグリーンの大理石で、カウチはクッションがふかふかで座り心地がいい。もっとも重要なのは、カウチの向かいの壁を覆うテレビだった。ふだんはKTTVにチャンネルを合わせてあるが、ケーブルテレビは番組数が最大のパックを契約しているので、ありとあらゆるスポーツチャンネルを見ることができる。これならティーグも退屈しないだろうし、互いにひと言も言葉を交わさなくてすむ。

　ケイトは座る位置をあれこれと考えた。カウチに座れば、テレビに顔を向けるのでふたりで向き合うことはないけれど、肩と肩がぶつかるうちにいつしか一糸まとわぬ姿になって、カウチの上で一戦交えることになるだろう——また、ろくでもない空想が始まったわ！——もしも、体をしゃんと立てたままにしておきたかったら、前もって作戦を練っておかなければ……。

　ケイトは一枚のランチョンマットをカウチと直角の位置にある椅子の前に置いた。

わたしはここに座ろう。

　フォークとナプキンを置き、それから冷蔵庫の中の、どのビールを選ぶかで迷った。ティーグは、わたしがいつも飲んでいる手づくりのビールよりも、バドワイザーのほうがいいのだろうか。

　心の中で肩をすくめ、彼は出されたものを飲むだろうと判断して、ブルー・ムースという麦芽醸造酒《エール》を二本、栓を抜いてリビングルームに運んだ。

「いいところだな」ティーグが階段を下りてきて言った。

ケイトはビールの瓶を手渡した。「前の家主の趣味よ。わたしも好きだけど」

「つまり、何も変えていないということかい？」

「家具はね。テレビの後ろの壁はクリーム色に塗ったわ。絨毯はわたしのよ。ここで食べようと思ったんだけど」ケイトはカウチを指さした。「フットボールの試合でも見ながらね」

彼女はチャンネルを変えて、テキサンズとカウボーイズの試合を見つけた。音量を下げ、リモコンを自分のランチョンマットの上に置く。

「そいつはいいな」そう言いながらも、ティーグは本棚のほうへ向かった。「どんな本を読んでるんだい？」

その質問は、興味津々のデート相手が話しかけてくるのと同じくらいあたりさわりのないものだった。ケイトは自分が過剰反応していることはわかっていた。でも……彼はなぜ知りたがるのだろう？　どんな本を読むか、どんなふうに部屋を飾りつけているか、わたしはどんな人間かなんて、詮索されるいわれはない。「ミステリー、ロマンス、サイエンスフィクション、ファンタジー」

「ロマンスだって？」当然のことながら、ティーグはそれを聞き逃さなかった。「いったいどうしてロマンス小説なんか読むんだ？」

「その代わりを見つけたくても、あなたみたいな男たちしかいないからよ」ケイトは明快に答えた。

ティーグは頭をそらして笑った。「ロマンス小説は女々しい連中の読み物だ。現実の生活を直視することを怖がる人々のためのものだよ」

彼はからかっているんだわ。ケイトもそのことはよくわかっていた。それでも、それに食いつかずにはいられなかった。「わたしはレポーターよ。現実の生活を毎日、直視しているの。現実の生活がどんなものかも知っている……ジェームズ・ボンドの最新の映画は気に入った？」

「きみは現実の生活を何もわかっていない」ティーグは軽い調子で言った。まるで冗談でも言っているようににやりとしたが、ケイトには真剣そのものに聞こえた。

「じゃあ、教えてよ、物知りさん《ミスター・ワールドリー》、現実の生活とはどういうものなの？」ドアの呼び鈴が鳴って、ケイトはピザを受けとりに行った。

彼女がノブに手を伸ばしたそのとき、ティーグが手首をつかんだ。「現実の生活では、相手を確かめもせずにドアを開けることはありえない」

「わかってるわよ」ケイトが手首を引くと、彼は手を離した……しばらくたったあとで。

ケイトはコーヒーテーブルに戻り、フォークをナプキンのきっかり真ん中に置くことにやっきになった。

ティーグはのぞき穴から相手を確認した。どうやら満足したらしく、ドアを開け、ピザを受けとって代金を払うと、それをコーヒーテーブルに持ってきた。ランチョンマットとナプキンとフォークを見て微笑する。「いい感じだ」

ティーグのいったい何が、わたしの心をこんなにかき乱すのだろう？　まだ一二時間しかたっていないのに、ほかのどの男性よりも性的に意識してしまう。ティーグが何をしたというわけではなく、彼の存在だけでそうなるのだ。彼に対するわたしの体の反応は恐ろしいくらいで……。

「ファーストダウンを取られたわ」ケイトは言った。「この試合、間違いなくテキサンズが負けるわね」

「いや、今日は調子がよさそうだ。ぼくは勝つほうに賭けるよ」

「賭ける？」テキサンズは今シーズン、まだいいところなしだ。それはカウボーイズも同じだが、今は第三クオーターで二一点、カウボーイズがリードしている。「勝つほうに？」

ティーグは頷いた。

「いくら賭ける？」

「一〇ドル？」

彼はテーブル越しに手を伸ばして握手を求めた。

ケイトはティーグの手を握った。彼はしっかりと手を握り返した。力はこもっているが、強引ではない。

「ところで、どうしてそんなにフットボールに詳しくなったんだい？」ティーグが尋ねた。

「父がスポーツマニアだったのよ」ケイトは懐かしそうに微笑んだ。「わたしが一歳のときに、父はわたしを膝にのせて、ボークとバントの意味を説明してくれたの。わたしは三歳になる前に、ナショナル《N》・フットボール《F》・コンファレンス《C》のクオーターバックたちの名前をそらで言えたわ。一一歳のときにサッカーをやっていて脛《すね》の骨を折り、わたしのゴールキーパーとしてのキャリアは幕を閉じたの。父はがっくりきてたけど、母はほっとしてたわ」

「じゃあ、この賭けには絶対に負けたくないよな？」

　ケイトの負けず嫌いが頭をもたげた。「負けやしないわよ」

「そうかな？」彼は画面を指さした。

　テキサンズがフィールドゴールを決めた。

「勝つにはまだまだだよ」ケイトは言った。ピザにかぶりつくと、さまざまな味が口いっぱいに広がった。ペパロニ、トマト、チーズ、マッシュルーム、玉ねぎ、ピーマン、そしてガーリックの風味。このピザはロマンティックなムードには不向きだけれど、だからこそ、わたしはこれを注文したのかもしれない。ティーグの魅力に抗《あらが》うための策を何か講じなければ、わたしは彼とベッドをともにしてしまうに違いないからだ。なぜなら彼は――そこまで考えて、ケイトは身動きできなくなった――なぜなら、彼はわたしが愛する可能性のある男性だから。

　ケイトはぼんやりと空《くう》を見つめた。ピザのことも、試合のことも忘れた。もしもわたしが慎重にならなければ、回避行動を取らなければ、この人はわたしの心を引き裂きかねない存在になる。

　なんてこと。一二時間よ。一二時間で、わたしはこんなふうになってしまったの？

「手づかみで食べていることに気づいて、急にぞっとしたのかい?」ティーグのからかうような声に、ケイトは我に返った。

彼女は自分が口もとにピザを運ぶ途中だったことに気がついた。口も開けたままだ。ピザを皿の上に置き、ティーグに目をやる。いぶかしげに片方の眉をあげた彼の端整な顔は、たまらないほど魅力的だった。「あなたは運命を信じる?」

ティーグのもう一方の眉があがった。「もちろんさ。ぼくはヒスパニック系だからね。アステカ族なんだ。運命の女神の名は、ぼくの魂に刻みこまれてる」

「あなたは純血のヒスパニックでもアステカ族でもないでしょう」

「ああ。父は生粋の白系アメリカ人だ」ティーグは微笑んだ。「でも、父のことは覚えていない。きみは運命を信じるかい?」

「いいえ、全然」ケイトはテレビ画面の動きに注意を引かれた。すぐにそのシーンが再生され、彼女は眉をひそめた。テキサンズが得点したのだ。タッチダウンを決め、さらにエキストラポイントも獲得した。「うちの両親はメソジストなの」

「それなら当然、ほかの信仰は問題外だな」

「今度はあなたが皮肉を言う番?」

「よし、いいぞ!」ティーグが言った。

一瞬、ケイトはティーグに自分のユーモアが認められたのかと思ってうれしくなった。そしてすぐ、試合のことを言ったのだと気づいた。「どういうこと? さっきテキサンズがタッチダウンを決めたばかりでしょう」

「カウボーイズがファーストプレイで攻守交替して、テキサンズがゴールを決めたんだ。またしてもね」テキサンズはあっというまに四点差に迫った。しかも、まだ一クオーターがまるまる残っている。

「運命を信じるに足る証拠なんて、いっぺんも見たことがないわ」しかしこの試合に関して言えば、ケイトはそれを疑わしく思いはじめていた。

「じゃあ、神が存在するという証拠は見たことがあるのか？」

「あるわよ」ケイトはむきになって答えた。

「確実に証明できる証拠かい？」気色ばんだ彼女の表情を見て、ティーグはあざ笑うように言った。

「あなたは皮肉屋だわ。神も運命も信じていない。なぜなの？」

ティーグはビールをひと口飲んだ。「ぼくの人生の転機はどれも、ぼくが変わることを選んだからだ。ぼくが海軍に入ることを決めた。ぼくがボディガードになることを決めた。運命の女神に足をすくわれたことは、これまで一度もない」

「わたしだってないわ」ケイトはそれが事実であることを願った。とはいえ、向かいに座ったティーグからさかんにフェロモンが漂ってくるので、あまり自信がなかった。

ある画像がテレビ画面上に流れた。ケイトはそれに見覚えがあった。彼女は眉を寄せ、不快な事実に気づいた。「この試合は再放送じゃない！」

「そうだよ、去年のカウボーイズ対テキサンズのプレシーズンマッチだ」ティーグは彼女がだまされたことに気づいたのを見て、にやにやした。「このあとどうなるか、教えてほしいかい？」

「まるでわたしが結果を知らないみたいな言い方ね」そのとき電話が鳴った。ケイトはテレビをにらみつけながら、電話に出ようとして立ちあがった。もっと早く気づくべきだったのに、ティーグのことで頭がいっぱいで、再放送だと気づきもしなかった。これで一〇ドルの出費だ。ああ、負けたくない。

彼女は電話機のスピーカーボタンを押した。「もしもし！」つっけんどんな口調で言う。

「あらあら、どうかしたの？」

「お母さん！　元気？」ケイトは受話器を取ると、息せき切って言った。罪の意識で悩んでいるの！　母にそう叫んでしまったも同然だった。罪の意識に苦しめられているのよ！　わたしは神の存在を証明できなかった。去年のフットボールの試合を見ていたことに気づかなかった。わたしに火をつけたこと以外にこれといった理由もないのに、その男性とベッドをともにすることを考えているの。火をつけるといってもライターじゃないわよ。

「わたしは元気だけど、あなたはどう？　なんだか怯えているみたいな声ね、ケイト」母は声をひそめてささやいた。「誰かと一緒なの？　もしかしてストーカー？　警察に通報したほうがいい？」

「いいえ、やめて！　つまり、その……警察には通報しないで！」ケイトに不要なもののリストの第一位にあるのが警察への通報だった。「ボディガードがここに一緒にいるの。わたしは安全よ」

ケイトは、母親が頭の中でその情報を処理している音が聞こえる気がした。「ボディガードですって？　あなたのところに泊まっているの？　その人、キュートな男性？」

すぐにそういう方向へ話を持っていかないで、お母さん！「どういう意味？」

「わたしがキュートな人かって訊くたびに、あなたはやれ太ってるとか、年寄りだとか言うって意味よ」母の声にはじれったそうな響きがあった。「今度の人は太ってるの？　年寄りなの？」

ケイトは広い部屋の奥にいるティーグを見た。タフで、たくましくて、若くて……。彼女はささやき声になるまで声を落とした。「ひどく匂うわ」

母はうんざりしたようなため息をついた。

「エキゾティックな男くさい匂いよ。動物的な。純粋に性的な本能からかもしれないけれど」

ティーグが顔をあげたので、聞こえてしまったのかと一瞬心配になった。

でも違った。彼はまた下を向いた。

ケイトはほっと息をついた。

「それは期待できそうね」母は言った。「で、彼はキュートなの？」

「彼を表現するのに、〝キュート〟という言葉はいちばん当てはまらないわ」

母はケイトのことを知り尽くしていた。「ハンサム？　男らしい？　抑えようとしても心が惹かれてしまうの？」

「どれもが当てはまるし、まったく当てはまらないわ」

「既婚者だってこと？」母の声が恐怖の響きを帯びた。

「違うわ。それは絶対ない」

「じゃあ、ゲイなのね」母は自分の推測に満足している口ぶりだった。

ケイトはびっくりして笑い出した。「違うわよ」唾を飛ばさんばかりに言う。「全然違うわ」それほど馬鹿げた話はない。

ティーグがカウチから立ちあがり、皿を集めて食器洗い機に入れた。彼は家庭的なところをわたしに知ってもらおうとしているのかしら？　そんなことをしても無駄だから、しなければいいのに。

ケイトは声をひそめた。「彼が深い関係になるのを望んでいないってこと」

「そんなことを望む男性がいたら、会いたいものだわ」母が言った。

「そんなことって？」ケイトはうわの空で尋ねた。ティーグは家事をしていても本当にすてきだ。

「深い関係になることよ。彼が結婚していないんなら口説き落とせるわ。捕まえられるわよ」母の口調には、男を陥落させる手練手管を心得た女性の確固たる自信がこもっていた。

「すぐにあなたのあとを追いかけ回すようになるわ」

「だめよ」とんでもない。わたしをそそのかさないで！「わたしにはできないわ」

「なぜできないの？　あなたはきれいで、頭がいいのに」

ケイトはティーグに背を向けると壁に向かい、ますます声を低くした。「頭のいい女が好きじゃない男もいるのよ」

「あのね、とっておきの秘訣《ひけつ》は、それを相手に気づかせないことよ」母の声は、思いどおりにならない男に立ち向かうときの、どんな南部女性にも負けない自信にあふれていた。

「それはもう手遅れね。それにあんな人とはつきあいたくないわ。わたしがつきあいたいのは、ありのままのわたしを認めてくれる人よ」

「ねえ、今そこにいる人がいやだったら、そう言いなさい。わたしは、変な匂いのしない初めての男性をなんとしても捕まえろと言ってるわけじゃないのよ」母は腹立たしげな声で言った。

「そういうことじゃないの。それは――」男らしい手がケイトの背後から現れ、ブランデーの入ったグラスを差し出した。ケイトはその指と、大きなてのひらと、指や手の甲にまばらに生える黒い毛を見つめた。彼の手首は太く、がっちりしている。

「もしもし？」

「もう切るわね、お母さん」ケイトはティーグの指に触れないように気をつけてブランデーグラスを受けとった。「彼が飲み物を持ってきてくれたの」

「よかったわね。あなたには夜の楽しみが必要よ」

「わたしはボディガードと家に缶詰め状態なのよ」

「匂わないボディガードとね」母は浮き浮きした調子で言った。「彼が今すぐにでもストーカーを捕まえてくれることを願うべきなのか、それとも、あなたたちがしばらく一緒に過ごさなければならなくなるのを願うべきなのか、迷うところだわ。じゃあね！」

ケイトはしばらく電話機を見つめて発信音を聞いていたが、やがてしぶしぶティーグに向き直った。説明したくないことを説明せざるをえないことはよくわかっている。

ところが彼は言った。「きみはぼくの仕事を追いかけることになっている。ぼくの一週間を観察するということにね。毎日、体を鍛えているんだ。きみはスポーツジムは苦手かい？」からかうように片方の眉をあげる。「いやな匂いがするとか？」

ケイトは彼の言っている意味がわからないふりをした。「ここにもスポーツジムはあるわ。角を曲がってすぐのところよ。そこでいい？」

「いいよ」ティーグは体調を維持するための運動の必要性にけちをつけるタイプの男ではなかった。健康を保つのが彼のつとめだから、文句ひとつ言わずに、走るか、自転車をこぐか、サンドバッグを殴るかするだろう。

厄介なことに、ケイトは彼がそういう動作をしているところを想像すると、部屋の温度が一気にあがることに気がついた。ブランデーを飲んでいいものか、彼女は慎重に考えた。

「わたし、ペットボトルの水のほうがいいかも」

「そりゃいい」ティーグの携帯電話が、オペラの『カルメン』の曲を甲高い音で奏でた。

いいわ。ティーグはキッチンを片づけてくれた。ブランデーを持ってきてくれた。彼に水を持ってきてあげたところで、女の誇りがそこなわれるわけじゃない。

ケイトは冷蔵庫から水のペットボトルを二本持ってくると、一本を彼に渡した。

ティーグはそれを受けとり、うわの空の様子で頷いた。「早かったな」彼は電話に向かって言うと、窓辺に行って外を見た。「彼は人に身元調査をされるのが好きじゃないってことか?」

「誰のこと?」ケイトは尋ねた。

ティーグは電話を切って、大股でドアへ向かった。

「この建物の表玄関をたった今、入ってきた男だ。この家の前の居住者で、ウィンストン・ポーターなる人物だよ。ビッグ・ボブが少し前に電話したとき、ウィンストンは激怒し、きみへの脅しを口にした。彼の私生活に干渉したきみに思い知らせてやると言ったそうだ」

「なんてこと。じゃあ、彼がストーカーなの?」

「かもしれない」

誰かがドアを叩く音がして、ケイトは心臓がどきりとした。忘れかけていた傷が、熱がぶり返すように急に痛みだし、あのとき突進してきた車がフラッシュバックして目の前に浮かぶ。

ケイトはさぞ気分が悪そうに見えたに違いない。ティーグが落ち着かせるように言った。

「きみがここにいないほうが、ぼくは気が楽なんだが。寝室かバスルームにいてくれ」

「警察を呼ばなくていいの？」

「呼んだほうがいい。通報してくれ」ティーグは彼女の腕をつかみ、階上の寝室へ連れていった。「ぼくが呼ぶまでそこにいろ」

ケイトは自分の鼻先で彼が閉めたドアを見つめ、それから電話に突進した。もしも、その男が銃を持っていたら？

彼女は震える手で九一一にダイヤルした。侵入者がいることを通報しながら、リビングルームの気配に耳をすませる。

リビングルームから男たちの低い声が聞こえてくる。口調は丁寧だった。冷静なようだ。オペレーターはパトカーを急行させると約束した。

ケイトの不安はおさまってきた。寝室に隠れているのが無意味で臆病なことに思えてくる。数分が過ぎた。のぞいてみるべきだと自分を納得させ、ひと呼吸して、ドアを細めに開けた。

ふたりの男が玄関口に向かい合って立っている。すぐにケイトは、彼らが低い声で話しているのは、少なくとも片方の男のいきり立った口調を隠すためだと気づいた。

ウィンストンは背の高い、二メートル近くありそうな若者だった——そして怒り狂っていた。アルマーニのスーツに身を包み、糊《のり》のきいた白いシャツの襟を開いて着ている。角ばった顎には無精ひげが浮いていた。話すあいだもさかんに拳を開いたり閉じたりして、喧嘩に勝つのは慣れっこになっていると言わんばかりの顔でティーグを見下ろしている。「いったい何様のつもりなんだよ？　おまえにおれを困らせる権利なんかないだろ。確かにおれは、いくつか問題を抱えてるよ。酒はあんまり飲まないで、ときたまコカインを一服吸うだけなんてやつがいるのか？」彼のイギリス訛りが強くなり、ひと言ごとに声が大きくなった。

それとはまったく対照的に、ティーグの口調は冷静で毅然《きぜん》としていた。「我々はきみに電話して、いくつか質問をしただけだ」

「おれのところに、どんだけ多くの人間が電話をかけてくるか知ってるか？　もう、うんざりなんだよ。おれを骨までしゃぶり尽くそうとして群がってくるハゲタカみたいな連中は、どいつもこいつもうんざりだ」

ウィンストンは酔っ払っているか、ドラッグでハイになっていることにケイトは気づいた。彼女は九一一にもう一度電話して、早く来てくれとせかしたくなった。番号を押そうとした指が震える。

「金が入ったら払ってやるよ」ウィンストンが叫んだ。「前にもそう言っただろ」

「きみと話すのはこれが初めてだ」ティーグはぴくりとも動かずに立ち、ウィンストンの手に視線を据えている。

「ここはおれの家だ。おれの場所なんだよ」ウィンストンが腕を突き出し、サイドテーブルの花瓶を叩き落とした。花瓶は硬材の床に落ちて砕け散った。

その音に――自分のプライベートな聖域における暴力に、ケイトは縮みあがった。

何かがティーグの姿勢を変えた。

彼はもはや待ってはいなかった。先のことを予測し、この騒ぎの片をつけるべく身がまえた。

「あの女が変えやがった」ウィンストンがわめいた。「あのあばずれが変えやがったんだ」

「今は彼女の家だ」ティーグは高飛車な口調で言うと、ウィンストンのほうへ顔を突き出した。「きみは負け犬だ。今では誰も彼もが知っている」

ウィンストンは暴走トラックさながらにティーグに飛びかかった。

ティーグは脇へよけ、相手の手首をつかんだ。すばやい動きで床に叩きつけると、ウィンストンの背中を足で踏みつけ、手首を後ろにねじりあげた。

ティーグはケイトが立っているドアを一瞥した。彼女が目にしたのは、厳しく非情な野獣の目だった。

7

ティーグはウエートリフティング用の手袋をはめて、指の柔軟運動をした。ケイトはスポーツジムの、彼からできるだけ離れた場所で、キックボクシングのクラスに出ていた。ティーグのところから、ふたつの部屋を隔てた窓越しに彼女が見える。ケイトは脚をあげてサンドバッグを何度も蹴《け》っていた。袖なしの青いTシャツと、同じ青色のサイクリングショーツ姿で、顔をしかめてがんばっている。今、彼女はティーグが生きていることさえ頭にないだろう。

というより、彼のことなど思い出したくないはずだ。昨夜は、つい無防備な目つきをケイトに見せてしまい、すっかり怖がらせて警戒させてしまった。

何に警戒したのか？　あのウィンストンという男は麻薬はやっているかもしれないが、立派なアリバイがある——先週は飲酒運転と麻薬の不法所持の罪で留置場に入れられていて、保釈金を払ったのがつい二日前のことだ。だから、彼はもう容疑者ではない。

ティーグは、上腕三頭筋を鍛えるマシンのウエートを調節して、ゆっくりと着実に持ちあげはじめた。

以前、ティーグは怒り狂って人々を怖がらせたことがあった。最初は一五歳のときだ。そのとき、母親は酔っ払っていた。彼の背中には、子供のときからずっと母親にベルトで叩かれた跡があった。昔、母親は指にいくつもはめた安物の指輪で皮膚が切れるほど激しくティーグの顔を平手打ちしたことがあったが、このときは彼に飛びかかって爪を立て、頬をかきむしった。

血が顎から滴り落ち、ティーグは我慢の限界に達した。

彼は母親の両手をつかんだ。それだけだ。ただ両手をつかんで母親を〝見た〟。すると母親は、金切り声をあげる魔女から、泣きじゃくる臆病者へと変わった。

それきり二度と、母親はティーグに手をあげなかった。

あの日何が起こったのか彼には理解できなかったが、自分の視線に影響力があることがしだいにわかってきた。軍隊時代には、たまに彼が怒るとまわりの人間がさっと離れていったし、喧嘩をしたとき……つまり激しい怒りに襲われたとき、相手の兵士が怯えて逃げていくのを一度ならず見たことがある。

ロルフはティーグのことをベルセルクと呼んだ。北欧神話に出てくるヴァイキングの凶暴な戦士のことだ。

ティーグは笑って、自分の血管にはヴァイキングの血は一滴も流れていないことを指摘した。でも……そんなこと、誰にもわからないではないか？　自分だって全然わからないのだから。

ファニータだけはティーグを怖がらなかった。ファニータだけは彼を愛した。

その彼女におまえが何をしたか、見てみるがいい。

腕の裏側の筋肉が悲鳴をあげたので、ティーグは顔をしかめてウエートを下ろした。目の前のことに集中したほうがいい——今は腱《けん》を傷めるわけにはいかない。ケイトの面倒を見なければならないのだから。

いや、面倒を見るというより、彼女の安全を確保するということだ。

ティーグは次のマシンに移動し、今度は上腕二頭筋を鍛えるダンベル運動の準備をした。

昨夜、警察がウィンストンを逮捕しに来たとき、ケイトは丁寧に対応した。事件の顚末《てんまつ》を詳細に説明し、ひとりの警官に頼まれると彼の娘のためにサインをしてやった。そのあとティーグをゲストルームに案内してタオルと予備の毛布を渡し、洗面用具もそろえ、上品に微笑みながら、彼の勝ち分である一〇ドルを支払った。

だが、ふたりのあいだに漂っていた性的な緊張感は消えていた。ティーグがケイトの肘に触れると、彼女はまるで彼が悪魔か何かのようにさっと身をかわした。ケイトに少しばかり怖がられるのは別にかまわないが、危険が迫ったときには、ティーグから逃げるのではなく、彼のほうへ逃げてきてもらう必要があった。

それに実を言うと、彼の自尊心は傷ついていた。昨夜の電話で、彼女は母親になんと言っていた？　ぼくは性的な本能の匂いがするって？

ティーグはケイトが空中に拳を繰り出している窓のほうに目をやった。

今は……今の彼女は、ぼくに触れられるのが我慢できないのだ。ぼくはケイトの恐怖心を和らげて、彼女と話をし、彼女に触れなければならない。まるでぼくが悪魔か何かであるかのように尻込みさせることなく。

それにしても、なぜぼくは彼女の反応に驚くのだろう？　ぼくは自分が何者かを知っている。これまで何をしてきたかを――。

過去の灰色の影がティーグを包み、母の甲高い、蔑みの声が聞こえてきた。〝なんてこったい、ティーグ、このクソガキが、あの子を不良の喧嘩に連れていくなんて。そんなろくでもないことをするんじゃないよ。おまえは白人の血が混じった出来そこないだ。ナイフで刺されたって、誰も気にかけやしない。あたしだってそうさ。だけどあの子は――〟

ティーグはその声をさえぎった。母の声を聞く必要はもうない。彼女は死んだのだ。母は死んだ。過去は過去だ。どんなに強く願っても、抗っても、何ひとつ変えることはできない。

キックボクシングのクラスが終わったとき、ティーグはドアの外で待っていた。ケイトがほかの女性たちのあいだをうろうろしているのが見える。彼女は微笑みながらおしゃべりをし、グローブをはずしてペットボトルの水をごくごく飲むと、タオルで額の汗を拭った。

最初に出てきた女性の一団が、ティーグを見て一瞬足を止めた。また歩きつづけながら、ひとりひとりが親しげな笑みを向けていく。

ティーグは微笑み返した。彼の黒い袖なしのトレーニングシャツとショートパンツがいかに女性を惹きつけるかが立証されたわけだが、それはまさにティーグの思うつぼだった。自分が優しい人気者であることを見せつけて、ケイトに少しばかり焼きもちをやかせ、また彼女と接触できるようにするつもりだった。

ぞろぞろ出てきた女性たちが急に立ち止まるため、後ろとぶつかったり、押し合いになったりした。ティーグがケイトに微笑みかけると、彼女はまわりのあちこちから肘で小突かれた。押し合いへし合いになったので、ケイトは目をむいて、きびきびした口調で言った。

「ティーグ、わたしはシャワーを浴びて着替えてくるわ。あなたがもう少しトレーニングをしたかったら――」

「いや」彼が前に立ちはだかったので、ケイトはいきなり足を止めた。後ろの人波に押されて、彼女はティーグの胸に倒れこんだ。

ケイトがすばやく離れ、ふたりの接触は家畜に焼き印を押すときのように瞬時に終わった。

「実はきみをあそこに連れ戻して」ティーグはトレーニングルームのほうを顎で示した。

「パンチのアドバイスをしてやろうと思ってね」

「なんですって？」ケイトはまるで耳が遠くなったかのように小首をかしげた。

「きみのはへなちょこパンチだ。体ごと拳を繰り出さないと。見本を見せるよ」ティーグは彼女の腕を取って戻らせた。

ケイトは人ごみの中を縫うようにして進んでいった。「へなちょこパンチのどこが悪いの？」

ティーグは彼女の顔を見た。彼の表情は、ケイトの浅はかさをどう思っているかを明白に語っていた。

ケイトと一緒にいた女性たちのひとりで、ティーグを魅力的だと感じているのがはっきりわかる、ケイトよりも年上の女性が尋ねた。「本当にパンチの仕方を教えてくださるの？このクラスを指導していたお馬鹿なスティーヴときたら、正しい動き方をまったく教えてくれなかったのよ」

ちょうどよかった。人が多ければ、ケイトを怖がらせずに、また彼女に触れるチャンスができる。それでも、さっきの一瞬の接触でケイトの香り——かすかに汗の匂いが混じった女らしい香りをかいで、ティーグは再び彼女が欲しくなった。ここにはたくさんの女性がいる。ケイトより魅力的な女性もいるが、彼女ほど興味をそそる相手はひとりもいない。

まったく、人生は厄介だ。

「スティーヴはどうしたんですか？」ティーグは女性たちを集めてトレーニングルームへ戻した。

「一か月ほど前にトンズラしちゃったの。それ以来、わたしたちの中の誰かが先頭に立ってやっているのよ」先ほどの女性が口をすぼめた。「下手くそだけどね」

「ボビー・ジョー、あたしはうまくこのクラスを引っ張ってると思うけど！」ひとりが異議を唱えた。

「すごいへなちょこパンチでね」ボビー・ジョーが言い返す。「さあ、みんな、強盗の撃退方法を学びましょう」彼女はティーグに近づいた。「それを教えてくださるのよね？」

「ええ、そうですよ。ぼくはティーグ・ラモス、強盗の撃退が専門です」彼はばらばらに立っている女性たちの前に立った。「よし、整列！」

女性たちは笑ったが、列を作って並ぶと期待のこもった目でティーグを見た。

軍隊式の命令は、驚くほど一般市民に効果がある。

ケイトは一団の中ほどに引っこんで、注意深くこちらを見ていた。無理もない。彼女は昨夜、野獣を目撃して、まだ怯えているのだから。そしてケイト・モンゴメリーは、たやすく怯えるような人間ではない。

たまにひとりで過ごす長い夜に、ティーグはある疑問に悩まされることがあった。自分は獣だろうか？　ぼくの一瞥で、百戦錬磨の戦士が恐怖に駆られる。人を——殺す必要のある相手を——殺したことがあるし、彼らの死体が夢に出てきたことは一度もない。つきまとって離れないのは、あの界隈と悪臭と甲高い笑い声……無力感の記憶だけだ。幼いころのことや自分よりも体の大きな人たちのこと、教師や生活指導員や母親《マドレ》のこと、小突き回されたこと、夢を笑われたこと、尊厳を奪われたこと、それらの思い出は大嫌いだ。

ティーグは自分に起きた出来事の記憶を嫌悪した。そういうことがケイトの身に起きるとは考えたくない。ここにいる、金のネックレスや高級そうなトレーニングウェアを身につけた女性たちにも起こってほしくない。ティーグは彼女たちに教えることを楽しむつもりだった。

「第一に」彼は言った。「あなた方女性にはうまくパンチやキックを繰り出すだけの筋肉がないので、全体重をかけるようにします。つまり腕ではなく、肩でパンチをする。いいですか?」ティーグは肩を前に出して拳を突き出した。「これでさらに勢いがつきます。では、やってみてください」彼は女性たちのあいだを歩いて、姿勢を直したり、手首をつかんだり、体ごとパンチを繰り出すこつを教えたりした。

ケイトはティーグに教えられたとおりに動き、鏡で自分の姿を観察しながら練習していた。これから先、彼女に襲いかかろうとする者がいたら、さんざんな目に遭うだろう。

それはそのはずだ、とティーグは思った。ケイトは優しいし、恵まれた環境にあるが、常に一番でいるように何かに駆り立てられているに違いない。それに目を見れば、会う人ごとにストーカーかもしれないという疑いを抱かなくてはいけないことを、彼女がどんなにいやがっているかがわかる。

ティーグもそれはいやだった。ケイトが通うスポーツジムのトレーナー全員にそれとなく質問しなければならないことや、彼らのひとりがケイトを賞賛する発言をしたときに殺意を覚えてしまうことがいやだ。彼女がどれほど短く爪を切るかとか、どれほど地元のニュース番組に——地元のニュース番組すべてに——夢中になっていて、何時間ぐらいニュースを見ていられるかといった、ささいなことに気づいてしまうのがいやだった。

この仕事が終われればケイトと寝てもかまわない。もちろん、仕事が終わったらケイトのことなど考えもしないかもしれないが、なぜか……彼女の魅力はほかの女性たちとは違う気がする。ありふれた平凡な魅力ではなく、もっと強烈なもの。ぼくみたいな育ちの男に、彼女のような女性との未来はない。そんなもの欲しくもないが……くそっ、まったくチャンスがないというのは気に入らない。

ティーグは決して修正のきかない過去に自分をゆだねていた。縛りつけられていた。ゆっくり歩いて、彼は女性たちの前に戻った。「こうした攻撃を加えるのはどこがいいと思いますか？」

「暗い路地裏かしら？」ボビー・ジョーが尋ねた。

「実におもしろい」ティーグは、ぱっと彼女に笑顔を向けた。

ケイトは、ティーグがいかにうまく女性たちを扱うかに驚いた――いかにたくみにケイトを操ったかにも。彼は護身術をケイトに教えたくて、まんまとクラスに入りこんだのだ。女性たちはティーグに喜んでもらおうと、一生懸命練習している――けれども、彼の目をのぞきこんで、そこにひそむ暗さに気づく者はひとりもいなかった。彼の荒涼とした心をおぼろげに感じとっただけで、ケイトは恐ろしくなった。この人は表面上はとても……普通に見えるのに。

とんでもないわ。ティーグは全然普通なんかじゃない。彼は特別よ。すべての才能、すべての魅力、すべての自信が備わっている。でも、彼には激しい感情がない。愛や憎しみ、共感、絶望感、幸福感といったものがまったくない……ひとつも。もしも地獄があるとすれば、彼はそれを身をもって表しているのだ。

「ケイト」ティーグの声に、彼女は我に返った。「こっちに来て、実技を見せるのを手伝ってくれ。恥ずかしがらないで」

二歳六か月のころから恥ずかしがったことなどないケイトは、鋭い目でティーグをにらみつけた。

そのとき、ボビー・ジョーがケイトの背中を押した。

前によろめいた彼女は、そのまま歩いていった。抵抗しても始まらない。今度の勝負は彼が勝つだろう。でも、いつも必ず勝てるとはかぎらないんだから。

ケイトはティーグの前に立ち、緊張して待った。昨日は彼がそばにいるだけで心が落ち着いたけれど、そんなことは関係ない。昨夜あの目を見てしまったので、今日はティーグに触れられると、彼の冷たい空虚さが伝わってくる気がする。

しかし、ティーグの手際のいい、いかにも事務的な態度にケイトは面くらった。彼に手を取られたときの感触は、個人的な感情など感じられず……まあ……ほぼ普通だった。

ティーグはケイトの手を広げてみんなに見せた。「この場合、骨が問題なんです。とくにこういう華奢《きゃしゃ》な骨は。骨が折れてしまうから、しっかり拳を握らなければいけません。親指はこう」彼はケイトに、親指を握りこまないようにして拳を作らせた。「肩の重さを利用します。パンチに最適なのは二箇所、鼻――鼻は指よりもさらに簡単に骨が折れます――それから喉。唇もいいですが、唇を切った程度では大人の男は倒れない。目は――ぼくなら指を突き出してえぐります」

「まあ」クラスの中でも穏やかで優しそうな女性が、胃のあたりに手を当てた。「だめですよ」ティーグはその女性に注意を向けた。「気分が悪くなってしまうようではだめです。怒り狂うぐらいじゃないと。あなたのお名前は？」

「サンドラです」彼女は恥ずかしそうにもじもじした。

「ぼくを見てください」ティーグは自分を指さし、次にケイトを指さした。「ぼくは彼女より体重が三五キロも重い。それにみなさんは気づいていないかもしれませんが、ぼくは男です」

女性たちがくすくす笑った。

「男はボクシングを見るのが好きです。フットボール観戦もね。喧嘩も好きだし、人殺しが好きな連中もいる。ぼくは荒っぽい環境で育ちました。男らしさを証明したいという理由だけで、不良たちが喧嘩するのを見てきました。流れ弾に当たって障害を負った子供や少女たちを見てきたし、救急車のサイレンを聞き、血の匂いをかいできたんです」ティーグの顔はこわばり、表情は暗かった。その目は空虚で冷たい。

そんな彼を見て、ケイトはぞくっとした。

「か弱そうな女性は標的そのものです」ティーグは女性たちの前を、どんな獣よりも忍びやかな足どりで歩いた。「ぼくが教えたことで、あなたたちの命が助かるとは約束できません――男が本気になれば、みなさんを倒せるでしょう――でも、襲いかかってくる暴漢に悲鳴をあげさせて、追い払うことはできる。それは約束します。あなた方を傷つける男に危害を加えることを怖がってはいけない。そういうやつらを撃退することで、ご主人やお子さんたち、あなたの愛する人たちとの日々の暮らしを続けていけるのです」

部屋のあちこちで、女性たちがしきりに頷いている。優しげなサンドラでさえ、決然とした表情を浮かべていた。

ティーグの熱心さと正直さにケイトは驚いた。わずか一〇分ほどで、彼は郊外に住む主婦とキャリアウーマンの一団を戦士に変えてしまった。自分の経験を簡潔に力強く語って聞かせることで、これまで彼女たちが気づいてこなかったことを意識させてしまった。

彼はきびきびしたインストラクターの口調に戻った。「顔の中でも、頬や顎のように骨ばった部分は狙わないこと。さて」再びケイトに向き直る。「キックについてだが、ケイト、きみならどこを蹴る？」

彼女は意味ありげな目でティーグを見た。「股間《こかん》よ」

どっと笑いが起き、緊張がほぐれた。

騒ぎがおさまるのを待って、ティーグは訊いた。「ほかには？」

ケイトは彼の全身をしげしげと眺めまわした。「膝」

「正解」ティーグはまたみんなのほうを向いた。「関節はどこも弱いのですが、ぼくが膝を勧めるのはいくつか理由があります。膝の横か裏にうまく一撃を加えられれば、屈強な男でも倒すことができる。襲撃者の手は届かないので、あなたの足をつかむことはできません」

「あなたを練習台にしてあげましょうか？」ケイトは申し出た。

笑っている女性たちを前に、彼女は実演してみせた。

「それじゃ優しすぎるよ」ティーグがからかうように言った。「では、キックのこつについて話しましょう——大したこつはありません。相手を自分の膝で狙います」

「足で狙うってことね」ケイトは言った。

「いや、膝だ」彼は訂正した。「足がどこにいくか、キックがどこに当たるかは膝で決まる」

納得して、ケイトは頷いた。

「それから腰を回して、一度のなめらかな動きで足をすばやく蹴り出します」ティーグは手本を見せてから、ケイトにも同じ動きを促した。彼はケイトが蹴るのに合わせて動きながら、前傾姿勢に直してやり、さらに力が加わるようにした。もう一度彼女が蹴ると、ティーグはみんなに言った。「踵の低い靴を履いている場合は——そのほうが望ましいんですが——足の親指の付け根を利用します。きっと相手を倒せますよ。ハイヒールを履いている場合は」彼はにやっとした。「そのヒールで相手の足を踏みつけてください。ヒールは強力な武器になります」ティーグはケイトをすんなり解放した。「でも、それはまったく別の攻撃法になる」

ケイトは鏡を見ながら、完璧になるまでその動きを繰り返した。自分の身を守る方法を習得したことで、多くのことがコントロールできると思えたのは驚きだった。父を亡くしてから、心底そういう気持ちになったことがなかったからだ。こんなふうに心の平安を与えてくれたことを、彼女はティーグに感謝した。

ティーグは腰に手を当て、ボビー・ジョーのキックを見守っている。彼女は口を引き結んで目を細め、あなたのキックは破壊的な武器になると言ってもらえるまで、彼を放そうとしなかった。

ボビー・ジョーが尋ねた。「ティーグ、わたしの編み物サークルに来て話をしてくれないかしら？　ご主人に殴られた奥さんがいるの。二回もよ。身の守り方を教えてくれる人がいると助かるんだけど」

ティーグはくっくっと笑った。しばらく続いた低い笑い声に、ケイトは鳥肌が立った。彼女がこれまで想像もしなかった優しさをこめて、ティーグは言った。「いいですよ。喜んでうかがいます。曜日と時間を教えてください。ところで、編み針で大きなダメージを与えられることを知ってましたか？」

ケイトはティーグを眺めながら、もしかしたら彼はその見事な殻の中のどこかに、情を宿しているのかもしれないと思った。おそらくその情は、あまりにも多くの苦しみを見、あまりにも多くの悲鳴を聞いたせいで培われた何層もの無関心に包まれているだけなのだろう。

とても興味深い問題だ。絶対に感情に動かされまいと心を決めた男に、女は人生を取り戻してあげられるのだろうか？

8

「おお、歩いてる。歩いてるぞ……」

「よお、かわいこちゃん、くるっと回って、かわいいお尻を見せてくれ」

「そうそう、そうこなくっちゃ」

ティーグは警備センターに入ったところで足を止めた。男たちがひとつのモニターの前に集まり、仕事もそっちのけで、美人が通りかかったときに建設現場の作業員たちがあげるような声を発している。

ティーグは大して気にしなかった。たまにはこういうこともある――しょせん男は男だし、監視は退屈な仕事で、罪のない人々を観察して彼らに罪を犯す可能性があるかどうかを見極める業務も含まれている。ティーグとしては、自分が雇った女性たちがそばにいるときさえ、部下たちに自制してもらえばいいわけだ。その点は彼らもちゃんとわきまえているし、みんなが物欲しげにモニターにしがみついているあいだも、必ず誰かが監視の目を光らせていた。

「あれはなかなかだな――」

ティーグはかちっと音をたてて、ドアをゆっくりと閉めた。「そいつはぼくも注目する必要があるものか？」

おしゃべりと笑い声がぴたりとやんだ。部下たちがばつの悪そうな顔をしたので、ティーグは興味を抱いた。彼らのあいだに割りこむと——彼女が見えた。

モニターの中でケイトが歩いている。

彼女がはいているのは体にぴったり張りついたピンク色のスカートで、膝丈の裾がひらひらと揺れていた。まろやかな美しいヒップが男の視線を引く……そのヒップを包んでいるのは、どうやら地球上でもっとも小さなＴバックのパンティーらしい。

せめてＴバックははいていてほしいとティーグは願った。そんな様子は見当たらないが。でも、彼女のような女性が下着をつけずに外出するわけがない。

そうだろうか？

どう見ても、ケイトはあのスカートの下に何もはいていない。それが彼の想像力に火をつけた。

「見てください、ボス」ビッグ・ボブが画面を指さした。「ファニータが彼女を引き止めてます」

「まずいな」ティーグは、ファニータがケイトに自己紹介する様子を眺めた。

ファニータは車椅子のせいで行動が鈍くなったことは一度もなかった。茶色の短い髪と楽な服装で議事堂の廊下を巡回し、人々のおしゃべりに耳をすまして、彼女に手を貸してくれた親切な人々に対して愛らしい仕草で大きな茶色い目をぱちぱちしてみせ、彼女を無視する人々の話を盗み聞きしたりしている。

「ファニータは、ボスとミス・モンゴメリーに関する噂《うわさ》を耳にしたんでしょう」ビッグ・ボブが言った。「あのファニータは――この階じゃ、彼女がいちばん優秀だ。彼女の注意力をすり抜けるものはありませんよ」

「ああ」ティーグはネクタイをゆるめた。「わかってるさ」このときばかりは、ファニータが見逃すことがあればいいのにと願った。

ケイトはファニータの手を握って微笑み、言葉を交わした。

どうして人生はうまくいかないんだ？　なぜ何もかもが、愛や罪の意識やセックスといっしょくたにならなければいけないのだろう……まあ、セックスはいい。セックスはすばらしいものだ。だが残りのくだらない感情のせいで、男は暗闇の中をよろめき歩きながら、恋人を幸せにするには何をすべきか頭をひねったり、ファニータとケイトが一緒にいるところを見ると、どうしてぞっとする思いと喜びとが奇妙に混ざった気分になるのかと考えたりするのだ。

「ふたりが反対方向に別れましたよ！」

「よかった」なぜかというと、これでやっとティーグはケイトとあのスカート、例のパンティー、あるいはそれをはいていないことに集中できるからだった。

確かにケイトは今朝、アパートメントを出るときにあの服を着ていた。だが雨が降っていて肌寒かったので、レインコートを羽織った。ふたりが議事堂に着くと、ケイトはカメラマンを探しに行った——彼女は休憩中のカメラマンを見つけるたびに、ティーグについての情報をちょこちょこと撮影してきた。

参ったな。ティーグはネクタイを強く引っ張った。ぼくはいったいどうしてしまったんだろう？　ケイトから、というより、いかにもレポーターらしいかちっとした黄褐色のブラウスから、すらりと長い脚をさらに長く見せる十字ストラップのサンダルから、目が離せない。オーバーリン上院議員がケイトに気づいた。彼は廊下の曲がり角にとどまって、彼女を呼び止めようと待ちかまえた。それから驚いたふりをして、偶然ケイトに会ったことを喜んでみせた。オーバーリンは彼女の肩に腕を回し、父親代わりのおじのように抱きしめた。ところがいまいましいことに、その機に乗じて彼女のブラウスの胸もとをのぞこうとした。それを見て、ティーグは激怒した。ケイトが賢明にもオーバーリンの腕からするりと逃れ、挨拶してまた歩き出したので、ティーグはほっとした。

オーバーリンはその場に立ったまま、去っていくケイトを見送っている。

「彼のことは認めてやらないといけないな——このご老体は趣味がいい」チュンはモニターに顔をくっつけんばかりにして、画面に見入っていた。「すばらしい脚だし、その二本の脚がつながったところは、これまたすばらしい——」

ティーグはチュンの襟をつかむと、壁に押しつけた。チュンは苦しそうにあえいだ。「今、なんと言った？」

「すみません。ボスがいるのを忘れてたんです」チュンが目をむいた。「失礼なことを言うつもりはなかったんです。二度とボスの女をじろじろ見るようなまねはしません」

ティーグはもう一度、チュンを壁に叩きつけた。「彼女はぼくの女じゃない、依頼人だ」

ばつが悪そうに立っている、ほかの男たちを見回す。「きみたちが彼女の体のいろいろな部分を見て楽しんでいるあいだも、不審な人物に目を光らせていてくれるといいんだが」

「はい、そうしています！」司令官に対するように、ビッグ・ボブがさっと敬礼した。「不審者の接近はありません！　彼女の監視についてはご心配には及びません！　全力で遂行いたします！」

ティーグはチュンのシャツから手を離した。「いいだろう、仕事に戻れ。ミス・モンゴメリーの監視だけが仕事じゃないからな」

「ええ、ですが、見ていていちばん楽しいのは彼女ですよ」ビッグ・ボブがいたずらっぽく微笑んだ。「もちろん、あなたが自分で監視したがるのも無理はありません。もしも彼女が自分の女だったら、わたしだって彼女に見とれてる男どもを叩きのめしてやります」

「彼女はぼくの女じゃないし、彼女のことで誰かを叩きのめしたりもしない」ティーグは憤慨して言った。

チュンが苦しげにあえいで喉をさすった。

「いいかげんにしろ、大げさだぞ！」部屋にいる全員が眉を吊りあげたので、ティーグはさらにかっかした。「ぼくはきみらにここでとぐろを巻かせるために給料を払っているんじゃない。怪しい連中を探しに行け」

「わかりました！」

「はい、ティーグ」

ティーグのそばをすり抜けて通っていく部下たちはにやにや笑いを浮かべ、低くささやき合っていた。ティーグがビッグ・ボブに向き直ってにらみつけると、彼はモニターを指さして言った。「わたしはこれから一時間、彼女を監視しなけりゃならないんです。それがわたしの仕事ですから」

「そうだな」ティーグは監視室のドアを閉めて、東棟の一階へ向かった。〝ミス・ノーパンティー〟に用がある。

ティーグとケイトは一時的な休戦状態に落ち着いていた。ティーグは彼女の家に住み、交代でテイクアウト用の料理を注文し、自分の洗濯物は自分で洗い、テレビのリモコンの支配権のことで言い争った。最初の二日間、ケイトはかなり警戒した目でティーグを見た。またあの目つきで彼に追い払われるとでも思っているかのごとく。しかし、ティーグは明るく普通に振る舞うように気をつけた――たとえ彼にとって、女性のアパートメントにいながら相手のベッドにもぐりこまずにいるなんて普通ではないとしても。

だが、ケイトにはそのことを言わなかった。彼女にキスしたりはせず、たまたまぶつかったようにさりげなく触れるだけにした――たびたびそうしたが――そして、そのかいはあった。ケイトはまた緊張を解いてティーグに警護をゆだねた。彼はストーカーからケイトを守るため、自然体で仕事に当たることに専念した。それが功を奏したのか、奇妙に感じられるほど彼女との暮らしを楽しめた……たとえセックスがなくても。

とはいえ、それを部下たちには知られたくない。

ケイトが上院の教育法案に関する論争に勝って、ティーグに一矢報いたことを思い出し、彼は顔をしかめた。いさぎよく負けを認めたことはこれまで一度もないが、かといってその論争に勝ったと思うほど愚かではない。だがしばらくして、ティーグは唇の端をゆがめ、小さな笑みを浮かべた。ケイトのためなら、いさぎよく敗者になってもかまわない。彼女になら、ベッドにもぐりこむよう説き伏せられてもいい。

ティーグがボディガードの資格を持っていると聞いてから、ケイトが通うスポーツジムはキックボクシングのクラスを彼に任せた。ティーグは毎朝、あの女性たちに護身術を教えた——彼は彼女たちが気に入っていた。日常の中のアメリカ人女性たちと実際にかかわったのは初めてだった。彼女たちをブラウンズヴィルの街角で目にしたことはある。とっておきのダイヤモンドを身につけているときに警護したことはあった。街の危険な地域を歩きたいという彼女たちとデートしたこともある。だが、彼女たちが子供の自慢話や夫と仕事の愚痴に興じ、五キロよけいに肉がついてもまだまだいけるわよ、などと言い交わすのを耳にするほど長くつきあったことは一度もなかった。みんな本当に気のいい女性たちで、ケイトはその中にうまくなじんでいる。

実のところ、ケイトはどこにでもうまくとけこんでいた。適応能力があり、どこでも温かく迎えてもらえて、みんなに好かれるという才能に恵まれているのだ。リンダ・グエンでさえ、ケイトには寛容だった。ウージー短機関銃みたいな性格の、あのリンダですら。

ティーグが角を曲がると、ケイトの姿が見えた。

ままごと遊びのような生活をティーグと送っているうちに、どうやらケイトは、彼のことをじっと動かない老いぼれ猫並みに人畜無害だと思いこんだらしい。それが証拠に、彼女は議事堂の廊下をノーパンで闊歩《かつぽ》している。「ケイト！」

その声に、ケイトは振り返って微笑んだ。彼に会えてうれしいとでもいうように。ティーグも彼女に会えてうれしかった。ものすごくうれしかったし、ケイトが逃げ出そうとしないことに心から安堵《あんど》した。「一緒に来てくれ」

ケイトは急いでそばに来ると、いちばん狭い監視室へ向かうティーグのあとに続いた。彼女は声をひそめて尋ねた。「何かわかったの？」

「そうだ」

「ストーカーについて？　じゃあ、これで終わり？」

ティーグはドアの前で立ち止まると、憤然とした顔でケイトを見た。

彼女はほっとしたかのように胸に手を当てている。ふたりでいる時間が終わるのを喜んでいるみたいに。

「まだ終わらないさ」ティーグはカードキーでロックを解除した。

ふたりで中に入っていけば、部下たちに見られるだろう。ティーグが何をしているかを知ったら、彼らは笑いながら互いに肘でつつき合うに違いない。

ティーグは気にしなかった。いつかは気にするようになるだろうが、今はケイトがスカートの下に何をはいているかを知る必要がある。彼女に関するすべてのことが気になる。見て、味わって、知る必要がある……。

自分をコントロールできないことが、ティーグは腹立たしくてたまらなかった。激しい欲望に翻弄《ほんろう》されながら、中へ入るようケイトに身ぶりで促す。

室内には、廊下を見張るモニターと低いうなりをあげるコンピューターがいくつかあり、ケイトはブリーフケースを手にしたまま、その前を歩いていった。

ティーグが後ろ手にドアを閉めると、補強されたドアが金属の枠に当たって音をたてた。ケイトが向き直り、ティーグの心の乱れを感じたかのように小首をかしげて彼を見た。それでも、その目にはとまどいがある。彼女はティーグの不機嫌さの原因をわかっていなかった。

彼はドアにもたれ、胸を大きく上下させながらケイトをじっと見つめた……そして欲望を感じた。

三日前の夜、ケイトはティーグの中に殺人者を見た。

今日、彼女は明らかに別の種類の獣をティーグの中に見ている。顔を赤らめたのがその証拠だ。ケイトが目を伏せた。ティーグはそんな彼女を見て気づいた。今なら、まったく欲望を抱く可能性がないほど彼女を怖がらせてしまったかどうかがわかる。これが決め手になる――ケイトはぼくに触れさせてくれるだろうか？　ぼくが彼女を傷つけないことを信じてくれるのか？

ケイトは唇を震わせ、ためらいの笑みを浮かべた。顔をあげた彼女の目は悲しげで、光がなかった。「それがわたしに知らせたいことなの？　それとも何か……ほかにあるの？」

ケイトは恐れてはいなかった。彼女もティーグを求めていた。

彼がすばやく前に出たので、ケイトは逃げる暇がなかった。逃げる場所もない。ティーグは壁に彼女を押しつけ、そのまま自分の体で押さえつけた。両手で彼女の顔を包みこんでキスをする。優しく唇で触れたり、賞賛の言葉をつぶやいたりしてケイトの心を和らげようともせず、すぐに彼女の口へ舌を差し入れた。

ティーグは自分で自分がわからなかった。ケイトを前にすると、上品さや恋の駆け引きなどすっかり忘れ、まるで野蛮人のようになってしまう。欲望に負け、彼女が欲しくて気が狂いそうになってしまうのだ。

もしかしたら部下たちも、ティーグの中にそれを見ていたのかもしれない。

しかしケイトは、まるでティーグと同じ狂気を感じているかのごとく反応した。彼の唇を受けて唇を開く。ティーグの頭をつかみ、両手を滑らせて髪の中に差し入れ、彼がしているのと同じようにしっかりと彼を押さえこんだ。そしてふたりはキスをした。狂おしいキスを。彼の舌がケイトの口の中をまさぐり、彼女は情熱的に応《こた》えた。その様子があまりに激しかったので、ティーグは自分と同じく、彼女も荒々しく奪われることを望んでいるに違いないと思った。

麻薬のように、ケイトの味が彼の感覚を満たす。ティーグはもっと欲しくなった。ケイトは石鹸とラベンダーの香りがした。ティーグは彼女の下唇を軽く噛み、なめらかな歯に舌を這《は》わせた。目を閉じて、彼女の頬とまぶたをそっとついばみ、額に唇を滑らせる。両手が肩を滑りおりて、乳房に落ち着いた。

ティーグは女性の乳房を愛していた。あらゆる形の、あらゆる大きさの、どんな女性の乳房でも、愛《いと》おしく感じていた。

だがケイトの乳房は……てのひらで包みこむと、そのふたつのふくらみは、これまで彼が触れたことのないほど見事なものだとわかった。彼女はブラジャーをつけている……なんでそんなものをつけてるんだ？　パンティーは小さいのをはいているか、あるいはまったくはいていないというのに？

だが、ティーグは女性を理解しているふりはしなかった。そもそも、知性と機知に富んだこの女性のことはまったくわからない。

ケイトは壁に頭をつけてのけぞると、彼の心を惑わせるようになめらかな喉をあらわにした。

そのもっとも柔らかな部分に顔をすり寄せて、ティーグは白い肌に歯を立てた。

ケイトがはっと息をのんで身を震わせたのが、ティーグの全身に伝わった。彼はケイトに腰を押しつけ、下腹部のこわばりを和らげようとした。

だが、それは彼女と体を重ねないかぎり無理だ。

まるでエクスタシーに達したかのごとく、ケイトがうめいた。唇はかすかに開き、目は閉じられている。快感の絶頂にのぼりつめたような顔だ。

その声に、香りに、眺めに、ティーグは自分をここに来させた好奇心を満たさずにはいられなくなった。

彼はそっとケイトのヒップを包みこんだ。手の下でスカートの生地が滑る。とても柔らかい。とても女らしい。「ぼくはきみを傷つけているかい？」声がかすれた。

「いいえ」ケイトが目を開いた。欲望をたたえた輝く青い目がティーグを貫いた。「傷つけてなんかいないわ」

ぼくは優しくなれる。ぼくは……彼女のものになれる。

もう一度、ティーグはキスをした。

もしくは、ケイトを味わった。彼女には、そのどちらかわからなかった。それは調査であり、探求だった。ティーグは知りたがっているみたい……ありとあらゆることを。たとえば彼女がキスを返したがっているかどうか、ふたりの体の相性はどうか、世界最大の磁力がふたりをベッドに押し倒そうとしているときに、そのまま立っていられるかどうか。

それぞれの答えは、〝キスを返したい〟〝相性はぴったり〟〝ベッドに倒れこまずにはいられない〟となる。

なぜなら、ふたりの体が合わさっては位置を調整し、また合わさるあいだ、ふたりの唇が触れ合っては離れ、また触れ合うあいだ、ケイトがしたいことといえばティーグを床に押し倒して服を剝ぎとり、ひとつに結ばれることだけだったからだ。ティーグと初めて会ったとき、彼が無言で示した誘い――ケイトをセックスの大きな渦の中に引きずりこんで、めくるめく歓《よろこ》びを教えてやるという誘いが、一気に現実のものとなって燃えあがった。その熱い炎に身を焼かれ、翻弄されながらも、彼女は恍惚《こうこつ》感を味わっていた。

ああ、どうしよう。まるでわたしの人生にはややこしいことがまだ足りないと言わんばかりに、こんな状況になってしまうなんて。

そんなことをぼんやりと考えているうちに、こんな状況になってしまったものがケイトの下腹部に押しつけられた。彼女が腰をそれにこすりつけると、ティーグは彼女を引っ張りあげるようにして爪先立ちにさせた。彼の指がケイトを探る。その指がTバックのウエストのゴムを探り当てた。

ティーグがかすれた笑い声をあげた。まるで自分に言い聞かせるようにつぶやく。「やっぱり思ったとおりだ」

「何が思ったとおりなの?」ケイトはひどく重いまぶたの下から、ぼんやりと彼を見つめた。

「きみはいつだって淑女だということだよ」ティーグは彼女の顎を両手で包むと、低い声でつぶやいた。「きみがぼくを欲しくなったとき、ぼくに従う覚悟ができたとき、きみはパンティーを脱ぎさえすればいい。そしてぼくにこう言えばいいんだ。ねえ、あなたがしてきたことを教えて、と。そう言いさえすれば、きみが望むかぎり、ぼくはずっときみのものだ」

初めて会ったときから、ティーグをハンサムな男性だと思っていた。けれども今、濡れた唇と輝く笑みをたたえた彼は、恋人の顔になっている。

それでいて冷酷な……。

彼が最後通告をしたとき、ケイトはまだ息を整えているところだった。その言葉を理解するには脳細胞を働かせる必要があったが、実際にはティーグと彼のキスのせいで、すべての認識機能が麻痺していた。

ケイトは彼を見つめて考えようとしたが、彼女の反応は性的というより本能的なものだった。

ティーグがわたしの人生にふさわしい男性のように見えても、そんなことは重要じゃない。それは幻想なのだから。

あまりにも彼に夢中になって、それを愛のように感じていても、そんなことは問題じゃない。

この男性は危険だ。

ケイトは骨の髄までそれがわかっていた。ティーグが彼女を欲しがっているのがわかっているのと同じに。彼の顔にそう書いてある。ティーグに屈してベッドをともにし、その愛撫《あいぶ》にエクスタシーを感じても、彼が去っていくときに傷つくのは自分だということもわかっていた。

そう、ティーグは去っていくだろう。彼はどんな女性とも必ず別れるタイプの男だ。

ティーグは身じろぎもせずにケイトを見つめた。彼女が最後通告を受け入れないと決めた瞬間、それを察知して彼は言った。「おそらくきみは正しいよ。ぼくはプロらしくなかった。ぼくたちは触れ合うべきじゃなかったんだ。きみのストーカーを捕まえるのがぼくの仕事だし、ぼくは依頼人とはセックスしない。でも、ぼくたちはうまくやっていけるだろう」彼は声をひそめて、熱っぽくささやいた。「とてもうまくね」

あらゆる角度から自分に向けられているカメラと視線を意識しながら、ケイトは廊下を歩いていった。顔はほてり、指は震えていたが、化粧室に入るまでなんとか落ち着きを保っていられた。

ありがたいことに、そこには誰もいなかった。膝の力が抜け、ケイトは崩れるように洗面台につかまった。

鏡にひとりの女の顔が映っている。唇は腫《は》れ、頬は紅潮し、目は熱を帯びている。まるで今にもオーガズムに達しそうな顔。たぶん実際にそうなのだろう。

たった一度か二度のキスなのに。

ティーグ・ラモスとのキス。

ケイトは小さくうめいた。

これまでの交際相手は中流と上流階級の白人男性ばかりだったが、それは彼らが顔見知りで、共通点があったからだ。生い立ち、学歴、宗教。ティーグ・ラモスとはひとつも共通するものがない。

彼女はもう一度自分の姿に目をやり、ペーパータオルを濡らして顔を拭った。ティーグの高級な服は彼によく似合っているし、それを着るために生まれてきたかのように着こなしている。彼の声は低く冷静で、氷の上に注がれるウイスキーみたいになめらかだ。言葉づかいは的確で、彼の手は……心をそそられる。大きなてのひら、長い指、清潔な爪。愛撫のたびにうっとりさせてくれるだろうと女性が想像するたぐいの手だ。

水で顔を拭《ふ》いても、のぼせた頭を冷やすことはできなかった。実のところ、その蒸気で鏡が曇ってしまわなかったことにケイトは驚いた。曇ればよかったのに。そうしたら自分の顔を見なくてもすんだのに。そうすれば……あの監視室で、窮屈さや避妊具のことなどいっさい考えることなく、ティーグの上にまたがっていただろうと気づかずにすんだのに……。

わたしは明らかに正気を失っていた。

ティーグが生まれ育った家庭は裕福ではなく、特権も目立った特徴もなく、清潔でもなかった。彼はその気になれば、自分を非情な悪漢に見せることができる。実際、ケイトがそう思いこんでしまったくらい巧妙に。

なぜなら人生の一時期において、彼がそういう人間だったからだ。

それが問題なのではないだろうか？　ケイトがこれまでベッドをともにした男性の中にはひとりも――彼女が知る男性の中にはひとりも――悪人になるすべを知っている人などいなかった。女性を夢中にさせる波動を発する男性はいなかった。女性がその波動を吸いこみたくなり、今まで経験してきたすべてを忘れたくなるほど夢中になるのは、相手が教えてくれるものがもっとすてきで、もっと……満足させてくれる何かだからだ。

ケイトはペーパータオルを荒々しくごみ箱に投げ捨てた。

確かにわたしはストーカーにつきまとわれている。でも、今夜はオーバーリン上院議員の結婚記念パーティに行くのだ。オースティン中の人々が、わたしがそのニュースを取材することを知るだろう。情報をくれる人もいれば、わたしに真実を隠そうとする人もいる。しっかりしなくては。ティーグのことであれこれ悩んでいる場合じゃない。堂々と振る舞い、世間に対して、すべての懐疑的な人々に対して、そして誰よりもティーグ・ラモスに対して、わたしが有能なレポーターであることを示さなければならない。

ティーグのことで思い悩んでいては、成功は訪れないだろう。彼がどんなに魅力的で抗いがたい存在であろうと。

行動しなければ。

ケイトは携帯電話を取り出して母親にかけた。「今夜、つきあってくれる男性が必要なの。ディーン・サンダーズは忙しいかしら？」

9

ケイトはジョー・マローンのアンバー・アンド・ラベンダーのオーデコロンを手首と首筋につけ、髪にも軽くスプレーした。金色のきらきらしたバレッタで前髪をあげて留め、その夜の演出を考えて念入りに化粧をする。そして今日買ったばかりのストラップレスのブラジャーと、おそろいのパンティーを身につけた。ブラジャーは薔薇《ばら》色の薄いシルク製で、乳房がおさまるときれいなラインが出る。パンティーはTバックで、あまりにも布地の部分が少ないので、はくのが馬鹿らしくなるほどだ……。

でも、はくわよ。ちゃんとはくわ。

今夜はなんといってもオーバーリン上院議員のパーティだし、通勤着やレポーターの基本的な服装——カメラ映りのいいシャツと、ボトムはなんでもいい——以外のドレス姿をティーグに初めて見せる機会になる。

ボトムといえば、今日はそのせいで厄介なことになったのだ。ケイトが期待していた以上に、ティーグはひらひらしたピンクのスカートがお気に召したようだった。

もちろんわたしはあのスカートが自分に似合うことは知っているし、彼を刺激したくてはいたのだとしても、まさか監視室であんなふうにキスするなんて想像もしなかった。

そのときのことを思い出してしまい、ケイトは寝室の真ん中で目を閉じ、胸に手を当てて呼吸を整えようとした。

ティーグは容赦なくケイトに歓びを与え、彼女も飽くことなくそれを求めた。今までの人生で、あんなふうになったのは初めてだ。あれほどの欲望を抱いて、恥ずかしげもなく、結果がどうなるか考えもせずに応えられるとは思いもしなかった。

けれども、ケイトは正しい行動をとった。かろうじて危険を回避した。今夜のパーティにはほかの男性を連れていき、ティーグにはボディガードとしての立場をはっきり思い知らせるつもりだった。

ケイトは落ち着かない手つきで、急いでダイヤモンドのピアスを耳につけた。もちろん、ティーグにはまだ言っていないけれど……。

彼に言われたとおり、Tバックを脱ぐことを考えているのは事実だった……つまりそれは、彼が及ぼした影響がどんなに大きいかということだ。しかも、それほどいい影響ではない。ケイトは大学時代ずっと、分別と責任感あふれる女性として知られていた。恋人からひどい仕打ちをされた友人たちが泣きついてくるのは、決まってケイトだった。それが今は、ホルモンと自制心という奇妙な組み合わせのおかげで、とうてい自分とは思えないような性格が作りあげられてしまった。赤い山東絹《シャンタン》のシンプルなデザインのドレスは、くるぶしまでの長さがある。そのドレスをなめらかに身にまといながら、彼女は今にも自分が正気をなくしてしまうのではないかと危ぶんだ。

わたしはドレスの下に何もつけずにパーティに行ったりしないわ。

ケイトはローヒールの金色のストラップサンダルを履き、メアリー・フランシスのバッグを手にして鏡を見た。

薄いシルク地が体を包み、胸とヒップに張りついている。両サイドに膝までのスリットが入っているので、歩くたびにふくらはぎがちらちらのぞいてセクシーだ。全身を覆い隠しながらも控えめに男性の好奇心をかきたてるそのドレスは、ケイトの母親も認めるタイプのものだった。まんざらでもないわ――たとえ、パンティーをはいていても。

鏡に映る自分の姿に満足げに微笑み、ケイトは部屋を出て階段を下りていった――そして、ぴたっと足を止めた。

ケイトがまんざらでもないとすると、ティーグは信じられないほどすてきだった。ヨーロピアンカットの高級な黒いスーツが、細身の体と広い肩にぴったりフィットしている。糊のきいたシャツの白さがまぶしく、赤いネクタイが力と自信を表していた。間違いなくティーグは、ケイトがこれまで出会った中でもっともハンサムな男性だった。彼のスーツ姿は、ケイトの体温を製鉄所の溶鉱炉並みの熱さにまで上昇させた。

ティーグは彼女を見ると、一瞬表情をなくした。琥珀色の目を見開き、すぐに細める。今にも飛びかかってきそうな目つきだ。

ケイトは彼がはっと息をのんだのを確信した――間違いない。

もしもそのときドアの呼び鈴が鳴らなかったら、彼女は何かとんでもないことを口走り、馬鹿げたことをしでかしていただろう。

ケイトは飛びあがった。

ティーグはドアに目をやり、まるで彼女が何をしたか承知しているかのように尋ねた。「誰だと思う?」

「デートの相手よ」そわそわした調子の妙に明るい自分の声に、ケイトはたじろいだ。

「そうか」ティーグは彼女をじっと見つめた。すると、その洗練された外見の下に、自らの性的な衝動――そして不本意にも彼に惹かれていること――と闘っている女性が透けて見えた。「じゃあ、彼を中に入れたほうがいいかな?」

「わたしがやるわ」ケイトは玄関へ歩きかけたが、すぐに立ち止まった。「やっぱり、あなたがやるべきね」

「そのほうがよさそうだ」

ケイトはティーグが歩いていくのを見ながら、このことについてはもっとよく考えればよかったと思った。彼は娘のデート相手を迎える父親のように応対に出た。娘の相手を認めまいとする父親ではない。彼の顔にはなんの表情もうかがえなかった。だがティーグは、ディーン・サンダーズが予期していた相手ではなかった。

ディーンは背が高く、金髪に青い目で、いかにも弁護士のように見える。「ええと……」彼はさっと後ろに下がり、呼び鈴の上の表札を確認した。「ぼくは……その……ケイト・モンゴメリーを訪ねてきたんですが」

ケイトは哀れなディーンの救出に向かった。「わたしはここよ」

ティーグは彼女が玄関口に出られるように脇へよけた。

「こちらはティーグ・ラモス、わたしのボディガードなの」そう言って、ケイトはティーグの腕に手を置いた。そうすることで、彼が無害であることを証明するかのごとく。

ティーグは動かなかった。ぴくりともしない。彼が示した反応は壁と変わらなかった。

「きみの……ボディガード？」ディーンはコンタクトレンズが合わないとでもいうように目をしばたたいた。

「お母様は詳しいことを話さなかったのね」ケイトは言った。まるでティーグが太陽か何かに思えて、にらみつける視線に焦がされそうだ。まともに彼を見る勇気がなかった。「どうぞ中へ入って。わたしたちが何もかも説明するから」

「わたしたち？」ディーンはふたりを交互に見た。

うっかり口を滑らせてしまった。フロイトが言うところの〝無意識〟ってやつね！「ボディガードがどんなふうに仕事をするか、あなたは興味を持つんじゃないかと思って。たいていの男の人は興味をそそられるでしょ。中で待っていてちょうだい。ショールを羽織ってくるから」

「ああ」あからさまに強い関心を示しながら、ディーンはティーグに手を差し出した。「ディーン・サンダーズです——はじめまして。ボディガードって、ケイトに何かあったんですか?」

ティーグがディーンにケイトのストーカーと、その裏をかく手段について説明しているあいだに、ケイトはバッグを取りに行った。ティーグの口調は淡々としていて、いかにもプロらしい感じだった。

それはいいことだ。ケイトはティーグに私情を挟んでほしくなかった。というより――自分が彼に無関心でいたかった。彼女がクローゼットのそばでぐずぐずしながら耳をすましていると、ティーグが言った。「ストーカーの件は内密にしていただけますね? 我々は相手をおびき寄せようとしていますが、この件に世間の注目が集まればそうもいかなくなりますから」

「もちろんですよ。ちゃんとわかっています! ぼくを信頼してくれてありがとう。大丈夫、あなたの信頼も、彼女のことも裏切ったりしませんよ」ディーンはかわいそうなくらい真剣に言った。

ケイトは罪悪感に襲われた。わたしはディーンを、ティーグと自分のあいだの遮断物として利用している。ディーンにはこれっぽっちも興味はないけれど、どうやら彼はすでにわたしに興味を抱いているらしい。

最悪だわ。

「ケイトが夜に外出するときは、ぼくが彼女の車を運転することにしています」ティーグは言った。「あなた方のデートの邪魔になることはわかりますが、それがルールでしてね」

ルールですって？　いつからの？

「あなたも一緒に乗っていきますか？」ティーグは無表情なボディガードの役を演じつづけた。

「いやあ」ディーンは唇を噛んだ。「それじゃ、気詰まりですよ」

「彼女のBMWは小型で狭いですしね」ティーグは言った。

「それに落ち着かない。今回は、自分の車であなた方のあとをついていきます」ディーンは優秀な兵士みたいなことを言った。

ケイトはふたりの話がひと言も耳に入らなかったふりをして、戻っていった。

「ケイト、無神経なのを承知で言うけど、こういうことが起きてぼくはうれしいよ。ニュース番組を見て、ずっときみに憧《あこが》れていた。きみに会わせてくれと母をせっついていたんだよ。きみが今夜ぼくを誘ってくれたのは、厳しい警備のもとで監禁状態になっていることにうんざりしたからなんだろう！」ディーンは勝ち誇った口調で言った。

ケイトはディーンを見つめた。彼の容姿がなかなか魅力的であることに彼女は気づいた。たぶん、いい人なのだろう。わたしたちには共通点が多いことはわかっている。ディーンがここではないどこかほかの場所にいるんだったらよかったのに。「光栄だわ」彼女は言った。「でもティーグのおかげで、状況はずいぶん楽になったのよ」

「そのようだね」ディーンはティーグに微笑んだ。「きみの言うとおり、彼はすばらしい男性だ。ふだんなら、デートにお目付け役がついてくるなんて思いもよらないが、今回は理解できるよ」

「ええ」このとき初めて、ケイトは勇気をかき集めてティーグを見た。

彼は背筋を伸ばし、胸を張って立っていた。黒い髪は顔にかからないように後ろで結んである。琥珀色の目はまばたきもせずにケイトを見つめていた。そのまなざしに引きこまれ、彼女は欲望の潮流をせき止めることも、彼の目に備わった洞察力を跳ね返すこともできなかった。部屋の空気が熱くなり、くすぶるように感じられる。ティーグはひと言もしゃべらなかったが、何も言わないのにこれほど雄弁な人をケイトは見たことがなかった。

ディーンは何も感じていないようだ。彼はネクタイを直して尋ねた。「行こうか？」

「ちょっと待って」ケイトの声は、とても普通には聞こえなかった。まるで霧に話しかけているふうに聞こえた。「忘れ物をしたわ」

彼女は寝室へ戻り、Tバックのパンティーを脱いだ。

オーバーリンは腕時計を確かめた。彼女はどこだ？　ほかの客はみんな到着したのに、このパーティを開くきっかけとなった客が来ていなかった。

ケイト・モンゴメリーがまだ現れていない。

彼とエヴリンは、モダンでクールなハイテク感を漂わせる家の瀟洒《しょうしゃ》な玄関に立っていた。別の部屋でシャンパンを飲みながら雑談している六五人の客はいずれ劣らぬ大物ぞろいだったが、今のオーバーリンは接待する気になれなかった。五人編成の楽団が軽快なジャズを演奏している。アドリブを入れてたくみに崩しているが、それでもメロディーは聞きとれた。暖炉の上に飾られたギルフォード・ブランフィールドのオリジナルの油絵は、大金を投じて新たに購入したものだ。それを買ったのは、ケイトが芸術に造詣《ぞうけい》が深い育ちのいいお嬢様だからだった。すべては彼の計画したとおりだ。すべてが完璧だった。

ケイトは来るはずだ。本人がそう言ったのだから。

エヴリンが彼のタキシードの袖を引いた。「あちらに戻らなくていいの?」

オーバーリンは妻がそこにいることを忘れていた。ぎくりとして、もう少しで悪態をつきそうになる。彼の父親が拳で壁をぶち抜いて、自分の貧しさを呪《のろ》ったときに口にした冒瀆《ぼうとく》的な言葉を、うっかり言ってしまいそうになった。

だが、ジョージ・オーバーリン上院議員は悪態をつかなかった。悪態をつくことは、高潔で法を遵守する敬虔《けいけん》なクリスチャンとしての彼のイメージをそこなう。ケイト・モンゴメリーは、粗野なトラック運転手か何かのように汚い言葉を吐く男に用はないはずだ。

「もう少ししたら戻ろう」礼儀正しいイギリス人の執事がドアを開けたので、オーバーリンは期待に胸を躍らせた。「もしかして……ああ。彼女だ」

ケイト・モンゴメリーがようやく来た。顔は母親そっくりだが、もっと若くて体つきも引きしまっている。つけこまれそうなほど気が優しかったり、人を信じこんだりするタイプではないようだ。彼女は赤いシルクのドレスをまとっていた。その物腰はまさに誘惑的で、まるでドレスの下に何もつけていないかに見え、オーバーリンは顔をしかめた。それはケイトにはふさわしくない。彼女がわたしのものになったら、そんなまねはさせないようにしなくては。

彼の隣で、エヴリンがはっと息をのむ音が聞こえた。

「ケイト」オーバーリンは前へ進み出て、運命が彼のもとに戻してくれた女性を捕まえようと手を伸ばした。

ティーグ・ラモスがケイトの横に並んだ。

オーバーリンは凍りついた。自分の目が信じられない。こめかみがずきずきする。ティーグ・ラモス。彼がここに、わたしの家の中に、ケイト・モンゴメリーといる。そんなはずはない。

「オーバーリン上院議員」ケイトは自分が何者かを少しも知らずに、彼を見あげて微笑んだ。「結婚記念日のパーティにお招きくださってありがとうございます。ティーグ・ラモスをご紹介してもよろしいでしょうか？」

オーバーリンは自分より一〇センチ近くも背の高い、いかにも非情という噂にふさわしい男を見つめた。ラモスは美しい女性たちとベッドをともにし、彼女たちに夢中になられても、まったく意に介さないという。彼は自分の秘密ばかりでなく、すべての他人の秘密を握っている。約束をしたら絶対に破らない。そして彼は、オーバーリン自身とほぼ同じぐらいに危険だ。

もうひとりの男が近づいてきた。金髪で背が高く、にこやかな笑みをたたえた堂々とした足どりは、彼が超一流の家柄であることを示していた。オーバーリンはその男に見覚えがあった。ディーン・サンダーズ。一流の法律事務所の弁護士で、政治的な野心があり、それが成就することは間違いないと言われている。「お会いできて光栄です、オーバーリン上院議員」ディーンは自信に満ちた握手をした。「ぼくまでお邪魔してしまって、気を悪くされなければいいのですが。とくに、今日のパーティでもっとも美しい女性をエスコートしていますので」

　ラモスが後ろに下がった。

「ああ、もちろんかまわないよ！」オーバーリンは言った。「つまり今夜、ミス・モンゴメリーにはふたりのエスコート役がいるということかな？」

「わたしはティーグのことを取材しているんです」ケイトはラモスの腕に手を置かなかった。あたかも恋人同士であるかのように、彼に微笑みかけなかった。

だが……取材をしているだと？　そうかもしれないが、ふたりのあいだには性的な緊張感がひしひしと感じられる。それはどんな愚か者でも感じられたし、オーバーリンは愚かではなかった。

　いや、愚か者かもしれない。なぜなら、ここに立って、失った恋の亡霊に挨拶し、〝歴史は繰り返す〟ということわざのとおりになったことに気づいたのだから。

　しかし今は、どんなにそうしたくても、ラモスを外に連れ出して叩きのめすことはできない。オースティンの超高級住宅街にある我が家には、多くの客が詰めかけている——上品で影響力のある、裕福な客たちだ。タキシードとデザイナーズブランドのドレスに身を包み、噂話に興じる者たち。彼らにわたしに関する格好の話題を提供したくはない……ケイトについても。だからオーバーリンは、少し強めにラモスの手を握った。「世間というのは実に狭いものだな」ケイトに向かって、彼は言った。「偉大なるテキサス州議会議事堂の仕事に、ラモスの会社を推薦したのはわたしなんだよ」

「そうなんですか?」ラモスは無表情な目をして、オーバーリンの手を握り返した。「まったく知りませんでした」

実際のオーバーリンの思惑はこうだった。〝彼はマイノリティーだし、軍隊経験がある。世間の受けがいい〟

「我が家へようこそ。三人とも歓迎するよ。きみがこのオースティンで暮らしていることをとてもうれしく思うよ、ケイト」オーバーリンはラモスに背を向け、ケイトとディーンを交互に眺めた。「きみたちはつきあってどれくらいになるのかね?」

「これが初めてのデートなんです」ケイトが言った。

「でも、最後でないことを願いますよ」ディーンが付け加えた。

ケイトは彼に微笑みかけた。「わたしたちの母親同士が、何かお膳《ぜん》立てをするに決まってるわ」

ディーンは笑って彼女の肩を抱いた。「きみの電話番号はもう手に入れたしね」

育ちはいいがおもしろみのないこの弁護士がケイトをどこにエスコートしようが、オーバーリンは少しもかまわなかった。ディーン・サンダーズは女性たちが結婚したがるタイプの男だ——正直で、高潔で、退屈な男。オーバーリンにとって、なんら脅威ではない。だが、ティーグ・ラモスは女性をたぶらかし、一生消えない烙印《らくいん》を押して、熱い情事に誘いこむような男だ。

しかし、ラモスが目を細めて凝視しているまなざしを見ると、どうやらこのメキシコ人はディーンとケイトの友情を少しも快く思っていないらしい。

ちょうどいい。これを足がかりにできる。「ということは、ディーン、ケイト、きみたちのお母さん同士が知り合いなんだね。きみたちには共通点が多いな」

「これまで会ったことがなかったなんて驚きですよ」ディーンは、ケイトが肩を抱く彼の腕からそっと抜け出したことに気づいていないようだった。「ぼくはオースティンでしか暮らしたことはありませんが、彼女の家族はこちらにいます。ぼくの妹もヴァンダービルト大学に通っていましたし、彼女たちは同じソロリティの会員でした。それにぼくたちは同じスポーツジムの会員なんですよ！」

「すばらしい」オーバーリンが言っているのは、ディーンとケイトの共通点についてではなく、ラモスの顔に浮かんだ冷笑のことだった。

エヴリンが袖に触れたので、オーバーリンは自分がすべきことを思い出した。それで彼らに、ぶるぶる震える、たるんだ皮膚の山とわななく骨でできた人生の伴侶《はんりょ》を紹介した。「こちらが妻のエヴリン、わたしの愛する女性だ。ありがたいことに、この結婚記念パーティを開くことができるのも彼女のおかげだよ」彼がエヴリンに向き直ると、彼女はショックを受けた表情でケイトを凝視していた。オーバーリンは警告するように妻の手を――強く――握った。

「よ、ようこそ」エヴリンは口ごもった。「ミスター……ミスター・ラモス。ミスター・サンダーズ」

「ディーンと呼んでください」

「ええ、ありがとう、ディーン。そうするわ」エヴリンはケイトに注意を移した。「あなたも……ようこそ、ミス・モンゴメリー」呆然《ぼうぜん》とした顔つきでエヴリンは片手をあげ、ケイトの頬を指先で撫でた。「ずっとテレビで見ていたのよ。あなたはびっくりするほどお母さんにそっくりね。まるで――」オーバーリンの肘が彼女の脇腹に当たった。エヴリンははっとして言葉を切ると、急いで続けた。「わたしたちの結婚記念パーティに来てくださってありがとう」

彼らの結婚記念日はまだ四か月も先だったが、オーバーリンとエヴリン以外にそのことを知る者は誰もいなかった。ふたりが登場すると、招待状には〝プレゼントはご辞退申しあげます〟と書かれていたにもかかわらず、たくさんのきらびやかな贈り物が贈られた。オーバーリンは妻がアルコール依存症であることや、結婚記念日の日付を覚えていないことを説明したくはなかった。とりわけ、レポーターたちに囲まれているのだから。彼はＫＴＴＶのリンダ・グエンとKTRQのマクスウェル・エステヴェスのほうに目をやった。このふたりはささいな誤りをいちいちチェックするのだ。本当の結婚記念日を突き止めることぐらい、わけないだろう。

それでも——オーバーリンはブラッド・ハッセルベックに注意を移した——彼には保険があった。ブラッドはオーバーリンのよき味方でありつづけることを切望し、オーバーリンに言われるままに動く。今のところオーバーリンは、ブラッドが迅速に行動してケイトを局に来させたことに満足していた。

「結婚二五周年！」ケイトは言った。「そんなに長いあいだご夫婦でいるなんて、なんてすてきなんでしょう。おめでとうございます、ミセス・オーバーリン」

そんなに長いあいだ、だと？ オーバーリンとエヴリンは三二年間、夫婦をやってきた。さえない一八歳の女の家族がホバート郡に土地と財産を持っていることを知って、駆け落ちしようと説得してからずっと。ケイトに二五年と言ったのは、そのほうが若く聞こえると思ったからだが、彼女の年ごろの女性にはそれでも長すぎたのか。もっと違う言い方をするべきだった……いや、そんなことはどうでもいい。

ケイトは若い。オーバーリンはもっと大人だ。彼女くらいの年の女性が、彼の年齢の男と結婚する例はしょっちゅうある。

「銀婚式ですね。すばらしい！」ディーン・サンダーズが満面の笑みを浮かべ、ケイトに顔を向けた。「うちの両親は三五周年を祝ったばかりなんだよ」

「すごいわね」ケイトはつぶやいた。

ケイトの視線がティーグ・ラモスに注がれた。彼はエヴリンの震える手を握って、頭を下げた。「二五年は確かにすばらしいですね。おめでとうございます、ミセス・オーバーリン」

彼はオーバーリンに目を向けた。「あなたも、上院議員」

南部美人というエヴリンの〝仮面〟は長い歳月による打撃を受けていたが、彼女は愛想よく微笑んで、屋根つきポーチに向かって開け放たれたドアを身ぶりで示した。「あなたもあちらで、ほかのお客様たちと楽しんでくださいな。ああ、フレディ」執事が現れた。「ミス・モンゴメリーとミスター・サンダーズ、ミスター・ラモスにシャンパンを差しあげて」

フレディがラモスとディーンとケイトをポーチへ案内していくと、エヴリンは膝から崩れ落ちるように座りこんだ。彼女が夫のことをどれほど恐れているかは滑稽《こっけい》なほどだった。オーバーリンは一度も妻に手をあげたことはなかったが、いつからか、彼女はゼリーのようにぶるぶる震えるようになった――たっぷりのウォッカを混ぜて固めたゼリーのように。

「立つんだ」オーバーリンがエヴリンの腕をつかんだ。「笑って。彼女が来ることは知っていただろう」

「いいえ……知らなかったわ」彼女は死にかけているみたいな声だった。「あなたは言わなかったじゃない」

招待状の発送は執事に任せたし、ケイトが来ることは妻には言わなかったが、だからといって答えは変えなかった。「言ったよ。きっと、また酔っ払っていたんだろう」

「あなたは言わなかったわ」エヴリンはぐいと腕を振り払った。オーバーリンがずっと腕を強くつかんでいたから、痛かったに違いない。「聞いていれば覚えていたはずだもの。あなたは言わなかったのよ」彼女はオーバーリンに背中を向けて、よろよろと歩き去った。

「エヴリン」オーバーリンは冷たく厳しい口調で呼びかけた。

彼女は足を止めた。振り返りはしなかったが、立ち止まった。エヴリンはやせた体に真っ白なベルベットのドレスをまとっていた。

「いいか、今夜はいっさい酒を飲むなよ」オーバーリンは彼女だけに届く声で言った。「でないと後悔することになるぞ」

エヴリンはくるっと向き直り、彼を見つめた。その目には苦悩の色が浮かんでいる。「わたしはもう地獄で業火に焼かれることになっているの。言っておきますけどね、ジョージ、この件では二度とあなたを許しはしないわ」

オーバーリンは心底おかしそうに笑った。「それはそれは。恐ろしくて震えがきたよ」まるで彼女が彼を傷つけることができたかのように。

そのとき、オーバーリンは気づいた――エヴリンが声の大きさに無頓着《むとんちゃく》だったことに。客たちに聞かれてしまったに違いない。みんながこちらをじっと見ている。それから目をそらしたが、怖いもの知らずか礼儀知らずの何人かが、くすくす忍び笑いをした。

ケイトはディーンと話しこんでいて気づいていないようだったが、ラモスはこちらを向いて聞き耳を立てていた。身じろぎもせずにそうしている様子を見ると、言葉のひとつひとつについてじっくり考えているらしい。

オーバーリンはかっとなった。この社交界の一員になるために、これまで必死の思いでがんばってきたのだ。アルコール依存症の情緒不安定な妻によって面目をつぶされるわけにはいかない。彼は幸せな結婚生活を送る男のイメージを犠牲にする覚悟で、気丈な痛々しい笑みを浮かべた。しょせん、エヴリンの夫をそう長く続けるつもりはない。離婚についてはすでに弁護士に相談したし、これはさらに重要なことだが、選挙運動の広報部長にも相談した。

大広間に入っていくと、オーバーリンは水の入ったグラスを手にした。禁酒していることをアピールしたかったからだ。彼は微笑み、言葉を交わしながら、客たちのあいだをかきわけてケイトのほうに歩いていった。彼女と話したい。彼女とラモスのあいだに割りこんで、ふたりのあいだに漂う性的な引力が気のせいかどうか確かめたい。

いや、気のせいなどではない。オーバーリンは自分が感じるもの、目にするものをよくわかっていた。だが、それを確認しなければならない。

ケイトが、ずっとそばにいてくれる相手とつきあうのはかまわない。ラモスがケイトを眺める様子は、まさに彼女がダイヤモンドで彼は泥棒といった感じだ。そのたとえがあまりにもぴったりなので、オーバーリンは考えたくもなかった。

情報を得るチャンスをうかがい、彼は人目につかないようにしてブラッド・ハッセルベックの隣に行った。「実に興味深いカップルだな——ティーグ・ラモスときみのところの新人レポーターは」

ブラッドは後ろめたい秘密を発見されたかのようにぎくりとした――実は、たまたまオーバーリンはそれを発見していた。彼には人の秘密をかぎつけようとする性癖があった。その秘密が人々を従順にし、影響を与えやすくなることにも気づいていた。相手が警察署長や仲間の議員だったり、テレビ局の局長だったりした場合には、その影響力は非常に価値があった。

「オーバーリン上院議員！　どこにいらしたのか気づきませんでしたよ」ブラッドは弱々しく微笑もうとした。「すてきなパーティですね。ニュースになりそうな話がたっぷりありますよ」

「せいぜいがんばるんだな」オーバーリンは鷹揚《おうよう》に手を振った。「ケイト・モンゴメリーについて、ちょっと教えてもらいたいんだが」

ブラッドは音が聞こえそうなほど大きく唾をのみこんだ。「なんでしょう？」

「彼女はどうしてラモスと親しくなったんだ？」オーバーリンは無理に作り笑いをしながら訊いた。

「ケイトがですか？」ブラッドは彼女に目をやった。「彼女はディーン・セイヤーズとつきあっていると思ってましたが」

「サンダーズだ」オーバーリンはなんのためらいもなく、ディーンのことを頭から追い払った。「だが、彼女はラモスも連れてきた。なぜだ？」

「それは……ああ、あなたがお考えになっているようなことじゃありませんよ」ブラッドはくっくっと笑った。

　オーバーリンは笑わなかった。

　ブラッドはあわてて真顔になった。「いや、わたしが申しあげようとしているのはですね――彼女はストーカーに狙われているんです。ラモスは彼女のボディガードですよ」

「ストーカー」オーバーリンの鋭い視線がブラッドを貫いた。「どういうことだ、ストーカーというのは？」

「ご覧になりませんでしたか、その、彼女の顎の傷を？　全身が痣だらけなんですよ。車のタイヤを切り裂かれたり、いやがらせを受けたりしているんです。何者かに車で轢かれそうになったり」ブラッドの額には玉のような汗が浮かんでいた。「ええ、間違いなくストーカーですよ」

　オーバーリンは暖炉のそばの一角にブラッドを連れていった。「なぜそれをわたしに知らせなかった？」裏で手を回して、彼女を雇わせたというのに？

「彼女にはこの街でもっとも優秀なボディガードを当てがったし、ふたりで一緒に行動するのにそれなりの口実も与えました。彼女はラモスの取材をしているんです」ブラッドは期待に満ちた笑顔になった。「申し分のない交換条件ですよ」

「わたしは交換条件など望んでいない、彼女の身の安全を望んでいるんだ」

「ラモスは依頼人を死なせるようなことはしません」

「そうだな」ラモスは依頼人を死なせるようなことはしない。オーバーリンもそれは知っていた。

「それに、わたしにはKTTVの株主に利益をもたらす責任があります」

確かにブラッドの言うことにも一理ある。もしも彼が首になれば、オーバーリンの役に立たなくなる。「いいだろう。逐一報告するのを忘れるな。そのろくでなしがどんなやつだか知りたい」

「ケイトを付け回しているやつのことですか？」その小馬鹿にしたような言い方は、まるでオーバーリンを嘲笑しているかに聞こえた。

大目に見てやると言わんばかりの目つきで、オーバーリンはブラッドをじろっと見た。

ブラッドの笑みが消えた。「了解しました。ケイトを付け回しているやつのことですね」

オーバーリンはティーグ・ラモスがこの場面をおもしろ半分、哀れみ半分に……そして興味を持って見ていることに気づいた。あの男にいらぬ詮索をされるいわれはない。ラモスは好奇心旺盛《おうせい》かつ周到なことで評判だった。彼はケイトをものにしたがっているのかもしれないが、だからといって彼女に対するオーバーリンの興味が薄れるわけではなかった。まったく逆だ。これはオーバーリンにとってチャンスだった。最後のチャンスなのだ。

今度は事態は違う方向へ進むはずだ。

10

ティーグは壁を背にして立ち、パーティの客たちの行動を見守りながら、オーバーリンはまさにお山の大将だな、と思った。

警察署長がいる。郡の保安官もいる。テキサス州最高裁判所の判事の顔も見える。上院議員たちが片隅に集まり、声をひそめて話をしていた。

最悪なことに、ディーン・サンダーズがシャンパングラスを手に、温かな笑みをたたえてティーグのほうへやってきた。

ティーグは思わずうなり声をあげそうになるのをこらえた。まあ、いいさ。ケイトはぼくとのあいだにある情熱を恐れているのだ。だから当て馬を連れてきた。だがそれは、邪気のない顔をした、愛想のいい、疑うことを知らないディーン・サンダーズでなければならないのか？　テキサス育ちの上流階級で、一流の法律事務所に所属し、週末には夫から虐待を受けている移民女性たちに無料で法律支援を行っている彼でなければ？　ティーグはディーンを嫌って当然のはずだったが、そんな気持ちにはなれなかった。彼とスポーツバーで会い、ビールを飲みながら試合を見るところが目に浮かぶ。ディーンはそういうまれに見る、正真正銘のいいやつなのだ。

「やあ、ティーグ、飲んでいないようですね。何か飲みますか?」ディーンはシャンパングラスを揺らしてみせた。

「いや、遠慮します。仕事中ですから」

「ああ、そうか」ディーンは決まり悪そうに周囲を見回した。「忘れてました。あなたは仕事中でしたね」

「ええ」ティーグは雇われた用心棒よろしく、後ろで手を組んだ。

「ぼくも飲んではいけないんだった。車を運転して帰らなければならないから」ディーンは中身が半分残ったグラスを、そばを通っていくトレイに置いた。「ケイトはぼくが乗せていっていいですか?」

ケイトを乗せていくだって? とんでもない。「彼女はぼくの車に乗っていくほうがいいと思いますよ」ディーンの表情を見て、ティーグは付け加えた。「でも、先にあなたの家までついていきます」

ディーンは肩をいからせた。「あなたはケイトがほかの人とデートをしても、本当に気にならないんですか?」

「ケイト・モンゴメリーは依頼人ですから」ティーグは視線を人ごみの中にさまよわせ、彼女を探した。見つからないので、見えるところまで移動する。彼はずっと依頼人の警護をすると同時に、自分と自分の社会生活を大切にしてきた。しかし、ここに来てケイトと一緒にいると、ティーグの興味を引くのは、彼女とともに過ごす社会生活だけだった。彼女が動くと、赤いシルクの炎が燃え立つように見える。もしもティーグが愚かだったら、あのドレスの下には何もつけていないと思っただろう。あいにく、彼はそこまで愚かではなかった。ケイトのカールした黒髪を飾るバレッタがライトを浴びて、彼女の青い瞳に負けないほどまばゆく輝いている。耳につけたダイヤモンドのきらめきが、ほっそりした長い首に視線を誘《いざな》う……ティーグは彼女の喉にキスしたくなった。それから下へと唇を這わせていき……。

ケイトのほうはティーグなど眼中にないようだった。

「彼女は本当に魅力的ですけど、あまりぼくに注意を向けてくれないんですよ」ディーンはすぐに付け加えた。「文句を言ってるわけじゃないんです。でも、最初のデートではもう少しふたりきりで話す時間があるのが普通でしょう?」

つまり、彼女はディーンのことも眼中にないということだ。

それでも嫉妬がティーグの心をわしづかみにした。ケイトは微笑みながら、節度ある熱心さと見せかけではない関心をもって会話し、内面の美しさで輝かんばかりだ。その熱心さと関心と美しさを、ティーグは彼自身に向けてほしかった。

「彼女は根回しをしているんですよ。うまくいけばニュースに結びつくかもしれないから」

なんだってぼくは、ケイトのデート相手を慰めているんだ?

「ああ、そうですね。そのことに気づくべきでした」ディーンはペリエのグラスを手に取り、口をつけた。「それに実際、ぼくはデートのことなど何も知らないに等しい。家内と出会って以来、これが一〇年ぶりのデートなんですよ。でも、彼女とはもう終わりました。だから いつでもケイトのような女性とつきあうことができるんです」

ティーグがディーンを叩きのめさなかったのは驚くべきことだったが、それはひとえにティーグの自制心の賜物《たまもの》だった。それに、ディーンはケイトのような女性とつきあうことなどできないからだ。彼にはケイトは高嶺《たかね》の花すぎる。彼女はディーンなど踏みつけていくだろうし、彼はアスファルトの道路よろしくケイトに踏みつけられるのを光栄に思うだろう。

「やあ、ラモス」ブラッド・ハッセルベックがぶらぶらと歩いてきた。バーボンのコーラ割りを手に、テラスで吸ってきた煙草の匂いをぷんぷんさせている。ディーンを横目で見ながら、ブラッドは尋ねた。「取材の進み具合はどうだ？　ケイトはそろそろ」ブラッドはディーンをちらりと見て、意味ありげに声をひそめた。「仕上げにかかっているのか？」

「彼女の同伴者はストーカーの話を知っていますよ、ミスター・ハッセルベック」

「絶対に口外しません」ディーンは胸に手を当てた。

「そうか、それなら」ブラッドは肩をすくめた。「きみの調査はいつ終わるんだ、ラモス？」

「そんなことより、ケイトの安全について尋ねるべきじゃないんですか？」ティーグはブラッドに冷ややかな目を向けた。

ブラッドはいきり立った。「驚いたな、誰も彼もケイトの安全のことで頭がいっぱいなのか？　わたしにはやるべき仕事があるし、せっかく雇った新人を使えず、顎を怪我したせいでテレビに出せないことをフロリダの上の連中に説明するのは楽じゃないんだ」

ティーグはブラッドの腕を取った。「ちょっと失礼しますよ」とディーンに告げる。静かな一角に移動すると、ティーグはブラッドに尋ねた。「ほかに誰が彼女に関心を示しているんですか?」ただ漫然と質問したわけではない。誰がケイトの安全について尋ねたのか、それして尋ねた理由を知りたかったのだ。

「彼女が新しいレポーターだってことは、誰もが知っている」ブラッドは言った。「みんな、彼女のニュースが好きだ。なんで彼女が怪我したのか知りたがっているんだよ。今夜はずっと、ケイト・モンゴメリーに関する質問に答えてばかりだ」

「ぼくは彼女が仕事に復帰できるように、ストーカーを捕まえようとしているんですよ。あなたの話はあまり役に立ちそうもないですね」話しながら目でケイトを探すと、社交界の名士ウィノナ・アセヴェドと話をしているところだった。ウィノナは快活な笑い声をあげ、こちらに目を向けた——おっと、まずい、ふたりともこっちを見ている。

ふだんのティーグなら、これからベッドをともにしようと狙っている女性と元恋人が顔を合わせても気にしないだろうが、今はそばに行って、ケイトの手首をつかんで引き離したかった。

「取材のほうはどうだ?」ブラッドが尋ねた。

「この三日間、彼女はメモを取り、撮影してきました。一〇回分くらいは取材したと思いますが、ぼくにはよくわかりません」

「そうだな」ブラッドが顔を輝かせた。「きみがまったく知らないことがひとつある。それはテレビのニュースだ」

「確かに」まだケイトとベッドをともにしていないことは、さほど重要ではなかった。ケイトが依頼人であり、彼女に危険がつきまとっているあいだは、彼女を求めるべきではない。まず、この仕事を終わらせる必要がある。これ以上ケイトの罠《わな》に絡めとられないうちに、彼女から逃げなければ。「明日までにストーカーを狩り出せないなら、彼女にレポートをさせて、襲撃が放送と関係があるかどうか確かめてみましょう」

「いいだろう」ブラッドは笑顔になった。「何か大きなニュースになるような大惨事でも起きないかぎり、きみの特集は金曜日の枠に入れておくよ。この件をすませてしまおう」

「わかりました」ティーグは部屋の向こう側にいるケイトを見た。

そのまなざしを感じたらしく、ケイトは彼と視線を合わせた。意味ありげに目を伏せる。そんな誘いをほのめかすような仕草で微笑まれて、ティーグは思わず一歩を踏み出していた。だが自分を押しとどめ、ブラッドの言葉を繰り返した。「わかりました。この件をすませてしまいましょう」

ティーグは仕事に専念する必要があった。自分がどんな生まれかを思い出す必要があった。自分が何をしてきたかを。灰色の過去の影が彼を包みはじめる。生まれて初めて、ティーグはそれを思い出そうとした……。

頭の中で母親の声がした。〝なんてこったい、ティーグ、このクソガキが……〟

そのときケイトが、ティーグには予想もつかないことをした。彼女はてのひらで腰を撫でおろし、赤いドレスの皺《しわ》を伸ばした。シルクの布が肌にぴったりと張りついた。

熱い興奮がティーグの体内を駆けめぐり、昔の思い出を焼き払った。

「おい、見ろよ」ブラッドがバーボンのグラスをドアのほうへ向けた。「グラント州知事だ！」

「えっ？」ティーグはケイトを見つめながら、呼吸を整えようとした。

「大変だ、オーバーリンに知らせないと」ブラッドは勢いこんで言った。「オーバーリンがパーティを開くと、大物がみんな集まるんだ」

「ああ」テキサス州知事とその妻や側近が玄関を入ってきても、ティーグは注意を向けようとしなかった。

ケイトはまるで……いや、まさか、そんなことはありえない。ぼくが要求したとおりのことを、彼女は絶対にしないだろう。絶対にTバックを脱いでくるはずはない。パーティの真っ最中の、ぼくには何も手出しができないときに、ケイトがそんなことを教えるはずがないじゃないか。ぼくの最後通告に対する仕返しにしては、それはあまりに残酷すぎる。

ケイトがぱちぱちとまばたきをした。男を誘惑する女の妖艶《ようえん》なまなざしで彼を見つめる。そして口の動きだけで言った。〝ノーパンティーよ〟

今度は、ティーグがケイトのそばに行くのを止められるものは何もなかった。デート相手がいようがいまいが、残りの退屈な夜を彼女にひとりぼっちで過ごさせるわけにはいかない。

「こうしてエヴリンと肩を寄せ合っているジョージは上院議員の鑑《かがみ》であり、幾多の困難を切り抜けて現在の繁栄へとテキサス州を導いたことを証明してきました」グラント州知事は演奏用ステージの上に立ち、その隣にオーバーリンとエヴリンが並んでいた。「しかし、オーバーリンとエヴリンの結びつきによる恩恵を受けたのは政界だけではありません。エヴリンは州の若く貧しい市民の教育を目標にしてきましたし、オーバーリンの資金調達支援を得て、テキサス中の恵まれない子供たちのために、テキサス市未就学児童教育事業《リル・テキサンズ・プレスクール・プログラム》をスタートさせました」

　オーバーリンは精いっぱい愛想のいい笑みを浮かべ、長々と続く得意げな州知事の話に興味深く聞き入っているふりをした。興味などなかった。客全員に引きあげてほしかった。オーバーリンが今夜のパーティを計画したのは、ケイトとおしゃべりをし、家の中を案内して、美術品と彼の品のよさを見せつけるためだ。それなのに、彼女との結婚に向けての第一歩になるよう計画したこの夜は、気の抜けた悪夢になってしまった。

「では、ここでオーバーリン夫妻に、おふたりの偉業をたたえる記念の額を、リル・テキサンズ・プレスクール・プログラムの理事長、キャロル・マーフィから贈呈してもらいましょう！」州知事は場所を空け、キャロルをステージにあがらせた。

「オーバーリン上院議員、あなたは我が州の深刻な問題に対するわたしたちの解決策を信じて、資金調達のためにご自身の人脈を活用すると同時に、多額の寄付をしてくださいました。

そして、ミセス・オーバーリンは幼児教育に積極的に取り組まれました。ご夫妻の貢献に対して、わたしたちは……」

キャロルは感謝の言葉を終えると、記念の額を贈呈した。オーバーリンとエヴリンは写真撮影のためにキャロルとポーズを取った。そのあと、オーバーリンは全員に静粛を求めた。

「わたしは、自分が二五年前にエヴリンを高校のダンスパーティにエスコートした男であることを誇りに思います。そして今、彼女の思いやりと優しさを知って、さらに誇らしく思っています。それではみなさん、どうぞご一緒に、わたしのすばらしい妻、エヴリン・オーバーリンに乾杯！」彼はグラスを掲げ、妻のまつげに光っている涙に目を留めた。

何しろエヴリンは、かわいそうな子供たちのための教育に価値を認め、その事業の資金調達に夫が協力したことに心から感謝しているのだ。協力しないわけがないだろう？　それほど世間体がいい活動に。

グラント州知事がグラスを掲げた。「オーバーリン夫妻に乾杯——おふたりがさらにこの先二五年間、幸せな結婚生活を楽しまれんことを！」

パーティの客全員がグラスを掲げ、酒に口をつけると、ステージを下りる州知事に礼儀正しく拍手を送った。州知事は人々と握手をし、政治的な成果をあげながら、客たちのあいだを進んでいった。もしもオーバーリンが自分の重要性を証明するものが必要だとしたら、それがこれだった——この一二年間でもっとも人気のある州知事が彼の支持を求めている。オーバーリンは、ケイトがそれに気づいてくれることを願った。

それにしても、いまいましいラモスめ。彼はあの表情を浮かべている。男がふいに性欲に駆られたときにする表情だ。いつもなら、オーバーリンはほかの男がその表情を浮かべるのを見るのが好きだった。なぜなら、男は下半身に振り回されることがあり、そういう場合は彼らを色恋絡みで脅迫できるからだ。だが、あのメキシコ人が愛しいケイトをそんなふうに眺めるのを見たくはない。

事実、ケイトはラモスから逃げようとしているふうに見えた。彼女が歩き去っても、ラモスはごみ捨て場をうろつく犬よろしくついて回っている。ケイトは議員たちのあいだを歩いて、マルティネス上院議員と言葉を交わした……だがラモスは、彼のまわりに群がるモデルたちと話しているあいだも、絶対にケイトから目を離そうとしなかった。決して。それだけでオーバーリンは平静さを失った――そんなことが起きたのは、過去に一度だけだった。

たった一度だけだ。

「上院議員」グラント州知事が握手を求めてきた。「おめでとう。家内とわたしは、別の集まりがあるので失礼するよ。心のこもったもてなしに感謝している」

ほかの客たちからも、オーバーリンは長い結婚生活を祝う言葉を受けた。ずっと笑顔でいたので、この夜が終わるころにはアカデミー賞候補になれそうだった。そのあいだも彼はティーグ・ラモスを憎み、ケイト・モンゴメリーを求めていた。

「失礼します」耳に心地よい執事のイギリス訛りが、オーバーリンの妄想に割りこんできた。「ジェイソン・アーバーノがお見えです。オフィスにお通ししました」

「アーバーノが？」オーバーリンは人目を避けるために玄関ホールへ移動した。「今、ここに？」

「ご相談したいことがあるそうで」フレディは無表情だった。

「アーバーノが……」オーバーリンは、自分が脅迫し、利用した男について考えをめぐらした。「会うと伝えてくれ」

「かしこまりました」フレディはお辞儀をして奥へ消えた。

　オーバーリンがフレディを雇って一年以上が過ぎた。フレディは履歴書に七〇歳と書いていたが、オーバーリンには七〇どころか八〇歳に見えた。別に気にしてはいない。フレディは申し分のない推薦状を携えて現れた。イギリス訛りのある、この禿《は》げ頭の執事は、一九世紀のやり方で家の中を切り盛りし、オーバーリンの要求を実行する権限を持っていた。そのうえオーバーリンに対して実にうやうやしい態度で接してくれるので、オースティン中の人々にうらやましがられている。フレディに支払う法外な給料も、彼によってもたらされる地位の見返りとしては正当なものだとオーバーリンは考えていた。

　オーバーリンはもう一度シャンパンを振る舞うように命じると――シャンパンさえあれば、客は主人がいなくなっても気づかないものだ――書斎へ向かった。部屋の中に入り、ドアを後ろ手に閉める。「アーバーノ、会えてうれしいよ。招待に応じてくれてありがとう」

　アーバーノが顔をあげた。

　彼の気色ばんだ表情を見て、オーバーリンは声をたてて笑った。真顔に戻ったところで、厳しい口調で言う。「わたしのパーティに現れるからには、重要な情報を持ってきたんだろうな。そうでなければここに来るはずがない」

アーバーノは大柄で肩幅が広く、年齢は四〇代なかば。元アイスホッケー選手だ。彼は小鼻を広げ、眉を寄せた。

それはまるで、唾を吐き散らしながら唸りをあげるピットブル・テリアを眺めているようだった。ぐいぐいと鎖を引っ張り、鉄製の首輪に首を締めつけられている犬。その鎖を握っているのが自分だと思うと、大いに権力を実感できる。「それで?」オーバーリンはせかした。

「情報は得ましたよ。ザック・ギヴンズの長女は八歳になったばかりなんですが、ある種の」アーバーノは両手の人差し指と中指を顔の脇で動かし、引用符を示す仕草をした。「〝自我同一性の危機〟に陥っているとかで。それでホープと話したんです」

「愛しいホープ」プレスコット家の長女ホープのことは、彼女がザック・ギヴンズと結婚した日からずっと悩みの種だった。彼女は一六歳のときに両親を殺され、八歳の妹ペッパーが養護施設へ送られるのを目にした。里子のガブリエルが再びテキサス州の保護下に戻されるのも見た。

ホープが問題をもたらすであろうことを、オーバーリンは当然予測するべきだった。だが彼は——実に世間知らずだったと今ならわかるのだが——この国の向こう側、ボストンというホープにとっては縁もゆかりもない場所に行かせれば、金も家族も高校の卒業証書もない状況に置かれて、おとなしくなるだろうと思ったのだ。

あのじゃじゃ馬を止めることは誰にもできなかった。ホープはあらゆる障害を乗り越えて、ギヴンズという男と結婚した。ザック・ギヴンズ、ニューイングランドの実業家を父と祖父に持つ男だ。彼女は抜け目なく立ち回り、弟や妹たちを探すのを助けてくれる男に牧師の娘の操を捧《ささ》げた。ホープが二本の脚のあいだにどんな魔法を隠しているのかは知らないが、まるで自分の家族のように熱心に彼女の家族の行方を探すほど、ギヴンズをとりこにしてしまったのだ。

ホープはすぐにガブリエルを見つけたが、残念ながらほかのふたりはまだ見つかっていない。

それも当然だ。ペッパーは反抗的で、奔放な性格だった。オーバーリンはペッパーを遠くへ追いやったが、彼女はついには地球上から行方をくらましてしまった。

オーバーリンはペッパーが死んでいることを願った。それこそホープが受ける当然の報いだ。

ホープは裁判所の記録からきょうだいの消息をたどろうとしたが、都合のいいことに郡庁舎の火事で記録は消失していた。

彼女はホバートへ調査員を送りこみ、プレスコット一家について覚えている人々に話を聞こうとした。だがオーバーリンの支配下にあるその町には、彼に逆らう勇気のある者はいなかった。誰も話そうとはしない。本当は何があったのかさえ、知らない人がほとんどだった。

実際、確かなことを知る者はひとりもいない。エヴリンですら知らないのだ。

だが、ホープは知りすぎた。

万が一、彼女が疑念を公にしたら……まあ、なんの影響もないだろう。わたしの行動は賄《わい》賂《ろ》ですべて覆い隠すことができる。

ホープたちが何かへまをして調査の内容が明るみに出たとき、彼女たちの注意をそらすにはどうすればいいか、オーバーリンはずっと考えていた。ホープたちはオーバーリンのことをひそかに調査するために、ジェイソン・アーバーノを送りこんだ。

豊富な人脈を持つオーバーリンは、アーバーノがかぎ回っていることはすぐに気づいた。彼は探偵を雇って、アーバーノの過去を調べさせた。

オーバーリンは今でも、アーバーノの身上調書を鍵のかかる場所に保管していた。彼にとって、それは世界一重要な資料のひとつであり、グーテンベルク聖書やアメリカ合衆国憲法の原本と同等の価値があった。

その調査でオーバーリンは、アーバーノが法科大学院《ロー・スクール》を卒業して以来ずっと、ギヴンズ・エンタープライズ社の顧問弁護士をしてきたことを知った。アーバーノはザック・ギヴンズの親しい友人だったし、ギヴンズはとりわけ忠誠心に重きを置いていた。アーバーノが顧問弁護士として働いてきた期間のほぼすべてにおいて会社の金をかすめとってきたことを知ったら、ギヴンズはアーバーノの短い首を絞めあげるだろう。おまけにアーバーノは、数々の不謹慎な行動を楽しんできた。妻は彼と結婚前に双方の義務や離婚条件などについてさまざまな取り決めを交わしているだけでなく、すぐかっとなる性格だった。もちろん彼女が怒りを公の場でぶちまけることはないが、金持ちで影響力のある人間がしかるべき調査員に仕事を依頼すれば、必要な情報はすべて手に入れることができる。

それは好都合だった。なぜならオーバーリンは、ずいぶん長いあいだボストン関係のことで悩まされてきたからだ。

オーバーリンはアーバーノを冷たい目でじっと見た。「それで、ホープは娘の自我同一性の危機についてなんと言ったか教えてくれ」

「ラナをヨーロッパに連れていくと言って――」

「ラナ？」オーバーリンは動揺した。「その子の名前はラナというのか？」

「ええ。それが何か？」

オーバーリンは自分のグラスにウイスキーをストレートでつぐと、一気に飲み干した。ホープの母親の名前もラナといった。「つまり、ホープたちはその子をヨーロッパに連れていくんだな？」

「ホープはザックも同行するようにせがんだんです」アーバーノは、まるで誰かに聞かれるのを恐れているかのごとく声を低くした。「ザックはわたしの手に会社をゆだねていくことになります」

「それはチャンスだな」オーバーリンはゆっくりとアーバーノのほうを向いた。

「ええ、チャンスです」アーバーノはごくりと唾をのみこむと、ネクタイを引っ張った。

「しかるべき人々の耳にそれとなく吹きこんで、帳簿をうまくごまかせば、ギヴンズ帝国を倒すことができます」

「わたしがきみにそれを命令すればな」オーバーリンは冷ややかに念を押した。「わたしが命じるまでは何もするな」

時計が深夜零時を打った。パーティの喧騒は客が酔うほどに興奮状態に達し、一向に衰える気配がなかった。客たちは踊りながら、笑いさざめいている。

最後に全体を見渡して、ティーグはこの中にケイトのストーカーはいないと判断した。人々はみな、酒を飲むうちにケイトへの興味が薄れてきて、自分自身にもっと関心を向けるようになっていた。とどのつまり、彼らは根っからの政治家なのだ。

ティーグの隣で、ケイトが彼の腕につかまって片方の靴を脱ぎ、それからもう片方も脱いだ。彼女は裸足《はだし》で、冷たい大理石の床にティーグと並んで立った。「気持ちがいいわ」とため息をつく。

ケイトの髪から、ほのかな薔薇の香りがふわっと漂ってきた。

ティーグは体を近づけて息を吸った。愛を交わすときには、その香りと自分の匂いが混ざるのかと想像する。ケイトの手のぬくもりが上着の袖を通して伝わり、ティーグは彼女の熱と自分の熱とが絡み合い、彼を迎えるケイトの体になめらかに入っていく様子を思い描いた。このうえない歓びに、彼女が目を閉じて……。

ティーグは身をかがめてケイトの耳もとにささやいた。すると周囲の騒音にもかかわらず、彼女がすべての言葉を聞きとったのがわかった。「ここを出よう。どこかふたりきりになれるところに行こう」

そして彼の想像どおり、ケイトは素直に従った。

11

ジェイソン・アーバーノはホテルの部屋の中を移動するとコートを脱ぎ捨て、ネクタイをゆるめた。オーバーリンとの対決で消耗したと言わんばかりに目をこする。悪態をつくと、ポケットから携帯電話を取り出して妻にかけた。「もしもし、ハニー」しかめた顔とは正反対の優しい口調で呼びかける。「子供たちは元気かい?」彼は相手の声を聞くふりをしながら、目をくるりと回した。「ああ、何もかもうまくいったよ。たぶんもうすぐ帰れるだろう。そうだよ、ハニー、本当だ。まったく問題ない。すべてばっちりだ!」

ジェイソンは鏡の裏側に隠されたカメラに向かって、妻に嘘をついている夫を演じてみせた。我ながら上出来の演技だと思う。そのカメラについては、何も知らないことになっている。

オーバーリンは絶大な権力を握っているから、彼がホテルの部屋に監視カメラを取りつけたいと思えば、誰もそれを止めることはできない。その一方で、ザック・ギヴンズがオーバーリンのもくろみを妨害しようと決めたら、これまた誰にも止められないのだ。

カメラのレンズから離れながら、ジェイソンは話を続けた。いかにも浮気をしている男が妻に言いそうな、調子のいいご機嫌とりの言葉を口にする。

だが、実はジェイソンは妻と話しているわけではなかった。電話はつながっていない。彼はノートパソコンを開いた。無線通信にログインして待っていると、ガブリエルの顔がモニターに現れた。ガブリエルは隣の部屋でキーボードを打ち、オーバーリンのシステムに侵入しているところだった。彼は復讐心《ふくしゅうしん》を抱いて、自分のやるべきことを学んできた。ガブリエルというのは、プレスコット家の里子の息子だ。

ガブリエルはあらかじめビデオに撮っておいた映像と音声を鏡の後ろのカメラに入れ、ジェイソンに無言で親指を立ててみせた。今、オーバーリンが見ているのは、携帯電話を耳にして部屋の中を行ったり来たりしているジェイソンで、オーバーリンが聞いているのはジェイソンが妻に話しかけている音声だ。

実際には、ジェイソンはパソコンのソフトを立ちあげ、マサチューセッツ州にあるギヴンズ邸のザックの書斎とつないでいた。

まず、ザックの顔が現れた。ジェイソンの妻は、ザックはハンサムすぎて、彼自身のためにならないと常々言っている。実はジェイソンも、その意見に賛成だった。ところどころ銀髪の混じった黒髪、射るような鋭い黒い瞳。ザックと向き合うと、ギヴンズ・エンタープライズ社の社員は全員、恐怖の戦慄《せんりつ》が背筋を駆け抜ける。ホープとの一六年間の結婚生活で、彼がいくらか優しくなったことを知っている者たちを除いては——。「どうだった?」ザックは簡潔に訊いた。

「食いついてきたよ」ジェイソンは答えた。

ホープの顔が画面に現れ、ザックの顔の横に並んだ。彼女は最近、茶色の髪にブロンドのハイライトを入れた。顎の長さにカットしたばかりの髪が頬骨を際立たせている。男心をそそる髪型のせいで、男性はその美しい青い瞳に宿る知性を忘れがちになってしまう。

ザックはその髪型が大嫌いだった。

ホープは〝慣れてちょうだい〟とザックに言っていた——彼女は夫の意見を尊重するが、髪型のこととなると話は別だった。ジェイソンはホープと知り合って一六年になるが、ザックと彼女が一緒にいるところを見ると、いまだににやにやしてしまう——保守的で自己充足型の社長と、進歩的で意志の強い芸術家。

「これほど長いつきあいのあなたが今さらザックを裏切るなんて、彼はどうして信じたのかしら？」ホープがいぶかるように訊いた。

「それは、ぼくたちが慎重にジェイソンに関する偽りの背信行為の前歴をでっちあげたからさ、プライベートと仕事の両面でね」ザックが答えた。

「そして、ジョージ・オーバーリンがそういう種類の男だからよ。彼はどこにでもそういうたぐいの男はいると思いこんでいるんだわ」ホープの妹のペッパー・グラハムの声が聞こえ、彼女がカメラの映像の中に入ってきた。

ウェーブのかかった長い黒髪がペッパーの顔を縁どり、はしばみ色の目には笑みが浮かんでいる。彼女はホープよりはるかに世慣れていて、人間の本性の暗い面を認めて受け入れてしまう傾向がある。

それも当然だった。ペッパーは八歳のときにきょうだいから引き離され、ずっと里親のもとで暮らしていたからだ。当時のことを彼女は絶対に話さないが、里子を預かる家庭の中にはひどいところもあるし、ペッパーが苦労してきたことをジェイソンは察していた。ホープがペッパーを——二五歳の彼女を見つけたころには、ペッパーは人生のいやな面を見すぎていたのだ。

それから六年がたって、今のペッパーはアイダホ州の牧場で夫のダン・グラハムと三人の子供たち、一〇〇〇頭の牛と暮らしている。彼女が手がけたガーデニング用品の通信販売はかなり繁盛していた。都会育ちのジェイソンは、そんな暮らしは絶対にごめんだと思ったが、ペッパーは幸せそうだった。とても幸せそうだ。

家族が集まって、オーバーリンをプレッツェルよろしくねじりあげる方法をあれこれ考えていたときにこの計画を思いつき、実行するまでに持ちこんだのはペッパーだった。

ジェイソンはそんな彼女にひどく感心した。

「おまえの見たところでは、オーバーリンはギヴンズ・エンタープライズ社を倒産させることができれば、エンロン社の経営破綻《はたん》と同じぐらい国や投資家にダメージを与えると思っているんだな?」ジェイソンは、ザックがそのことを明確にしたがっているのをよくわかっていた。なぜならザックにとって、誰かが自分の国と同胞をこっぴどく裏切ることができるというのは、考えただけで虫酸が走るものだったからだ。

「おれがおまえなら、彼がライバル会社の株を買ったかどうか調べるよ」ジェイソンはアドバイスした。

「その答えはもう知ってるんでしょう、ザック」ペッパーが言った。「オーバーリンは盗人《ぬすっと》よ――それよりたちが悪いわ」

一瞬、みんなが黙りこんだ。過去の悪事を正すという彼らのゴールは、もうそこまで近づいている。

二三年前、ベネット・プレスコットはテキサス州ホバートの教会で牧師をしていた。彼と妻のラナは突然いなくなり、大破した車とともに遺体で見つかった。どうやらメキシコへ向かう途中だったらしく、彼らは子供たちを見捨てたものと思われた。

それから何日もしないうちに、教会の役員たちは、教会の資金が夫妻とともに消えていたことに気づいた。犯人はプレスコット夫妻だと断言され、彼らの子供たち、三人の娘と里子の息子はホバートから姿を消した。何年ものあいだ、ホープとペッパーとガブリエルは苦労を重ねてきたが、とうとう彼らは再会した。

しかし、当時は赤ん坊だった末っ子のケイトリンは消息を絶ったままだった。どこにいるか誰も知らなかった。再会したプレスコット家の三人が必死に探したにもかかわらず、彼女の行方はわからなかった。

鍵を握るのはひとりに絞られた。ジョージ・オーバーリンは、ベネットとラナ・プレスコット夫妻が姿を消したときに教会の役員をしていた。それからまもなく、オーバーリンは巨額の活動資金とともにテキサス州上院議員選に出馬した。資金の寄贈者について彼は書類を提出していたが、ザックが調査すると、オーバーリンが資金提供者に関して嘘をついていたことが明らかになった。実のところ、オーバーリンの義父である短気な牧場主は、彼の名前を聞くと、怒りに燃える目で悪態をつきまくった。

それでも選挙活動の記録によると、オーバーリンの活動資金の半分は自分で提供したことになっていた。

ギヴンズ家の執事グリズワルドとジェイソン、ガブリエルは、ジョージ・オーバーリンが教会の金を盗み、子供たちを離散させた張本人であることを調べあげた。

彼らは、郡庁舎を全焼させて子供たちの記録を消失させたのもオーバーリンではないかと疑った。しかも彼は、ホバートの全住民の口をつぐませるすべを知っている。

ザックとホープ、ダンとペッパー、そしてガブリエルは、最後のひとりであるケイトリンの発見に的を絞った。

しかし、調査は常にジョージ・オーバーリンに行きついたが、彼は決して協力しようとはしなかった。協力すれば罪を認めることになるからだ。

そんなわけで、ギヴンズ・エンタープライズ社の顧問弁護士であるジェイソンの協力を得て、彼らは計画を練りあげた。すでにオーバーリンには、ジェイソンを脅迫して命令に従わせ、ギヴンズ・エンタープライズ社を倒産に追いこめると思いこませている。オーバーリンにはそうする動機があった。彼はどうにかして自分の悪事を隠さなければならないのだ。そうしなければ、絶対に国の上院には進出できない。

　欲と悪事に人生を支配されたオーバーリンは、すでに物事がはっきり見えなくなっている。自分が他人を操ることができるだけでなく、自らも操られ、脅迫され、破滅させられる可能性があることに気づいていなかった。

　オーバーリンを罠にかけたら、彼らは取引条件を出すつもりだった——ケイトリンの居場所を教えるか、国会議員になるチャンスがふいになるほどのスキャンダルに直面するか。

「彼を刑務所送りにできればいいのに」ホープがつぶやいた。

　ジェイソンは苦々しく笑った。「あの男は蛸《たこ》だ。あらゆるところに触手を伸ばしている。彼の失脚を見たい人はたくさんいるが、おれたちに手を貸した結果を直視する勇気がないんだ」

「テキサスでは、彼に有罪を宣告できる判事は見つからないだろうな」ザックが言った。

「でもケイトリンが生きていて、幸せでいることがわかれば、わたしたちは安心できるわ」

　ペッパーはそう言って、ホープの背中を撫でた。

　ジェイソンは、必ず妹を見つけ出すという誓いがホープの顔を輝かせるのを目にした。

「そしてあの子と再会できたら……」彼女はごくりと唾をのみこんだ。

　この家族は全員がそろうことを、本当に長いあいだ待っていた。長すぎるほどに。彼らがこの先どうなるかわからない不安に苦しんでいるのを、ジェイソンは見ていられなかった。

　女性たちが自分の感情と闘っている一方で、ガブリエルの顔が画面をさっと横切った。

「あと二分」と警告する。

「仕上げにかからないとな」ザックが言った。

「わたしたちもそっちにいられたらいいのに！」ペッパーが口走った。「あなたたちがいろいろ動いているあいだ、わたしはこのボストンにいなきゃならないなんていやになるわ」

ホープが涙をこらえて言った。「わたしたちが行ったら、オーバーリンに見つかってしまうわよ。彼に気づかれて——」

「わかってる」ペッパーが苦々しげに言った。「計画がすべて台なしになっちゃうわ」

「罠を閉じる準備が整ったら、ぼくたちも向こうへ行こう」ザックが約束した。「そんなに長くはかからないさ」

「あと一分」ガブリエルが警告した。

「最後にひとつ質問があるの——グリズワルドは元気にしてる？」ホープが訊いた。

「フレディのことかい？」ジェイソンは沈んだ表情で首を振った。「フレディ・グリズワルド？　かわいそうなフレディ老人か？」

「わたしはザックに言ったのよ、この計画は彼には負担が大きすぎるって」ホープが背筋を伸ばした。「あの人はもう九〇歳を超えているんですもの！」

ジェイソンとは大学時代からのつきあいのザックは、彼の顔に浮かんだ表情をはっきりと見てとった。辛抱強く尋ねる。「なんだ？」

「彼が言ったんだ、執事になって人生を無駄にしたことに今になって気づいた、と」ジェイソンは言った。

「本当か？」ザックは眉をあげた。「それはまたどうして？」

「自分はスパイになるべきだったと言うんだよ」ジェイソンはにやりと笑った。「そうすれば、第二次世界大戦のときにイギリスを災難から救い出せていただろうって」

ザックとペッパーが吹き出した。

ホープはどんな顔をしたらいいかわからないらしかったが、結局あきれたような表情に落ち着いた。「わかったわ」しぶしぶ言う。「じゃあ、彼は人生を楽しんでいるところなのね。お年寄りを心配して何がいけないの？」

「ぼくたちはきみが心配するのは当然だと思っているよ、ダーリン」ザックが肩を抱くとホープは一瞬身をこわばらせたが、彼の胸に頭をもたせかけた。

ジェイソンが妻に送るキスの音をたてる前に――まるで恋するティーンエイジャーみたいだったが、長いつきあいのふたりの男には、それが必要なことはわかっていた――映像は終わった。

ガブリエルはボストンとの通信を切っていた。

ジェイソンはオーバーリンの部下たちの監視の目を意識しながら、寝る支度をした。なんとか最後まで心配そうな顔を押しとおしたが、明かりを消したときには思わずにやりとせずにはいられなかった。

グリズワルドの言うとおりだ。こんなふうに自分の手で制裁を加えるのは楽しい。最後にプレスコット一家の再会が実現すればなおさらだ。

ジェイソンはひそかに夢想した。というのも、誰もが真実を知っているのに、誰もそのことについて話そうとしないからだ。だが、誰かがベネットとラナ・プレスコット夫妻を殺したこと、そしてその犯人に裁きを受けさせる必要があることは、決して変えられない事実だった。

ジョージ・オーバーリンは裁きを受けなければならない。

12

なんともぎこちないキスだな。

午前二時。ティーグはディーン・サンダーズの家の前に、ヘッドライトがちょうどディーンとケイトを照らし出すようにして車を停めた。ディーンは彼女の頬に軽くキスをする以上のことを求めている。

ティーグは、ディーンが両手でケイトに触れて、彼女がスカートの下に何を隠しているか発見するのを眺める気分ではなかった。

なんてことだ、何も隠してはいない。彼女はあの下に何もはいていないのだ。

ティーグはドアに手をかけ、飛び出していってディーンの腕の中から彼女を引きずり出す準備をした。

しかし、ケイトは自分から身を離すと、ティーグのほうを指し示して首を振った。

「いい子だ」ティーグはつぶやいた。ケイトが慎重な足どりで車に戻ってくるのを見守る。ドアを開けてやり、彼女が車内に身を滑りこませるのを待った。「次のデートの約束はしたのか?」ぞんざいに尋ねる。

「帰りましょう」ケイトはドレスの薄いシルクの皺を伸ばすように、両手で太腿を撫でおろした。

それでもティーグは視線を引きはがすことができなかった。「お堅い娘にしては、きみは人をじらすのがうまいな」彼はシフトレバーを一速に入れ、エンジン音をうならせながら縁石を離れた。暗い町並みが矢のように過ぎ去っていく。「それで、次のデートの約束はしたのか？」

「してないわ。スピードを落として。警官に止められたくないから」

「連中なら全員、知り合いだ」そう言いながらもティーグはアクセルをゆるめ、ケイトの家まで安全運転を続けた。警官に止められたくなかったからだ。酔っていないことを証明するのに時間をとられたくない。身分証明書を見せて、彼女のボディガードをしていることを説明したくない。とにかくケイトの家へ着いて、彼女のベッドに入り、彼女の体で自分を満足させたい。

ティーグはケイトの駐車スペースに車を入れた。明るい歩道や狭い芝地、ドアの横のあまり花のない小型のプランターを見渡す。鉄製の大きなごみ箱のところで視線が止まった。人が隠れるとすればあそこしかない。だが、何も動きはなかった。とりあえずは安全だ。

彼にとってはケイトの安全がもっとも重要であり、自分自身の安全は少しも重要ではなかった。職業倫理も関係ない。何がなんでも、彼女をものにしなくては。

ほのかな明かりが、黄昏《たそがれ》どきに描かれた古い名画のようにケイトに陰影を加えている。彼女の大きな目がティーグを見つめたが、表情は読みとれなかった。恐怖？　興奮？　勝利感？　わからない。見当がつかなかった。わかるのは、彼女がその晩ずっと、ほっそりした体のなめらかな動きと意味ありげな笑い、ラベンダーの香水の濃厚な香りでティーグをじらしつづけてきたことだけだ。ケイトはティーグが自分自身に禁じていた夢をすべて体現し……彼の要求を承諾した。自らを差し出したのだ。

ティーグは何時間も自分自身を抑えてきた。今、彼は低くうめきながら、運転席から助手席のケイトのほうへ手を伸ばした。彼女を腕の中に引き寄せる。ふたりのあいだにはサイドブレーキのついたコンソールがあった。彼は気にしなかった。窮屈な姿勢になってもかまわない。彼女に触れずにはいられなかった。

ティーグはケイトの首を両手で支えた。脈拍の速さが指先に伝わり、彼女の息が速くなる。彼がキスをすると、ケイトもキスを返してきた。すべてを与えるかのように……。何もかもすべてを。

ケイトはしなやかにティーグのほうへ身を乗り出すと、両手を彼の髪の中に差し入れた。指先から伝わる彼女の体内のリズムが自分と同じであることに、ティーグは気がついた。彼女の舌が彼の口の中で躍る。彼女は攻撃的でありながら、彼の意のままになった。

ゆっくりとしたキスが、ティーグの忍耐力の限界を試していた。彼はケイトをひと晩中、見守ってきた。ドレスの下が裸であることを知ったとき、彼女の歩む一歩一歩がティーグにとっては拷問になった。彼はケイトのドレスに、そしてさらに魅力的なシルクのようになめらかな肩に触れるところを想像した。片方の細いストラップをずらして、引きしまった乳房をむきだしにするところを。

ティーグは目をなかば閉じて、てのひらでケイトの背中を撫でた。指先が肩甲骨をそっとなぞっていく。脊椎《せきつい》のひとつひとつに沿って指を滑らせ、背中の筋肉と腱の力強い感触を楽しんだ。彼女に触れるたびに、期待のうずきが全身を突き抜ける。

それはケイトも同様らしかった。なぜなら、彼女が急に体を離したからだ。彼女はかすれた声であえいだ。「わたしたち、ここでセックスするの？　もしもそのつもりなら、わたしが上になるわ。それにはシフトレバーが邪魔なんだけど」笑いながらも、口調は本気だった。

「車の中でセックスしたいのか？」長時間の苦しみの見返りがもらえると思うと、よだれが出そうだ。

「わからない……これ以上待てるかどうかわからないのよ」

ケイトが認めるのを聞いて、ティーグは大きく息を吸った。彼女もぼくと同じぐらいに求めてくれている。同じぐらいに欲しくてたまらないのだ。それがわかって、彼は自分を縛りつけている魔法を解く力を得た。

「行こう」ティーグはぶっきらぼうに言った。「家の中に入ろう。きみをひと晩中抱きたい。ここでは無理だ」

それに安全ではない。ストーカーはまだ捕まっていないのだから。ティーグが警護について以来、敵はまったく手出しをしてこない。だから、なおさら慎重になるべきだ。ケイトと寝る前に、施錠と警報装置で守られた場所に行く必要がある。ひとたび彼女の奥深くにこの身を沈めたら、どんな脅威も目に入らなくなるからだ。

これまでの人生でずっと、ティーグは冥界《めいかい》から呼ばれつづけてきた。死に挑み、死をあざけり、暗闇に引きこまれようがかまわないと思ってきた。だが今は……魂が熱く焦げるほどの激しさで生きたいと思う。ケイトとのこのチャンスをものにしなければいけない。死ぬ前に一度は彼女を味わわなければ。

そのあと運がよければ、さらにもう一度。

ティーグは再び駐車場を見渡した。何も変化したものはない。何も動きはない。

「行こう」彼は繰り返して、車のドアを開けようとした。

ケイトがティーグの上着の襟をつかんでぐっと引き戻し、キスをした。そのキスに、彼は文字どおり舌を巻いた。ケイトの舌がすばやく、激しく彼の唇を割る。しばしのあいだ、ティーグにとってこの世に存在するのはケイト・モンゴメリーと、彼女が彼に押す欲望の焼き印だけになった。

ティーグは体を引き離し、さっと車から出た。ケイトが降りるのに手を貸そうと助手席側に急いで回る。性的な欲求の重みで、足もとがふらつきそうになった。

ケイトは彼の手を借りて、車からすっと両脚をそろえて出し、流れるような身のこなしで立ちあがった。

後ろを振り返らずにまっすぐ建物へ向かって歩いていく姿は、堂々として落ち着いていた。

だがティーグは、興奮がケイトを突き動かしていることを知っていた。彼女を見守っているうちに、彼はふと現実に返った――ぼくはこれからケイトをベッドに押し倒して、彼女を味わう。ことがすんだら……ぼくの生活のすべてが変わってしまうだろう。そんな変化は欲しくない。これがぼくにとって苦しみに終わることはわかっている。なのに、くそっ、彼女に抗うことができない。

ティーグはケイトに追いつくと、片手を彼女の背にあてがって促すように歩きつづけた。彼女はティーグにもたれ、彼と同じように完全に相手に身をゆだねた。ケイトの呼吸、ぬくもり、美しさが彼を圧倒する。

それでも……ティーグの本能が完全に抑えられるはずはなかった。大きなごみ箱のそばを通り過ぎるとき、彼は油断なく警戒した。

すばやく動くものが見えて、ティーグは視線を右に走らせた。

ほの暗い明かりの中に、ナイフがきらっと光った。

誰かが突進してくる。ケイトめがけて――。

間違いない。ストーカーだ。

性的な欲求不満が激しい怒りに変化した。

ティーグはケイトを押しのけた。そしてくるりと向きを変え、襲撃者と対峙《たいじ》する。相手のナイフを叩き落とし、突進してくる体をアメフトのラインバッカーよろしくなぎ倒した。

すぐさま彼は、相手が華奢な骨格の女性だということに気がついた。勢いよくぶつかるのは止められなかったが、手首をひねって骨折させるのはやめた。ふたりで芝生の上に転がったあと、その女を押さえこむだけにした。

　女が叫んだ。細くて甲高い怯えた声が、ティーグの体重がかかると途切れた。女は高級な香水とビロードとウォッカの匂いがした。彼は相手をすばやくうつぶせにして、両腕を背中にねじりあげた。

「いったい誰なの？」ケイトがティーグの横から詰問した。そして叫んだ。「ミセス・オーバーリン！」

　まさにそのとおりだった。ティーグが捕まえたのは、涙ぐんでいる哀れなエヴリン・オーバーリンだった。上院議員の妻は激しく泣きはじめ、まるでダムが決壊したかのようにどっと涙を流した。「ご、ごめんなさい」歯がガチガチと鳴っている。彼女は大きく身を震わせた。「ほ、本当にごめんなさい」

「こちらこそ」ティーグは厳しい顔つきでエヴリンの体に片手を滑らせ、ほかに武器を持っていないか調べた。何もなかった。見つかったのは、首から下げた上等なシルクのポーチだけだ。

　彼はそれをはずしてケイトに渡した。「何が入ってる？」

　ケイトは中をのぞいた。「錠剤よ。錠剤がたくさん」

「ええ、そうよ」エヴリンは餓死寸前に見えるくらい、がりがりにやせていた。禁断症状を起こしているように震えているので、彼女の医療記録を調べれば、きっとアルコール依存症の治療施設に入院歴があるだろうとティーグは判断した。

「あ、あなたを、き、傷つけるつもりはなかったの」自由になるほうの手で、エヴリンはケイトをつかんだ。「わたしはただ……彼に……あなたをもう一度殺させたくなかったのよ」

ティーグはケイトと意味ありげな視線を交わした。この女性は薬物依存を伴ったアルコール中毒で、おまけに頭がおかしい。

「彼女を車ではねようとしたのもあんたか?」彼は問いただした。

「いくつか、あ、痣ができるほうが死ぬよりはましでしょう!」エヴリンは、どうにか道理にかなって聞こえることを口にした。

「まさか」ケイトは当惑してティーグに言った。「本当に彼女があんなことをしたなんて」

「ナイフを見ただろう?」ティーグは訊いた。「彼女が持っていたのは花束じゃなかった」

「あなたはわかってないわ」エヴリンの涙は止まっていた。声が甲高くなる。彼女は立ちあがろうともがいた。

ティーグは彼女の片方の手首を放そうとはしなかった。

「何をわかっていないというの?」高価でセクシーなドレスのことなどおかまいなしに、ケイトはエヴリンのそばに膝を突いた。「教えて」

「ケイト、今はくだらないインタビューをしている場合じゃないぞ」ティーグは怒りのあまり、ほとんどしゃべることができなかった。ケイトを怖がらせたエヴリンを泥の中に押しつけてやりたかった。彼女が女でなければ、病気でなければ、そうしていただろう。「警察を呼ぶんだ」

「ちょっと待って」ケイトは芝生の上から動こうとしなかった。抵抗をやめ、頭を芝生に押しつけたエヴリンに優しく声をかける。「ティーグは何をわかってないの?」

「彼はまたあなたを殺すつもりだったのよ。前にもそうしたの」エヴリンは懸命にひとつひとつの言葉をはっきりと発音した。「わたしはあなたを追い払いたかった、それだけだったのよ。だって、そうしないと彼があなたをまた殺すから」

「いいかげんにしろ、ケイト!」ティーグは上着のポケットを探って携帯電話を探した。

「実はあなただけじゃないの」エヴリンはケイトをじっと見つめつづけた。

そのわけのわからない言葉が理解できるかのように、ケイトは優しく耳を傾けている。

ティーグは九一一に電話し、オペレーターにパトカーを要請した。

「ミセス・ブラックソーンが最初に気づいたの。わたしより先に。彼女は考えたのよ……」

エヴリンは過呼吸を起こしているかのようにあえいだ。それから自分を落ち着かせて言った。

「あのおばあさんは自分は誰にも負けないと思っていたの。それで、わたしが家に戻ったら彼女がいたのよ。あそこ……あそ……あそこの……」

「ひと息ついて」ケイトはエヴリンの髪を後ろに撫でつけてやり、彼女が言われたとおりにするのを待った。それから先を促した。「ミセス・ブラックソーンはどこにいたの?」

「階段の下。がりがりの首が折れていたわ。あの人たちは……保安官は言ったわ……彼女はウイスキーみたいな匂いがするって。こっそり酒を飲んでいたんだろうって。でも、彼女は飲んではいなかった。そのとき、わたしがそう言ったら、保安官が言ったの」エヴリンはそこで口をつぐむと、何かつらいことを思い出しているかのようにうめいた。「保安官は、わたしが彼女を突き落としたんじゃないかと言った。でも、わたしじゃない！　わたしは家にいなかったのよ！」

「ええ、信じるわ」ケイトがなだめる口調で言った。

ティーグはエヴリンが何か知っているのか、それとも驚くべき想像力の持ち主なのか決めかねた。そこで気にしないことにした。このいまいましい頭のおかしな女性は、せっかくのケイトとの夜を邪魔したのだ。

「そうしたら彼が言ったの、彼女が死んだとき、自分はそこにいなかったって」エヴリンは誰かが捕まえに来るのを恐れているかのようにあたりを見回すと、声をひそめた。「でも、彼はいたのよ」

「オーバーリン上院議員が？」ケイトは尋ねた。

いきなりエヴリンが声を張りあげたので、ケイトは後ろに飛びのいた。「もちろんオーバーリン上院議員よ！」

ティーグはエヴリンの手首を握る手に力をこめた。

彼女は少し抵抗したが、すぐにおとなしくなった。

興奮して感情を爆発させたことなどなかったように、エヴリンは言った。「それで……それでわたしは怖くなってきたの……あれはわたしのせいだとわかっていたし」

「何があなたのせいなの？」ケイトはティーグにエヴリンを立たせるように合図した。

彼はきっぱりと首を振って拒否した。こういうケースは何度か見たことがある。逆上した薬物中毒患者は弱々しそうに見えても、急に人に飛びかかったり、引っかいたり、大怪我を負わせたりしかねない。この初老の婦人はケイトにストーカー行為をしたことを認めた——もちろん彼女によかれと思って。今は、自分が悩んでいるのは夫のせいだと非難し、彼がもう一度ケイトを殺さないように自分が邪魔をしているのだと訴えつづけている。

「彼があなたを殺したことよ。わたしが気づかなきゃいけなかったのに」エヴリンは苦しげに目を閉じた。「わたしはあの人たちに言うべきだったのよ。だけど、わたしは彼を愛しているの」彼女はまた泣き出し、言葉が不明瞭《ふめいりょう》になってきたので、ティーグは理解するのに苦労した。「わたしは彼を心から愛しているわ。だから、そのことは考えないようにしているの。でも、いつも亡霊たちがそこにいて、わたしをじっと見ているのよ。彼らの体は肉がずたずたに裂けて、その目は……うつろで……ラナ、ごめんなさい。どうか……許して」

エヴリンは、まるで亡霊が見えるかのごとく虚空を見つめた。その憑《つ》かれたようなまなざしに、ティーグはうなじの毛が逆立った。

彼も思わずそちらに目を向けずにはいられなかった。そこには何もなかった。

ケイトも目を向け、首を振った。

気味が悪い。

遠くでサイレンの音がした。

「わたしは彼に殺されるわ。彼はいやがるのよ、わたしが……わたしが……」エヴリンがティーグの下で身をよじりはじめたので、とうとう彼は手を離した。

ティーグとケイトは暗い気分で、エヴリンが草の中に嘔吐《おうと》するのを眺めた。

「先に家へ戻っていろ」ティーグはケイトを見ずに言った。「ジーンズに着替えて、コーヒーをいれておいてくれ――警官たちが飲みたがるだろうから。彼女はぼくが引き受ける」

「これからどうなるのかしら？」ケイトはつぶやいた。

「彼女は断酒するために病院へ行くことになる。大スキャンダルになるぞ。オーバーリンはそれが静まるのを待って離婚するだろうな」しばらく鳴りをひそめていたティーグの皮肉な物言いが復活した。「彼のような立場には彼女はお荷物だ」

「彼女は彼を人殺しだと思っているわ」ケイトは痛ましそうな目をエヴリンに向けて言った。

「あなたはどう思う……？」

「何を言っているんだ、ケイト。彼女は、彼がきみを殺したと考えているんだぞ。きみによかれと思って、きみを付け回していたんだ」ティーグは今はケイトに触れたくなかったが、やむなく手を握った。彼の手の中で震えるケイトの手は氷のように冷たかった。「彼女はかなり気が変になっているし、彼は相当な気難し屋だ。彼女がなぜきみに執着したのかは知らないが、彼女は幻覚を見ているんだよ。さっきの様子を見ただろう。彼女はそこに亡霊が立ってるのを見たと思いこんでいるんだ」その場所を指さす。「彼女がそう思いこんでいるのはわかるだろう。さあ、家に入って、少し休むといい。これから長い時間、警察にいろいろ訊かれるだろうから、それに備えて気持ちを落ち着けるんだ」

「わかったわ」それでもケイトはその場を動かず、ためらいと後ろめたさを感じさせる声で言った。「ブラッドに電話しなくちゃ。これは悲惨な話だけどニュースでもあるのよ。伝えておかないと八つ裂きにされるわ」

「好きにしろ」

ケイトはその声音を聞き、ティーグが半分背を向けるのを見た。「これで終わりってこと？」

彼はごまかさなかった。「そうだ。こういうことが起きてよかったよ。だって、ぼくときみが結ばれるなんてことは……馬鹿げてる」

「わたしは馬鹿げてるとは思わないわ」

「ぼくたちには共通点がひとつもない」

「いつからそんな分別くさいことを言うようになったの？」ケイトは辛辣な口調で尋ねた。ティーグは無難な言葉でなだめようとしたが、彼女は手で払いのける仕草をした。「あなたとわたしなら、最高の関係になれるわ」

今度は、ティーグは彼女の言っている意味がわからないふりをした。「どうやら買いかぶられているみたいだな。ぼくはベッドの中ではそこまですごくないよ」

ケイトはセックスの話をしているわけではなかった。彼女が話しているのは、ふたりを結ぶ絆《きずな》と、体を重ねることでその絆がいかに強くなるかということだ。

「そう。わかったわ」ケイトは彼の手から自分の手を引き抜こうとした。それでもティーグは、しばらく彼女の手を放そうとしなかった。「お母さんに電話したほうがいい。きみが無事だということを伝えるんだ」そしてようやく手を放した。彼はケイトが歩き去るのを見送ると、サイレンを鳴らしながら勢いよく駐車場に入ってくるパトカーに注意を向けた。

このほうが彼女は幸せだろう。ぼくもそうだ。

こうするほうがいいんだ。

エヴリンが小声で言うのが聞こえた。「ラナ、本当にごめんなさい。本当に、本当にごめんなさい」

「車を頼む」ジョージ・オーバーリンは静かに――実に静かに――受話器を置くと、フレディに向き直った。「これから出かける」

「かしこまりました」脱ぎ捨ててあったタキシードに手を通そうとすると、フレディがジャケットの襟を持って手伝った。「緊急事態でなければよいのですが」

「馬鹿を言うな」オーバーリンは腹立たしげに言った。「それ以外にどんな用事で、わたしがこんな時間に出かけるというんだ?」

時刻は午前二時三〇分。結婚記念パーティの招待客は全員引きあげた。ケータリング業者はまだ片づけの最中で、食器類をライトバンに運んでいるところだった。使用人たちがこぼれたワインを拭きながら、聞き耳を立てて近寄ってくる。

オーバーリンは激怒していた。わたしが結婚したあの愚かなメス犬は、今度こそ本当にやらかしてくれた。

「わたしにお手伝いできることはございませんか？」フレディが訊いた。

オーバーリンは彼を怒鳴りつけてやりたかった。だが、オーバーリンは危機的な状況においても落ち着いていることで評判だった。公の場所に姿を現すときには、その特性が大いに役立ってきたのだ。「いや、いいよ、フレディ。これは自分で片づけなければならないことだ。助けが必要なときは知らせる」

オーバーリンは玄関へ向かった。どういうわけかフレディは彼より先に着いていて、うやうやしくドアを開けた。その態度が、オーバーリンには息が詰まりそうなほど不愉快だった。するとフレディはオーバーリンのあとについてきて、今度は車のドアを開けたので、オーバーリンは危うく我慢の限界を超えてしまいそうになった。

しかし、オーバーリンをいらだたせているのは、本当はフレディではなかった。エヴリンだった。刑事の話によると、彼女はナイフでケイト・モンゴメリーを襲おうとしたという。さらに悪いことに、ケイトを襲ったのはこれが初めてではなかった。ケイトは殺されるのではないかとずっと怯えていた。ストーカーに付け狙われ、ティーグ・ラモスがボディガードを務めて……。

オーバーリンは車に乗りこもうと身をかがめ、それからゆっくりと体を起こした。

そうだ、当然のことながら、警察がストーカーを捕まえた今、エヴリンを捕まえた今、ケイトはラモスと関係なくなるではないか。

「旦那様《だんな》？」オーバーリンが宙を見つめているので、フレディはとまどった表情でドアのそばから離れずにいた。「何かお忘れ物でも？」

「いや。運転手に警察署へ向かうよう伝えてくれ、急ぐようにと。妻が」オーバーリンは上手に喉を詰まらせてみせながら、街中の人々に知ってもらいたい情報を大声で口にした。「暴行罪で逮捕されてしまったんだ。アルコールと薬に取り憑かれてね。ああ、フレディ」彼は執事の肩に重々しく手を置いた。「わたしは悲しくてならないよ」

「そうでしょうとも、旦那様、お察しいたします」フレディはオーバーリンの手の下で、身をこわばらせて立っていた。

オーバーリンはあえて周囲を見回した。使用人たちがポーチに群がっていた。ケータリング業者たちはライトバンのそばに立って、ぽかんと口を開けている。

彼は車に乗りこんだ。フレディがドアを閉めた。運転手が車を出すと、オーバーリンはひそかに笑みをもらした。


「わたしはここ、ラモス・セキュリティ社に来ています。同社のティーグ・ラモスはテキサス州議会議事堂の安全を守り、業務を指揮しています」事件から二四時間もたっていないのに、ケイトはカメラに向かっていた。それからティーグに向き直る。「ミスター・ラモス、あなたには海軍での兵役経験と元特殊部隊の専門知識がおありですが、このお仕事はあなたが掲げた人生の目標に合致していると言えますか？」

ティーグはケイトと目を合わせたが、その目にはなんの感情もうかがえなかった。なんの興味も、なんの後悔もない。まるでふたりはキスをしたことなどない、互いに欲情したことなどないと言わんばかりだ。「議事堂の警備は、セキュリティ関係に携わる者が憧れる種類の仕事です」

ケイトはキャシーにカメラを止めるよう合図し、テレビ局のビデオテープに切り替えさせた。ＫＴＴＶの編集者に手伝ってもらい、ティーグの情報をまとめておいたものだ。日曜日の朝の番組用には長めに編集した。どう見ても、このインタビューが終わればティーグとの関係も終わる。

ビデオの映像が終わるのを待つあいだ、ティーグはキャシーと冗談を言い合い、撮影の様子を感心して見守っている彼の秘書のブレンダと話をした。

ケイトはティーグのそばに立ち、彼に自分を差し出したこと――そしてたくみに拒まれたこと――など気にしていないふうを装っていたが、二分間の映像が永遠に続くかに思えた。屈辱感に胸が熱くなる。それが頬のほてりとなって表れてしまうのが怖かった。けれども、まだ顎の縫合跡が残っているし、その傷と慎重に塗ったファンデーションに紛れて、ほとんどの視聴者はケイトの精神状態がどこかおかしいなどとは気づかないだろう。

それでも最終的には、屈辱感は処理できる。自信がないのは、ティーグとひとつになるというエクスタシーを経験できないことに耐えられるかどうかだ。歩み去る彼を見送るのは、どんなにつらいだろう。決して彼と結ばれないのはもっとつらい。

ケイトは撮影再開の合図を受けた。カメラを見て取材を締めくくる。「ティーグ・ラモスは、わたしたち一般市民と犯罪のあいだに立ちはだかる、精鋭たちのひとりです。ですから、次にテキサス州議会議事堂を見学する際には、監視カメラに向かって微笑んで手を振りましょう。レンズの向こう側の人々が、わたしたちを毎日守っているのです」

カメラの赤いライトがぱっと消えた。

ケイトはジャケットからマイクをはずした。ティーグを手伝おうと彼のほうを向いたが、彼は自分でマイクをはずして渡してくれたので、触れる暇もなかった。

「ありがとう、ケイト、こんなにすばらしい番組にまとめてくれて」ティーグが手を差し出した。「これでぼくは有名人になること間違いなしだ」

「あなたはずっとそうなりたがっていたものね」

ふたりは握り合った手を動かさなかった。ただ、その手をじっと見つめていた。

そして彼女は手を離した。

ケイトはティーグのオフィスをあとにした……それが最後だった。

13

ケイトは一〇時のニュースのキャスターの言葉をなんとなく聞きながら、金曜の夜に自分の部屋を掃除しているなんて、わたしのプライベートはなんてみじめなんだろうと考えた。確かにデートをしようと思えばできた。あれからディーン・サンダーズはたびたび電話をかけてくる。

でも、欲しいのは彼じゃない。ティーグ、あのどうしようもない男が欲しいのよ。彼とはもう三週間会っていない。五時のニュースでティーグの特集を撮影し、彼に胸の張り裂けそうな思いをさせられて以来、会っていなかった。

ティーグの部下たちのことは議事堂で見かけた。彼らは微笑み、手を振り、話しかけてきた。

けれど、ティーグはいまいましい監視カメラを使ってわたしを避けている。そうすれば、わたしが彼を求めなくなるかのように。

あるいはもしかしたら――そう思うとケイトの顔は明るくなった――ティーグがわたしを避けるのは、顔を合わせてしまうと、わたしをさらって南の無人島に連れていきたくなるからかもしれない。そこで彼はわたしを抱きしめ、わたしが想像してきたありとあらゆることをするのだ。わたしを殺したがっている誰かに邪魔されたというだけで引き下がるのではなく……。

哀れなミセス・オーバーリン。彼女は〝精神的なバランスを崩した状態〟から回復するための施設に送られた。オーバーリン上院議員は議事堂の廊下でケイトを呼び止め、自分の妻のせいでつらい目に遭わせたことを謝罪した。彼はエヴリンについて弁解し、それを聞いてケイトは心を痛めた。どう見ても、彼は妻を熱愛している。でもパーティのときは、ふたりのあいだに漂う緊張感が見てとれた。

それに、あのごみ箱のところで起きた事件のことは、なぜ何も報道されないのだろう？　ケイトがブラッドにその疑問をぶつけたところ、彼は肩をすくめ、上院議員の奥様方はしょっちゅう問題を起こしているからだと言った。殺人未遂となれば問題は違ってくるとケイトが言っても、ブラッドは、きみはわかってないと決めつけ、罰として一週間の社交界ネタを取材するように命じた。

ケイトはオーバーリンには取材しなかった。妻の哀れな醜態を世間の目にさらしたくはないだろう。

だが、それだけではなかった。エヴリンが草の中に嘔吐するのを見たことや、錠剤の入った袋を目撃したこと、彼女からウォッカの匂いがしたこととは関係なく、彼女の話を聞いて、オーバーリンは信用ならないという印象が強まっていたからだ。

ケイトはジョージ・オーバーリンが毎日会いにやってくるたびに、心の動揺と闘った。彼は上院での審議や法案に関するヒントをくれた。それがかなりの数になったので、ケイトはニュースの獲得競争でトップになり、KTTVで流すニュースの大半を担当して、再びリンダ・グエンに嫌われる羽目になった。

こんなにも早く目標が達成できたことを、ケイトは喜ぶべきだった。きっとそうしていただろう、ティーグに拒絶されたつらさがこれほどあとを引かなかったら……。

そのとき、キャスターが聞き覚えのある名前を口にした。ケイトはさっと顔をテレビに向けた。

「……ミセス・オーバーリンの遺体が階段の下で発見されました。検死官は彼女が首の骨折により死亡したことを明らかにしました。アルコールや薬物の関与があるかどうかについては今後、調査することになります。ミセス・オーバーリンは、会員制リハビリ施設への四度目の入院から戻ったばかりでした」その気の滅入《めい》る一節を言い終えると、キャスターは気象予報士のほうを向いた。「さて、マリッサ、今夜は激しい雷雨になるという噂を聞いたけど?」

ケイトはテレビの前で両手をだらりと下げ、目を見開いて立ち尽くしていた。

ミセス・オーバーリンが死んだ? 階段から落ちて? アルコールや薬物の関与ですって?

「なんてことなの」ケイトはジャケットをつかむとアパートメントを出て、雨の降りしきる中をティーグの住まいへ向かった。

ティーグはドアの呼び鈴が鳴るのを聞いた。外を見なくても、誰が来たかはわかる。ニュースは見た。なぜ彼女が訪ねてきたかもわかっていた。

しかし書斎を離れる前に、彼は玄関ポーチの防犯カメラをチェックした。そこにはケイト・モンゴメリーが、眉をしかめてレンズを見あげていた。

そこでティーグは、階段のいちばん上にあるスイッチでロックを解除した。

ケイトはドアを開けて、彼の住まいに入ってきた。彼を見あげる。

ティーグは彼女を見下ろした。

外では稲妻が光り、少ししてから雷鳴がとどろいた。

「近づいてきたわ」彼女は言った。

雷雨のことを言っているのだ。

そうだろう?

ケイトと会うのは三週間ぶりだった。着古したジーンズに白いTシャツ、冗談みたいなピンク色のビーチサンダルという格好でも、彼女は美しかった。雨のしずくが黒い髪の中で、夜空にちりばめられたダイヤモンドのようにきらめいている。彼女の顔は……ティーグは夢で何度かケイトの顔を見ていたが、夢の中では頬の優しい丸みや、強情さを表す顎の角度、溌剌《はつらつ》とした表情までは思い浮かべることができなかった……。

ケイトは無言で雨に濡れたジャケットを脱ぎ、階段の手すりの支柱にかけた。頭を振ると水滴が飛び散り、髪が乱れた。彼女は手すりに手を置いて、階段をあがりはじめた。

この再会は避けられないものだった。ティーグは三週間、ケイトを避けつづけてきたが、それでもふたりで過ごす時間が終わったとは思っていなかった。前に、運命を信じるかと彼女に訊かれたことがある。ああ、信じるとも。階段をあがってくるケイト、これがその証拠だ。

「ニュースを見たんだな」ティーグは言った。

「彼が彼女を殺したのかしら?」ケイトの官能的な口が震え、青い目が悲しげに見開かれる。

「わからない」ティーグは自分への嫌悪感をかろうじて抑えこんだ。いくらアルコールと薬物で不明瞭だったとはいえ、エヴリンが話すのを確かに聞いたのに、腹を立てていたから、まんまと彼女にだまされたから、彼女がケイトを怖がらせたから、あれは妄想だと決めつけてしまった。彼女の夫に対する告発については調査したが、オーバーリンが犯した罪はせいぜい駐車違反くらいのものだった――しかも罰金はもう支払いずみだ。ティーグはオースティンの紳士録でブラックソーン家を探し、その一族に連絡を取って、階段から転落死した人物について尋ねた。彼らはまるでティーグの頭がおかしいと言わんばかりに振る舞った。さらに残念なことに、警察にはそんな事故の記録はまったくなかった。

だからティーグは、エヴリンが言ったことは何ひとつ真実ではないと判断してしまったのだ。いつもはそれほどうかつではない。だが、いつもはそれほど……感情的でもない。恋に落ちたり、恋に落ちまいと躍起になったりすることもない。

「でも、彼女が階段から落ちたのは絶対に事故なんかじゃない。自殺したか、彼に殺されたかだ」

ケイトが階段をあがりきり、ティーグの横に並んで手を差しのべた。

彼はその手を取った。そして安堵感を味わった。まるでケイトが、傷ついた心に優しく包帯を巻いてくれたような。

別れる前にそうしたように、ふたりは握り合った手を見つめた。そこには象徴的な意味があった。元のさやにおさまるという感覚があった。

そして今、ふたりはまた一歩、奈落《ならく》の底に足を踏み入れようとしていた。ティーグの知らない奈落の底に。

「奥へ行こう。ぼくはこの二階を住まいにしてるんだ」ティーグはケイトの手を握ったまま――いったん触れたからには、もう放すことはできない――書斎に案内した。

階段部分は白く塗られ、額入りの白黒写真で飾られている。写真の中の女性たちはエドワード王朝風の豪華なドレスをまとい、男性たちは糊のきいたハイカラーの衣装で堅苦しいポーズを取っていた。ティーグのプライベートな空間に続く廊下は、落ち着いた温かな金色と赤で、また違う趣を醸し出している。

ケイトは彼のあとについて書斎に入り、あたりを見回した。彼女が何を考えているか、ティーグにはわかる気がした。

そこはケイトが彼の部屋として想像しそうな場所ではなかった。

ティーグは階下のキッチンを使っていたが、事務処理やオフィスから離れて、ほとんど二階で生活している。ふた部屋の広い寝室のあいだの壁をぶち抜き、部屋についているバスルームをリフォームして、書斎に本棚を並べた。詰め物をして外張りした大きな椅子とオットマン、座り心地のいいカウチで部屋をしつらえ、テレビとビデオの前には大きな安楽椅子を置いた。さらに硬材の床を深みのあるワインレッドのステイン剤で塗り直し、その上に宝石のように美しい色調の東洋段通《オリエンタルカーペット》を二枚敷いた。ティーグは外国の雑貨類——ラクダの鞍《くら》、インド製のシルクペインティングのコレクション——の蒐集《しゅうしゅう》が趣味だった。

ケイトの寝室にも似たような品々があったことに、彼は気づいていた。彼女は気づくだろうか。きっと気づくに違いない。

重厚な金色のカーテンが夜をさえぎっている。この場所は本を読んだり、テレビを見たり、考え事——最近はずいぶん考え事をしていた——をしたりできる、ねぐらなのだ。

「楽にしてくれ」ティーグはカウチを指さし、バスルームへ向かった。

彼はバスルームに入ってドアを閉め、化粧台に両手を突いて鏡の中の自分を見つめた。暗い絶望的な目が見返してくる。このティーグには見覚えがある。これは一〇代の、人生は不公平だという憤りと不満を抱き、どんな代償を払ってでも手に入るものはすべてつかみとろうと決心したころのティーグだ。

あの目は二度と見たくないと思っていた。

それなのに彼女が来てしまった。

外で稲妻が光り、雷鳴がとどろいた。

ぼくはすべてをコントロールしてきた。ケイトには、もう二度と会うことはないと思っていた。会ったとしてもそれがどうした、別の女性と腕を組もう、ベッドで一ダースの女性を抱こう、ケイトには興味なさそうに微笑み、貧民街育ちの男が彼女の優雅さに圧倒されて魔が差しただけだというふうに眺めてやろう、と思っていた。ケイトに会うのは三週間ぶりで、そのあいだ一度もデートをしなかったことなんて気にするな。訪れるものといえば以前の生活の悪魔のような思い出だけという夜ふけに、気がつくと彼女のことを思っていたことも気にするな。ぼくには少しばかり時間が必要だっただけだ。もっとも、それがなんのための時間か、自分に問いただす勇気はないが。

今、ケイトはここにいる。身の危険を察して、ぼくのところへ逃げてきた。ぼくのねぐらに来たのだ。助けを求めて。まるで、彼女の面倒を見られる男はぼくしかいないと言いたげに。

彼女は正しい。ありがたいことに。

ティーグは身を硬くして背筋を伸ばした。運命の渦に巻きこまれ、それに屈した者のゆっくりした動きで、彼は男がすべき準備をした——何があってもいいように。

ケイトは本棚に目を走らせた。そこにあるものを見ても、まったく驚かなかった。ティーグはペーパーバックの推理小説や戦争ものを読んでいる。男らしい男たちが読む男らしい本を――ただしティーグの場合は、自分が何を読んでいるかわかっていた。彼は口先だけでアメフトのクオーターバックを語るタイプの人間ではない。そのポジションでプレイし、コーチも務めたことがある。ケイトはぼろぼろになった背表紙に触れた。かなり読みこんでいるようだ。本の様子から見ると、好みの本は繰り返し読んでいるらしい。

彼女は音を消してあるテレビに目を向けた。コメディアンのジェイ・レノが、興奮した観客と握手を交わし、腰を据えてひとり語りを始めた。

ケイトは今夜耳にしたあのニュースが、まだ理解できなかった。〝ミセス・オーバーリンの遺体が階段の下で発見されました〟

ここに来たのは過剰反応だったかしら？

あまりにもありえないわよね、オーバーリン上院議員が妻を殺したなんて……それにほかの人も殺したなんて。

もしもそれが本当だとしても……なぜわたしはティーグのもとへ逃げてきたの？　どうして彼は、わたしをこんなにも安心させてくれるのかしら？

戸口でティーグの声がして、彼女はぎくりとした。「その本棚にぼくの正気とやらが見つかったら教えてくれ」

ケイトはティーグの背の高い体つきや広い肩、琥珀色の目を見て、うれしさのあまりにやにやしてしまわないように気をつけた。彼の黒髪は濡れて乱れている。ダークブルーのジーンズをはき、青いTシャツが胸筋と上腕二頭筋を覆っていた。彼はケイトが来ることを知っていたのかもしれない。その着こなしは、彼女の膝から力を奪うこと間違いなしだったからだ。彼は裸足だった……ケイトは裸足の男性に弱い。

本当に、どうして彼はわたしをこんなにも安心させてくれるの？

それは、彼が守ってくれるとはっきりわかっているからよ。

「あなたは正気を失ってしまったの？」ケイトは尋ねた。

カーテンが引かれた室内では、稲妻はほとんど見えなかった。

だが、雷鳴は激しくとどろいている。

どんな手段を講じても、迫りくる嵐を完全に遠ざけることは不可能だった。

「そうかもしれない。少なくとも、ちょっとおかしくなっている――きみはどうだい？」

にわかにわきあがった幸福感は、はかなくも消えた。「かわいそうなミセス・オーバーリン」

「そうだな。ぼくはきみがそんなふうに言われないようにしてやるよ」ティーグは本棚に作りつけになった小さな冷蔵庫のそばに行った。「何か飲むかい？」

「ええ。シャルドネがあれば」

「シャルドネじゃないけど」彼はシャンパンのボトルを冷蔵庫から取り出した。

今日は特別な日なの？　その質問をケイトはのみこんだ。ティーグが何を考えているのか尋ねる勇気がない。わたしはここにいる。彼の住まいに。危険によって、また彼に結びつけられて。ふたりのあいだの空気には満たされない欲望が満ちている。少なくとも……わたしは欲求が満たされずに苦しんでいる。彼のことばかり考えていた三週間、その欲求が薄れることはなかった。今、彼と一緒にいるだけで、興奮に体が熱くなる。

ティーグはコルクの栓を抜き、ふたつのフルートグラスに金色の泡立つ液体をなみなみとついだ。そして部屋をゆっくり横切ってくると、ケイトの手にグラスを押しつけた。

フルートグラスが冷たい。

彼のまなざしが熱い。

「どうだい？」

ティーグが見守るなか、ケイトはグラスを唇へ運び、ひと口飲んだ。「……すごくおいしいわ」

「ああ」彼はグラスをケイトのグラスに軽く合わせると、彼女がもうひと口飲むのを眺め、自分も飲んだ。「すばらしい」

ケイトは立ちのぼる泡を見て微笑んだ。彼はシャンパンをつぐという行為を、あたかも前戯みたいにやってみせた。

「なぜオーバーリンはきみに興味を持つんだろう？」ティーグが質問を投げかけた。

それが戦術だとケイトにはわかっていた。獲物を安心させておいて、真実を引き出そうとしているのだ。わたしもその手を使ったことがある。だから彼に振り回されたりはしない。

「ありふれた理由だわ、たぶん」

「セックスか？」

「ええ」ケイトはタイヤが切られていたときのことを思い出した。あのときはストーカーのしわざだと思った——でも、たぶん違う。おそらくオーバーリンが、都合よく助けに入れるように仕組んだのだ。「そうよ。間違いないわ」

「ミセス・オーバーリンは、彼が前にきみを殺したと言ってたな」

「そうね」ケイトはつらそうに微笑んだ。「だから、わたしは……彼女の言ったことを何も調べなかったのよ」

「それはぼくの仕事だった。ぼくの失態だ」

「わたしはレポーターよ。わたしの失態だわ」ケイトはティーグの目を見た。口をきつく引き結び、自分のせいだと主張する。

たとえ危険であっても、わたしは取材を進める。必要とあらば、ハリケーンで荒れ狂うメキシコ湾の中にだって再び入っていくだろう。それがわたしの仕事だから。そして今は、追及すべきところをしなかったことの代償を支払おう。エヴリン・オーバーリンはすでにその代償を支払ったのだ。「ミセス・オーバーリンはあの夜、ずいぶん様子がおかしかったわ。わたしは、いつもそうなんだと思ってしまったの」

「たしかにちょっと変だった。ぼくたちが思ったほどではなかったのかもしれないが」ティーグの後悔が手に取るようにわかった。彼は安楽椅子を指さした。

ケイトは腰を下ろした。

ジェイ・レノがボードに書いたニュース速報の見出しを見せて、わざとまじめくさった表情で顔をしかめながら何かまくしたてている。

ティーグはオットマンを引き寄せ、ケイトのそばに座った。手を触れずにはいられないというように、小指で彼女の手の甲を撫でる。「きみは家族とは仲がいいのか?」

「ええ」ケイトはちらっと彼を盗み見た。

「過去に家族の誰かが殺されて、その事件が未解決になっていたりしないか?」ティーグはさりげなくテレビ画面を眺めた。とくに見ているわけでもないらしい。「世間に知られては困る家庭内の秘密とかはないかい?」

「わたしの知るかぎりではないわ」ケイトは軽くシャンパンに口をつけると、そのあとのひと口はゆっくり味わって、つんとくる泡の刺激を楽しんだ。

「きみは、ずいぶん前に亡くなったガートルード・ブラックストーンに似てるのか?」

「誰? ああ、ブラックソーンのことね、ミセス・オーバーリンがミセス・ブラックソーンと呼んでいた。もうひとりの人でしょう、オーバーリン上院議員が……階段から突き落としたという」ケイトはめったに自分の生い立ちのことで気おくれを感じることはないが、今は違った。「わたし、誰かに似ているのかもしれないわ。わからないの。わたしは養女だから」

「そうなのか?」ティーグは驚いているようには見えなかった。

ポーカーフェイスね、とケイトは思った。わたしの目はごまかされないわよ。彼は興味を持っている。興味津々だ。

「自分の血縁者について何か知ってることは？」ティーグは訊いた。

「何も。わたし……何も知らないの。自分の正確な誕生日さえ、はっきりわからないのよ」

ティーグがゆっくりとケイトのほうを向いた。琥珀色のまなざしが彼女の顔を見すえる。

「今どき、それは珍しいんじゃないか？　たいていは生みの親のことぐらい知っているだろう？」

「統計を確かめたことがないから、なんとも言えないわ。わたしが知っているのは、今の両親が生後一〇か月かそこらのわたしを引きとったことと、ふたりがすばらしい両親だったということだけ」

「自分の素性を調べようとはしなかったのか？」

「一〇代のころは、自分の思いどおりにならなくてひどい扱いを受けていると思ってたから、家出したかったわ」ケイトは感傷的な自分を思い出して顔をゆがめた。「生い立ちを調べたくても、何も手がかりがなかったの。わたしの養子縁組に関する記録はすべて、何かの手違いで消えていたのよ」

ケイトは切ない思いで、ティーグがシャンパンを飲む様子に見とれた。彼の長い指がフルートグラスを撫でる。彼が手の届く距離に座っているときに、どうして殺人の可能性について集中できるだろう？　ある香りに気づいて、ケイトはそれをかごうと身を寄せた。ハーブのシャンプーと、温かくて清潔な肌の匂い――。

突然、ティーグがこちらを向いたので、鼻が彼の肩とぶつかりそうになった。「オーバーリンとはよく会うのか?」

「彼と会う?」ケイトはむっとして、体をまっすぐに起こした。「デートをするかってこと?」

「いや、そうじゃなくて——議事堂でだ。彼とはよくでくわすのかい?」

「ええ」そう認めるのが気まずい。「しょっちゅうよ。まるで……」

「きみを付け回しているみたいに?」

「そう。ああ、もう」ケイトはその言葉を言いたくなかった。「わたしを付け回しているのよ」

ティーグは眉をあげた。

「本当よ」ケイトはうんざりして言った。「二か月のあいだにストーカーがふたり? ほとんどの人は、生涯にひとりだっていないのに」

「でも、ぼくはモニターで見たよ。彼はきみを待ち伏せしてた」

「いやだ。ぞっとするわ」ケイトは信じたくなかった。こんなことがまた一から始まるなんて、ぞっとする。それに今度はストーカーが誰かわかっていて、彼は妻を殺したかもしれないのだ……。「どうしてわたしなの?」

「いい質問だ。なぜきみなのか? ぼくたちが突き止めなければならないのはそれだよ」ティーグは指で彼女の頰を撫でた。「いいかい、ぼくは偶然なんか信じないし、今回は偶然があまりに多すぎて納得がいかない。きみは問題を抱えている。危険にさらされている。ぼくはもうきみのボディガードではないが、二度ときみをひとりにはしない」

「わたしたちがなぜ一緒にいるのか人に訊かれたら、なんて答えるの？」その質問がふたりに対する挑戦のように頭上に漂うと、張りつめた空気の中に雷鳴がとどろいた。

ティーグはシャンパンをゆっくりと飲み干した。そしてグラスを置く。彼はケイトのグラスを取りあげ、自分のグラスに並べた。「本当のことを答えよう」ティーグの手が彼女の手首をつかんだ。「ぼくたちは恋人同士だと言うんだ」

14

ケイトの心臓は一度肋骨《ろっこつ》にぶつかりそうになったあと、早鐘を打ちはじめた。この瞬間をずっと思い描き、夢見てきた。それがたった今、思いがけなく訪れたのだ。

「ぼくの家に足を踏み入れて、無事に逃れられると思っていたのか?」ティーグがかすれた声でささやいた。「どの女性を待つよりも長いあいだ、きみを待っていた。これでようやく、ぼくのものにできるな」

ケイトは息もつけなかったが、ティーグに手首を引っ張られてあとをついていった。

ふたりは寝室のドアを入った。彼がスイッチを入れると枕《まくら》もとのスタンドの明かりがついて、長い脚付きのローズウッド材の巨大なベッドがある寝室が金色の光に包まれた。

室内ではエアコンが低く唸り、部屋の雰囲気も洗練されている。けれども外ではオースティン市内を席巻《せっけん》した嵐が丘陵地帯に大雨を降らせ、雹《ひょう》が木々の紅葉した葉を叩き落としていた。古風な開き窓が、強風でがたがたと音をたてる。ローズウッド材のブラインドの向こう側では、荒れた空と木の枝がおりなす狂気じみた墨絵のような静物画が、稲妻が走るたびに浮かんでは消えた。

その荒々しさと激しさは、ティーグとケイトとともに寝室に持ちこまれていた。それは彼ら自身がもたらしたものであり、内面に抱えていたものだった。ティーグはドアを閉めると、まるで侵入者を恐れているかのように鍵を回した。この家の中には彼とケイトのふたりしかいないのに。

もしかしたら、彼女が逃げるのを阻もうとしているのかもしれない。

ケイトはティーグの顔に触れ、頬のくぼみから意志の強そうな顎にかけて指先を滑らせた。逃げたいとは思わなかった。怯えてはいたものの——崖《がけ》っぷちに立たされて怯えない女性などいるだろうか？——逃げ出すつもりはなかった。

ティーグはケイトの手を取り、てのひらにキスをした。彼の匂いが肺を満たす。清潔で温かい肌と、かすかな白檀《びゃくだん》の匂い。本能的なセックスそのものの匂い。

ふたりのあいだに漂う沈黙はシルクのように軽やかだったものの、彼らをしっかりと結びつけた。じっと考えこんでいるティーグのまなざしは……何かを探しているようだ。

わたしもその気になっていることを示するしかしら？

ケイトはもう片方の手をティーグの腕から肩へと滑らせ、彼に体を向けた。

彼はケイトを見下ろし、ジーンズとTシャツ、ビーチサンダルに目をやった。彼女がドレスにハイヒールという装いだったときと同じくらい、欲望をあらわにした表情を浮かべている。そんなティーグを彼女はうれしく思うと同時に恐ろしく思った。彼はいかにも男性的な感じで——わたしを支配したがっている。

だがティーグは、注意深くケイトをドアのほうにあとずさりさせ、互いの体を密着させた。彼女の顎に残った淡いピンクの縫合跡を撫でる。「傷はもう、完全に治ったのかい?」

「ええ」彼女はささやいた。「大丈夫よ……何もかも」

ティーグの放つ熱気で、ケイトはとろけそうになった。胸の先端が固くなる。もはや自分の体を支えられなくなったが、その必要はなかった。ティーグに体を押しつけられて、まっすぐに立っているからだ。

ティーグは身をかがめて、ケイトの唇や頬にキスをした。まぶたにも唇を押しつけ、目を閉じさせる。彼女は視覚に気を散らされることなく、ティーグが息をするたびにそれを実感できたし、彼の唇が触れるたびにその感触を楽しんだ。ティーグは彼女の耳から顎に、さらに喉まで唇を這わせてから、再び唇にキスをした……そのあいだ、彼も目を閉じているだろうとケイトは想像した。

ティーグは逃げるように軽いキスを繰り返すだけだったので、彼女は自分から求めていった。優しさだけでは物足りない。彼の情熱が欲しい。

ケイトは落ち着かなげに体を動かした。ティーグの首筋に沿って指を走らせ、髪に差し入れる。彼の下唇にそっと歯を立て、甘噛みした。

ティーグは身をこわばらせて動きを止めた――ケイトの大胆な行為のせいで、彼自身も崖っぷちに追いこまれたかのように。しんとした静けさの中で、彼女は胸に押しつけられたティーグの心臓の鼓動や、ゆっくりと息を吸いこむ音を感じながら……腹部に当たる彼の欲望の高まりを感じていた。

「わたしを愛して」ケイトはささやいた。唇をそっと彼の唇に押しつける。舌をたくみに唇のあいだに滑りこませた。

そのささやかな挑発が引き金となって、ふたりの欲望が爆発した……いや、違う。雷が落ちたのだ。稲妻が空を何度も切り裂き、嵐が頭上で猛威を振るう中で、ふたりの情熱はかきたてられていった。

ティーグはケイトの口に舌を差し入れ、彼女に歓びを与えながら自分も楽しんだ。彼の味がケイトの五感を刺激した。ティーグと……そしてミントの味かしら？　歯磨き粉の味？　わたしがここに来たとき、彼はコーヒーを飲んでいた。いつ歯を磨いたの？　わたしが来てすぐに。ティーグはバスルームに行ったとき、セックスをするとわかると誰もがすることをしたのだ。

不公平だわ。ケイトは抗議したかった。だが、ティーグは彼女の頭を支えて親指を顎の下に滑らせ、彼のことだけを考えるように迫った。舌や歯や唇を駆使し、腰を彼女の腰に密着させせながら。

ティーグに圧倒されて、ケイトは彼とひとつになること以外、何も考えられなくなった。ここで壁に背中を押しつけていたい。彼の体に脚を絡ませ、動きを合わせて太古の時代からのダンスを踊りたい。

けれどもティーグはふたりでキスに没頭する以外、何も望んでいないようだった。彼の舌がケイトの唇や歯をなぞり、分別をなくした終わりなき妄執の歌を歌いつづける。

彼女もティーグに同じことをしたかったが、彼が一方的に攻勢に立っているので、歓びと抗いたい気持ちの狭間《はざま》で頭がおかしくなりそうだった。

抗うですって？　これまで経験したことのない感情にとらわれているのに、なぜ抗わなければならないの？

ティーグが顔をあげたとき、ケイトは欲望に酔いしれ、めまいがしていた。おぼつかない足どりでベッドに向かって歩こうとすると、彼に肩をつかまれた。「待ってくれ。こっちが先だ」ティーグは両手をケイトのTシャツの下に滑りこませ、てのひらを腹部に押しあててから、彼女の目に微笑みかけた。幸せそうでもなく、勝ち誇っているわけでもない微笑み。彼のゆがんだ唇に、ケイトは解き放たれた苦悩や拒まれた欲求を見てとった。「こうなることを夢見ていたんだ」ティーグは言った。「それで頭がいっぱいだったよ」

「まだ自分の夢に満足していないのね？」

「ああ」

「告白させられたことについても？」

「そうだ」

「だったら報復すべきね」ささやいて、ケイトはティーグの美しい琥珀色の目をじっとのぞきこんだ。

彼が息をのむと、瞳の中で燃えている炎が猛々《たけだけ》しくなった。「きみはひどく勇気があるか、ひどく愚かなのかのどちらかだな」

「あるいはあなたを信じているか」ケイトはティーグのまねをして、彼のTシャツをジーンズのウエストから引っ張り出し、てのひらを彼の腹部に押しあてた。「あなたを信じているわ」

再びケイトは、獲物を狙う獣の荒ぶる魂を目のあたりにした。だが今回は、ティーグが追っているのは彼女で、彼のまなざしに冷酷さはない。ティーグはケイトの心臓に烙印を押せそうなほど激しい欲望で彼女を求めていた。触れ合うどこもかしこもが火傷《やけど》しそうになる。ケイトは彼の孤独をかいま見て泣きたくなると同時に、骨まで焼き尽くされそうな気がした。

彼女は怖がってはいなかった。ティーグはわたしを変えるだろう。今晩を境に、決して元の自分には戻れないはずだ。けれど、彼がわたしを傷つけることはない。肉体的には。絶対に。

Tシャツの下で、ティーグの手がブラジャーのホックをはずした。片側のストラップをつかんで袖の下から腕へと移動させ、手からはずす。手品師のようになめらかな手つきで――あるいは経験豊富な男性のようにたくみな手つきで――もう一方の袖からブラジャーを引き抜いた。

ティーグはそれを床に落とした。荒々しい琥珀色の目が、ぴったりしたTシャツに圧迫されている彼女の胸を――薄い布を突きあげている胸のふくらみの先端をじっと見つめる。

ティーグの顔に赤みがさしてきた。ケイトは、彼が胸をつかんだり、口に含んだりするだろうと思った。期待で乳首がとがり、痛みすら感じた。彼女は両手を握りしめてティーグの肌に押しあて、うめき声を押し殺した。

だが、ティーグは胸には触れなかった。ケイトのジーンズのボタンをはずし、ファスナーをおろす。静かな部屋に金属音が響いた。これなら裁きの場で裸にされて罰を受けたほうがましだと彼女は思った。相変わらず、ティーグが何も言わないからだ。彼女に触れようともしない。

けれどもケイトは、ティーグが自らに課した制約に縛られてはいなかった。彼女は拳をゆるめた。両手で彼の乳首にそっと触れてから、ファスナーに向かって矢のように伸びている体毛をたどっていく。彼女はベルトをはずそうと悪戦苦闘した。ケイトに服を脱がせてもらうほど長いあいだ持ちこたえられた男性はこれまでいなかったので、こんな経験は初めてだった。ボタンをはずすのは簡単だ。まるでこの数週間で体重が減ったみたいに、彼のジーンズがぶかぶかだったからだ。ファスナーをおろしたとき、彼女は指の関節で彼の張りつめたものをこすった。

ティーグはひるんだ。

「痛かった？」ケイトはささやいた。

「ああ、ひどいな。痛かったよ」

「それはきっと、愛撫が苦痛に感じられるほど欲望が高まっているからよ。次の愛撫を待つのは、もっとひどい苦痛に思えるでしょうね」ケイトはかすれた声でささやき、指でティーグのものをなぞりながら、さまざまな感情が彼の顔をよぎるのを見つめた。「血管がどくどくと脈打つたびに、あなたは欲望を感じている。肺の中で空気が炎のように燃えているはずよ。なぜなら、あなたが満足するには……わたしの中に入るしかないから」

ケイトがそれ以上何か言ったりしたりする隙《すき》を与えずに、ティーグはいきなり彼女のジーンズの前に手を滑りこませ、そのまま包みこんだ。

そこはまるで腫れているようにふくらんで張りつめ、欲望に満ちていた……めくるめく快感がケイトを圧倒し、洪水のようにたちまち彼女の五感をのみこんだ。彼女はずっと封じこめていた欲求に足もとをすくわれ、ほとばしる情熱に溺《おぼ》れた。まぶたの裏が赤く染まり、息が吸えなくて肺が焼けそうになる。この興奮が彼女の求めるすべてを満たし……そして、まるで満たしてはくれない。

まだ足りない。満ち足りることは永遠にないだろう。ケイトはティーグの手に体を押しつけ、興奮を引き延ばそうとした。

ティーグは愉快そうに低く笑うと、手を引いた。「もう満足したのかい、ダーリン？　きみが今ここから出ていったら、ぼくが与えることのできる満足をすべて味わったと思えるかな？」

「いいえ」彼はわたしをこのまま放っておくと脅しているの？「とんでもない」

「それともこれはただのオードブルで、きみはフルコースを待ち焦がれているのかい？」ティーグの暗い琥珀色の目に金色の閃光《せんこう》が走った。ケイトをからかってさらに貪欲《どんよく》にさせ、すべてを認めさせようとしているのだ。

「お願い」ケイトは息を吸いこんだ。「わたしは何もかも欲しいの。あなたが欲しいのよ」

ティーグは頷き、唇をゆがめて微笑むと、彼女のジーンズを足首まで引きおろした。

素肌にエアコンの冷たい風が当たって、ケイトに感覚らしきものが戻ってきた。ティーグの腕に抱かれながら、彼女は目を開けた。

ビーチサンダルやジーンズは足もとに落ちており、見につけているのはTシャツとごく小さなパンティーだけだ。毎日セクシーな下着を身につけていたのは、裸同然の格好でティーグの腕に抱かれることがありますように、と祈っていたからにほかならない。

そんな思いを抱いていたことをティーグに気づかれませんように、とケイトは願った。確かにわたしは自分をごまかしてはこなかった。

ティーグはブラインドを開け、ケイトをベッドの上に横たえた。それから後ろに下がって、彼女をじっと見つめる。まるでケイトが高価な宝石で、決して手放すことなく守りつづけると言わんばかりに。そのまなざしを見て、彼女は息もつけなくなった。ティーグに対する希望と……愛を感じて。

愛。

素手で人を殺すことができ、恐ろしくたくみに武器を扱う危険な男性を愛してしまうなんて、狂気の沙汰ではないだろうか？　わたしを追い払ったあの晩、ティーグは言っていた

――ふたりに共通点はないと。

同じユーモアのセンスと旺盛な好奇心のほかには。それに、ふたりは一緒に生活ができる。それは大切なことだ。ケイトはティーグにしつこく迫って、これまで食べたことのないものを食べさせられる。できもしないのに彼のペースでトレーニングをしようと思ったり、彼に見つめられて温かな気持ちになったりする。ティーグはケイトに安心感を与え、彼女は彼をくつろがせる。ふたりは似ていないのに……似ている。ふたりの考え方は似通っているし、ケイトは想像もしなかったほど熱烈に彼を愛している。

ティーグがTシャツを脱ぐと、ケイトは小刻みに動く腹部の筋肉や日焼けした肩、広い胸、なめらかなブロンズ色の肌を再び目にした。彼はジムではポーズをとっていた。だが今は、彼女の賞賛を求めようとはしていない。ティーグが考えているのは服を脱ぐことだ、それもできるだけ早く。彼がジーンズと下着を足もとに脱ぎ捨てると、ケイトは息苦しくなった。

ティーグの引きしまった腰は彼女の脚のあいだにぴったりおさまりそうだし、筋肉質の腿はいつまでもリズムを刻むだろう――でも、彼の欲望のあかしはケイトの中にはおさまりきらないように思える。彼女が以前ベッドをともにしたふたりの男性が発育不全だったか、あるいはティーグが飛び抜けて肉体的に恵まれているかのどちらかだ。

「大丈夫だよ」ティーグは以前にも女性をなだめなければならないことがあったに違いない。片方の膝をベッドにのせ、てのひらでケイトの腕を撫ではじめたからだ。彼女の手をつかんで唇に持っていき、指の外側にキスをしてから、裏返して手首にもキスをする。彼の唇はいつまでも彼女の脈の上にとどまっていた。「きみはぼくの運命の女性だ。これからとてもい気持ちにさせてあげる。きみが――」ティーグは捕虜を捕らえた海賊のような笑みを浮かべた。女性に対する偏見だとわかっていても、言わずにはいられないらしい。「奪ってほしいとせがむほどに」

そうね。女性に対する偏見には違いないけれど……おそらく本当だろう。

ティーグがベッドにのってケイトを見下ろすと、彼女はちらっと見返した。

確かにティーグの言うとおりだ。彼女の体は激しく高ぶっているが、これまで彼は服を脱がせたり、微笑んだりする以外、何もしていない。

「どうしてきみのTシャツやパンティーを脱がせないか、わかるかい?」ティーグは親指でケイトの片方の乳首のまわりを撫でながら、彼女の目をのぞきこんだ。

〝わからないわ〟ケイトはそう唇を動かしたが、声が出てこなかった。

「できるだけ引き延ばしたいんだ。きみが飲むコーヒーのように熱く甘いものにしたい。きみの心を奪いたいんだよ」ティーグは身をかがめ、唇を重ねたままで言った。「長く引き延ばして、きみが愛について考えるとき、ぼくのことを考えるようにね」

「愛について?」彼はわたしの心を読んだの?

「誰もぼくたちみたいに愛を交わすことはできないさ」

愛を交わす。ああ、もちろん、そういうことよね。

ケイトはティーグの熱っぽい視線を避けて目を閉じた。自分の考えていることや、胸に秘めた無謀な願いを知られたくなかったのだ。彼のような男性はかぎりない歓びを与えるものの、愛は与えない。そのことを肝に銘じておくのが賢明だろう。

ティーグはケイトの胸のふくらみに手を添え、その重みを楽しむように手で受けた。Tシャツの上から片方の乳首のまわりに唇を這わせ、強く吸う。彼がたくみに自分の唇へと誘ったので、彼女は踵をベッドに食いこませて、背中を弓なりにした。ティーグが唇を離し、コットンのTシャツに息を吐きかけたとき、その冷たい息はまるで罪の象徴かと思われた。彼がゆっくりと息を吸いこみながらTシャツを脱がせるのを、ケイトは上目づかいに見ていた。

彼女の胸を見つめるティーグの顔からは、なんの感情も読みとれなかった。だが彼がケイトの目に視線を転じたとき、彼女が見たのは——歓喜の表情だった。誇らしく思いつつも、ケイトは怖くなった。ティーグがこんな獰猛《どうもう》さにとらわれたら、わたしは海賊の捕虜よろしく略奪されてしまうだろう。

さらに悪いことに、わたしはそれを望んでいる。

外ではすさまじい嵐が、行く手にあるものすべてを一掃しようと吹き荒れていた。

部屋の中ではティーグが、ケイトの乳房をつかみ、濡れた唇をむきだしの肌に押しあてて味わっていた。片方を味わい尽くすと、もう片方に移る。そうされるうちにケイトの内なる嵐が勢いを増し、彼女は叫び声をあげて逃れようとした。

ティーグはそうはさせなかった。ケイトを腕の中にとらえ、思うままに吸ったり、ついばんだり、キスしたりした。それが終わると、彼女の脚のあいだに膝を入れて体を滑りこませた。両手で腿をつかんで大きく開く。彼の重みでケイトはベッドに押しつけられ、何もできなくなった……ただ両手だけは自由だったので、彼の上半身を自分勝手に撫で回していた。なぜ自分勝手かというと、ティーグに触れているのは彼を歓ばせるためではなく、自分を歓ばせるためだから。

抵抗すべきか、言いなりになるべきか、ケイトにはわからなかったが、ひとつだけはっきりしていることがあった。「わたしも裸にならないとうまくできないわ」Tバックのパンティーが、いまだに障害物のようにふたりを隔てている。

ペニスの先端がケイトの体をまさぐり、腿のあいだの敏感な部分を探りあてた。

「まだだよ」ティーグのかすれた声が、からかうように響く。「きみが欲望のあまり正気を失いそうになるまではね。そうなれば、ぼくが押し入っていくとき、きみは熱く潤っているだろう。ぼくが引き抜くたびに、きみはぼくにしがみつく。やめないでと懇願するように……」

まだですって？　ティーグのひと言ひと言に、ますます刺激されているのに。

それはティーグにもわかっているはずだ。彼の言動はどれも、わざとケイトの欲求をあおるためのものだった。ティーグに優位に立たれ、彼女は服従したくなった。でも、彼はわたしに服従してほしいだけではない。激しい情熱に駆られ、もどかしさで気が狂わんばかりになってほしいのだ。

ティーグが再びケイトをまさぐり、高ぶったものを押しつけた。強く押しつけたので、ケイトの敏感な部分を覆っている布が伸び、彼女はティーグに密着しようと身をくねらせた。彼を奥へ誘いこもうとした。

もはやケイトは、ティーグが大きすぎることなど気にならなくなっていた。彼と愛を交わすためなら、どんな苦痛も我慢するつもりだったけれど……心の片隅で、苦痛なはずはないとわかっていた。なぜなら、彼は約束どおりにするだろうから。さっき脅したとおりに。ティーグはケイトが彼の愛撫に柔らかくとろけ、欲望のあまり正気を失いそうになるまで、彼女を奪わないだろう……のぼりつめて体を震わせるまで。

これはケイトの思い描いていたティーグとのセックスとは違った。もっと速く、荒々しく奪われることを想像していたのだ。だが彼は、ケイトがじれったさのあまり泣き声をあげるまで引き延ばし、まさぐった。彼女は逃れられなかった。脚をしっかりつかまれているし、彼に体重をかけられて勝手に動くことはできなかった。

ティーグはケイトにキスをした。キスはいつまでも終わらず、彼女は秘められた歓びをもたらす官能の小道をさまよった。彼は喉のくぼみや胸のふくらみにキスをしてから、肘の内側の柔らかな部分にも唇をつけた。ペニスが何度も触れる。だがケイトが絶頂に達しそうになると、彼は体を引き離してしまう。

満たされぬ苦しさに、ケイトはうめき声をあげた。時間は情熱の波に押し流された。どれほど時間がたったのか、まったくわからない。一五分、それとも三〇分……。

「お願い」自分がしゃべっていることさえ、ケイトにはわからなかった。ティーグの肩や腕、胸や背中を撫でながら、盛りあがった筋肉の上のなめらかな肌を慈しんだ。「お願いよ、ティーグ。わたしを苦しめないで」

「なぜぼくがきみを苦しめているんだい、ダーリン？」ティーグはケイトの両脚を放すと、てのひらで腿まで撫であげ、親指で脚のあいだを愛撫した。再び絶頂の間際まで追いこまれて、彼女は体を小刻みに震わせ、口をきくこともできなかった。それから彼は、性的な拷問に長けた獣のようにしりぞいていった。

「わたしの中に入ってきて」ケイトはティーグを抱きしめ、彼の腰を引き寄せた。「どうしてそんなに長く待てるの？　本当にわたしが欲しいの？」

「本当にきみが欲しいかだって？」ティーグは苦々しげに短く笑った。「きみが欲しくて眠れない夜が何度もあったよ。そんなときは部屋の中を歩き回った。愛を交わす一瞬一瞬はどんなだろうと想像した」彼は体を離した。そしてケイトのパンティーのウエスト部分に指をかけて引きおろし、脇へ投げる。「せかさないでくれ。いつまでも、ずっと続けてあげるよ」

恋する女が喜びそうな誓いだ。ケイトはため息をつきながら、彼の顔を撫でた。「いつまでも、ね」

その言葉にティーグはひるまなかった。そうする代わりに唇の端をあげて微笑んだ。楽しそうにではなく、皮肉っぽく。だがケイトに疑問を挟む隙を与えずに、彼は手を伸ばしてスタンドの明かりを消した。

たちまち、それまで明かりのせいで目立たなかった嵐が室内を支配した。暗闇を切り裂く稲妻がティーグの顔から穏やかさを奪い、暗い魂をあらわにした。雷鳴が勝ち誇ったようにとどろく。その様子は、彼がケイトを支配していると、自然までも支配していると誇示するかのようだ。確かにティーグにはそうした荒々しさがある。コンドームをつける彼の白い歯が輝き、琥珀色の目に稲妻の閃光が走った。

それでもティーグは、嵐の猛々しさに取り憑かれたりはしなかった。彼は何度もケイトに優しく触れ、もっとも敏感な箇所を探りあてた。ティーグの指が滑りこんで縁をなぞると、彼女は期待に胸を震わせた。彼が潤滑剤を用意していたことにケイトは気づいた。ティーグはふたりのサイズの違いを予測していたのだ。言葉や笑みやまなざしで約束していたとおり、彼女をいい気持ちにさせるつもりだ。

それから、ティーグは身を沈めた。

強く押し開かれる感じに、ケイトは予想どおりだと思った。彼は……とても大きい。苦痛を感じそうになって、彼女はうめいた。けれどもティーグの宣言どおり、彼女は正気を失いかけるほどの欲望に駆られていたので、逃れられなかった。潤滑剤の効果が現れてくると、ケイトはついにティーグ・ラモスと結ばれたという感嘆の思いに包みこまれた。体が柔らかくとけて、潤ってくる。

ティーグが体を引いたので、ケイトはヒップを動かして彼を中にとどめようとした。

それでも彼はケイトから離れた……彼女を空虚で空っぽにした。

再びティーグが入ってくると、その満ち足りた感触がケイトの絶望感を和らげ……大胆な本能を呼び覚ました。


彼女は脚をぴんと伸ばし、ティーグの胸にそっと歯を立てた……。

かすかな痛みにうめきながら、彼は突いた。

それからぐっと抑制して、動きを止める。

今度はケイトがうめき声をあげた。

ティーグが彼女を見下ろした。ケイトは彼を見あげた。

ストロボのような閃光がふたりを直撃した。雷鳴が野獣の唸り声のごとく響き渡る。

そしてようやく、ティーグが彼女の体を奥深くまで貫いた。

征服されたという思いが、筋道の通った考えをすべて押し流した。ティーグの刻むリズムに促され、ケイトはのけぞり、身をよじった。これまで彼が仕草やまなざしで約束してきた純粋な歓びを求めて。彼女は満ち足りていた。孤独も痛みも思い出も入りこむ隙がなかった。

ティーグは彼女の体と心、そして感情に命令を下した……魂にも。

ティーグはケイトを押さえつけて彼女の動きをコントロールしつつ、かすれた声で励ました。何度も深く貫かれ、ずっとじらされてくすぶっていた欲望が彼女の中でいっそうふくらんだ。

切望のあまり感覚が麻痺しそうになりながら、ケイトはティーグの肩をつかんで小さくうめいた。

「怖がらないで」ティーグは唇を彼女の唇にこすりつけた。

彼の息がケイトの肌にかかる。

「怖がってないわ」あえぎながら、ケイトは言った。怖くはなかった。彼女は稲妻や雷鳴の一部になっていた。激しい嵐の一部であり……ティーグの一部だ。

ケイトはティーグの胸に顔をうずめて深呼吸し、彼の熱気や匂いを吸いこんだ。それから息を吐き出すと、長い呪縛から体が解放されるのを感じた。

外では自然界の騒音や光が猛威を振るっている。

室内ではケイトが絶頂を迎え、歓喜の叫びをあげていた。ティーグとのセックスは官能的で力強く、五感を刺激して、単なる性行為以上のものを与えてくれた。彼女はティーグの体に腕と脚を巻きつけ、彼の下で弓なりになって、動きと声と切望の思いで彼を求めた。

ティーグはケイトのあらゆる要求を満たした。彼女がクライマックスに達したとき、彼もすべての束縛を解いて、自分を解放した。生命のリズムを刻んで腰を動かし、彼女に約束していたものをすべて差し出した――すべての快感、終わりなき恍惚、そしてふたりをひとつに――ひとつの存在、ひとつの魂にとけ合わせる親密さを。

いつしか外では嵐が弱まり、すすり泣きのような音をたてながら……次の攻撃に備えて力を蓄積していた。

ティーグはケイトを見下ろした。彼女は目を閉じて、オーガズムの余韻に浸っていた。額には汗が浮かんでいる。胸が波打ち、体は小さく震えていた。

自分が正しかったことにティーグは気がついた。ぼくはケイトを我がものにした。彼女を支配した。自分の種を彼女の中に植えつけたのだ。

でも、まだ充分ではない。充分に思えることは絶対にないだろう。ケイトに関しては。だからこそ、これまで彼女とセックスをしなかったのだ。つまり、たった今行ったことは単なるセックスではなく、それ以上の、ぼくには理解できないたぐいのことなのだから。

ケイトが目を開けてティーグを見つめた。優しくセクシーな笑みがゆっくりと唇に広がる。

「ねえ、どうしてわたしたちは今までこういうことをしなかったの？」

ティーグの脳裏から、筋の通った考えが完全に消え去った。もう一度ケイトを征服したくてたまらなくなり、彼は不安を忘れ、恐怖を忘れ、すべてを忘れた。

ティーグはケイトにキスをして、そのかぐわしい息や、自分の舌に触れる温かな舌の感触を楽しんだ。

ああ、彼女とキスをするだけで、ほぼ満足できる。

あくまでも、〝ほぼ〟だが。

ティーグはケイトの乳房を撫でながら、色白の肌が紅潮したり、淡いピンク色で柔らかだった乳首がラズベリー色に縮んでとがったりするのに驚いた。彼女はティーグを上目づかいに見て、満足そうな笑みを浮かべた。

ぼくはケイトを満足させたのだ。

どうしてぼくは完全に満足していないのだろう？　なぜこれほどすぐに、彼女をもう一度奪いたいと思ってしまうんだ？　この女性に対して飽くなき欲望を抱きはじめたのはいつからだ？

いったい、これはどういうことなのだろう？

ティーグはケイトが問題を抱えていることをよくわかっていた。ジョージ・オーバーリンとのあいだの大きな問題だ。

ティーグは危険を直感的にかぎつけられる。悪人についても勘が働く。彼が感じているのは、危険な男が自らの行為のせいで不安を覚えているということだ。

だったら、なぜぼくはオーバーリンがもたらす脅威に気づかなかった？

それに対する説明はひとつしかない。オーバーリンには善悪の観念も良心のかけらもない。頭にあるのはおのれの欲望だけだ。彼は人を殺したことがある。それも一度だけではなく、捕まってもいない。なんらかの方法で証拠を隠蔽《いんぺい》したのだろう。

オーバーリンがケイトに欲望を抱いているなら、ふんだんに持っている武器を――社会的地位、財産、影響力などを――駆使してぼくを追い払い、彼女を自分のものにするだろう。もし拒まれたら……彼女も殺すのだろうか？

「何を考えているの？」ケイトがティーグの額にかかる髪を撫でた。「難しい顔をして」

「友達のジェット機を借りられないかと思ってね」

「なんのために？」まるで彼の心を読んでいるかのように微笑む。

「ぼくはメキシコにプライベートビーチ付きの家を持っているんだ。大した家じゃないよ。

大きくもないし、豪華でもない。ネズミくらいもある特大のゴキブリも出る。でも——」

「何をためらっているの？」ケイトは起きあがった。一糸まとわぬ姿で、気どりもなく、美しい。「わたし、週末は休みなのよ。行きましょう」

やれやれ。彼女は本当にぼくの心が読めるらしい。「そんなに急ぐなよ」ティーグはケイトを仰向けに押し倒した。以前、夢見ていたように、彼女の黒い髪が彼の枕を覆い、きらきらした青い目が見あげている。ケイトを抱きながら、ティーグはここで彼女を自分のものにしただけでは満足できないことを悟った。それだけでは足りない。

運命。ケイトはぼくの運命の女性なのだ。ぼくはこれまで彼女を、そして運命を避けてきて、運命に嘲笑されていた。今、ぼくをケイトと結びつけているのは性的な欲望と……いや、違う、愛ではない。ぼくは愛の最悪の形を見てきた——故郷では母がろくでもない男に殴られていたし、軍隊では妻からの離縁状を受けとった男が打ちひしがれていた。

ぼく自身も愛に傷ついている。傷ついているが……充分にではない。どれほど苦しんでも充分ではないのだ。

もしぼくが愛し方を知っていたら——せめて愛し方を学んだことがあったなら、きっとケイトを愛していただろう。だが、あの出来事で受けた傷が大きすぎて、もう学ぶことはできない。

もしも学んだら、愛がどのように終わるかを知ることになるからだ。

そこには、死や決して癒《い》えることのない痛みと傷が伴うことを。

だからティーグは、愛について考えたことなどないというふりをした。外では嵐がまた勢いを増している。再び稲妻が光り、雷鳴がとどろく中、彼はケイトを見下ろして微笑んだ。

「ほかのことをする前に、まずきみにキスをしないと……体中にね」

一瞬、ケイトはその意味がわからずに目を見開いた。それから静かに息を吸いこんだ。ふたりのあいだに常に存在する欲望の火花が明るく輝く。彼女はゆっくりと伸びをした。セクシーに、じらすように。「そうすると、ひと晩中かかってしまうわ」

「どのみち、嵐のせいで飛行機は飛ばないよ」ティーグは再びケイトに覆いかぶさった。

「出発は朝だ」

15

「旦那様、お悲しみの最中に申し訳ございませんが、ＦＢＩの捜査官がふたり見えて、玄関でお待ちになっています」フレディが、オーバーリンの書斎の入口に立って告げた。

「ＦＢＩだと？」オーバーリンはウイスキーのグラスをゆっくりと置いた。落ち着いた動作をすることで、反射的に感じた恐れを静めるための時間稼ぎができる。エヴリンに無理やり薬をのませて酒と一緒に流しこませたことは誰にも見られていないが、階段を下りるのに手を貸したところを見られた可能性はある……。

だが、たとえ誰かに見られていたとしても、ＦＢＩはこの事件を追跡しないだろう。それはオースティン市警の管轄のはずだ。市警の刑事たちはオーバーリンの強引な説得に応じて、すでに捜査をすみやかに終え、適切な結論を出している――エヴリンは精神安定剤やアルコールへの依存が引き金になって事故死したか、自殺をしたのだと。「ＦＢＩがなんの用だ？」

「訊いてみましたが、身分証明書を見せて、旦那様としか話さないと言うばかりで」フレディは女主人の喪に服している家の執事にふさわしく、黒ずくめの服装だ。メイドが階段から落ちた彼女の遺体を発見したときには、なだめる役目を引き受けていた。メイドのヒステリックな叫び声を聞きつけてみんなが駆け寄ってきたおかげで、オーバーリンは大勢の見物人に自分のショックと悲しみを見せつけることができたのだ。フレディの有能さは、さまざまなことで証明された。彼は家を黒い布で覆うように命じてから――それはやりすぎの感はあるが、会葬者には好印象を与えた――ただちに葬儀の手配をし、今日の式をつつがなく終わらせた。さらにひっきりなしに訪れる弔問客たちをふるいにかけ、とくに社会的地位の高い人々や、オーバーリンの深い悲しみに感銘を受けそうな人々だけを家の中に通していた。

この二日間、フレディは本当によくやってくれた、とオーバーリンは思った。

だが日曜の午後だというのに、ケイト・モンゴメリーからはなんの連絡もなかった。ほかのレポーターたちはやってきたが、ケイトは来ない。近いうちに来るかとリンダ・グエンにそっと尋ねたところ、彼女はいかにもアジア系らしい真っ黒な目で彼を見つめて言った。

「さあ、わたしにはわかりません、上院議員。みなさんの予想に反して、今週はケイトの見張りをしていないので」

そのやせっぽちのいけ好かない女は、オーバーリンにそれ以上言わせなかった。

だが、ケイトがこの街にいない可能性もある。彼が大変な目に遭ったことを知らなければ、お悔やみを言いに来ることもできないだろう。

「旦那様？」フレディが言った。「追い払おうとしたのですが、なんともしつこくて」

「ＦＢＩの捜査官か。わかった。もちろん会うとも。ただし……一分たってから通してくれ。身支度をするから」フレディが出ていくのを待ってから、オーバーリンはシャツのボタンを留めて、まくっていた袖を下ろし、ネクタイを結び直して、ジャケットに袖を通した。彼は重要人物であることを忘れられないために、どこの役人に対しても自分を精力的に見せるのが最善の策だと常々思っていた。

ノックのあとにフレディがドアを開けた。部屋に入ろうとするふたりの捜査官に、フレディが注意した。「旦那様はわずか二日前に奥様を不幸な事故で亡くされたばかりです。どうかご配慮をお願いいたします」

「承知しております」

「手短にすませますので」

高めの優しげな声を聞いて、オーバーリンは自分の幸運が信じられない思いだった。FBIは女性捜査官を、それもひとりではなく、ふたりも送りこんできた。どちらも若いし――FBIでは長年にわたって女性捜査官を歓迎していなかったので、当然ながら人数は多くない――彼女たちがどれほど冷酷非情になろうとしても、妻を亡くしたばかりの男に同情せずにはいられないはずだ。

それにしても、なぜここへ来たのだろう？　何を調べようとしているのだ？

背が高く、あまり魅力的ではないほうの女性が手を差し出しながら、身分証明書を見せた。「ロンダ・ドゥ・ラスコウ捜査官です。こちらはジョアンナ・ウマンスキー捜査官」

小柄でブロンドの豊かな髪の女性も、身分証明書を示した。

オーバーリンは握手をしながら、捜査官たちのバッジを見た。これまでに何度か見たことがあるが、お粗末な写真も含めて本物らしい。

「オースティン署のハウエルはご存じですね?」ジョアンナが言った。「シルベスター・ハウエルに命じられて来ました」

「どうぞおかけください」オーバーリンは机の前の椅子を手で示した。

「こんな大変なときにお邪魔して、申し訳なく思っています」ロンダが言った。「でも、報告書を作成しなければならないので」

「ええ、わかりますよ、しかし……いったい……当然ながら、わたしは疲れているし、よく眠れないんですが……どういうご用件でしょう?」オーバーリンは、妻に先立たれて途方に暮れている夫の役を見事に演じたと思った。だから、ふたりの女性が顔色ひとつ変えずに頷き、お悔やみも言わなかったことに驚いた。

いまいましい女たちだ。

オーバーリンは机の椅子に腰かけて、自らの地位を印象づけた。

ジョアンナが電子手帳を開けて視線を走らせ、再び閉めた。「オーバーリン上院議員、テキサス州ホバートのミセス・カニンガムをご存じですか?」

彼は体をこわばらせて、身を乗り出した。今ごろになって、グロリア・カニンガムがどうしたというのだろう?

「知り合いでしたよ、彼女のご主人ともね。昔、わたしが所属していた教会の役員会で彼女と一緒に活動していたんです」オーバーリンは、興味は持っているが、さして親しくはなかったふりをしようと努めた——自分にとって、その名前はあまり意味がないと言わんばかりに。「彼女がどうかしたんですか?」

「お亡くなりになりました」ジョアンナが淡々と答えた。「癌《がん》でした」

「それはお気の毒に」そう言いながら、オーバーリンは考えをめぐらせた。

グロリアは何も知らなかったし、見た目に明らかなこと以上に知りたがっているそぶりを見せたこともなかった。彼女は、ベネットとラナ・プレスコット夫妻や彼らの子供たちに対する怒りをあらわにするばかりだった。グロリアの夫は医師だったのに、自分たちよりも貧しい牧師のプレスコット家のほうが地域社会で重んじられていたことを彼女は決して許さなかった。さらに、娘のメリッサはホープ・プレスコットほど優秀ではなく、不名誉な二番手に甘んじていた。だから、プレスコット夫妻が姿を消したときにはグロリアは胸を躍らせたし、家族がばらばらになって子供たちが追い払われたときには、唇を結んで満足げに眺めていたのだ。

プレスコット家の子供たちがどうなったのか、グロリアが尋ねたはずはない。だったらなぜ、FBIの捜査官が彼女の死を知らせに来たのだろう?

「彼女はヒューストンのアンダーソン癌センターで、六〇歳で亡くなりました」ロンダも自分の電子手帳を見た。「亡くなる前、彼女は告白したいことがあると申し出て、牧師に話しました——そのあと警察にも。その告白はあなたに関係があるんですよ、オーバーリン上院議員」眼鏡をかけているロンダは上目づかいに鋭い視線を向けた。「どういうことか、おわかりになりますか？」

「いや、残念ながら」広げた両手が震えていないことに気づいて、オーバーリンはうれしく思った。「ホバートにはときどき行ってますが——わたしの選挙区ですし、家も残っているので——わたしたちは——家内とわたしは——カニンガム家とはあまり接点がないと思いますよ」いいぞ、と彼は思った。エヴリンのことを会話に入れたのは、いかにも妻が死んだことをまだ信じられずにいるかのように見せるためだ。

「ミセス・カニンガムによると、二三年前に牧師夫妻が亡くなったあと——」ジョアンナは電子手帳をちらっと見た。「つまりプレスコット夫妻のことですが、あなたは彼らの子供たち全員が同じ家に引きとられることに反対して、離れ離れになるように仕向けたそうですね」

「わたしはあの子たちの養子縁組にはかかわっていませんよ」オーバーリンは机の上で両手を組み、憤然とした面持ちで身を乗り出した。「当時はテキサス州の上院議員に立候補した矢先でした。世間が思っているのとは違って、当選するのは実に大変なことなんです。養子縁組を斡旋したのは、ほかの者でしょう」よく思い出せないと言いたげに、彼は額をこすった。「確かよその町の教会の牧師が……ジョン・ワグナー牧師だったかな。ウィルソン？いや、ライトだ。ライト牧師です」

ジョアンナがその情報を電子手帳に書き留めた。

「ライト牧師は今、どこにいますか？」ロンダが尋ねた。

「知りませんね。わたしはその牧師にプレスコット家の子供たちのことを話し、すべてを彼の手にゆだねて、選挙運動をするために町を出たんです」それは真っ赤な嘘だった。ライト牧師の名前は公式文書に記されているかもしれないが、名前だけの存在なのだから。子供たちがばらばらになるように念を押したのは、ほかならぬオーバーリンだった。どういうわけか、いずれ彼らに悩まされることになるとわかっていたからだ。

ギヴンズ・エンタープライズ社を叩きつぶす画策をしておいてよかった。ミセス・カニンガムが間の悪いときに悔い改めて告白したことをホープ・プレスコットが耳にしたら、彼女は決して手加減しないだろう……両親と同じ目に遭うまでは。

「つまり、ミセス・カニンガムの主張には信憑性《しんぴょうせい》がないとおっしゃるのですね?」ジョアンナが尋ねた。

「まったくないですね」そう断言しても安全だ。当時の事情を知っている者は、ホバートにはそんなにたくさんいない。それはすでに確認してある。そして、事情を知る人々のほとんどはもう生きていない。そのこともやはり確認ずみだ。

確かに教会の信徒たちの中には、プレスコット一家に何が起きたのかを探ろうとするおせっかいな連中もいたが、大した問題ではなかった。彼らの大半は貧しい住民たちだったので、脅迫や賄賂で簡単に黙らせることができた。オーバーリンはあれこれ手を回して彼らの邪魔をし、最終的にはホバートの町と住民たちを手中におさめたのだった。「どうしてそんな昔の養子縁組のことを調べているんです?　重い病にかかった女性のわけのわからない話に、あなた方はいつもこんなに注意を払うんですか？」

「連邦政府に指示されたことは、なんであろうと注意を払います。つまり、答えはイエスです」ロンダは電子手帳に何か書き記した。「オーバーリン上院議員、ミセス・カニンガムは郡庁舎の火事に犯罪が絡んでいるのではないかと言いました。市や州や連邦政府の重要書類が消失していますし、その火事は不審火とみなされているので、わたしたちは興味を持って彼女の告発に耳を傾けたわけです」

「不審火とみなされているですって？」そんなはずはない。それについてはちゃんと確かめたのだ。「屋根裏の漏電のせいと聞いていますが」

ロンダとジョアンナが同時に顔をあげ、興味深げにオーバーリンを見つめた。

彼はすぐに自分の失敗に気づいた。火事やその原因については知らないふりをすべきだった。

「ほかにも何か？」オーバーリンはきびきびした口調で言った。「ミセス・カニンガムは実際にわたしを有罪にするようなことを言ったんですか？　それとも全部憶測ですか？」

ふたりの女性捜査官は同時に電子手帳を閉じた。

そして立ちあがった。

「お邪魔してすみませんでした、上院議員」ロンダが言った。

オーバーリンも立ちあがった。ほっとして、少し気が大きくなった。「いいんですよ。これがあなた方のお仕事なんですから」彼女たちを送り出すために、先にドアまで歩かせる。

「実を言うと、ミセス・カニンガムの話はあまりに突拍子のないものだったので、あのままだったら、わたしたちがこちらにうかがうこともなかったと思うんですよ」ドアの前で、ジョアンナが立ち止まった。

「奇妙な一致がなければね」ロンダがオーバーリンに優しく微笑みかけた。

「奇妙な一致というと？」彼は尋ねた。

「だめよ、ロンダ。こんなことでオーバーリン上院議員をわずらわせてはいけないわ」ジョアンナはロンダの腕を引っ張った。

「ミセス・オーバーリンの亡くなり方と酷似した事故について、匿名の通報があったんです」ロンダは困惑した表情で眉を寄せた。「恐ろしいほどよく似ているんですよ、本当に」

〝匿名の通報〟という言葉に、オーバーリンは背筋がぞっとした。「どういうことですか？」

「法の執行官が居住まいを正して注目するたぐいのことですよ」ロンダが説明した。「いいですか、上院議員、誰かが階段から落ちて首の骨を折るなどというのはめったにないことですが、あなたの家では二度もありましたね。あなたが近くにいるときに。ホバートで一回、オースティンで一回。奇妙な一致です。恐ろしいほどよく似ています。そう思われませんか、上院議員？」

　フレディはＦＢＩの捜査官たちを見送った。

　書斎から磁器の割れる音が聞こえてきた。どうやら、オーバーリンはご自慢の自制心を失ったらしい。なんとも恐ろしいことだ。プレッシャーで神経が参ってきたのだろう。

フレディ・グリズワルドはにやりとした。


メキシコのビーチで、ケイトはティーグの小さなビーチハウスのポーチに通じる階段をあがっていった。なぜ彼はこんなに手間どっているのだろう？　海風に髪を乱されながら、彼女は砂浜を渡ってくるロマンスの香りを吸いこみ、早くティーグがそばに来てくれることを願った。

彼の声が聞こえてきて、ケイトは足を止めた。誰と話しているのかしら？　ここには誰もいないはずなのに。ふたりきりになるために、ほかの人は寄せつけないようにしたのだから……。

「ケリーダ、まったくきみは油断がならないな。でも、それについてはきみに教えるつもりはないよ。話さないほうがいいこともあるんだ」ティーグは笑った。その声はとても……くつろいでいるようだった。そして愛情がこもっていた。「それも教えないよ。さてと、もう切らないと。明日の晩、戻ったら連絡する。今週ディナーを一緒にどうだい？」

ティーグが電話をかけている！　どうして？　相手は明らかに女性だけれど、いったい誰なの？

「なんだ、今週はずっと忙しいのか？　ぼくをないがしろにするなんて信じられないな」またもやティーグが笑った。「わかった。それじゃ、月曜に。さよなら《アディオス》」

ケイトは玄関に入り、彼が携帯電話を閉じるのを見つめた。そして不思議に思った。笑ったり、セックスしたりするにはうってつけのこんなに晴れたすてきな日なのに、どうして電話をかけようなんて思うのかしら……ほかの誰かに。「ここで携帯電話が通じるなんて驚きだわ」

「衛星電話だよ」ティーグは短く言って、電話をダッフルバッグにしまった。「ちょっと連絡してただけだ」

日差しがまぶしい外から入ってきたケイトには、ティーグがよく見えなかった。ようやく目が慣れてきたとき、彼が浮かない顔をしているのがわかった。何かじっと考えこんでいる。

「会社に連絡していたの?」

「そう、会社だ」

「オースティンでは、すべてうまくいっているの?」

「ああ、なんの問題もないよ」ティーグは椅子の背もたれが後ろの壁につくまで寄りかかった。ケイトをしげしげと見て、唇の端をあげる。「逆光だとパレオの下が丸見えだってわかってるかい? まるで脚のあいだに虹《にじ》がかかっているみたいだ」

ケイトはワンピースの水着と、それと合わせてウエストで結んだ鮮やかな色のパレオを見下ろした。水着は体の大事な部分はすべて覆い隠しているものの……微妙に見せつけている。

彼女は再びティーグを見た。裸足で上半身は裸。引きしまった腰は着古したローライズのジーンズに覆われている。おんぼろのジープでビーチハウスに到着してから一日半のうちに、彼はきれいな小麦色に日焼けした。襟足にかかる黒い髪や顎に生えはじめたひげのせいで、まるで海賊みたいに――欲望をむきだしにして彼女を見つめる海賊みたいに見える。

ティーグは微妙さとはまったく無縁だ。

微妙さというものを過大評価しすぎよ、とケイトは思った。たちまち欲求がわきあがってきた。馬鹿げたことだ。ここにいるあいだ中、愛を交わしつづけていたのだから――ベッドや砂浜はおろか……海の中でも試してみて、それは無理だとわかった。そこで再び、砂浜で抱き合った。

ふたりとも、いつもと違う場所が日に焼けた。

けれどもケイトは、ティーグの電話での会話を聞いて、相手は部下ではないと思った。〈スターバックス〉でする会話のように個人的な話をしていた。きっと大事な話なのだ。そうでなければ、わざわざ衛星電話の料金を払わないだろう。ティーグにプライベートな生活があっても、それは別にかまわない。気になるのは彼が嘘をついたことだ。

ティーグは立ちあがり、ゆっくりと伸びをした。「心配いらないよ、ケイト。ぼくはちゃんときみを守る。信じてくれ」

「信じてるわ。でも――」

「さっきの電話はきみには関係ない」彼は慎重に一歩、ケイトに向かって踏み出した。愉快そうな表情と……欲望の入りまじった熱いまなざしで。

その欲望にケイトはすぐ気づいた。心臓が喉から飛び出しそうになったあと、早鐘を打ちはじめる。彼女はゆっくりとあとずさりした。「わたしに襲いかかるつもり？」

「きみはどう思う？」ティーグが再び前に出た。その忍びやかな足どりに、床がきしんだ音をたてる。

「わたしの注意をそらそうとしてるのね」ケイトがポーチを後ろに下がっていくと、背中が柱にぶつかった。

それでもティーグは悠然と近づいてくる。「効果はあるかい？」

彼はケイトを捕まえられるとわかっていた。それは彼女にもわかっていたが、逃げようとする本能は抗いがたいほど強かった。ケイトは手すりに沿ってじりじりと後退した。「そのようね」階段に到達したとたん、くるりと向きを変え、海岸へ向かって走り出す。

ティーグがポーチを歩いてくる足音が聞こえた。

彼女は入り江を目指して走った。足を動かすたびに踵が砂に食いこむ。馬鹿みたい。どこにも行き場なんてないのに。紺碧《こんぺき》に輝く入り江に沿って、三日月形をした小さな白い砂浜があった。両端は岩だらけで、後ろは林になっている。滑走路が一本しかない飛行場のある町は八キロも先にあり、道路は舗装されていない。ここまでの交通手段だったおんぼろのジープはのろのろとしか走らない。おまけにキーを使わず、点火装置をショートさせてエンジンをかけなければならないのだ。

それでもケイトは笑いながら走りつづけた。ほてった顔に風がひんやり冷たい。ウエストの結び目がほどけ、パレオが飛んでいった。

「ほら、捕まえるぞ」ティーグが叫んだ。

ケイトはスピードをあげた。後ろで彼の足音が聞こえる。

期待で心臓が破裂しそうに思えたとき、ティーグの腕が腰に回された。

彼はケイトを砂の上に押し倒し、仰向けにして馬乗りになると、両方の手首をつかんだ。

彼女は抵抗したものの、両手を頭の上に固定されてしまった。これは遊びだ。子供のとき以来の自由ですてきな遊び。とはいえ、ティーグが上にのっているので、感じていることはおよそ子供らしいものではなかった。

ティーグが彼女の笑顔を見下ろした。「さあ、罰金を払ってもらおうか」

「いやよ、払わないわ」ケイトはもがき、ティーグの下から逃れようとした。

彼は膝をケイトの膝のあいだに入れて動きを封じた。「どんな罰金か知りたくないかい？」

「知りたくないわね。だって、あなたのほうがわたしに罰金を払わなければいけないんだから」ティーグの顔を見て、彼女は息もつけないほど笑った。「わたしを押し倒したじゃないの」

「きみは威勢がいいな」彼は昔の映画に出てくる悪漢みたいに流し目を送り、胸の筋肉を収縮させてみせた。「でも腕力はぼくのほうが上だから、きみに勝ち目はないよ」

「あら、そう？　これでどう？」ケイトは頭をあげて、ティーグの下唇をそっと噛んだ。頭を砂の上に戻しながら、舌を彼の口に滑りこませる。

幸せの味がした。みずみずしいマンゴーや、欲望の味もする。

ティーグが少しためらっているのを愛しく思いながら、ケイトはキスを深めていった。彼がケイトの求めるままに舌を吸わせてから、自分も同じようにするのも愛しい。

彼にはケイトを圧倒するところがあった。ティーグは常に主導権を握りたがった。彼の強引さに彼女は我を忘れるほどだったが、ときには優位に立って、スピードやリズムをコントロールしたいと思っていた。ケイトにそうさせるにはどうしたらいいかティーグが知らないらしいことに、彼女は驚いた。

ティーグの評判を聞いていたので、ケイトは彼がセックスのあらゆる微妙なニュアンスに通じているものと思いこんでいたのだ。

いずれは彼も学ぶだろうと自分を慰めながら、ケイトは体にかかる重みを楽しんだ。ティーグは正気を失うほどの歓びを与えてくれる。それはきわめて貴重なすばらしい贈り物だと彼女はわかっていた。

温かな男性の肌や塩気を含んだそよ風の匂いをかぎながら、ケイトはキスを続けた。ようやく唇を離すと、ティーグが顔をあげた。「いい？　わたしを押し倒したことでわたしがあなたに請求する罰金は、わたしを捕まえたことであなたがわたしに請求する罰金と同じ額よ」

「まったく同じではないよ」ティーグは目を細めて彼女を見下ろした。

ケイトは先ほども見た、彼の考えこむような表情がのぞいた気がした。何か重大なことを明かそうとしている表情だ。

それでも、ティーグのジーンズのボタンがケイトの腹部に食いこみ、ファスナーの下には熱く硬くなったものが感じられる。これから楽しいことが始まるんだわ。

「何を考えているの？」ケイトは誘うように腰を揺らした。

「シュノーケリングのことさ」

「あら」たちまち弾んだ気持ちがしぼんだ。

「大丈夫、きみはきっと気に入るよ」ティーグは立ちあがりながら、手を差し出してケイトを立たせた。

「でも、そうしたら……」彼女はジーンズのふくらみに手を伸ばした。

ティーグはケイトの手首をさっとつかむと、シュノーケリングの道具が置いてある椰子《やし》の木陰に連れていった。「やってみると約束したじゃないか」

「本気じゃなかったのよ」ケイトは世界各地を転々としながらも、なんとか世間の荒波を乗り越えてきた。けれども今、鮫《さめ》がうようよいる珊瑚礁《さんごしょう》で泳ぐことに同意してしまったのだ。きっとどうかしていたに違いない。たとえ息ができないという状態を病的に嫌っていないとしても。

いいえ、どうかしていたどころじゃない。ティーグと延々セックスをしたせいで、頭がおかしくなってしまったんだわ。

「シュノーケリングをするのは湾の中だけだよ。今日の海は死ぬほど静かだ。波が高くないだろう？」ティーグは片方の腕を彼女の体に回して、足もと近くに打ち寄せるさざなみを指さした。「ケイト、見てごらん。きれいじゃないか？」

彼女はティーグに疑わしげな目を向けた。「死ぬほど静かというのは、波がまったくない状態でしょう。でも、湾の中で波が立っているのが見えるわ。それになぜ〝死ぬほど〟なんて言うの？　その言葉だけでも不吉に聞こえるじゃない」

ティーグはケイトの屁《へ》理屈や抗議に耳を貸さなかった。「波はシュノーケルの中までは入ってこないし、見てのとおり水はすごく澄んでいる。ぼくはきみのすぐそばにいるよ。珊瑚礁やきれいな魚が見られるぞ」彼が微笑むと、日焼けした顔に白い歯が輝いた。「マンタエイがいる場所を知ってるんだ。見たくないかい？」

ケイトは温かな砂に足を埋めると、それを見下ろしながらすねた口調で言った。「だから、わたしは『ナショナルジオグラフィック』の臨時増刊号を読んでるのよ」

おもしろい冗談でも聞いたみたいに、ティーグは笑った。「ぼくがきみの水着をどれほど気に入っているか、言ったかな？」

「いいえ」彼女の体はまるで丘に絵の具をまき散らしたように、紫、ブルー、赤、黄色、オレンジ、そしてグリーンの縞《しま》模様に彩られていた。「ほとんど着させてくれないくせに」

「確かに水着の下にあるもののほうが好きだけど」ケイトの不安な気持ちをそらそうとしているのなら、実にうまいやり方だった。ティーグは両手で彼女の腿からヒップへと撫であげた。「ぼくがちゃんときみを守る。だからついておいで。フィンをつけるのを手伝おう」

足もとにティーグがしゃがむと、よくも彼はこんな愚行にわたしを引きずりこめたものだとケイトは思った。

ティーグは立ちあがってジーンズを脱ぎ、水着姿になった。

ああ、そういうことね。ティーグは黒いスパンデックス製のかぎりなく小さな海水パンツを見せつけて、わたしに分別を捨てさせようとしているんだわ。彼にもたれかかる機会を得るためなら、わたしはどんなことでもするだろう。どんなに愚かなことでも。

「きみの水泳能力に信頼を置いていなかったら、やらせはしないよ」彼はなだめる口調で言った。「横泳ぎしかしない人に会ったのは初めてだが、とても力強い泳ぎだ」

「ずいぶん調子がいいこと」それにわたしを誘惑してる。

「ぼくが?」ティーグは無邪気さを装おうとしたが、どう見ても危険な男にしか見えないので、そんな努力をしても無駄だった。

「わたしに不安を忘れさせようとしているのね。わたしもテレビの撮影でこつを学んだわ。インタビューの相手がぴりぴりしているときは、いつからカメラを回すかは知らせないで話しはじめるの」

「ぼくはどこにもカメラなんて持ってないよ」ティーグは両手を広げ、彼女に体を見せつけた。「ほらね?」

「ええ」ケイトが目にしたものは、どんな言葉よりも彼女の気持ちをそらした。そんなわけで、ティーグは彼女を海に誘いこむことに成功した。

その晩、ふたりは飛行機で帰路に着いたが、どちらも離れることに耐えられなかったので、ケイトはティーグの家に泊まることにした。

月曜の朝、彼はケイトを腕に抱きながら言った。「今夜、きみの服を持ってこよう。オーバーリンの問題が片づくまで、ここにいればいい」

彼女はためらった。ティーグと一緒にいる？　彼と暮らす？　でも、わたしは自分の家を気に入っている。それに――罪悪感が胸をちくりと刺した――母になんと説明したらいいのだろう？　母はわたしが男性と親しくなることを望んでいる。神聖な結婚をしてほしいと思っている。結婚や孫の誕生の見込みもないような罪深い生活を送ってほしくはないはずだ。

ケイトのはっきりしない態度を見て、ティーグは彼女の反論を阻止しようとした。「ぼくがきみのところに引っ越してもいいが、あの男はきみの住まいを知っている――それにここのほうがずっと安全だ」

「そうね」ケイトは譲歩した。「いいわ。ここにいる……しばらくのあいだね」

成功に気をよくして、ティーグはさらに言った。「今日はオーバーリンを避けてくれ。なんとしても、あの男から離れているんだ」

オーバーリンの問題をティーグに任せるというのは、むしろケイトにとってうれしいことだった。自分では手を出したくない理由はふたつある、と彼女はぼんやり思った。ひとつは、オーバーリンに興味を持たれていると知ってすさまじい嫌悪感を抱いたから。もうひとつは、ティーグと愛を交わしてすっかり骨抜きになり、恐ろしいまでに深く激しい恋に落ちているから。
愚かしいほど激しい恋に。

16

月曜日、ティーグは一日中、議事堂内の警備センターにいた。この日はチュンとビッグ・ボブ、それにジェマが出勤日で、彼らが出たり入ったりしている。ティーグはインターネットでオーバーリンについて調べるかたわら、ケイトが自分の指示どおりに動いているのを見て、彼女の行動をちゃんと把握できていることに満足していた。

ジョージ・オーバーリンにも同じような影響力を及ぼせたらいいのだが、と思う。

オーバーリンはケイトを探して、議事堂の廊下をうろうろしていた。彼女の同僚たちに尋ねたり、テレビ局に電話をかけたりしている。彼は後ろ姿がケイトに似た女性を見つけると、ちょっと身づくろいをしてから、相手の腕をつかんだ。その女性が怒りをあらわにして向き直り、悪態をついたので、彼は顔を真っ赤にして拳をあげた。

実のところ、ティーグはオーバーリンがこの女性を殴ればいいと思っていた。すぐにその女性を助け出せただろうし、証拠となるビデオテープを提供すれば、このような公衆の面前での失態は隠蔽しにくいはずだ。

軍隊にいたとき、ティーグは敵の兵士の扱い方を学んでいた。警備の仕事においては、犯罪者を告発するすべを心得ている。だが、相手が上院議員だとしたらどうだろう？　殺人犯の上院議員だとしたら？　しかも複数の人間を殺していたら？　その罪からまんまと逃れていたとしたら？

それにティーグは自分の弱点を重々承知していた。ヒスパニックとアングロサクソンの混血で、家族はいないし、なんの影響力もない。家のローンはあるし、事業拡大のために多額の借金もしている。

それでも、ケイトを守る方法をすぐに考え出さなければならない。オーバーリンは彼女を見つけられずにいるうちに、ますます冷静さを失っていくだろうから。

夕方近くなって、ビッグ・ボブがティーグの肩越しにモニターをのぞきこみながら尋ねた。

「いったいオーバーリンはどうしたんでしょう？　まるで尻に蜂蜜《はちみつ》を塗りたくって、蟻塚《ありづか》に座りこんでるみたいだ」

いよいよ部下たちに状況を説明する潮時だと判断して、ティーグは彼らに向き直った。

「オーバーリンはケイト・モンゴメリーをおびやかしている。だから彼女は、あの男を避けるのに手を貸してほしいと頼んできたんだ」

「ケイト・モンゴメリーに何があろうと、ボスは意に介さないと思っていましたがね」ビッグ・ボブはベルトの穴に両手の親指をかけ、踵に重心をかけて体を揺らしながらにやにやした。「いったんストーカーを捕まえたら、もう彼女のことなんてどうでもいいと言ってたじゃないですか」

「今や確信が持てないんだ」ティーグは静かに言った。「我々が捕まえたのが、はたして本物のストーカーだったのか」

ティーグの言葉は、銃弾が射抜くように室内に衝撃を与えた。

部下たちは目を見開いて彼を見つめた。

「オーバーリンが犯人だというんですか？」信じられない様子でチュンが尋ねた。

「あなたはとんでもないことを言ってますよ、ティーグ」ビッグ・ボブはモニターを指さした。そこにはオーバーリンが腕組みをして、険しい表情で立っている姿が映っていた。「あの男は白人で、信心深い有力者です。もしもケイト・モンゴメリーを追い回しているとしても、彼女に対処させるほうが賢明です。そうしないと、あの男はたちまち我が社との警備契約を打ち切って、ボスをパニックに陥れるでしょうからね」

ティーグの関心の大部分はビッグ・ボブに向けられていたが、残りのわずかを彼はモニター画面に向けた。オーバーリンが再び歩き出した。「なぜそんなことを言うんだ？　オーバーリンは策略家だが、公平で立派な人間だという評判を聞いてるぞ」

「そう、ここではね」ビッグ・ボブが言った。「わたしのおばがあの男と同じ郡に住んでいるんですよ。やつの出身地のホバートにほど近いところなんですが、そこではそれほど善人とは思われていないみたいで。おばが言うには、ずいぶん前にオーバーリンについてよからぬ噂が流れて、今でも完全には消えていないそうです」

ビッグ・ボブがこれほど力をこめて主張するのを、ティーグは見たことがなかった。「どんな噂だ？」

「あの男の邪魔をしたら、ろくなことはないというたぐいの噂ですよ。セメントを満載したトラックで轢いてから、だめ押しにもう一度轢き直す、というようなね」ビッグ・ボブは、まるで葬式に参列しているかのような厳粛な顔つきで言った。

オーバーリンがこのまま進んでいくとケイトとでくわすので、ティーグはマイクに向かって言った。「ファニータ、ケイト・モンゴメリーが守衛のミスター・デュアーテに話しかけているのが見えるかい？」

モニター画面に、ファニータが頷く姿が映った。

「よし。彼女に東へ向かうよう指示してくれ。建物を出てから、回りこんで地下に入るようにと。そうだ。ありがとう、ファニータ」ビッグ・ボブに顔を戻すと、ティーグは尋ねた。

「なぜ今までその話をしなかったんだ？」

「どうでもいいことだと思っていたからですよ」ビッグ・ボブが答えた。「ボスがやつに逆らおうとしたことなんて、今までなかったじゃないですか！」

「じゃあ、あの男がケイト・モンゴメリーをミキサー車で轢こうとしても、我々は自分の身を守るために知らんぷりをするわけか？」

部下たちがジレンマと闘うのを見るのは興味深かった――自分たちの仕事を守るのか、正しいことをするのか？　だが、ティーグがビッグ・ボブやチュンやジェマを雇っているのは、彼らが安易な道を選ぶからではない。彼らの高潔さを見込んで雇ったのだ。今も彼らはティーグを失望させなかった。

「最低な男だ」チュンがオーバーリンを見つめながらつぶやいた。

「本当に虫酸が走るわ」ジェマが身震いした。

「いやはや」ビッグ・ボブが言った。「まったく、とんでもないやつだよ」

「きみたちが頼りになるのはわかっていたよ」ティーグは立ちあがり、ドアに向かって歩き出した。

「夜になったら、ケイトを家に連れていくんですか、ボス?」おもしろがっているように、チュンが言った。

ティーグは足を止めた。

「あたりまえよ」ジェマがくすくす笑った。「昼も夜も、彼女の安全を確認しているんだから」

「悪いか?」ティーグは言い返した。

「とんでもない」ビッグ・ボブがまた踵に重心をかけて体を揺らし、にやりとした。「何も悪くありませんよ。でも、ボス、わたしがあなただったら気をつけますね。でないと、永遠にあのきれいな小型スポーツカーを運転するはめになりますから」

騒ぎたてる部下たちに向かって、ティーグはドアをばたんと閉めた。

彼は典型的な独身男性だ。女性に与えるのは心地よいセックスだけだ。女性たちの中には

――ケイトのようにすばらしい女性たちの中には――最終的には愛や親密さを求める者も出

てくる。親密な関係を渇望するようになる。

子供のころは、ティーグも愛情表現をしようと試みたこともあった。だが母親が下品な笑い声をたてたり、彼を引っぱたいたりしたので、抱きついたり優しい言葉をかけたりすると母親が嫌悪感を抱くことを思い知らされたのだ。ケイトとの愛の絆を求めようとしてはいけない――もし嘲笑されたら、わずかに残っている魂の力が萎《な》えて、むなしさと苦悩にさいなまれるはずだから。

くそっ、ビッグ・ボブは間違っている。ぼくとケイトが長つづきするはずなどないのだ。ぼくが与えようとしている以上のものを彼女が望んだら、プライバシーを尊重して距離を置くべきだとはっきり言うつもりだ。

なんとも間の悪いことに、ケイトが上院会議場の角を曲がってきた。さらに悪いことに、彼女はぼくに会えてうれしいと言いたげな笑みを浮かべている。

この女性は恥じらうということを知らないのだろう。

ティーグは笑みを返さなかった。「さあ」ケイトの手をつかみ、車に向かう。

彼女はくすくす笑っている。笑っているぞ！

ぼくは本気でケイトを支配したと思っていたのだろうか？　彼女はぼくの鼻をつかんで引きずり回している――あるいは、男の急所をつかんで、と言うべきか。

オースティンに早々と北風が吹き、一時間足らずのあいだに気温が一〇度近くも下がっていた。寒風がティーグのスーツの中を通り抜けていく。

車まで歩くあいだ、ケイトは激しい風から身を守るように腕を組んでうつむいていた。

だがティーグは、彼女の体を引き寄せなかった。

モニター画面のオーバーリンを見てティーグが感じたことが正しいとしたら、彼らはとんでもない偏執狂を相手にしているのだ。ミセス・オーバーリンが死ななければ、ティーグの感覚は研ぎすまされなかっただろう。彼女が殺されなければ。そのことが本当に残念だ。

まったく、ひどい状況じゃないか。

ティーグはケイトを横目で見た。

彼女は彼の視線をとらえて微笑んだ。

思わずティーグは、心配事など何もないという意味の笑みを返さずにはいられなかった。

ぼくとケイトが一緒に帰ることを誰かがオーバーリンに告げていなければいいのだが、とティーグは思った。あの男が何をするか予想もつかない。たぶん頭に血がのぼるだろう。別々に帰ったほうがいいのかもしれないが、ケイトがオーバーリンに見つかる危険を冒したくはない。

おまけに今この瞬間も、ぼくは彼女に欲望を抱いている……。

ケイトがティーグに車のキーを渡した。

彼はケイトの車のドアを開けた。エンジンをかけてなんの問題もないとわかると、車から出て彼女を運転席に座らせた。「ぼくの家まで運転してくれ」

「わたしの家に行くんだと思っていたわ。そうすれば荷物を持ってこられるし」ケイトは目を見開いて驚いた表情でまばたきをしながら、ティーグを見つめた。彼が何を欲しがっているか、はっきりとわかっていないかのように。

「それはあとだ」ティーグは車のドアを閉め、ひんやりした車体にてのひらを押しあてた。彼は混乱していた。懸念、欲望、やり場のない怒り、そして愛……いや、違う。そんなことはとっくにわかっているじゃないか。

愛ではないということは。

ティーグはケイトの車の後ろについて、オースティンの市街地を運転した。彼女のあとをつけているのは自分の車だけであることを確かめる。自宅に着くと、彼女の背に手を添えて家の中に促した。まるで、愛を交わしたり、泳いだり、語り合ったりした楽しい週末など存在しなかったかに思える。彼は激しい欲望にとらわれていた。ケイトが欲しい。今すぐに。

ブレンダがデスクに座っているのを見て、ふたりはぴたりと足を止めた。

「おかえりなさい、ティーグ、ケイト、調子はどう？」ブレンダが愛想よく言った。

「残業なの？」ケイトがさりげなく尋ねた。

ティーグはケイトを怒鳴りつけたくなった。こっちはすぐさまベッドに直行したいというのに、彼女は秘書とおしゃべりをしたがっている。

「書類を整理しておこうと思って」ブレンダは、ティーグが恐ろしい目つきでにらんでいることに気づいたようだった。「……でも明日にするわ」彼女は立ちあがり、書類を集めて積み重ねた。「じゃあ、また明日の朝。いえ、ええと、おやすみなさい！」彼女はラックからジャケットをひったくると、風の強い夜の中に飛び出していった。

ケイトは壁にもたれた。小さく微笑みながら、ティーグが鍵をかけたり、警報装置をセットしたりするのを見守っていた。

それからいきなり、彼女はティーグがぎょっとするほど荒々しく抱きついてきてキスをした。両腕で彼を抱きしめ、片脚を体に巻きつけてくる。しばらくのあいだ、ティーグは彼女に主導権を握らせておいた。

そのとき、ティーグは思い出した――ケイトが親密さを求めてくるようになったら、彼女をあきらめると決めていたことを。追い払おうとしていたことを。

ティーグはケイトを抱えあげ、リビングルームまで抱いていった。彼女をラグの上に下ろし、一九世紀の格式ばった白黒写真に見下ろされながら、激しく愛を交わした。

ケイトはティーグのペースに合わせてきた。彼のスピードや荒々しさに。彼女は恥じらいを捨て、歓喜の叫び声をあげた。ティーグは彼女を支配すべきであることを忘れ、ただ……生命を謳歌《おうか》した。まるでこれまでは生きていなかったと言わんばかりに。

そのあと、ティーグはラグの上で大の字になって、壁と天井の継ぎ目に設けられた刳形《くりがた》を見つめながら、呼吸を整えようとして胸を波打たせていた。冷静さをとり戻そうとして。

自分を取り戻そうとして。

ケイトが片肘を突いて身を起こし、ティーグを見下ろした。「さあ、そろそろふたりで母のところに行かないと」

ティーグは体をこわばらせたが、目は開けなかった。「なぜだい？」

「オーバーリンとの問題は、わたしの実の両親と何か関係があるかもしれないでしょう。もしそうだとしたら、母が何か知っている可能性があるわ」

それについてはケイトの言うとおりだ。だが、それだけではない。彼女はほかのことも考えている。

「それにわたしたちは恋人同士よ」彼女は続けた。「きっと母はあなたに会いたがるわ」

だからこそ、ぼくはミセス・モンゴメリーに会いたくないのだ。ティーグはベッドをともにした相手の母親と会ったことは一度もなかったし、今も会いたくないと思っていた。「ぼくたちが恋人同士だということが、なぜきみの母親にわかるんだ？」もっともな質問だった。

ケイトはティーグにもっともな答えを返しながら、胸のふくらみを彼の胸の上にのせた。

「わたしたちはオーバーリンについて調べていることを隠すために、恋人同士だと言いふらすことになっているのよ。忘れたの？　わたしの母は人気者で友達も多いわ。わたしが話さなかったら、ほかの人から聞かされるでしょうね」人差し指でティーグの肋骨をなぞる。

「わたしは母を愛しているの。傷つけたくないのよ」

ティーグはうめき声をあげ、ケイトの乳首が自分の肌に食いこんでいなければいいのにと思った。欲望のせいで頭がぼうっとしていなければ、もっとうまく反論できるのに。

「わかるでしょう。あなたにも愛するお母さんがいたんですもの。お母さんが亡くなって寂しいでしょうね」

「いいや」彼の言葉には礼儀も、なんの飾り気もなかった。

〝なんてこったい、ティーグ、このクソガキが、おまえは白人の血が混じった出来そこないだ。ナイフで刺されたって、誰も気にかけやしない。あたしだってそうさ。だけどあの子は――〟

「ティーグ、どうしてそんな顔をしているの？」ケイトは彼の胸の、心臓が不規則なリズムを刻んでいる場所を撫でた。

〝ティーグ、このクソガキが、あの子を不良の喧嘩に連れていくなんて。おまえがナイフで刺されたって、誰も気にかけやしない。あたしだってそうさ。だけど、あの子はまだ一四歳だ。おまえのいとこなんだよ！　万が一、あの子に何かあったら――〟

「かわいそうに」ケイトが心のこもった口調で言った。「あなたは幼いころにお父さんがいなくなったと言っていたけど……お母さんとは仲がよかったんだと思っていたわ。お母さんとのあいだに何があったの？」

もしもケイトが、ベッドをともにしたことでぼくのプライベートな生活を詮索し、あれこれ質問をして真実を探り出し、ぼくを哀れむ権利があると思っているとしたら、それは勘違いというものだ。

〝だけど、あの子はまだ一四歳だ。おまえのいとこなんだよ、まったく！〟

ティーグは目を細めてケイトを見つめた。彼女はレポーターだ。犯罪やハリケーン、上院の聴聞会の報道などにかかわってきた。だが、世の中が実際はどんな仕組みになっているか、まったくわかっていない。人間の本性について尋ねられたら、根は善良だと答えるはずだ。そう思うと、彼は大声で笑いたくなった。さもなければ、やり場のない怒りに大声で叫びたいところだ。なぜなら、母親の言葉を思い出すと……。ティーグはケイトの手をつかんで、自分の胸に押しつけた。彼は長年そうしてきたように機転をきかせて秘密を守った。「わかった。きみのお母さんのところに行こう。でも、それなりの見返りが必要だよ」

ケイトのもう一方の手がティーグの下腹部に伸びた。彼がどきりとするほど的に近づいたが、ぎりぎりのところで彼女は手を止めた。ケイトの笑みはテキーラのように熱く、心を酔わせた。「どうしたの、ミスター・ラモス、何を考えていたの？」

「お母さん、いるの？」ケイトは玄関先のテーブルの上に鍵を置いた。

「ここよ」母親が応えた。「裁縫室にいるわ」

ティーグが場違いに見えることにケイトは驚いた。彼はオーバーリンのパーティでは洗練されていたし、議事堂ではいかにも有能そうに見える。だが、今の彼は不安げにもじもじしていて、すぐにでも逃げ出しそうだ。

ティーグの手を取って、ケイトは母親の裁縫室を兼ねた寝室に連れていった。

部屋の中には、クリーム色のシルクや金色の紐《ひも》で作られた留め飾りがいっぱいに広げられていた。日当たりのいい窓の下にはミシンが鎮座している。散らかった部屋の真ん中に置かれた長テーブルの前で、母親は手にはさみを持ち、待ち針を二本口にくわえて座っていた。

「すごいな」ティーグが声をひそめて言った。

ケイトはにんまりした。こうした母親の仕事ぶりには慣れているとはいえ、この混乱状態をどうやって完成品に変えていくのかは今でも謎《なぞ》なのだ。

ティーグには不可能としか思えないだろう。

「今度は何を作るの？」ケイトは尋ねた。

母親は口にくわえていた待ち針を、手首に留めているピンクッションに刺した。「キャロルおばさんの寝室にかけるカーテンを作っているんだけど、おばさんが選んだこのシルクには悪魔が取り憑いているに違いないわ」

「それより、ミシンに取り憑いている気がするけど」ケイトはドアの枠に寄りかかって母親に微笑みかけた。いくら母親が熱心に教えてくれても、彼女は裁縫を覚えられなかった。ミシンをかけようとするたびに糸が切れたり、布の裏側で絡まったりするし、縫い目に沿って不思議な油のしみが出現したりしたこともある。それでケイトはすっかり嫌気がさしたのだ――ところが、ティーグに目をやった彼女は大笑いした。

ティーグは嫌気がさすどころか、パニックに陥っていた。琥珀色の目を見開き、歯を食いしばっている。

ティーグが逃げ出す前に紹介しておかなきゃ、とケイトは思った。落ち着かせるように彼の腕に手を置いて言う。「お母さん、こちらはティーグ・ラモスよ。わたしの元ボディガードで、新しいボーイフレンドなの。彼は怖いもの知らずだけど、お母さんの裁縫室とは相性が悪いみたい。しばらく手を休めて、一緒にお茶でも飲まない？」

「もちろんよ、あなたのミスター・ラモスとおしゃべりできるなんてうれしいわ」母親は立ちあがり、長い布を脇によけて通り道を作った。彼女はティーグを見つめながら部屋を出た。彼はさらにパニックに陥ったようだった。きっと冷や汗をかいてるわ、とケイトは思った。愉快だこと。

母親はティーグの目の前で止まった。「ミスター・ラモス」母親は手を差し出した。「やっとお会いできてうれしいわ。初めて会ったときに彼がケイトに近づいたときよりも、はるかに接近している。あなたの噂はたくさん聞いているのよ！」

「というと……ケイトから？」ティーグは壊れ物でも扱うように、ケイトの母親の手を取った。壊れ物とはほど遠いのに。

「いいえ。噂の大半は友達から聞いたの。母親の気持ちを落ち着かせる噂じゃなかったけど」彼女は南部の令嬢のような愛らしい笑みを浮かべた。「ティーグ――そう呼んでもかまわないかしら？」

「ええ、どうぞ」空中を旋回する鷹《たか》から逃れるネズミみたいに、彼は身じろぎもせずに立ち尽くしていた。

「はっきり言っておくわね。わたしの娘を大切にしたほうがいいわよ。さもないと、肉切り包丁であなたの大事なものを切りとってしまうから」

「お母さん！」その恥辱的な言葉に度肝を抜かれたティーグの顔つきを見て、ケイトは笑った。「ティーグはわたしにとてもよくしてくれているのよ」

「そうして当然よ。さてと、ティーグ」母親はティーグの腕に手を通して、キッチンに連れていった。「あなたはおいしいパンがわかる男性に見えるわ。わたしのクリスマス向けの新作をどう思うか、教えてちょうだい」

ケイトは顔が裂けてしまうのではないかと思うほど大きく微笑みながら、ふたりのあとをついていった。まさか母親がティーグを脅かすとは思っていなかったが、それほど驚いてはいなかった。彼はプレイボーイとして有名だけれど、マリリンは熱心に教会に通うメソジストだ。だから、その場かぎりのセックスを認める女性ではないし、自分の娘がそんなことをするのを認めるはずはない。

「シナモン、クリームチーズ、ペカン、それにナツメヤシの実が入った、栄養たっぷりの小麦パンよ」母親はティーグをカウンターの前にあるスツールに座らせた。

ケイトは楽しそうにふたりを眺めた。優しげな茶色の目をした落ち着いた物腰の母親が、礼儀正しさの陰に荒々しさを秘めたハンサムな恋人と一緒にいるところを。

マリリンはパンを冷ましているラックのそばに歩いていき、長いパン切り包丁を取りあげた。

ティーグがびくっとした。

母親はそれを見ていたに違いない。「これは肉切り包丁じゃないわよ」ぎざぎざの刃をティーグに見せる。「わたしがこれを使うときはじっとしていたほうがいいわ。こっちが」カウンターに置いた包丁立てから、幅広のきらりと光る包丁を引き抜く。「わたしの肉切り包丁。どう、すごいでしょう？」

「お母さんったら」ケイトはカウンターの前のスツールに座りこんだ。「その言い方、お父さんにそっくりよ！」

「わたしたちが無力でか弱い女性だと、ティーグに思ってほしくないの」マリリンが言った。

「そんなふうには思っていませんよ」彼がそっけなく言う。

ケイトはふと心配になった。がむしゃらに出世を目指したり、弱い者いじめをしたりする男たちは別として、誰もが彼女の母親に好感を抱いている。でもティーグは、この家にあふれる陽気で温かい雰囲気に浸るまいとしているようだ。リラックスしたら、自らの信条に反するとでも思っているかのように。

彼はわたしのせいで不愉快な目に遭っていると感じているのかしら？

それはケイトには理解できなかったし、気に入らなかった。自分の愛するふたりの人間が言葉を交わすのを見ながら、ケイトは彼らを理解しようとした。

マリリンはパンを切って、ふた切れをペーパーナプキンにのせ、カウンターの向こう側から差し出した。「ねえ、あなたたちはいつからつきあいはじめたの？」

ケイトは自分のスツールをティーグのスツールの隣に移動させ、膝を彼の膝にくっつけた。

ティーグが彼女を横目で見た。そのまなざしの中に、ケイトは彼の魂が抱えているあの荒涼とした部分をかいま見た。それでも彼女が今回まのあたりにしたのは単なる空虚感ではなく、苦悩にかきたてられた孤独だった。

ティーグはパンをひと口かじり、男性なら誰でもそうなるように、ほかのことは目に入らなくなった。「これはおいしい！」一瞬——ほんの一瞬だが——彼は馬鹿げた思いこみを忘れて、ケイトの母親に好感を持ったようだった。

「ありがとう」マリリンが言った。「あなたはどちらのご出身なの、ティーグ？」

当然ながら、ケイトの母親はいかにも母親らしい丁寧な口調で彼を尋問し、レポーターのケイトでもなかなか訊けないことをずばり訊くつもりのはずだ。

「メキシコとの国境近くのブラウンズヴィルです」ティーグはしぶしぶ情報を提供した。

「ご両親はどんな方？」母親は細長いグラスにミルクをつぎ、彼に渡した。

ティーグはミルクを飲んでから答えた。「母は死にました。結婚していなかったんです。父はぼくの生まれる前に母を捨てました」

ケイトは息をのんだ。まさかティーグに嘘をつかれるとは思っていなかったのだ。「でも、あなたは子供のころにお父さんがいなくなったと言っていたじゃない」

「ちょっと話にひねりをきかせたんだよ」彼の荒々しい顔つきが陰鬱《いんうつ》な表情になった。

ケイトは今夜のティーグを理解できなかった。無作法で、ほとんど喧嘩腰だ——そのうえ、わたしのことを傷つけている。彼はわたしを傷つけていることを知るべきだわ。「つまり今は、わたしの母には本当のことを知らせるべきだと思ったわけね」

「ティーグはあなたが本当のことを知るべきだと思ったのよ」ケイトの母親はティーグの手

を握ろうとした。「ごめんなさい。あなたはつらい子供時代を過ごしたのね」

ティーグは同情を拒んで手を引っこめた。「ぼくみたいな人間は、あなたの娘さんに手を触れるべきじゃないんです」

「ティーグ、わたしはこうしてあなたのすぐそばにいるのよ。わたしを差しおいて、そんなことを言うなんて」ケイトは憤慨して言った。

ティーグはケイトの母親から目をそらさなかった。ケイトがいることを認めようともしない。

「わたしの娘に手を触れる資格のある男性なんていないと思うわ」マリリンは引きつった笑顔になった。「でも、わたしをそんなにお高くとまった人間と思うなんて失礼よ」

「父親の罪は息子にも引き継がれるそうですよ」ティーグの笑顔も感じのよいものではなかった。「ぼくは私生児なんです」

「ティーグ、わたしはクリスチャンだから、ほかの人たちのために役立つように努めているの。両親が愚かなことをしたからといって、子供たちをとがめたりはしないわ」母親の笑顔はふだんどおりになった。「ご家族は誰も残っていないの?」

「ええ、誰もいません」

「そうすると、あなたとケイトには共通点がたくさんあるわね。ご存じでしょうけど、この子は養女なの。うちの家族はいつも実の子として接してきたけれど、この子は心の底で違いを感じていた気がするわ」母親はケイトに手を差しのべた。

ケイトはその手を握った。母方の親族も父方の親族もケイトの家族だったが、血のつながった本当の家族と会いたいと思ったことがあるのは否定できない。でも、その気持ちを母親に明かしたのは多感なティーンエイジャーのころだけだった。それはしょせん、おとぎばなしやメロドラマで作りあげられる子供っぽい願望なのだから。

「アルバムを持ってくるわね」マリリンはティーグが動かすより早く、彼の手を取って握りしめた。「ケイトが赤ん坊のころの写真が見たいでしょう?」

母親がキッチンから出ていくと、ケイトはため息をついた。「写真を見て、あなたは大げさに反応するはめになりそうよ」そうした試練に彼は耐えられるかしら、と彼女は思った。

「大丈夫だよ」そうせずにはいられないかのように、ティーグはケイトの全身に視線を走らせた。彼女は体中が熱くなった。「きみはかわいい赤ん坊だったんだろうね」

「それもわたしたちの共通点ね」

「さあ、ぼくはどうかな」ティーグはまっすぐに座り直した。ひどく堅い口調で言う。「赤ん坊のころの写真はないんだ」

その言葉から真実がこぼれ出ていた。敵意に満ちたティーグの表情に、ケイトは胸が痛くなった。それでも、前に目にした過去の記憶を封印している陰鬱な表情よりはましだったので、彼女は尋ねた。「学校で撮った写真は? 最初のページには、大きな琥珀色の目に黒い髪のかわいい男の子が写っていて、その子の前歯は二本欠けているんじゃないかしら?」

その熱がこもった言葉に、ティーグは険しい表情を少し和らげて微笑んだ。「まあ、そんなところだな」

「それから高校を卒業するまで、毎年写真を撮ったの？」

「中学校に入ったら、写真撮影の日はほとんどさぼったよ」ティーグはケイトの忍耐力を試さずにはいられないかのように言った。「一五歳のときの写真はある。耳が半分切れていて、鼻がつぶれている写真がね。その日を記念に残しておきたかったんだ」

ケイトの母親が戸口に立った。目を細めてティーグを見ている様子から、彼の告白を聞いていたのは明らかだった。「その気持ちはわかるわ」そう言って、彼女はアルバムをティーグの前に置いて開いた。

「ちょっと失礼するわね」ケイトはスツールから下りた。「ふたりでわたしの写真を見て笑っているあいだに局に電話をかけて、議事堂でどんなことがあったか聞いてくるわ。今日の午後はいろいろあって議事堂に長くいられなかったから、何が起きていたか知りたいの」

ケイトが振り返ったとき、マリリンはケイトが座っていたスツールに腰を下ろして説明していた。「これはケイトが二歳のときよ。クリスマスに聖歌隊で歌ったの。この年に、大勢の人たちの前に立って褒められる楽しさを知ったのよ。それ以来ずっと、あの子は脚光を浴びることが大好きなの」

17

「ケイトはどこにいる？」オーバーリンは一日中、彼女を探していた。議事堂にいることはわかっている。彼が尋ねたとき、人々は口々に答えたのだから。〝さっき、彼女と話したばかりですよ〟、〝ひと足違いでしたね。化粧室に行くと言っていましたよ〟、〝おいおい、オーバーリン、こんなところで何をしてるんだ？　奥さんの葬儀をすませたばかりだろ。家にいなきゃだめじゃないか〟などと。

「もうすぐ投票日だ」オーバーリンは言いつづけた。「エヴリンはわたしが責務を怠るのを望んでいなかったはずだよ。彼女は子供たちの福祉に深い関心を寄せていた。学校財政改革法案に票を投じるように願っていただろう」夜の七時になると、主だった人々はほぼ全員、議事堂の建物から出ており、オーバーリンは焦燥感に胸を波立たせながら、誰もいない丸天井の部屋に立っていた。

ケイトはわたしを避けているのだろうか？　信じられないことだが。彼女はお悔やみを言いにも来ていない。わたしを気の毒だと思うべきなのに。

弁護士と選挙運動の広報部長からは、エヴリンの事故に関する電話がかかってきた。ふたりとも彼女が死んだことで神経をぴりぴりさせており、離婚を考えていたことをオーバーリンが誰かにしゃべってはいないかと訊いてきた。そんなことはしていないと、彼は自信を持って請け合った。

万が一、自分がエヴリンと離婚するつもりだったという噂が流れたら誰のせいなのかわかるだろうと、オーバーリンは弁護士に向かってはっきりと告げた。そして広報部長にも同じせりふを言った。

オーバーリンはこうしたことをなりゆき任せにする男ではない。驚かされるのを好まないのだ。

FBI捜査官たちの来訪には驚かされたが。

オーバーリンの心の奥で、懸念が二日酔いのように彼をさいなんでいた。何者かが、ミセス・ブラックソーンに関する匿名の情報を提供していた。二〇年前に遠いところで起きた事件なのに、何者かがまだ覚えていて――真相に気づいている。

誰だろう?

グロリア・カニンガムが生前、自分の疑念についてFBIに話した可能性はあるものの、彼女はエヴリンとブラックソーンの死を結びつけられるようになる前に死んでいる。ドクター・カニンガムも、ようやく疑念を抱く気骨のある人間になったのだろうか? いや、あの善良なる医師は気は小さいが利口な男だから、よくわかっている――わたしを非難したら、さんざんな目に遭わされると。

そう思って、オーバーリンはにやりとした。今日初めて見せた心からの笑顔だった。今のわたしの人生は可能性に満ちている。

ギヴンズ・エンタープライズ社がつぶれたら、オーバーリンは巨万の富を手にできて、アメリカ国内で有数の億万長者のひとりになるはずだ。この契約でもうすぐ大金を自分のものにできると彼が思ったとき、札入れがぴくっと動いたかに見えた。それだけの財政基盤があれば、上院議員を飛び越して一気に大統領選を目指せるだろう。

ケイトはわたしのファーストレディになりたがるに違いない、とオーバーリンは思った。クリントンの妻のように亭主を尻に敷く傲慢《ごうまん》なファーストレディではなく、ジャクリーン・ケネディのような落ち着いた物腰と趣味のよさを誰もがうらやむ、本物のファーストレディに。

だが、ケイトはまずマナーを学ぶ必要がある。

彼女はわたしに会おうとしていない。手紙もよこしていない。花も送ってこない。結婚したら、もっとまともなマナーを教えてやらなければならない。

わたしが教えてやろう。手本を示してやるのだ。明日は学校財政改革法案をなんとしても通そう。彼女はレポーターだ。喜び勇んで駆けつけることだろう。

「オーバーリン上院議員、こんなところで何をしていらっしゃるんですか?」ミスター・デュアーテが、モップと車輪つきのバケツを引きずりながらやってきた。「もう遅いですよ」

「ケイト・モンゴメリーを見かけたかい?」オーバーリンはとりつくろう能力を失っていた。

「まだここにいるのかな？」

「ああ、上院議員、本当にお気の毒に。つい最近、奥様が亡くなられたうえに、あのお嬢さんまでボーイフレンドとどこかへ行ってしまうとは。でも、彼女のことは心配には及びませんよ。彼女が飛び立つのを誰も助けなかったときに、あなたは翼の下に抱えて世話をした。本当にご親切なことですが、たった今、小鳥は大空に飛び立ったんです」

オーバーリンには、ただひとつの言葉しか聞こえなかった。「ボーイフレンドだと？」ぽかんと口を開け、ささやくように言う。「どんなボーイフレンドだ？」

「あの立派な青年ですよ。ここで警備の仕事をしてる」デュアーテは考えながら、口をぱくぱくさせた。「なんて名前だったか……」

「ラモスか？　ティーグ・ラモス？」

「そう、そうです」デュアーテは目をしょぼしょぼさせながら頷いた。「立派な青年です。わたしのように人生経験豊富な者は、恋をしてる男を見分けられるんですよ」

「恋を……してる」オーバーリンは気分が悪くなった。それからすばやく立ち直った。「あの男が恋を」もちろん、彼はケイトに恋をしているのだ。

「そうです、上院議員」デュアーテはいかにも生まれついてのロマンティストらしく、熱意をこめて言った。「あの若者は恋をしています。それにご存じですか？　彼女も恋をしています。彼が恋をして、彼女も恋をしているんですよ」デュアーテの歌うような声はいつまでも続いた。「ふたりは愛し合っています」

またもや裏切られた。

最初の裏切り行為に劣らず、ひどく神経を逆撫でされる。

オーバーリンの目の前で、デュアーテの能天気な皺だらけの顔がゆらゆら動いていた。けれどもオーバーリンは、防犯カメラが設置されていることだけは忘れなかったので、この老人の首を絞めなかった。これほど腹を立てたのは……自分の手で牧師夫妻を殺害したとき以来だった。

まだデュアーテがしゃべっているうちに、オーバーリンはその場をあとにした。議事堂から出て、復讐してやろうと思いながら車のほうに歩いていき、電話を探した。

角まで来ると公衆電話を見つけた。五〇セント硬貨を入れ、注意深く番号を押して、ボストンのジェイソン・アーバーノに電話をかけた。

アーバーノが出ると、オーバーリンは言った。「例の計画を覚えているな？　あれを今すぐ実行に移してくれ」

「上院議員？　オーバーリン上院議員ですか？　お願いですから、それは勘弁してください」アーバーノの声はまるで小さな女の子みたいに震えている。

「やらなければどうなるか、わかっているはずだ」オーバーリンは陽気な口調で脅しをかけるのをモットーとしていた。今回そうしたパフォーマンスはできなかったので、彼の声はいらだちで割れていた。

「わかりました。すべてをきちんとやるには二日かかります。あさって、ギヴンズ・エンタープライズ社はごみ同然になるでしょう」アーバーノは悲しげに深く息を吸った。「しかし、わたしを守ると約束していただけますね？　連邦政府がギヴンズ・エンタープライズ社の崩壊について調べたとき、絶対に訴えられないようにしていただけますね？」

「ああ、きみを守るとも。さあ――やるんだ！」オーバーリンは電話を切り、激しい動悸《どうき》を覚えながら、受話器を持ったまま立ち尽くしていた。膝が震えて、立っているのがやっとだった。怒りのあまり、目が充血している。自分の口から出た声が父親の声に聞こえた。

わたしは頭がおかしくなってしまったのだろうか？

ひと息ついてから、オーバーリンは車に向かって歩き出した。わたしにかぎってそんなことはないはずだ、と彼は思った。

すべてを支配下に置いているのだから。

それでも歩いているあいだ、ずっと怒りで血が煮えたぎっていたし、デュアーテの言葉が心の中でこだましていた。

〝あの若者は恋をしています。それにご存じですか？　彼女も恋をしています。彼が恋をして、彼女も恋をしているんですよ〟

ケイトは自分がどんなに恐ろしい力を解き放ってしまったのか、わかっていないのだ。

母親の家で電話を切ってから、ケイトは電話機を見つめた。ＫＴＴＶへの連絡は彼女をいらだたせた。自分が物事の中心にいないのが奇妙に感じられる。彼女はレポーターとしての立場になじんでいた――ニュースを探し、これから何が起きるかをかぎつける。彼女は自分の仕事を愛していた。

ティーグがオーバーリンを避けてほしがっている理由は理解できる。自分たちがオーバーリンをどんな人間と思っているかを考えれば、彼にでくわす危険を冒すのは愚かだ。彼は強迫観念にとらわれた人殺しで、ケイトに異常な関心を持っているように思える。

けれども、ケイトは尻尾《しっぽ》を巻いて逃げ出した経験がなかった。怖いからといって、仕事を放り出したこともない。そして今、ほんの数時間現場を離れていただけで、彼女は勢いを失ってしまった気がしていた。

馬鹿みたい。政治の動きは実に緩慢だ。今週は何も起こらないだろうし、来週まではティーグが……彼は何をするつもりだろう？　テロリストが父親を誘拐したとき以来、今回のオーバーリンの件ほど恐ろしい目に遭ったことはない。ケイトはあのときと同じ無力さを感じ、主導権を握りたくてたまらなかった。

彼女はティーグを信頼していた。国内でも指折りの警備のエキスパートだと思っている――それでも、彼に何ができるだろう？　問題があまりにも大きすぎる。このような問題にはふたりともこれまで直面したことがなく、一緒に対処しなければならない。どうにかして、互いの力を引き出し合わなくては……。ケイトは自分が締まりのない笑みを浮かべていることに気づいた。わたしが夢中になっている男性は、母に家族のことを訊かれて敵意をむきだしにした。

もしかしたら、母が包丁で脅したから敵意を持ったのかも。

ケイトはあわてて立ちあがり、キッチンに戻った。

母親はケトルを火にかけ、ダンボの形をした磁器のティーポットや紅茶の缶をせっせと並べていた。

ケイトはカウンターにもたれかかった。「すてきなティーポットね、お母さん」

「キャロルおばさんがディズニーランドで買ってきてくれたのよ」ティーポットを持ちあげて、愛嬌《あいきょう》のあるグレーの顔をのぞきこむ。「こんなこと言っちゃいけないけど、おばさんにそっくり」

ケイトは思わず笑ってから、ティーグを振り返った。「キャロルおばさんはね、おなかが出ていて、耳が大きくて、鼻も大きいの」母親にたしなめるような視線を向ける。「そしてうちの母はときどき、辛辣なユーモアのセンスを発揮するというわけ」

「ええ、そのせいでわたしは地獄に行くことになるわね。ところで、あなたたちがつきあっているのは、またケイトがストーカーに付け狙われているからじゃなければいいんだけど」

マリリンは心の内を見透かすような落ち着いた目でふたりを見た。かつてそんなふうに母親に見つめられたとき、ケイトは背筋をぴんと伸ばして算数を勉強したものだった。

不意打ちをくらい、ケイトは視線を落とした。

「あら、まあ」母親は椅子にどすんと座りこんだ。「あなたたちはデートをしてるんだって言葉を聞きたかったのに」

「デートをしてるわ」ケイトは言った。

「深い関係だって」

「深い関係よ」

「婚約してるって」

ケイトに応える隙を与えずに、ティーグがさえぎった。「ストーカーのことですが――いくつか偶然の一致があって、ぼくたちは心配しているんですよ」

「偶然の一致」ケイトの母は、いかにも母親らしい表情でティーグを見た。「どういうことか教えてちょうだい」

「お母さんは本当にジョージ・オーバーリンと知り合いじゃないの?」ケイトは尋ねた。

母親はしばらく考えた。「ええ。でも、あなたたち、ストーカーはミセス・オーバーリンだという結論に達したはずじゃなかった?」母親はティーグからケイトに視線を移し、再び彼に戻した。「そうではなかったの?」

「いや、確かに彼女でした。問題は、エヴリン・オーバーリンが先週の金曜に転落死したことです」

「なんてこと!」マリリンは口を手で覆った。「いったいどうして?」

「エヴリンは酔っ払っていました」ティーグが答えた。「自宅の階段から落ちたんです」

「お気の毒に。でも、酔っ払っていたのなら……」母親は当惑して眉をひそめた。

「ケイトのアパートメントのごみ箱のそばで捕まえた晩も、やはり酔っ払っていました」ティーグは険しい顔で唇を引き結んだ。「エヴリンはケイトについて、意味不明のことをしゃべってました。ケイトにつきまとっているのは、彼女を追い払うためだと」

「頭がおかしかったのよ」ケトルが音をたてはじめ、母親は湯をポットに注いだ。

「でも、どんなふうにおかしいのかしら？」ケイトは尋ねた。「エヴリンは話してるあいだ、ずっとラナという人に謝っていたわ。うちにはラナという名前の知り合いがいる？」

「いいえ」だが、マリリンは慎重な様子だった。

「エヴリンは、ケイトが母親にそっくりだと言ってました」ティーグはケイトの母親を観察した。

　血色のよかったマリリンの顔が青ざめた。

「ケイトを追い払いたかった、そうしないと彼がまた彼女を殺すから、とも言ってましたよ」ティーグは母親から容赦なく情報を引き出そうとした。「養子縁組のいきさつについて、ケイトよりもよくご存じだと言っていただけると、ぼくも安心なのですが」

　やましいことでもあるかのように、母親は目をそらした。ティーポットを取り、紅茶をカップにつぐ。「まだ出ないわね」そう言って、彼女はカップの紅茶をシンクに捨てた。

　ケイトのレポーターとしての本能が反応した。「オーバーリン上院議員が、わたしの養子縁組にかかわっていたってことはないかしら？」

「いいえ、ないわ。教会を通した養子縁組だったのよ」マリリンはきっぱりと答えた。

「どこの教会ですか？」ティーグがすかさず尋ねた。「ケイトの記録はどこにあるんです？」

「養子縁組斡旋所はもう廃業しているわ」

「でも、どこかに記録があるはずですよ」ティーグが主張した。

「わたしたちが再び斡旋所を訪れたのは……二年間、アメリカを離れていたあとだったわ。それまで仕事が忙しくて戻ってこられなかったの」母親はまた紅茶をついだ。今回は満足したらしく、三つのティーカップを満たし、甘味料の容器と一緒に並べた。「わたしたちが訪ねていったときには、もう斡旋所はなくなっていたのよ」

「でも、養子縁組斡旋所は消えたりしないものよ」ケイトは母親のほうに身を乗り出した。これは重要なことだ。母親が知っているのは、これだけではないはずだ。

「その斡旋所はそうだったの」マリリンは鋭い声で言った。

「しかし、あなたは探そうとしたはずです、ケイトの記録を手に入れるために」ティーグが言った。

「ええ、そうしたわ。でも見つけられなかった」母親の声が甲高くなった。「夫にも言ったけど、ケイトは教会の階段に置き去りにされていたのよ。斡旋所がどんな記録を持っていたというの？」

ティーグが何か言いかけたが、ケイトは彼の腿を強くつねった。彼は口をつぐんだ。

母親はケイトの手に目をやってから、ふたりに視線を戻した。「州が作成した出生証明書は持っているわよ。生年月日には問題ないわ。生まれた場所は空欄になっている。それから、養子縁組の書類も持っているわ。だけど、なぜそういったことが大事なの？」

「ミセス・オーバーリンがわたしにつきまとっていたことや転落死したことが、わたしのもうひとつの家族、つまり肉親と関係があるんじゃないかと思っているからよ」

「いったい……いったいどうやって、その人たちはあなたを見つけたの？」母親の声は震えていた。

「はたしてそういうことなのか、ぼくたちにはまだわかりません。もしかしたら、オーバーリンはときどき若い女性に夢中になるのかもしれないし」ティーグが言った。

「そして殺すの？」母親はケイトの肩をつかんだ。「もう議事堂で仕事をするのはやめて。あの男には近づかないで！」

「お母さん、わたしは仕事をしなくちゃいけないのよ。オーバーリンに会わないように、ティーグが助けてくれているわ」ケイトは意味ありげに彼をにらみつけた。「そうよね？」

「ミセス・モンゴメリーの言うとおりだよ」ティーグは答えた。「きみが二日ほど仕事を休んでくれたら、ぼくも安心だ」

「二日ほど？」このご都合主義者はお母さんと手を結んだわ！

「学校財政改革法案に、議員たちはなかなか重い腰をあげない。二日間でいったい何が起きるというんだい？」ティーグがなだめる口調で言った。

「ストーカーのせいで、わたしはずっと休んでたのよ」ケイトは母親とティーグのふたりに憤慨していた。「また二日も休暇をくれなんて言ったら、ブラッドはわたしを首にするわ。それはわかっているでしょう」

母親がケイトの手を取った。「お願いよ、ダーリン。わたしのためにそうしてほしいの。あのオーバーリンという男が以前にも人を殺したのなら――」

ティーグがさえぎった。「彼の目的がそういうことなのか、まだわかりませんよ。これは特殊なケースかもしれません。エヴリン・オーバーリンの言葉によれば、ケイトは誰かにそっくりだということですから。もしかしたら、彼女の肉親の誰かに似ているのかもしれない」

「ダーリン、気をつけないとだめよ」マリリンの唇は震えていた。「今週は仕事に出ないと約束してちょうだい」

ケイトは降参した。母親が心の底から心配しているのを見れば、そうせざるをえない。「わかったわ。家にいる」憎々しげにティーグをにらむ。「でも、気に入らないわ」

「命を落とすよりは気に入らないほうがましさ」ティーグは立ちあがり、ケイトの手を取って一緒に立たせた。「ケイトの安全を約束しますよ。ですが、ミセス・モンゴメリー、ぼくたちが知っておくべきことを何か思い出したら、ぼくかケイトに連絡してください」彼は名刺をカウンターに置いた。「彼女の命がかかっているのかもしれませんから」

18

「昨日はどこにいたのよ？」水曜日の朝、ケイトはニュース編集室に向かうエレベーターの中でリンダに腕をつかまれ、じろりとにらまれた。「上院が二か月もの審議のあと、ようやく学校財政改革法案の票決をしたのに、どこにもいなかったじゃないの。ブラッドは特ダネを逃したと言ってわたしを怒鳴りつけてから、なんであなたの居場所を知らないんだってまた怒鳴ったのよ！」

「ごめんなさい」ケイトは腕をつかんでいるリンダの手を引き離した。オースティンに来て以来追いつづけてきたニュースは、すべてひとつのビッグニュース、すなわち学校財政改革法案に収束していたのだった。それを逃したのはティーグの指示に従ったから——オーバーリンを避けるため、家にいたからなのだ。それもたった一日だけ！

「みんな、わたしがあなたの居場所を常に把握しているべきだと思ってるみたい。ブラッドも、キャシーも、オーバーリンも——みんながわたしにあなたの居場所を訊いて、知らないのはまるでわたしが仕事を怠けているせいだと言わんばかりよ。ねえ、ケイト・モンゴメリー」エレベーターのドアが開くと、リンダの声はしだいに大きくなっていった。「あなたが自分の仕事をきちんとこなしさえすれば、何をしようとわたしはかまわないわ！」

ケイトは首をすくめ、あわててニュース編集室に入っていった。初出勤の日と同じような気持ちだった。あの日、彼女はコネと金の力でレポーターの職を得たと思われて、誰にもいい顔をされなかったのだ。今、周囲が向けてくる非難のまなざしから、ケイトは自分がどう見られているかを思い知った。甘やかされた金持ち娘が仕事に飽きて、もっとも必要とされているときに投げ出したと思われているのだ。

名誉を挽回《ばんかい》するには一から出直すべきだろうが、今回は時間がかかりそうだ。

「ミス・モンゴメリー！」ブラッドが自分のオフィスから怒鳴った。「こちらにおいでいただけるかな！」

お目玉をくらうのを覚悟している劣等生よろしく、ケイトはすごすごと入っていった。

「きみが今日、そのか弱き体を引きずるようにして出社してくれたことを、うれしく思っているよ」ブラッドはベルトの上にだぶついている贅肉を波打たせながら、オフィスの中を歩き回った。「何か月も議論を重ねて、ようやく学校財政改革法案の投票が行われたというのに、きみは病気で休むと電話してきた」

「先週は特ダネをスクープしましたよ」その主張に説得力はなかった。先週はとっくの昔だ。レポーターの価値は今日スクープするニュースで決まる。今週、彼女はオーバーリンを遠ざけてきたおかげで、ニュースまで遠ざけてしまったのだ。

「リンダから聞いたんだが、昨日の晩はティーグ・ラモスとディナーを楽しんでいたそうじゃないか！　いいか、ミス・モンゴメリー、わたしがレポーターたちに望むのはニュースを追うことだ。警備を担当している男といちゃつくことじゃない」

ケイトは恥ずかしくてたまらなかった。当然ながら、当然ながら、リンダはケイトとティーグが一緒にいるのを見つけ、当然ながら、ブラッドに告げ口した。リンダは誰も知りたがらないようなニュースをかぎつけられるうえに、ケイトに猛烈に腹を立てているからだ。

「わかりました。二度とこんなことが起きないようにします」どんな説明をしても、ブラッドには受け入れてもらえないだろう。ストーカーに――またもや――つきまとわれ、しかも相手は有名な上院議員だと説明するのは論外だ。そんなことを言ったら、たちまち疑いの目で見られてしまう。

そして仮にそれが真実だとしても、ブラッドは意に介さないだろう。ケイトはレポーターなのだ。ハリケーンの最中でさえ、海の中に入っていくのが当然と思われている。たとえ死にそうになっていようと、あるいは少なくとも月経前症候群に悩まされていようと、ニュースをスクープすべきだと見なされている。ジョージ・オーバーリンの目をまともに見て、彼の過去や犯した罪や奇妙な強迫観念について何も知らないふりをする必要があるなら、そうするつもりだ。「今日はちゃんと働きます」

「そうすべきだな」ブラッドはベルトをずりあげてケイトをにらんだ。「そうしないと言うなら、ぜひともその理由を知りたいもんだ」

「やつを見てくれよ」ティーグは警備センターのモニター画面を指さして、誰にともなく言った。「ケイトを見るたびに、鳥が羽づくろいするみたいな仕草をしてる」ビッグ・ボブがモニターをのぞきこんだ。「でかくてたくましい、年寄りの鷹みたいですね」

「ニュースを餌《えさ》に彼女の気を引いているんだ」オーバーリンは政治的意図のある奇妙な求愛ダンスをして、選んだ女性を巣に誘いこもうとしている。ティーグは耐えられなかった。昨日大きなニュースを逃したせいで、ケイトが局内でまずい立場になっているのは知っているが、彼女はそれほどしゃかりきになる必要があるのだろうか？　レポーターとして無難に仕事をこなしているのだから、それで満足するべきじゃないのか？

「ボス、歯ぎしりする音が聞こえますよ」ロルフが言った。

「ケイトはオーバーリンが待ちかまえていることを知る必要がある。あの男がどんなに常軌を逸しているか、彼女はわかっているんだ。それでも仕事を愛するあまり、危険な道に足を踏み入れようとしてる」

「絶対に危険だとは言えないでしょう」ジェマが指摘した。「ケイトは議事堂の外に出ないし、ここではオーバーリンも彼女に何かしようとは思わないはずですよ」

ティーグはさっと振り向いてジェマをにらみつけてから、監視に戻った。

ケイトは自分の役割にふさわしい服装をしていた。今日は黒いタイトスカートと黒のレザージャケットに、赤いシルクのシャツを合わせている。そして爪先のとがった踵の高いスパイクヒールを履いて、背筋をぴんと伸ばし、腰を振って歩いている……彼女にインタビューを申しこまれて断る男性は、議事堂内にいないはずだ。

ティーグだって、ケイトに頼まれたら、もう一度インタビューを受けるだろう。だが、今日の彼女はティーグと話をしたがってはいない。オーバーリンや、ニュースを提供する重要人物と話したがっている。彼女にはそれが重大なことらしい。

ジェマがなだめるように言った。「ボス、ケイトのコーヒーブレイクの時間ですよ。今はひとりです。オーバーリンも近くにいないし、〈スターバックス〉に連れていったらどうですか？」

「だめだ。オーバーリンがこれまで何をしてきたか突き止めるまでは、ここを離れられない」ティーグはコンピューターを指さした。それを使って調査するつもりだ――ケイトが協力的になって行儀よく振る舞い、気を散らさないようにさせてくれればの話だが。

「オーバーリンのことはぼくが調べますよ」ゲームに参加したくてたまらないのか、ロルフが指を鳴らした。「あの男が何を隠しているのか、見つけ出してみせます」

ティーグは思いをめぐらせた。ロルフはコンピューターの天才で、彼の言葉は正しい――詳しく調べて、オーバーリンが何を隠しているか見破れるだろう。「わかった」ティーグは立ちあがった。「ぼくは下のフロアに行く。だが、もしオーバーリンにでくわしたら――」

「礼儀正しく頭を下げて、手の内を見せないようにしてくださいよ」ビッグ・ボブが厳しい口調で言った。

「ああ」ティーグはイヤホンマイクをつかみ、バッテリーパックをポケットに入れるとドアへ向かった。「気は進まないが」

ティーグは先回りしてケイトを待ち伏せようとしたが、彼女が議事堂の南棟の廊下を歩いてくるのを見つけた。

ベッドをともにするようになってから、彼女がティーグを見て喜ばなかったのは初めてだった。

やれやれ、最悪だ。

「やあ」ティーグはケイトの行く手をさえぎった。腕組みをして立ちはだかる。「フラペチーノでも飲みに行かないか？」

「いいえ、フラペチーノにはちょっと寒いわ。でも、ラテならいいわよ。誘ってくれてありがとう」ケイトはいらだった表情を浮かべている。まるでティーグが何か挑戦的なことでも言ったみたいに。

そんなことは言っていない。ただ、コーヒーを飲もうと誘っただけだ。女というものはわからない、とティーグは思った。きっと永遠にわからないだろう。「よし、行こう」

ふたりは議事堂の外に出て〈スターバックス〉へ向かった。

「きみが大勢の人にインタビューするのを見たよ。今日はいい日だったんじゃないか？」まるで非難している口調だ、とティーグは気がついた。

「よくないわ、全然。昨日、職場放棄して総すかんを食ったおかげで、今日は光栄にも関連ニュースの取材を仰せつかったのよ」ケイトが早口でまくしたてる声がティーグの気にさわった。

「トラブルを避けてくれと頼んだことが、ぼくの過失とは思えないね」

「そうは言ってないわ」

誰が見ても、ふたりが喧嘩をしているのは一目瞭然《いちもくりようぜん》だった。ケイトは書類を詰めこんだブリーフケースを胸に抱えて、腕組みをしている。一方、ティーグは両手を空けて歩いているが——いつ襲撃されてもいいように外ではいつもそうしている——まるで自分の体なのに何か落ち着かないとでもいう、ぎこちない足どりだ。ふたりは一定の距離を保って、ぎくしゃくと歩いた。

「あの男が最後の救い主でも見るような目できみを見つめたときに、ぼくが気をもんだからといって、ぼくを責められないはずだ」ティーグは一気に言った。

「最後の救い主ですって？」ケイトは頭痛でもするように額を撫でた。彼女の口調は、理解できないことに直面してじれている子供みたいだった。「まさにそのとおりよ。彼は、ほかの人がいるときはすごく……普通なの。でもふたりきりのときは、わたしを理解者だと思ってるみたい。ミセス・オーバーリンが亡くなったことにお悔やみを言ったら——」

「まったく、なんでそんなことをしたんだ？」

「なぜなら、生涯の伴侶を亡くした人に会ったら、誰でもそうするものだからよ」ケイトはいらだたしげに、論理的な口調で言った。男が筋の通らない話をしていると思ったとき、女性はこういう言い方をするのだ。「わたしは常識的に振る舞おうとしていただけ」

「わかった。つまらないことで騒がないでくれ」ティーグは息をついた。「お悔やみを言ったとき、やつはなんと言った？」

「きみはわたしのジャクリーン・ケネディだ、と言ったわ。どういう意味かしら？」

「すでに二番目の妻の目星をつけていて、それがきみだという意味さ」〈スターバックス〉まで、まだ一ブロックある。議事堂の建物群を出ると、外は静かだった。すでに寒波が到来していて、身を切るような冷たい風がティーグの鼻に吹きつけた。

熱いラテまでもう少しというところに、スーツを着た三人の男たちが立ちはだかっていた。

三人のとても大柄な男たちが。

「彼は大統領に立候補しようとしているのよ」

「そいつはぞっとする話だな」遠くからでも、ティーグにはその三人がふだんはスーツを着ているタイプの男たちではないとわかった。いかにも腕っぷしが強そうだ。まるで誰かを待っているように、路上でぶらぶらしている。

ティーグは危険信号を感じた。

狙いはケイトだろうか？　あの連中は彼女を誘拐しろと命じられてるのか？　まさかオーバーリンがそこまでするとは思えないが、妻に先立たれて正気を失ったのかもしれない。

それとも、ケイトが人生に現れたことがきっかけで頭がおかしくなってしまったのか？

ケイトは毎日同じ時間にコーヒーを飲みに来るから、誘拐を計画するのは簡単だ……ティ

要があるわ」

「どうして？」ケイトは回れ右をしてティーグと向き合った。「この状況についてわたしと話し合いたくないから？　ねえ、わたしはレポーターであるだけじゃなく、個人的にかかわってもいるのよ。だからオーバーリンについてあなたが知っていることは、わたしも知る必要があるわ」

「きみがレポーターだということはわかってるよ」三人の屈強そうな男たちはまだ立っている。まるでタクシーでも待っているかのように。ティーグの緊張感はますます高まった。

「きみは何かというと、すぐ仕事のことを持ち出す。ぼくが守ろうとしても、人前に出て頭のおかしいやつらに話しかけると言って聞かない。家にじっとしていてくれたら、もっと楽にきみを守れるのに」しまった！　言いすぎた。

「家に……じっとしている？」

ティーグは初めてケイトが動揺するのを見た。

残念ながら、それは長く続かなかった。

「それはどんな家なの？　わたしの家？　それともあなたの？　料理をしながらあなたの帰りを待つあいだ、パールのネックレスをつけて家の埃《ほこり》を払っていればいいのかしら？」ケイトの手からブリーフケースが落ち、派手な音がした。「ねえ、ティーグ、しっかりしてちょうだい。わたしたちは結婚していないのよ。わたしには仕事があるし、あなたにも仕事がある――あなたの仕事のほうが、わたしの仕事より重要なの？」

「ああ」三人の男たちがさりげない態度を捨てて、ティーグとケイトに近づいてくる。「たった今はそうだ」ティーグは横を向き、マイクに向かって小声で言った。「緊急事態発生。場所はコングレス・アヴェニュー、〈スターバックス〉まで半ブロックのところだ」彼はケイトに向き直った。「さあ、議事堂に戻ってくれないか？」

「ええ、いいわ。もちろん議事堂に戻るわよ」ケイトの目が青く光っている。「わたしの仕事場にね。そして上院議員や、ありとあらゆる頭のおかしな人たちにインタビューするわ」彼女はティーグの胸を指で突いた。「あなたもそういうことに折り合いをつけるすべを学ぶべきよ」ブリーフケースを拾うと、ケイトは大股で歩き去った。

よかった。彼女は絶対に動かないいんじゃないかと思ったが。

ティーグは振り向き、先頭の男に目を据えて行く手をさえぎろうとした。にこりともせずに会釈して尋ねる。「調子はどうだい？」

男たちが急に近づいてきたとき、ティーグは致命的な失敗をしたことに気づいた。

彼らが狙っているのはケイトではない。

このぼくだ。

ケイトは議事堂の正門に向かってコングレス・アヴェニューを歩いていった。

最低の男だわ、と彼女は思った。どうしてあんな人を愛しているなんて思ったのかしら？ティーグはわたしの仕事に文句をつけた。わたしの行動に文句をつけた。〈スターバックス〉

に誘っておいて、説明もせずに戻れと言った……。

〝緊急事態発生。場所はコングレス・アヴェニュー、〈スターバックス〉まで半ブロックのところだ〟

ケイトは足を止めた。緊急事態？　緊急事態ってどういうこと？　いったい……？　彼女ははっと思い当たった。あの男たち……ティーグ……ああ、大変だわ！

彼女はくるりと向きを変え、今来た道を走って引き返した。

だが、ティーグの姿は見当たらない。彼は消えてしまった。しかも、ケイトはうまく走れなかった。ジミー・チューの馬鹿げたスパイクヒールでは歩くのがやっとなのだ。彼女は立ち止まり、靴を脱いだ。片方は歩道に落とし、もう一方を手につかむ。ケイトはティーグの言葉を覚えていた。〝ヒールは強力な武器になります〟彼女は全速力で走り出した。

ティーグはどこ？　どこにいるの？　ケイトはくらくらする頭で必死に探した。ナイロンのストッキングがコンクリートとすれて破れる。警察に通報しようと、彼女はジャケットから携帯電話を取り出した。

あの男たちはティーグをどこまで連れていったのだろう？　殺すつもりでワゴン車に押しこみ、連れ去ったのかしら？　もう二度と彼の姿を見られないかもしれない……ばらばらに切断された死体の写真以外は……。

「さあ、しっかり、しっかりしなさい」そう自分に言い聞かせながら、ケイトは走った。心臓が肋骨にぶつかる。不安のあまり気分が悪くなってきた。「どこにいるの、ティーグ？」

大型のごみ収集容器やごみの山が並んだ路地で、ふいに何かが動いた。ケイトが駆け寄ると、複数の体が絡み合っているのが見えた。

男が四人。彼らだ。ほっとしている場合ではないが、それでも安堵した。やっとティーグを見つけた。

ケイトは警察に電話をかけた。息を切らして告げる。「コングレス・アヴェニューと一〇番地の交差点近くの路地で強盗事件が発生しました」彼女は携帯電話をジャケットに戻した。

体のぶつかり合う音が聞こえる。ひとりの男が蹴りをまともにくらって吹っ飛んできた。男がごみの山にぶつかり、あたりにごみが飛び散った。

ケイトは男の体を飛び越えると、声のかぎりに叫んだ。

男ふたりが、地面に倒れた哀れな犠牲者に覆いかぶさるようにしている。ティーグだ。男たちは彼を叩きのめしているんだわ。

ケイトは靴を掲げ、ひとりの男の首筋に振り下ろした。血が噴き出る。

男がぱっと振り向いた。

ケイトはブリーフケースを両手で持ち、男の顔に投げつけた。

男が横向きに倒れた。

ブリーフケースが飛んでいった。ケイトは再び叫んだ。延々と大声で。きっと誰かに聞こえるだろう。きっと誰かが助けに来てくれる。

ティーグに覆いかぶさっていた、もうひとりの男が襲いかかってきた。そのとたん、地面に突っ伏していたティーグが暴れ牛に変わった。

彼は男に飛びかかった。ふたりは路地を転がった。

そこへ、ごみの山に激突した男がやってきた。男はケイトには目もくれず、ティーグにつかみかかろうとした。

ケイトはごみでいっぱいの重い収集容器をつかみ、男にぶつけた。容器はあまり持ちあがらなかったものの、男の向こう脛に命中して転ばせることができた。男の体は派手に飛び、ぐしゃっと顔面から倒れた。

はずみで収集容器のハンドルをつかんでいたケイトの手がねじれ、肩が抜けそうになった。手の皮がむけて、赤い肉がのぞいている。

彼女はさっと振り向き、まわりをうかがってからティーグを探した……。

そのとき、さらに数人が叫びながら走ってくるのに気づいた。ケイトは一瞬、どうやってティーグを守ったらいいかと必死に考えた。

だが、それはティーグの部下たちだった。ジェマ、ロルフ、それにチュンもいる。彼らは暴漢たちに襲いかかり、あっというまに取り押さえた。

サイレンの音が聞こえてきた。点滅する赤と青のライトやパトカーが見える。

ティーグがよろよろと立ちあがった。

彼は無事だった。

わたしたちはもう安全だ。

ケイトは脚が痛かった。手も痛い。力を出し尽くしたことや、パニックがまだおさまらないせいで、胸がどきどきしている。ブリーフケースに入れてあった書類が路上に散らばっていた。靴は……どこにあるのかわからない。

路地は制服姿の警官たちでいっぱいになった。

ケイトは警官たちの体越しにティーグを見つめた。

彼は広げた手を両脇にだらりと垂らして立ち、ケイトを見つめ返した。切れた唇から血が流れている。殴られたところが腫れあがって、片方のまぶたが閉じかかっていた。路地の向こう側から、彼のあえぐ声が聞こえそうだった。

こんなにも美しいものを、ケイトはこれまでの人生で見たことがなかった。

ティーグが彼女のほうに歩き出した。

ケイトも彼のほうに歩き出した。

ふたりは真ん中で会った。

ティーグが言った。「なぜ逃げなかったんだ？　どうして戻ってきた？　護身術の専門家でもないのに。きみも頭がおかしいのか？」

ケイトは口をあんぐりと開けてティーグを見つめた。彼を愛しているのと同じくらい、憎らしく思った。「お礼は結構よ、このろくでなし」

ケイトはきびすを返して、裸足のまま警官のところへ報告をしに行った。

19

その晩、明るく暖かなティーグのキッチンで、ケイトは冷凍庫からオレンジ色のアイスキャンディーを出して彼に渡した。「さあ。これで腫れが引くわ」

ティーグはいかにも痛みに苦しんでいる人間らしい慎重さで、アイスキャンディーを口に入れた。苦悶《くもん》と安堵の表情が交互に現れる。「これはいい。さっきよりもよくなったよ」彼はまっすぐな姿勢でテーブルについていた。呼吸したときの痛みを和らげるため、ひびの入った肋骨のあたりに包帯が巻かれている。「誰に教えてもらったんだ？」

「母よ」ケイトは冷凍庫から保冷剤をいくつか取り出してから、ミキサーを使ってミルクシェイクやスムージーを作った。それが終わると、シンクに行って果物の皮をむいた。果物の酸がてのひらの切り傷にしみる。ティーグがレントゲン写真を撮られたり、傷口を縫われたりするのを待つあいだ、すでに病院の看護師に消毒してもらってはいたのだが。

「きみのお母さんは、どうしてそんなことを知っているんだい？」

「母親だからよ」なんて無神経なことを言ってしまったのかしら。ケイトは荒々しく果物の皮をディスポーザーに捨てた。ティーグにも母親がいたが、彼が怪我をしたときに心配してアイスキャンディーを与えたりはしなかったのだ。だから、ケイトは申し訳ないと思って当然だった。そう思うべきだということはよくわかっている。

けれども、ティーグは自分の生い立ちについて嘘をついていた。そのせいで、ケイトは彼の誠意を疑っていた。「父とわたしはよくキャッチボールをしたわ。最初のころは、しょっちゅう顔でボールを受けたものよ。だんだん上手になったけど」

「そうらしいな。きみは実にいい顔をしているからね」ティーグは彼女の機嫌をとろうとして、微笑もうとした。殴られた唇から、まだ血がにじんでいる。

ケイトもコンクリートや砂利やごみの上を走ったせいで、足の裏がひりひりしていた。それに左足の親指に深い切り傷を負ったので、消毒して絆創膏《ばんそうこう》を貼ったあと、破傷風の予防注射を打たなければならなかった。

痛みのせいで、ケイトの気分は晴れなかった。「微笑まないで」冷たく言う。「微笑んだって、あなたの顔がましに見えるわけじゃないし」

「どうしたんだ?」ティーグはアイスキャンディーを脇に置いた。ケイトの手を取り、すり傷のあるてのひらにキスをする。「動揺してるみたいだね」

「恋人が叩きのめされるのを見て動揺しない女性がどこにいるの?」ケイトは手を振りほどいた。「あなたの目、すごいことになってるわ」それは本当だった。眉毛のすぐ下を縫い、眼球に傷がつかなくて幸運だったと医者に言われていた。「もうひとつ保冷剤を持ってくるわね」

「自分でやれるよ」ティーグは立ちあがったものの、ケイトの行く手を阻まなかった。「ぼくのことで動揺しているんだね」

ケイトはためらった。でも、言ってもかまわないだろう。彼に触れられたくない。それなら言ったほうがましだ。「わたしは動揺しているんじゃないわ。頭にきているのよ」

わたしが腹を立てていることに、ティーグは気づいている。それは顔の表情を見ればわかる。自分がぶち壊しにしたことに気づかない人間は馬鹿としか言いようがないけれど、ティーグ・ラモスは絶対に馬鹿じゃない。

ケイトは保冷剤をもんで柔らかくしてからタオルで包み、ティーグに渡した。

「なあ、靴のことはすまないと思ってる。新しいのを買って返すよ」

わたしは間違っていた。彼は馬鹿だわ。「ニューヨークで四〇〇ドルもしたのよ」

さっきまでのティーグはぶちのめされたような顔だったが、今はげっそりした顔をしていた。「ぼくにはとうてい理解できないな、なんで女性がそんなものにそれほどの大金を投じるのか、たかが――」

パンチをお見舞いしてティーグのもう一方の目も腫れさせずにすむように、ケイトは彼の言葉をさえぎった。「なんですって？　ぶつぶつ言ってるんで、よく聞こえないわ」

「きみの仕事についてよけいなことを言って悪かったと言ったんだよ」ティーグは再び椅子に身を沈めると、保冷剤を注意深く目に当てた。「ああいうせりふはいつの時代のものだろうな。五〇年代かな。本気で言ったんじゃないんだ」

「いいえ、本気だった。男性は誰でも宇宙の中心になりたがるものよ。あなたはまわりからちやほやされることに慣れっこになっている。あなたが自分の仕事について話すと、注目の的になる。だけど、同じことがわたしに起きると気に入らないんでしょう」真実を聞かされるのをティーグがいやがっているのは一目瞭然だった。いい傾向だわ。「でも、それはなんとかできるわ。問題は、あなたがわたしの野心に文句をつけているのは氷山の一角にすぎないってこと。〈スターバックス〉に行こうとしてたとき、どうしてあの男たちは怪しいと言ってくれなかったの？」

ティーグは保冷剤を下にずらし、無事なほうの目と腫れあがった目の両方でケイトを見つめた。「あの連中がきみを誘拐するように命じられていると思ったからだよ」

〝誘拐〟その言葉にケイトは背筋が冷たくなった。

彼女の父親は誘拐された。拷問され、殺された。同じ目に遭いたくはない。

でも、それは今ここで論じるべき話ではないし、ティーグに注意をそらされるつもりもなかった。「だから何も説明しないで、議事堂に戻れと命令したのね。もしも〝ケイト、あいつらは悪者だ、逃げろ〟と言ってくれていたら、わたしはちゃんと逃げ出したわ」

「いや、そんなはずはない」ティーグは信じられないと言わんばかりに鼻を鳴らした。「ぼくはきみをよく知っている。きみは今回とまったく同じように、乱闘の真っただ中に飛びこんでいったはずだ」

「あなたがあの男たちと戦うと言い張ったらね。そうしたら、援軍が来るまでハイヒールを持ってそばを離れなかったわ」

「きみは戦闘訓練を受けていない」

「わたしは結構うまくやったと思うけど。実際」ケイトは非難するようにティーグに目をやった。「わたしのほうが、あなたよりずっとましに見えるわよ」

彼は椅子に背中をもたせかけ、嚙みつく口調で言った。「多勢に無勢だったんだ」

タフガイのプライドを傷つけたと知って、ケイトはうれしくなった。「あなたは助けを必要としていた。そしてそれを得た――このわたしからね」でも、ティーグに感謝されることなど永遠にないのは明らかだ。「あなたが本当のことを教えてくれていたら、少なくとも何が起きているかわかったわ。それなら心の準備ができて、不意打ちをくらわなかったはずよ。そうしたら自分が――」ああ、いやだ、声が震えている。「あなたの腕にぶら下がっている、セクシーだけど頭が空っぽで役立たずの女性みたいだなんて思わなかったのに」ティーグがこれまでデートしてきた役立たずの女性たちと同じ、自分もそういう女性のひとりだなんて、思わずにすんだのに。

「もっとひどいことになっていたかもしれないさ」これで話は終わりだというように、ティーグは保冷剤を目に当て直した。

「頭が空っぽでセクシーな女よりも?」激しい怒りが、ケイトの一瞬の感傷を押し流した。

「そんなはずないわ!」

「きみは命を落としていたかもしれないんだぞ!」

「あの男たちはわたしを殺そうとはしていなかった。殺そうとしていたのはあなたなのよ」ケイトはティーグの顔に人差し指を突きつけた。「あなたは、あの男たちが自分を殺そうとするのをわたしが邪魔したからといって、わたしを怒鳴りつけたのよ」

「ぼくはきみを守らなきゃいけないんだ」

男性にありがちな頑固さからか、ティーグが聞く耳を持たないふうだったので、ケイトは繰り返した。「あなたは、あの男たちが自分を殺そうとするのをわたしが邪魔したからといって、わたしを怒鳴りつけたのよ」

ティーグも繰り返した。「ぼくはきみを守らなきゃいけないんだ」

どうやら、わたしは誤解していたらしい。男性にありがちな頑固さじゃない。男性特有の愚かしさだわ。「もうたくさん。わたしは教訓を得たわ。愛に溺れて、これまで学んできた分別を失っていたけど、今日その間違いに気づいたわ。まず、仕事をしなかったといってブラッドに怒鳴られた。そのあと、あの気味の悪いオーバーリンと三度も話をしなければならなかった」ティーグに指を三本立ててみせる。「そして、あなたがいつもベッドをともにしている頭が空っぽな女たちみたいに、きゃあきゃあ騒いで逃げ出さなかったからといって、あなたにも怒鳴られた。ええ、もういいわよ、自分の得意なことをするから。オーバーリンに関する特ダネを見つけて、彼が人殺しをしたと——殺したのはひとりだけなのか、もっといるのかわからないけど——すっぱ抜いてから、普通の生活に戻るわ」

「普通？　普通の生活に戻るだって？」ティーグは見事なコントロールで保冷剤をシンクに

投げこんだ。「それがどんなに馬鹿げた話に聞こえるか、わからないのか？　きみの人生が普通になんか戻るわけがない！　きみはエヴリン・オーバーリンのように命を落とすことになるんだぞ。あるいは、あの男が殺したラナとかいう女性や、やつが殺したと思われるほかの人たちのように。連続殺人犯という言葉をぼくたちはまだ使っていなかったが、まさにあいつがそうだということがわからないのか？　金も権力も持っているが、良心の呵責《かしゃく》は持ち合わせていないタイプの」

「あなたを狙っている連続殺人犯でしょう」その言葉はティーグを黙らせた――五秒ほど。

「狙われているのはぼくじゃない。あの男はきみを捕まえるために、ぼくを追い払おうとしてるんだ」

「人並みはずれて分析力のあるわたしの頭脳は、そのことをとっくに見抜いていたわ。残念だけど、本当の標的であろうとなかろうと、あなたは死ぬことになるでしょうね」今日のオーバーリンには虫酸が走る思いをさせられた。ケイトを見つめたり、何かと理由をこじつけて触ろうとしたりして……。ティーグには話していないが、オーバーリンはいろいろなことを言っていた。無害に聞こえるけれど、実際にはそうでないことを。

〝ケイト、きみをひと目見たとたん、家内の死を乗り越えるのに力を貸してくれる女性だとわかったよ〟

〝でも、上院議員、初めてお会いしたときには奥様はご存命でしたよ〟

オーバーリンは優しく笑った。〝ああ、ケイト、きみは頭がいい――そのうえきれいだ。

わたしはきみの面倒を見なければならないんだ。結局、きみはわたしだけの特別なレポーターなのだからね〟

そういったことを、ケイトはティーグに言えなかった。そんなことを聞いたら、彼はかっとなってケイトを象牙《ぞうげ》の塔に閉じこめ、オーバーリンを捕まえようと危険の中に飛びこんでいくだろうから。ティーグがそこまで心配してくれることが、彼女はうれしかった。実のところ、うれしいだけでなく、ますます愛が高まった――でも、命を犠牲にしてまで守ってもらうわけにはいかない。

ケイトは父親をすでに失っている。拷問され、殺されたのだ。ティーグまで失うわけにはいかなかった。そんなことは耐えられない。

「わたしは腕ききのレポーターよ」彼女は言った。「だから自分の得意なことをするわ。調査をして、事実をつかんで――」

「そういうことは部下にやらせてるよ。ロルフがインターネットで調べているが、オーバーリンには何ひとつ後ろ暗いところはない」

「そんなはずないわ。上院議員を嫌っている人がいないなんて」目の前が赤くなるくらいの怒りと恐怖がいくらかおさまると、ケイトの脳はさまざまな事実を分析しはじめた。「民主党員、共和党員、保守派、リベラル派――誰かが彼を嫌っているはずよ」

「どうやら、不都合な意見を述べるのを誰も許されていないらしいんだ」

ケイトは驚いて、ひゅっと口笛を吹いた。「それはすごいわね。わたしは情報を提供してくれる人のところに行かないと」

「いったい、何を、言っているんだ？」ティーグは一語一語はっきりと発音した。

「ホバートに行く必要があるわ」ケイトはいそいそした気分で言った。なんとしても明らかにしなければならない隠蔽された事実を調べに行くのだ。これはニュースになる。

「だめだ」何をするのが正しいか自分にはわかっていると言わんばかりに、ティーグは首を振った。「だめだ、きみがホバートに行く必要はない」

「でも、そこがオーバーリンの出身地なのよ。ミセス・オーバーリンの出身地でもあるわ。彼らの家族もいるはずよ」

「やつが全員を殺していなければね」

「大げさなことを言わないで。まるでわたしが飛びこんでいって、オーバーリンの過去の殺人について調べてるってことをしゃべるんじゃないかと思っているみたいね。そして彼の息のかかった地元のならず者たちに殺されるって」ケイトは怒りを抑え、道理のわからない男に道理を説いて聞かせようとした。「ホバートはどうってことのない町よ、ティーグ。人口はおよそ五〇〇〇人、信号が四つに、町はずれにはロデオ競技場のある」

「もう調べたのか」ティーグは明らかに仰天したようだった。「いつ調べた？」

「オーバーリンにつきまとわれているとわかってすぐよ。市議会に問い合わせたの」

「だめだ」ティーグはてのひらをテーブルに叩きつけた。「行っちゃいけない」

「だめですって？　あなたがわたしにだめだと言うの？」ケイトもてのひらを叩きつけたく

てうずうずした――ティーグの傷だらけの、自信たっぷりの、偉そうな顔に。「あなたはわたしの上司じゃないのよ。夫でもない。ただの恋人よ。この関係をどんなふうにとらえているか、わたしとあなたでは大きな違いがあるってことが、今日つくづくわかったわ」

「ぼくたちの世界観に大きな違いがあるんだ。きみは金に守られ、両親に庇護《ひご》されてきた恵まれた女性なんだよ。きみは正義が勝ち、悪が罰せられると思っているけど、そいつはまったくナンセンスだ。ぼくは長いあいだ海軍にいたが、そこではいつも悪が勝利をおさめていた」

「あなたはわたしをそんな人間だと思っているの？」一緒に暮らし、語り合い、そばにいたのに、なぜそれほど誤解しているのだろう？ 「誰にでもいい面を見出す、おとぎばなしのプリンセス？ 人生の荒波から守るべき小さな子供？」

「さっきのオーバーリン追跡計画で、きみは自分がどんな人間かを証明したよ」

「そして、あなたはわたしのことをまったくわかっていないって証明したわ」ケイトは自負しているよりも劣った人間だとティーグに見なされて、地面に叩きつけられた気がした。彼女は小さな声で言った。「わたしが暮らしてきた国々では、女性には馬ほどの価値もなかったり、望まれない赤ん坊たちが外に捨てられて死んだりしていたのよ。おなかがふくれて骨が突き出た、飢えた子供たちも見てきたわ。食事を与えても、もう手遅れで、助けられなかった。ならず者にレイプされた女性たちも、戦争で破壊された村もたくさん見てきたわ」さまざまな光景が彼女の脳裏をよぎった。「もちろん幼いころは両親に守られていたけど、両親はわたしに、わたしが住んでいる世界のことを知ってほしいと願ってた。人種の違う人々も、兄弟姉妹と呼べる人間になるようにと願っていたのよ。だから大きくなったときには、すべてを見ようとしたの。両親とわたしは難民キャンプで働いたわ。病院でも働いた。人の役に立ったのよ」

ケイトは今にも感情を爆発させそうに見えたに違いない。ティーグが懸命に態度を変えようとしはじめたからだ。「わかったよ。ぼくが間違っていた。きみは世界を見てきた。ぼくが言いたかったのは、ただ──」

「残酷さや無意味な死とはどういうものか、わたしにはわかるの」ティーグが言いたかったことなど、どうでもよかった。「父が亡くなったとき、政府の役人が母とわたしに遺体を見ないように勧めたのを知ってる？　父はあまりにも残酷な殺され方をしたから」ケイトの声はさらに小さくなり、ささやき声になった。そうしなければ叫び声をあげていただろう。以前そうしたように、苦悶の叫び声をあげていたはずだ。「父を惨殺した男たちは……インターネットで写真を送ってきたわ。送られてきたのは……拷問の写真や……父のばらばらになった遺体の写真だった」

「なんてことだ、ケイト……」ティーグはぞっとした表情で彼女に近づいた。

ケイトはあとずさりした。彼女は自分が泣いていることに気づかなかった。涙が頬を伝い落ちている。すすり泣きをこらえているせいで喉が痛い。「あなたには愛する人がいなかったから、これまで一度も……愛する人を失ったことがないでしょう」声を詰まらせ、みじめな気持ちで自分の体を抱えこむ。「わたしは失っているの。だから言わないで……わたしは弱くてあなたは強いから、あなたは悪に立ち向かうことができて……わたしはできないなんて。だって、あなたは……最大の試練を乗り越えていないもの。あなたは絶望のあまり死の苦しみを味わったことも……翌日の朝に目覚めて、また新たに死の苦しみを迎えたこともないはずよ」

ケイトは階段に向かって駆け出したが、キッチンのドアを出る前にティーグに捕まった。

彼はケイトの体に腕を回し、抱きしめた。逃れたくても、ティーグの肋骨にパンチをお見舞いすることができない。そう思うことで、彼女はさらに泣けてきた。

結局、わたしは育ちのいい恵まれた女性なんだわ。今ここで、無慈悲な性悪女になれたらいいのに。

「すまない。知らなかったんだ。いや、知っていたけど、きみが……勇気ある女性だとは知らなかった」ティーグは片方の腕をケイトの体に回し、もう一方の手で髪を撫でた。

今はいらない、同情なんか。こんなふうにして再び自分を好きになるよう仕向けるなんて、ずいぶんお手軽な作戦ね。

「犯人たちが最初に母とわたしに写真を送りつけてきたとき、いつもそれが頭から離れなくなった」ティーグの腕の中で、ケイトは身を震わせた。「昼も夜も、どこを見ても血糊が見えたわ。父について考えるのをやめられなかった。父はわたしを育ててくれた。わたしを愛してくれたの。スポーツや、自信を持つことや、ユーモアを教えてくれた。正しい行いをするようにと教えてくれた。それなのに拷問を受けたのよ」彼女は苦しげに息を吸った。「犯人たちは父を鞭《むち》で打った。もがき苦しみながら死んでいったとしか思えなかった。いつか記憶は薄れていくと母は言ったわ」ケイトは首を振った。真実があまりにも重く、生々しすぎて、感情をコントロールできない。「でも、母も苦しんでいたのよ。夜になると泣き声が聞こえていたから」

ティーグはケイトの背中をさすった。

「だけど、母の言葉は正しかったわ。記憶は徐々に薄れていった。ときおりよみがえってくることはあったけど——夜は夢の中に、昼は児童虐待や自動車の玉突き事故のニュースを取材するときによみがえってきたわ」ケイトの心は痛んだ。それはなじみのある感覚だった。父親が死んだあとの何か月か、まさにこんなふうに感じていたのだ。

その感覚がティーグとのいさかいでよみがえってきたことで、ケイトはさらに傷ついた。

「あなたなんか——嫌いよ」

それは嘘だった。

嫌っているのはティーグではなく、思い出だ。

「わかってる。当然だよ。ぼくは最低だ」ティーグはケイトをキッチンの椅子のところに連れていった。そこに座ってケイトを膝にのせ、彼女が泣きやむまでそっと抱きしめていた。

「オーバーリンの問題を片づけたら、きみはぼくときっぱり手を切って別れるべきだ」

「そうする——つもりよ」残念ながら、その思いつきはすでにひどい気分だったケイトに追い打ちをかけた。ひどい気分なのは泣いたからだ。

見た目もひどいことになっていると彼女はわかっていた。泣くといつもそうなる。ティーグは気づいていないらしい。これほど美しい女性を見たのは初めてだというように、ケイトを見つめている。

フェアじゃないわ。

「ぼくはあんなことを言うべきじゃなかった。だけど、ぼくについて知りたいかい？ ひどい話を？」ティーグはケイトの額にキスをした。「今から話すよ。ぼくはご両親のことで、きみをうらやましく思っている。それは健全な羨望《せんぼう》の念じゃなく、ぼくがこれまでに一度も持ったことがなくて、今後も絶対に手に入れられないものをきみが持っていることに対する醜い嫉妬心なんだ」彼はケイトに同情してほしいのだろうか。

だが、彼女は同情したくなかった。「ティッシュペーパーをちょうだい」

「母はぼくをひどく嫌っていた」ティーグはテーブルの上からペーパータオルを取ってケイトに渡した。「父は母が妊娠していることに気づかずに、母を捨てた。祖父は母の妊娠を知って追い出した。母の兄は、彼女に対してとうてい寛容とは言えなかった。母はとてつもなく根深い不満を抱いていたんだ。ぼくが生まれたその日から、母はぼくを憎み、ぼくが負わせた重荷を憎んだ」

ケイトはしばらくペーパータオルを見つめていたが、肩をすくめ、それで目を拭いた。「そんな話はこれまでいっさいしなかったわね。なんにせよ、あなたがわたしに包み隠さず話したことってある？」

「今、話しているじゃないか。聞きたいのか、聞きたくないのか？」

もちろんケイトは聞きたかった。ティーグについてなら、どんなささいなことでも知りたい。彼女は目を閉じたが、また涙があふれてきた。こんなふうに人を愛したくはない。あまりにもつらすぎる。

「話して」

「母はよく言っていた、〝おまえは自分がすごく利口だと思っているんだろう。おまえはドブのごみよりもましな人間になれると思ってる。あたしよりもましに。しょせん、おまえはおまえなんだ。おまえは最低のろくでなしで、あたしたちと同じようにここで死ぬのさ〟と」

感情移入したくないとケイトは思ったが、そうせずにはいられなかった。ティーグは少年時代のみじめさを淡々と語っているけれど、実際には――苦しんでいたのだ。苦しんでいたのは彼女も同じだが、ティーグはもっと長いあいだ、少年時代から今までずっとひとりぼっちで、誰にも愛されない苦悩にさいなまれてきたのだ。

「母は言った……〝なんてこったい、ティーグ、このクソガキが、おまえは白人の血が混じった出来そこないだ。ナイフで刺されたって、誰も気にかけやしない。あたしだってそうさ。だけどあの子は――〟」ティーグはそこで言いよどんで、大きく息をついた。

ケイトはティーグが苦しんでいるのを見たいと思いつづけてきた。たった今、その願いはかなった。ひとつひとつの言葉が、彼の心臓を突き刺しているみたいだった。彼の呼吸が弱々しくなった。

「大丈夫よ」ケイトはティーグのひびの入った肋骨が痛まないように、そっと彼を抱きしめた。「本気じゃなかったのよ」

「えっ?」ケイトが膝にのっているのを忘れていたとでも言いたげなまなざしで、ティーグは彼女を見つめた。

「あなたが殺されても気にかけないとお母様が言ったのは、本気ではなかったのよ」

「本気だったんだよ。皮肉なことに、母のほうがその日、死んでしまったけどね。不良たちの喧嘩があったんだ。ぼくはリーダー格のひとりだった。母はぼくを……ぼくを行かせたがらなかった。だけど、ぼくは耳を貸さなかった。そして喧嘩の片がつきかけたころ、母は通りに飛び出して流れ弾に当たった。そしてもっと悪いことに」ティーグは大きく息をついた。荒い息だった。「もっと悪いことに……」彼はケイトを見つめた。話したいのに言葉が出てこないというように。

ケイトは息をのんで待った。たとえティーグが彼女を愛していなくても、少なくとも信頼していることを証明する打ち明け話を。

けれども彼は首を振り、椅子の背にぐったりともたれこんだ。

「いいのよ」ケイトは失望を抑えこもうとした。「第一に、あなたはお母様を殺していないわ。あなたを迎えに来たのだから、そんなふうに思えるんでしょうけど」

ティーグは鼻を鳴らした。「違うよ、ケイト。ぼくじゃないんだ」

「だったら誰なの？」

彼は肩をすくめ、顔をそむけた。

ケイトは決意した。今回の騒動が片づいたら、信念を曲げてティーグのことを調べよう。どんな秘密が彼を――そしてわたしたちを蝕《むしば》んでいるかを。「でも、お母様があなたのことを〝ドブのごみ〟と言ったのは間違ってる」その点に関しては、彼女は疑問を抱いていなかった。「あなたは頭がよくて、野心家で、才能もある。あなたはトップを目指して進んでいて、何もあなたを阻むものはないわ」

「ありがとう」ティーグは背筋を伸ばした。「ぼくもいつもはそんなふうに思っているんだ。そこに母の声が聞こえてきて、あの日のことを思い出すと……だから、きみをうらやましく思うんだよ。その結果、ますます事態は悪くなってしまうんだけどね。きみのお母さんは、まさにぼくの理想の母親だ。パンを焼いたり、裁縫をしたりして。それに愉快だし……きみを愛している、とてもね。まるで……コダック社のコマーシャルみたいに、きみを心から愛している」

ケイトはティーグがこれから何を言おうとしているかを察したが、止めることはできなかった。

「ぼくはお母さんにきみを守ると誓った。そのとおりにさせてくれ。きみやぼくのためじゃないにしても、お母さんのためにね。あんなすばらしい女性が子供を亡くすようなひどい仕打ちを受けるいわれはないよ」

母親に何も教えてもらわなかったにしては、ティーグは罪悪感を利用するのが実にうまかった。「ええ。でも、わたしは災難が降りかかってくるのをじっと待っているのには耐えられないわ。父の身に何が起きるかわからず、無力だった日々のことを思い出すから」

ケイトも罪悪感を利用するのがうまかった。

ティーグは真剣な表情で彼女を見つめた。「その気持ちはわかるよ。よし、お互いに歩み寄ろう。オーバーリンの実態を調べるのに三日くれるなら、きみの仕事の邪魔はしない」

ケイトは信じられなかった。彼女は母親に言われていた。男性を教育することはできるが、さほど多くは期待できないと。ティーグは母親が間違っていることを証明した。彼はケイトの不安を理解し、協定を結ぼうとしているのだ。「わたしを四六時中、付け回さない？」

「二時間おきにして。それから、誰かにわたしのあとをつけさせないでしょうね？」

「四時間おきに連絡を入れると約束してくれたらね」

「ずいぶん疑い深いんだな」

ケイトは両腕で自分の胸を抱くようにした。

「ぼくはきみのあとをつけないし、ほかの者にもあとをつけさせない。きみが行き先を知らせて――」

「四時間おきに連絡を入れるなら」ケイトは彼の言葉を引きとって言った。「わたしがオーバーリンと会わざるをえなくなっても、信頼してちょうだい。それから調査に進展があったら、どんなことでも教えてね」

ティーグの顔つきから、ケイトは彼が承諾したくないのがわかった。でも、ふたりは最初の喧嘩を乗り越えたばかりだ。その喧嘩であまりにも突然、あまりにも多くのことがわかった。それによって互いの傷つきやすい感情についてもわかり、ケイトは自分のために、そして彼のために心を痛めたのだった。彼女はティーグの膝から下りた。「ねえ、あなたにはできるわ。わたしは安全という名の牢獄《ろうごく》に入っているわけにはいかないのよ」

ティーグは目を閉じた。適切な言葉を、適切な感情を探している様子だった。ケイトには彼の葛藤《かっとう》がわかった。「できるものなら、牢獄の中にきみを閉じこめておくよ。きみの安全のためなら、ぼくはなんでもする」

彼がぱっと目を開けた。暗いかげりはあるが、索漠とはしていない。うつろではない。温かくて生き生きとした、真剣なまなざしだ。

「でも、どこかの時点で」ティーグは言った。「ぼくはきみを自由にしてやらなければならない」

模範的ないさぎよい降伏だとケイトは思った。「わたしは大人よ。二四年間の人生で、たいていの女性たちの一〇〇年分の人生を経験してきたわ」

「きみがこれ以上経験を積んで自分を一〇〇歳だと思ったりしないように、最善を尽くすよ」ティーグは立ちあがった。「ぼくは全身傷だらけで、肋骨にひびが入っている。顔もまだ腫れているし、唇はまるでハンバーガーみたいだ」残念そうにため息をつく。「でも二週間もすれば、新品同様になるさ」

「ところで」ケイトは手を差し出した。「上であなたの傷の手当てをさせてくれる？」

ティーグは彼女の手を取り、導かれるままに歩いていった。「頼むよ」

ガブリエルはプレスコット家の里子で、黒い髪にグリーンの目、そしてマヤ族の彫像を思わせる頬骨の持ち主だ。彼は生まれてからずっと身寄りがなく、子供のころは愛情に対して慎重になるすべを学んでいた。彼が幼いとき、愛情は行儀よくさせる手段だったり、引っぱたく前触れだったりした。だから一一歳のときにプレスコット家に引きとられると、最初の一年間、彼は警戒して人を寄せつけなかった。問題を起こしたわけではないが、家族が祝い事をしたり、抱き合ったりしているときに一緒に加わらなかった。

彼は教会に通ったが、それはミスター・プレスコットが牧師だったからだ。地域で手伝いをしたのも、ミセス・プレスコットが牧師の妻だったから。長女のホープに対しては礼儀正しかったが、それは彼女がなんでもよくできたので――スポーツにも芸術にも秀でているうえに、責任感があり快活だった――無作法な態度をとれば、さらに熱をこめてお説教をされそうだったからだ。そういったことに、彼は耐えられなかった。

ガブリエルは学校でいい成績をとった。一家の頭痛の種は、牧師の次女であることを嫌っているペッパーだけで充分だったからだ。

彼は赤ん坊のケイトリンの世話をした。それは……そうせずにはいられなかったから。彼はもともと赤ん坊が好きだったし、カールした黒い髪と青い目のケイトリンはとてもかわいかった。

ケイトリンは、ミセス・プレスコットの赤ちゃんのころの写真にそっくりだった。

やがて、ガブリエルはプレスコット家の人々に根負けした。

ガブリエルが初めてプレスコット家の一員となった日から、ペッパーは彼を自分と同類の反逆児と見なしたらしく、自らが抱えている問題を打ち明けた。ペッパーのはめをはずした行いのことを彼が両親に説明したおかげで、彼女はしばしば取り返しのつかないことにならずにすんだ。

ホバートの学校に通いはじめたころ、ガブリエルは何人かの少年にいじめられた。ホープが彼をかばって、ひそかな転校生いじめは、怒り狂った彼女を巻きこんだ派手な喧嘩に発展した。ホープは偏見とキリストの教えに反する行為を延々と糾弾した。プレスコット夫妻はホープとガブリエルをわざわざ校長室まで迎えに行かなければならなかったが、自分の子供たちには——つまりガブリエルのことも——満足していると宣言した。

プレスコット家の母親は毎晩、ガブリエルが眠る前に、そして毎朝学校へ行く前に、彼を抱きしめた。父親は、女性だらけの家庭にいる男たちには自分たちのスペースが必要だと言って、日曜大工を学ばせるという名目でガブリエルを工作場に連れ出した。さらに生後五週間になったケイトリンは、初めての笑顔を彼に向けた。

だからこそ、プレスコット家で迎える二度目のクリスマスに、ガブリエルは新たな父母への感謝をこめて〝パパ、ママ〟と呼んだのだった。

その一瞬、クリスマスのお祭り騒ぎは静かになった。父親はガブリエルに向かって微笑み、頷いた。母親は涙で目を潤ませながら、彼を抱きしめた。ガブリエルにとって、それは画期的な出来事になった。生涯を通じて大きな意味を持つ、ふたつの出来事のひとつだった。

もうひとつは両親の殺害と、それに伴う家族の離散だ。

ガブリエルは今、きょうだいをほぼ全員取り戻している。ホープとその夫のザック、それに子供たち。ペッパーと夫のダンと子供たち。

だが、ケイトリンがどこにいるかはわからない。当時は赤ん坊だった彼女を見つけられずにいることで、一家は心からの満足を得られないでいる。

今、ホープとペッパー、それにザックが飛行機でボストンからオースティンに向かい、ダンとガブリエル、ジェイソン・アーバーノとグリズワルドに合流しようとしていた。家族全員が友人たちとともに、自分たちのおとり捜査が完結するのを見届けようとしているのだ。ジョージ・オーバーリンが罠にかかるときはその場に居合わせたいと、全員が願っている。両親を殺したことをオーバーリンに告白させたい、ケイトリンに関する情報を得たいと。

それから神の助けを得て、ケイトリンを見つけ出すのだ。

これが二三年間さんざん苦しみ、心を痛め、計画を立ててきた成果だった。一家は危ういところでバランスを保っている。誰にも邪魔立てさせるつもりはない。誰にもこのチャンスをつぶさせてはならない。

だからこそ、コンピューターのアラーム音が鳴ったとき、ガブリエルはメッセージを読んで電話をかけた。「やあ、ダン。ラモス・セキュリティ社について、何か知ってるかい？　そこの誰かがジョージ・オーバーリンについてかぎ回っているみたいなんだ」

20

朝一番に、ケイトはブラッドのオフィスに呼びつけられた。「わたしの目はどんなふうに見える?」彼は尋ねた。

ケイトはブラッドの目を見つめた。縁が赤く、どんよりとしている。彼女は思いきって言ってみた。「よろしいんじゃないですか?」

「雪の中で用を足したあとにできた、ふたつの穴のようだ」ブラッドは威圧的にデスクから身を乗り出した。「そう見えないか?」

「ええ、まあ」

「わたしの目は、まさにそんなふうに感じているからだ。わかってるのか?」彼はケイトをにらみつけた。「自分がひどい頭痛の種になっているってことを」

「そんな気がしていました」学校財政改革法案のことで、まだ怒っているのかしら?

「いや、わたしをどれほどトラブルに巻きこんだか、きみにわかるはずはない」ブラッドはデスクの引き出しを開け、飲みかけのバーボンのボトルを取り出した。「まずは善き上院議員のせいで。次に、きみのいまいましいボーイフレンドのせいで」

ひとつずつ訊いていこう。「善き上院議員のせいというのは？」

「きみにこの仕事をさせようとしたのは彼なんだよ。強硬に主張したと言ってもいい」

「彼が強硬に主張した」ケイトはブラッドの言葉をよくのみこめなかった。「ジョージ・オーバーリン上院議員が、わたしにこの仕事をさせろと強硬に主張したんですか？　この仕事を？」

「ああ、そうとも！　ある晩、電話がかかってきて、わたしはいつものように言われたとおりにした。オーバーリンにはそれだけの影響力がある」ブラッドがバーボンをプラスチックのカップにつぐと、机の向こう側から強烈な匂いが漂ってきた。

「なぜですか？　なぜ彼は、あなたがわたしを雇うように望んだんでしょう？」

「さあね」ブラッドはふらふらと立ちあがった。「わたしは彼に立ち入った質問をするのを許される立場ではないんだ。社会的地位がはるかに低いから。わたしは医者にかかっていて――」彼は唐突に口をつぐんだ。「オーバーリンにはそこまで信頼されていない」

ケイトは心が凍りついていくのを感じた。「これまでにも、彼に頼まれてレポーターを雇ったことはありますか？」

「いや、今回が初めてだ」ブラッドはきっぱりと首を振った。

ブラッドは酔っ払っている。いや、酔っ払っているだけではないかもしれない。コカインを吸っているのだろうか？　それとも精神安定剤？　ブラッドがどんな問題を抱えているのかも、なぜ医者にかかっているのかもわからない。そんなことはどうでもいい。彼の話に耳を傾けるしかない。「ミセス・オーバーリンがわたしを刺そうとしたとき、あなたは通報しませんでしたね。そういうことだったんですか？　彼の言いなりにならないといけないからですか？」

「頭がいいじゃないか」ブラッドは鼻で笑った。「ごまんというレポーターの中に必ずひとりはいる天才的なレポーターだな。だが、なんでも知っていると思ってここを闊歩してるわりには、きみを陰で操ろうとしてる男たちがずいぶんいるようだが」

「ほかに誰がいるんです？」ケイトは全身がかっと熱くなった。

「きみのもうひとりのボーイフレンドだよ。彼の指示に従うべきではないんだろうが、どうしようもないだろう？　かわいいミス・モンゴメリーのために叩きのめされるつもりはないからね」

「ティーグ・ラモスのことを言ってるんですか？　ティーグがあなたに指示をしたと？」ケイトは目を細めた。もしもブラッドが酔っていなかったら、怖いと思ったに違いない——彼女のことを。

だが今の彼には、神がガーターヘビに与えた程度の分別もなかった。「ティーグはきみを忙しくさせ、なおかつトラブルから遠ざけるような仕事につけさせたがっている」ブラッドはバーボンをぐいぐい飲んだ。「だから、わたしはきみに小学校の教師たちのインタビューに行ってもらって、学校財政改革法案やそれが彼らの仕事に及ぼす影響についての意見を聞いてきてほしいと思ってるんだ」

「いい企画ですね」愛想のいい声を出せたとケイトは思った。残念ながら、拳を握りしめるのは止められなかったけれど。

「小学校でトラブルに巻きこまれることはありえないだろう?」

「まったくおっしゃるとおりです。仕事をしていて、トラブルに巻きこまれるはずはありません」ティーグはケイトを信頼すると言っていた。彼女の行動をチェックしないと。彼は嘘をついていたのだ——ブラッドが酔っ払うとおしゃべりになることは、知らなかったみたいだけど。

ケイトはあまりに腹が立ったので、過呼吸になりそうだった。「少なくとも三人の教師と話さなければなりませんね」

「少なくともな」ブラッドが無関心なのは火を見るよりも明らかだった。

「オースティンでひとり、ニューブラウンフェルズでひとり、あとひとりは……どこか、田舎がいいですね」ケイトは口ごもった。「テキサス州のホバートはどうですか?」

「いいとも。テキサス州にホバートという町があるなら、そこで教師のインタビューをしてくれ。めどがつくまでは戻ってくるなよ。信じてもらえるかどうかわからないが、わたしは忙しい身で、部下のレポーター全員のお守りをするよりも大事な仕事を抱えているんだ」ブラッドは手を振った。「それじゃ」

ケイトは立ちあがった。裏切られ、プライドを傷つけられていた。「ホバートですね。ありがとうございます、ブラッド。とても助かりました」

「今日、オーバーリンはどうしている?」警備センターに入りながら、ティーグは尋ねた。

「昨日ほど、そわそわしてはいませんよ」ジェマがモニター画面に見入りながら答えた。「ケイトのことを尋ねはじめたようですけどね。ほら」彼女は指さした。「たった今、リンダ・グエンに声をかけたところです。リンダもオーバーリンがあんまりケイトのことばかりしつこく訊くので、今にも怒鳴りつけそうに見えますよ。彼の頭を吹っ飛ばす勢いでね」

「彼女は気をつけるべきだな」ビッグ・ボブが目を閉じて椅子の背もたれに体を預けながら言った。「あの男は、人の首を飛ばすのがとてもうまいから」

「そこまでいかなくても、袋叩きにするのがね」ロルフがコンピューターの前に座った。彼はティーグをちらりと見た。「かなりやられましたね、ティーグ」

「大丈夫だ」そう応えたものの、ティーグにはわかっていた。もしも部下たちに助けられなかったら、あの連中にぶちのめされて、内出血やひどい骨折に至っていたはずだと……運よく生き延びられたとしても。明らかに、オーバーリンはティーグを殺せとは命じなかったようだ。もし命じていたら、彼は胸に銃弾を撃ちこまれて死んでいたに違いない。オーバーリンはティーグに警告を与えたかったか、邪魔をした罰を与えたかったか、あるいはその両方だろう。それとも、たっぷり痛めつけて、ケイトが彼を愛さなくなるように仕向けたかったのか……そのもくろみはあまりうまくいかなかったみたいだが。

「ああ、ボスは大丈夫だよ」ビッグ・ボブが言った。「どのみち、ボスのことは誰も心配してない。ケイトはどうしてますか？」

「元気にしてるよ」

「彼女、女性にしては喧嘩が強いな」ビッグ・ボブがジェマのカールした髪を引っ張った。

ティーグは小声で笑った。かわいいケイトは乱闘の最中に突入してきて、靴やブリーフケースを振り回し、プロの殺し屋ふたりをさんざんにやっつけた。明らかにあの男たちがケイトを傷つけないように指示されていたとはいえ、彼女はダメージを与えたのだ。

「ボスをぶちのめした男たちは暴行の容疑で留置場に入っています。警察によると、彼らは自分たちが誰に雇われたのかわからないそうです。わかっているのは電話で聞いた声と、相手がビザカードを持っていることだけで」ジェマは難しい顔になった。「カードによる支払い請求先の住所はメキシコでした」

「なるほど」ティーグは言った。昨晩、ケイトはとても積極的に彼をベッドに押し倒し、優しくキスをしたり、傷のひとつひとつを撫でたりした。そして彼を押さえこんで、恋する女性らしい気配りとともに、セックスをしたのだった。

実際、ケイトは言った……あの喧嘩の最中に、話の途中に、本人は気づいていなかったが……ぼくを愛していると。

いや、正確にはそうではない。彼女はこう言ったのだ。〝愛に溺れて、これまで学んできた分別を失っていた〟

それについてティーグは何も言わなかったが、気づかなかったわけではない。その言葉を聞いたせいで、ケイトと甘く愛を交わしたいという本能的な征服欲と闘いながら、ベッドに横たわっていたのだ。苦しかったが、それだけの見返りはあった。

「ボス？」ロルフが手を振った。「お知らせしたいことがあります」

ティーグははっと我に返ると、あわてて言った。「オーバーリンのことか？」

「あの男はなかなか興味深いやつですよ」ロルフはいかにも北欧人らしい青い目でティーグを見つめた。「言っておきますが、ぼくはこの情報を得るためにハッキングせざるをえなかったんですからね」

「言っておくが、だからこそ、ぼくはきみに高い給料を払っているんだ」ティーグは椅子を引いて、そっと腰かけた。ひびの入った肋骨は実に厄介だ。

「言っておきますが、ボスはぼくを刑務所から脱獄させるはめになるかもしれませんよ。ぼくは連邦政府のコンピューターに侵入しなければならなかったんですから」

「心配するな」ティーグはロルフの肩を叩いた。「面会日には必ず会いに行くよ」

「だったらいいですけど」ロルフはコンピューターの画面を指さした。「ヒューストン在住の女性が――グロリア・カニンガムという名前ですが――オーバーリンのことを警察やFBIに通報しました。横領罪や殺人罪で訴えたも同然です。その女性の出身地はオーバーリンと同じく、テキサス州ホバート。FBIは色めきたちました。どうやら、FBIはずいぶん前に起きた郡庁舎の火災を不審に思っていたようです。その火災で大量の公式文書が焼失したんですよ。そこで彼らはミセス・カニンガムの話に熱心に耳を傾けました。彼らは今、ホバートで起きた別の事件も調べています。地元警察にあまりにも簡単に処理されて——死因が調べられなかった事件を。FBIはふたりの捜査官にオーバーリンを訪問させましたが、その女性捜査官たちの評価は芳しいものではありませんでした」ロルフは画面から目をそらした。「彼女たちはオーバーリンが連続殺人犯の容疑者像に一致すると考えているんです」

「そうか」ティーグは椅子の背もたれに寄りかかった。〝連続殺人犯〟昨晩、彼はその言葉を初めてケイトの前で使った。今日、その言葉をFBIが裏づけたわけだ。

「あの男は快楽のために人を殺すわけじゃない。自分の邪魔をする人間を殺すんです」ロルフが言った。「今、そんな傷だらけの顔をしているということは、ボスは彼の邪魔をしてるってことですね」

「そうだ」ティーグは言った。「だが、引き下がるつもりはない。そうしたら、あの男とケイトのあいだをさえぎるものがなくなってしまう」それに彼女は……ぼくを愛していると言った。同じように真剣にほかの人間を守らないわけではないが、ケイトがそう言ったとき、特別なことが起きたのだ。

〝愛〟

ティーグの部下たちは、彼がケイトに縛られているとほのめかした。そして彼女はこう言った。〝愛に溺れて、これまで学んできた分別を失っていた〟

もしもティーグが賢明だったら、そんな言葉は頭の中から追い払って、二度と考えないだろう。もしも以前のように非情な男だったら、ケイトの愛を利用して自分の求めているものをすべて与えさせたあと、彼女の人生から姿を消すだろう。

　でも、ぼくは動揺していて……心が揺れていて……はっきりとは言いきれないものの、人から聞いた話や、これまで観てきた映画などから察すると、こんなふうに心が揺れるのはもしかして――。

「彼女はどこにいるんですか？」ジェマが尋ねた。

「どこか安全な場所だ」ティーグはそう願っていた。ブラッドが自分の指示に従って、彼女に多忙な一日を送らせていることを。

　実のところ、ティーグはケイトを議事堂の外に出すことで、彼女に恩恵を与えたのだ。寒冷前線は足早に立ち去り、すばらしい秋晴れになっている。ケイトが取材できるニュースは、オースティン市内にいくらでもあるだろう。しかも、彼女は安全なはずだ。安全でいてもらわなければならない、とティーグは心から思った。

　ケイトはぼくを愛している。愚かなことに、彼女はぼくを愛しているのだ。そしてぼくは――。

「この件はどうしますか？」ロルフがＦＢＩの報告書を指さした。

「ＦＢＩに行って、ぼくの知っていることを話すよ」ティーグは答えた。「ケイトを保護してもらう」

「それからボスもね」ビッグ・ボブが付け加えた。

「ああ、ぼくもだ。ぼくはオースティンの警察に話すのをためらっていたんだ。オーバーリンには権力がありすぎるからな。だがＦＢＩがすでにあの男を調べているなら、こっちの言うこともまじめに受け止めてもらえるだろう」ティーグの携帯電話が鳴った。「ケイトが馬鹿なまねをしないうちに、この問題を片づけよう」

「そうですね、彼女がボスとベッドをともにするなんて馬鹿なまねをしないうちに」ジェマが言った。

ティーグは携帯電話をポケットから取り出し、発信者の番号をちらっと見た。

ケイトの実家だ。

彼は不安に襲われた。ミセス・モンゴメリーは、ぼくの言葉は正しかったと――ぼくは自分の娘にふさわしくないと言うつもりだろうか？ ぼくの素性について本当のことをすべて知りたいと言うつもりか？

それとも、彼女はオーバーリンがケイトに執着している理由につながる情報を持っているのだろうか？

ティーグは携帯電話を開いた。

ミセス・モンゴメリーの張りのある、心地よいテキサス訛りの声が聞こえてきた。「ティーグ、またあなたと話せてとてもうれしいわ」

彼女が社交辞令を言うために電話をかけてきたのでないことはわかっている。「ご無事ですか？」まさか、オーバーリンはミセス・モンゴメリーを痛めつけるために暴漢を差し向けていないだろうな？「おひとりですか？」

「ええ。ええ、大丈夫よ。誰もここにはいないわ」ミセス・モンゴメリーの声音が変わり、緊張した声になった。「うちに来てもらえるかしら？　今すぐに」

「今からうかがいます」ティーグは部下たちに簡潔に説明してから、ドアに向かって歩き出した。

そこにファニータが入ってきた。車椅子が唸るような音をたてる。だが、ティーグが彼女の顎に手を添えて茶色の目をのぞきこんだとき、彼女の唇に浮かんだ挨拶の言葉は消えた。ティーグはケイトに運命を信じると言った。ここに運命の存在を証明するものがある。今、ここにいるファニータこそ、彼が無謀な心に導かれるままに行動したら何が起きるかという生き証人なのだ。

「どうしたの、愛しい人《ケリード》？」ファニータがささやいた。

「なんでもないよ」ティーグは親指で彼女の頬を撫でた。「今のところは」

車を運転しながら、彼は不安感にさいなまれていた。

ケイトから、確認の電話がかかってこない。

まだ約束の時間にはなっていない。ケイトが午前中に連絡してくるとは思えないが、考えれば考えるほど、ブラッドと彼女のスケジュールを決めたことが気になってくる。そのことを知ったら、彼女はたぶん……いや、きっとかんかんに怒るだろう。

怒りに我を忘れて、馬鹿なまねをするかもしれない。

〝なんてこったい、ティーグ、このクソガキが、あの子を不良の喧嘩に連れていくなんて。

そんなろくでもないことをするんじゃないよ。おまえは白人の血が混じった出来そこないだ。ナイフで刺されたって、誰も気にかけやしない。あたしだってそうさ。だけどあの子はまだ一四歳だ。あの子に何かあったら、あの子の父親はおまえを殺すだろう。あの男がわたしに何をしたか見ればいい。あいつはひどい兄で、ひどい父親だけど、誰にもあたしを痛めつけさせなかったよ。だから、あの子を痛めつける人間がいるとしたら、あいつしかいないんだ。あの子を連れていっちゃいけない。やめたほうがいいよ！〟

〝なんだよ、母さん《マドレ》、あの子がついてきたがっているなら、ついてきていいんだ。大丈夫だよ。ぼくがあの子の身に何も起こらないようにするから〟

またしても、ぼくがよかれと思ってしたことで……別の誰かの人生を台なしにしてしまったのかもしれない。

ティーグを出迎えたミセス・モンゴメリーは、先日会った彼女とは別人のようだった。彼女は茶色のスラックスに、ボウタイ付きの青いシルクのシャツを身につけていた。黒い髪はきちんとアップにまとめられている。ティーグの顔を見ても、彼女はたじろがなかった。彼が中に入ると、リビングルームを身ぶりで示した。「入ってちょうだい。何か飲むものを持ってきましょうか？」言っていることは適切だが、やつれた顔つきをしている。

ミセス・モンゴメリーは今、ケイトの母親であるだけではなく、ひとりの怯えた女性でもあった。だからティーグは、そういう女性に対していつもする対応をした。彼女の手を取って、カウチに連れていったのだ。「座って、ご心配なことを話してください」

ティーグの隣に座ると、ミセス・モンゴメリーはびっくりして、彼の顔をまじまじと見た。殴られた跡や傷を縫った跡を。「まあ、いったい……何があったのか、訊いてもいいかしら？」

「ぼくがぶつかった男たちが、ぼくの顔を気に入らなかったんです」笑うと顔が引きつるが、ティーグは笑おうとした。「あなたのお嬢さんは、靴のヒールを武器にひとりを撃退しましたよ」

「まあ」ミセス・モンゴメリーは微笑み返さなかった。「そんなことになったのは……このあいだ、わたしと話したことと関係があると思う？」

「きっとそうでしょうね。いったいどういうことなのか、理解する助けになることを何かご存じですか？」

「あなたはわたしが養子縁組について何か知っているのに話さなかったと思っていたようだけど、それは違うわ。いいえ、違っていたわ」ミセス・モンゴメリーが、なんだか様子がおかしいと言った。ティーグから目をそらした。「昔、書類にサインをした直後に夫のスキーターが、なんだか様子がおかしいと言ったの。わたしは……彼の言うとおりだとわかっていたんだと思う。でも、ケイトはもうわたしの赤ちゃんだったから。ケイトリンはね。わたしたちはあの子の名前を変えたけれど、それがあの子の家族がつけた名前だったの。ケイトリン――わたしは悪くない改名だと思うんだけど、どうかしら？」

「いいと思いますよ。どっちにしても、彼女はケイトという名前をニックネームにしたでしようしね」ティーグはなだめる口調で言った。

「わたしもそういうふうに思ったのよ」ミセス・モンゴメリーの顔に少し赤みが戻ってきた。「初めて赤ん坊の写真を見たとたん、うちの子にしたいと思ったの。あの子を抱きしめたとき……わたしはあの子をとても愛していたし、あの子もわたしを必要としていた。あの赤ん坊はすごく不幸せだったの。あの子がわたしに最初に言った言葉が〝マム〟だったのを知ってる？」

「赤ん坊はみんな、あなたを好きになるでしょうね」

「ケイトほどじゃないわ。あの子は特別だった――そして、わたしは怖かった。養子縁組斡旋所に戻って、スキーターの言うとおりだとわかるのが怖かったの。何か様子がおかしいとわかることが。だから、わたしたちは二年間、アメリカを離れていたのよ。やがてわたしの祖母が一〇〇歳になり、わたしたちはお祝いのために帰ってこなければならなくなった。そしてスキーターが……スキーターが養子縁組斡旋所にもう一度行ってみようと言い出すだろうと思っていたら、そのとおりになったわ」ティーグに見つめられて、ミセス・モンゴメリーはもじもじした。「斡旋所は消えていたの。嘘じゃない。消えていたのよ。跡形もなく。スキーターが記録を調べたら――そこには養子縁組斡旋所なんか存在していなかったの」

ティーグの用心深さは重苦しい緊張感に変わった。「それでどうしたんですか？」

「調べてみたのよ……ケイトの養子縁組が州に正しく登録されていたかどうかを」

「登録されていたんですね」

「ええ。わたしはスキーターに頼んだの。懇願したのよ。もうこれ以上、調べないでって。夫もケイトを愛していたし、外国で仕事が待っていた。わたしたちは出国したわ。それきり二度と、あの男性を探すことはなかった」

「あの男性？」ティーグはこの話全体が気に入らなかった。よくない結末になるとわかっていたからだ。

「わたしたちにケイトを引き渡した男性——牧師よ。ライト牧師。ブロンドで、とても背が高くて、ハンサムだったわ」ミセス・モンゴメリーは顔をあげ、涙のあふれた目でティーグを見つめた。「今日の午後、テレビを見ていたら、オーバーリン上院議員がインタビューされていたの、学校財政改革法案について。彼の顔は……ライト牧師にそっくりだった。教会の養子縁組の責任者だった、あの男性に」彼女はごくっと唾をのみこんだ。「彼が教会の養子縁組の責任者だったのよ」

ティーグは社会人としてのマナーを忘れた。「くそっ」

「そうよ」ミセス・モンゴメリーは泣き出した。「わたしたちにケイトを引き渡したのは、ジョージ・オーバーリンだったのよ」

ティーグは携帯電話を取り出して時間を見た。なぜケイトは電話をかけてこないんだ？まだ昼にはなっていないが……ブラッドがしくじって、台なしにしてしまったのではないだろうか？

ティーグがケイトの電話番号を押していると、ミセス・モンゴメリーが尋ねた。「オーバーリンが牧師のふりをしたのは悪いことよね?」

「ぼくは嘘をつきませんから、いいことだとは言いませんよ」最低なことだ、とティーグは思った。「別人になりすましていいのは、ハロウィーンのパーティのときだけです。オーバーリンの場合はドラキュラ伯爵になるべきだ」

ミセス・モンゴメリーは顔をくしゃくしゃにした。「わたしがいけなかったのよ。ケイトが実の親のもとから誘拐された可能性があったことを知っていたのに、何もしなかった」

ティーグは携帯電話の呼び出し音に耳を傾けた。ケイトは電話に出なかった。

彼は電話を切った。ミセス・モンゴメリーの手を取って握りしめると、真剣なまなざしで彼女の目を見つめた。「絶対にあなたのせいではありません。ケイトが誘拐されたのだとすれば、それは彼女を誘拐した人間のせいですよ。オーバーリンに関しては、彼の犯した罪はそれだけではないと言えます」

ミセス・モンゴメリーは体を震わせた。「彼は……わたしの娘を殺そうとしているの?」

明らかに、夫を惨殺されたことがミセス・モンゴメリーにも深い傷跡を残しているのだ。

「あの男にそんなまねをさせないのが、ぼくの仕事です。ミセス・モンゴメリー、上着を着て、ぼくと一緒にFBIへ行って話をしてください。ぼくも自分の知っていることや疑っていることを話します。オーバーリンを刑務所に送りこみましょう——そして、できれば地獄に」

ミセス・モンゴメリーはクローゼットへと急ぎ、スラックスとそろいの茶色のジャケットと、それに合うバッグを取り出した。「これはみんな、わたしが正しいことをしようと努めなかったから、神様が罰として試練をお与えになったんだわ」

「ミセス・モンゴメリー、あなたがぼくの知らない誰かと共謀していないかぎり、あなたは神様の御心《みこころ》がわかっていないだけだと思って大丈夫ですよ」ティーグは彼女がコートを着るのに手を貸してから、ドアを押さえた。「あなたは巨悪を正すために遣わされたのかもしれません」

「あなたは立派な若者だと思っていたけど、今それを確信したわ」ミセス・モンゴメリーはティーグと一緒に明るい日差しの中に出た。「マリリンと呼んでちょうだい」

「ありがとう、マリリン。そうします」ふたりはティーグの車に向かった。歩きながら、彼はもう一度ケイトの携帯電話にかけた。彼女が出なかったので、ボイスメールにメッセージを入れる。「連絡してくれ、ケイト。ニュースがあるんだ。ぼくたちの調査に進展があった」

ティーグは電話を切ってポケットに入れ、彼女が電話に出ない理由を知りたいと思った。インタビューをしている最中なのだろうか？　電波の届かないエレベーターの中や、地下にいるのか？

オーバーリンが彼女を誘拐して、殺してしまったのだろうか？

ティーグは拳を握りしめた。携帯電話をポケットから取り出し、議事堂にいる部下たちに電話をかけた。「ジェマ？　どこかにケイトがいないか？　いない？　オーバーリンはどうだ？」ジェマによれば、ケイトはどこにもいないし、オーバーリンは何かを探して廊下をうろうろしているということだった——おそらくケイトを探しているのだろう。

つまり今のところ、彼女は危害を加えられてはいないはずだ。少なくともオーバーリンからは。

オーバーリンがケイトをモンゴメリー家に引き渡した人物だとわかったからには、彼がケイトの実の母親を知っていたと見なしてもおかしくないだろう。オーバーリンは彼女の母親を殺したのだろうか？　エヴリン・オーバーリンが、彼がケイトをまた殺す、と言っていたのはそういう意味だったに違いない。

ティーグは意識を集中させて、オーバーリンの屈折した思考回路や心の闇を解き明かそうと努めた。だが、できなかった。そのとき突然、驚きと喜びの混ざった口調で名前を呼ばれた。

「ティーグか？　ティーグ・ラモスだろう？」

ふたりの男が歩道を歩いて近づいてきた。声をかけてきた男はブロンドで、どこかで会ったような気がする。顔ではなく、歩き方や歯切れのいい口調がそう思わせた。以前に会ったことのある軍人か、元軍人なのだろう。でも名前を思い出せないし、昨日襲われて傷だらけになっているときに会うとはついてない。「そうだが？」

「きみじゃないかと思ったんだ」男は握手をしようと手を差し出した。

「前に会ったことがあったかな？」ティーグは男たちとマリリンのあいだに割って入った。

「いいや。だが、話し合う必要があってね」もうひとりの、黒髪にグリーンの目の男が真剣な口調で言った。「我々には共通の知人がいる」

「誰だい？」ティーグはそっけなく言った。

「ジョージ・オーバーリンだよ」最初の男は差し出した手を引っこめたが、ティーグが不快さを感じるほど近くに立っていた。

突然、マリリンが口を挟んだ。「あなたたちがＦＢＩの捜査官じゃないのなら、話をしている暇はないわ。わたしたちはこれからＦＢＩに行って、彼を逮捕してもらうんだから」

まずい。ティーグは戦いに備えて身がまえた。

「きみがそんなことをするのを許すわけにはいかない」

黒髪の男がティーグの肋骨に腕を回した。

たちまち激痛が走ってくらくらしながらも、ティーグは男の手首をつかんでねじりあげた。最初に声をかけてきた男が、ティーグの首に針を突き刺した。

マリリン・モンゴメリーの悲鳴を聞きながら、彼は意識を失った。


今日はジョージ・オーバーリンの人生最良の日だ。

今日、彼は電話がかかってくるのを待っていた。ギヴンズ・エンタープライズ社が壊滅してタイタニック号のように深く沈んでいき、オーバーリンが数十億ドル相当の複数のライバル会社の株券を取得したという電話を。

今日、彼は自分の富や権力や意図について、ケイトにはっきり説明するつもりだった。失望感や苦い思いに長年耐えてきたあと、ようやく彼女を自分のものにできる。

そしてこの日、オーバーリンは、自分の数々の偉業を祝うにはティーグ・ラモスを見て楽しまなければと思った。オーバーリンが雇った男たちは留置場に入れられたが、誰に雇われたのかは知らずにいる。病院の情報によれば、ラモスは相当ひどくやられたようだ。オーバーリンが命じたほどひどくはないが、どれほどダメージを負ったか見てみたいと思うほどには。オーバーリンは自分が金を払った成果を見たがる男だった。

彼はラモスのいそうな場所に行ってみた。丸天井の部屋。最高裁判所の建物。東廊下。

彼はいつもの情報提供者に訊いた。議事堂のツアーガイド。議員の雑用係。ミスター・デュアーテ。ラモスを見かけた者はいなかった。

あの男は休暇を取ったのだろうか？　肋骨に少しばかりひびが入り、顔が腫れたというだけで？　馬鹿げている！　ラモスに仕事をさせるために、テキサス州政府は大金を払って雇っているのだ。それに、たとえわたしが仕事をやめさせようとして公の手段を取ったとしても、あの男は絶対に仕事を続けるはずだ。

そのとき、オーバーリンは慄然とした。今日はケイトを見かけていない。まさか彼女はラモスに同情を覚えて、彼の家で面倒を見ているのでは？

「大変だ」ジョージはテレビ局に電話をかけた。「なんてことだ。こんなことをして、ただではすまないぞ」

ＫＴＴＶのオペレーターが電話口に出たので、オーバーリンは言った。「ジョージ・オーバーリン上院議員だ。ブラッド・ハッセルベックにつないでくれ」

「はい、上院議員。お待ちください」

ブラッドが電話に出たとたん、オーバーリンは彼が薬をやめたことを知った。躁状態になっていたからだ。

過剰に早口で過剰に機嫌のいい声で、ブラッドは言った。「上院議員！　ケイト・モンゴメリーのボーイフレンド！　ミス・モンゴメリーのことで電話をかけてこられたのでしょうが、遅すぎましたね！　もう仕事に行かせましたから！」

「わたしは彼女のボーイフレンドなんかじゃない。おかしなことを言うな」オーバーリンは頬が紅潮したのがわかった。「言葉を慎め、ハッセルベック」

「わかりました、上院議員。なんの話をしましょうか？」ブラッドは酔っ払っている声だった。最高だ。

「ケイト・モンゴメリーはどこにいる？」

「しいっ」ブラッドは警告するふりをした。「心配しているそぶりを見せて、噂にならないでくださいよ！　あなたは彼女のボーイフレンドじゃないんだし！」

「この馬鹿者！」オーバーリンは嚙みつくように言った。

「ええ、それについては同意せざるをえませんね。わたしは馬鹿者です。あなたに命じられるままに彼女を雇い、今は自分の首が吹っ飛びそうになってる。ろくな仕事もしないレポーターに無駄に給料を払ってることでね。だから間違いなく馬鹿者ですよ。だけど、わたしより年寄りのくせに、自分のことを屁とも思っていない若い美人を追い回してる、お偉い上院議員ほどの大馬鹿者じゃない」ブラッドは大声で言った。

「どういう意味だ？」オーバーリンはささやいた。わたしはテキサス州議会の上院議員、ジョージ・オーバーリンだ。いずれはアメリカ合衆国上院議員になり、大統領になる男だぞ！

ブラッドはますます声を張りあげた。「〝馬鹿な年寄りほど度しがたいものはない〟ってね。あなたのつまらないパーティだとか、皺くちゃの体とかを、なんでケイトが好きになるんですか？　彼女にはティーグ・ラモスがいるんですよ！　ティーグ・ラモスがね！」

「そんなことがあるものか。彼女はあの男を必要としてなどいない」オーバーリンは軽蔑《けいべつ》した声で言った。

「彼女がティーグと寝てることは、みんな知ってますよ！」

「それは事実ではない」わたしは重要人物だ。ケイトはメキシコ人のことでわたしを裏切ったりしない。ほかの誰のことでも。

「はあ？　事実じゃないって、みんなが知ってるということがですか？　それとも、彼らがふたりでやりたい放題してるってことがですか？」ブラッドは声をひそめて歌うように言った。「ケイトは毎日、あなたを笑ってるでしょうね。彼女とティーグは毎晩やりまくっては、一緒にあなたのことを笑ってるはずですよ。たるんだ体の老いぼれを彼女が選ぶと思いこんでるって」

「黙れ」

「ふたりは愛し合っているという噂ですよ」ブラッドはまたもや大声で笑った。「互いに目を離せないんだとか」

そのとおりだ。オーバーリンはふたりが見つめ合っているところを目撃した。確か、彼の開いたパーティだった……あのとき、ティーグが彼女のボディガードだとわかったのだ。ただのボディガードだと。

ティーグがエヴリンを捕まえたあとは、ふたりが一緒にいるところをまったく見かけなかったから、てっきり……。

「ふたりはウサギみたいに、どこでもやりまくってますよ。そしてあなたのことを笑ってるんだ！」ブラッドはすっかり満足したようだった。

つまり、ケイトはオーバーリンに嘘をついていたということになる。最初、彼は泣きたくなった。それから……激しい怒りにとらわれた。これほどの怒りを感じるのは二三年ぶりだった。

「彼女はどこにいる？」オーバーリンは歯ぎしりしながら言った。

「ケイトですか？　朝一番にティーグ・ラモスが電話をかけてきて、彼女を議事堂の外で忙しくさせておいてほしいと言われましてね。だから、学校の教師のインタビューに行かせましたよ！」

「彼女がどこにいるか正確に知りたい。正確な場所を」燃えるような怒りに、オーバーリンは胸が痛くなった。ラモスへの怒り。ブラッドへの怒り。ラナへの怒り。さらにラナの娘に対する怒りもある。ラナと同じ仕打ちをしたことに対して——彼にはふさわしくない男を愛したことに対して。

オーバーリンが怒り狂うのに慣れっこになっているブラッドは言った。「教師のインタビューをするためにオースティンへ行く予定です。そのあと、ニューブラウンフェルズや、どっかの田舎に行くんですよ！」

「どこかの田舎だって？」ケイトがそんなことをするなんて、オーバーリンは信じられなかった。「どこなんだ？」

「聞いたこともない場所でしたよ！　ええと」ブラッドが指を鳴らす音が聞こえた。「ホガート？　いや、ヘグラーだったかな？」

「ホバートか？」もちろん、そのはずだ――これは再び勝利をおさめられるという吉兆だ。

「そうです！　テキサス州ホバートですよ！　ミス・モンゴメリーがいるのは――」

オーバーリンは最後まで聞こうとしなかった。彼は電話を切り、車に向かった。

21

「すみません、車検証と運転免許証を見せていただけますか?」

「わかりました」ケイトはしぶしぶバッグやグローブボックスの中をかき回し、ふたつとも見つけた。窓を開けて、それらを手渡す。

丘陵地帯を縫うハイウェイを、車が次から次へと南に走り抜けていった。運転者たちは路肩に停めてある赤と青のライトを点滅させたテキサス州のパトカーと、その前に停めたBMWのスポーツカーに興味深げな視線を投げかけていく。

ケイトは面倒なことになるのがいやだった。誰もが自分の顔を知っているように思える。シートの下にもぐりこみたい気分だった。

いいえ、本当にしたいのは、調子のいい約束をしたティーグを蹴飛ばすことだ。

「コンピューターでチェックしてきます。すぐ戻ります」長身のいかにも厳格そうな中年の婦人警官は、ケイトが恥ずかしさに顔を赤らめていることにも、車がぴかぴかで車内の掃除が行き届いていることにも、ケイトが高級な服を着ていることにも、ヘアスタイルが決まっていることにも、無関心なようだった。

実際、警官は戻ってきたとき、前よりもさらに厳格そうな顔をしていた。彼女は運転免許証と車検証をケイトに返してから言った。「どれだけスピードを出していたか、わかりますか？」

どれだけスピードを出していたか、ケイトははっきりとわかっていた。その理由もはっきりわかっている。愛する男性に嘘をつかれたからだ。ティーグは彼女を信用していなかった。それで彼女は怒りに任せて、猛スピードでホバートに向かっていた。「一四〇キロです」彼女は言った。「一四〇キロ、出していました」

「実際には一四六ですよ」警官はメモ帳を取り出して記入しはじめた。「制限速度はご存じですか？」

「一〇〇キロです」

「そのとおり。重大な違反ですよ」警官は違反切符を切った。「幸い、違反はこれが初めてですね」

ケイトの携帯電話が鳴った。彼女はかけてきた相手の番号をちらりと見た。怒りがふつふつとわきあがってくる。ティーグだ。

今、彼の相手をしている暇はない。彼のせいで違反切符を切られたのだ。彼のせいで、ホバートに昼までに着けなくなった。おまけにおなかも空いている。

ケイトは電話を切ってドリンクホルダーに投げ入れ、婦人警官を振り返った。「こんなことをしたのは初めてです」

「それを聞いてほっとしましたよ。一四六キロでこのハイウェイを走るのは危険ですからね」警官はケイトに違反切符を渡した。「安全速度で走ってください。あなたをまた捕まえたくありませんから」

ケイトは婦人警官がパトカーに戻るのを待って、口まねをした。「あなたをまた捕まえたくありませんから」

違反切符を切られたのはティーグのせいだし、警官の口まねをして馬鹿にしているのも彼のせいなのだ。彼のおかげで、わたしは悪質な法律違反者になってしまった。

ケイトは車を発進させ、慎重に路肩を離れた。

後ろでパトカーが発進した。

彼女は速度を時速一〇〇キロまであげた。

警官も速度を一〇〇キロにした。

ケイトは自動速度制御装置《クルーズ・コントロール》を設定して、憂鬱な気持ちでホバートを目指しつづけた。パトカーはニューブラウンフェルズまでついてきていた。学校が終わる前に着けば、今日の夕方に教師に取材できるだろう。

今朝、ケイトはオースティンの小学校教師のインタビューを一五分ほどですませていた。給料の少ない気の毒な教育者に、テキサス州の児童は正当な権利を奪われていると思うと発言させるのにさほど時間はかからない。

これはニュースではない。茶番だ。こってり油をしぼる必要のある大嘘つき、ティーグ・

ラモスが仕組んだ茶番なのだ。

ケイトは携帯電話をちらっと見た。ティーグをもう少しやきもきさせてもかまわない。でも……彼女はインカムをつけて母親の家に電話をかけた。

呼び出し音が鳴った。誰も出ない。ケイトは考えをめぐらせた。キャロルおばさんに電話すればいいのかもしれないけれど――母親はたぶんおばさんの家に行っていて、室内装飾業者にドレープカーテンのかけ方を教えているのかもしれない――おばさんが電話に出たら、いつまでも切れないだろう。

それにホバートまであと一五分だ。

少なくとも母親は家にいないのだから、ティーグは母親にケイトの行き先を尋ねて、死ぬほど不安にさせることはできないはずだった。

母親には、お昼を食べたらもう一度電話しよう。

そして不本意だけれど、ティーグにも電話をかけようか、とケイトは思った。彼は間違いなく心配しているはずだ。でも、向こうだって約束を守ることに心を砕かなかったのだから、こっちだってそんなに気にする必要はない。

午後一二時三〇分、ケイトのBMWは市の境界線の標識を通り過ぎた――ホバート、闘う農場主たちの故郷、人口、四八〇二人。

ホバートが自分の思い描いていたテキサスの小さな農村のイメージにあまりにもぴったりなので、ケイトはびっくりした。ハイウェイを下りたところにディスカウントストアの〈ウォルマート〉があり、ひっきりなしに客が出入りしている。通りの向こう側には、ファーストフードの〈デイリークイーン〉や〈サブウェイ〉がある。交差点には、ホバートの四つの信号のうちのひとつがあった。商店街の長さは六ブロックで、幅は二ブロック。家具店が一軒、バーが五軒、レストランが三軒、ビリヤードホールが一軒、それに空手道場が一軒ある。商店街の建物は古くてみすぼらしい。三〇年代か四〇年代、あるいは五〇年代の建物で、砂による高圧洗浄をする必要がありそうだ。大通りの片方の端にある新しい裁判所と庁舎は、なかなか立派だった。その向かい側には赤や黄色のプラスチック製の遊具が備えられた公園があり、フェンスで囲われた水の入っていないプールは老朽化してかびが生えている。

ケイトは大通りを二往復して町の様子を調べてから、〈ロウアンズ・ダイナー〉に入ってみることにした。店は清潔そうで、客でこんでいた。通りに面した大きな窓には特大のミルクシェイクが描かれている。

ふだんのケイトは、特大であろうがなかろうが、ミルクシェイクに夢中というわけではないのだが、ホバートまで来たというだけで気分がよくなっていた。ティーグにまんまと操られそうになったことを思うとまだ腹立たしいけれど、怒りの陰には満足感がひそんでいた。彼女はうまく状況をコントロールできたのだ。

ケイトはティーグの腫れた顔やひびの入った肋骨を思い出して気分が悪くなった。誰かがオーバーリンの行動の裏にあるものを見破らなければならない。誰かが、なぜ彼が捕まらずにすんでいるかを見破らなければ。そして誰かが、オーバーリンを止めなければならないのだ。彼がケイトかティーグを、あるいはふたりを殺す前に。

ティーグはオーバーリンを止められるかもしれないが、その前にケイトはティーグが必要とする情報をすべて提供しなければならない。

縦列駐車のスペースに車を入れたとき、ケイトはかなり注目された。どうやらホバートではBMWが珍しいらしい。

車から出たときも、やはり注目された。彼女は控えめな服装——黒いスラックスに黒いセーター、それに深緑のジャケット——で来てよかったと思った。実を言うと、もしもまた乱闘になってもいい服装をしていた。昨日の経験で、スカートで戦うのは不利だとわかったからだ。それに踵の低い楽な靴を履いている。今でも足の裏が痛いので、オーバーリンが逮捕されるまでは逃げやすくしておきたかった。

〈ロウアンズ・ダイナー〉の店内はまるで五〇年代のダイナーのようで、赤いビニールとクローム製の椅子、テーブルのセットがいくつか置かれ、長いカウンターの前にはやはり赤いビニールとクローム製のスツールが並んでいた。ジュークボックスは蛍光色のピンクやグリーンの光を点滅させて、エルビス・プレスリーの歌のメドレーを流している。何よりもいいのは、この店は清潔そうで、ハンバーガーやパイのおいしそうな匂いがすることだ。ほとんどのテーブルはふさがっており、全員が振り返ってケイトを見た。

彼女は微笑んだ。店にいる人々に話をしなければならない。人は微笑んでいる者に対して温かな気持ちになるものだ。

若い人たちが何人か笑みを返してくれた。年配者の中には、ひどく驚いた顔をしたり、目をそらしたりする人がいた。ウエイトレスのひとりは目を大きく見開き、ケイトが座ってもいいかと尋ねると、いきなり店の奥に向かって走り出した。

このレストランは知的障害者を雇っているのね、とケイトは思った。立派なことには違いないけれど、自分がこの店で食事をしたいと思っているよそ者の場合は話が別だ。

ほかのウエイトレスが鉛筆でボックス席を示した。

ケイトは頷いて、ボックス席に体を滑りこませた。

彼女はそこに座り、ティーグのことを考えた。彼はわたしの仕事に口を出さないと言った。嘘をつかれたのは本当に腹立たしい……。わたしは連絡すると約束したのに。

ティーグと別れてから、もう四時間以上たっている。彼は一度連絡してきたが、ケイトは電話を切った。沈んだ気持ちで、彼女はティーグが心配していますようにと願った。彼に教訓を学んでほしいからだ。けれど、自分が危険な状況にあることもわかっていた。ずっと人殺しにつきまとわれているのだから。

ジョージ・オーバーリンはオースティンのあちこちで待ち伏せして、わたしに会う機会をうかがい、彼の財産や影響力と引き換えならわたしが魂を売り渡すだろうという意味の、不気味な言葉を告げようと待ちかまえている。彼には殺人を犯しかねない残忍さがひそんでいるということ以上に、それはわたしをぞっとさせる。オーバーリンを恐ろしいと思うのは、自分のことを、ほかの人と変わらない、ごく普通の男だと思っているからなのだ。

ケイトから連絡がないので、さぞかしティーグはやきもきしているに違いない。そこで彼女はしぶしぶ携帯電話を取り出し、彼の電話番号を押した。

ティーグは出なかった。彼からのメッセージも途切れ途切れでよく聞きとれない。ケイトは携帯電話の画面を見た。ここでは電波をうまく受信できない。この町は電波が届かなくなるブラックホールなのかもしれない。けれども彼女は、ともかくメッセージを残すことにした。そうすれば、約束を守らなかったといって文句をつけられることはないだろう。「ティーグ、ケイトよ。今、ホバートにいるの。調査をしているのよ。わたしは元気よ。今晩、オースティンに戻るわ」息をついてから、彼女は言った。「あなたがブラッドに何を言ったか知っているわ。二度とわたしを自分の思いどおりにしようとしないで。さもないと、あなたとは永久に縁を切るから」

ケイトは電話を切り、手にした携帯電話を見つめた。それから、靴を左右反対に履いていることに気づいた。彼女は先ほど、ティーグが心配していますようにと思った。けれども今は、自分が彼のことを心配している。

ケイトはもう一度ティーグに電話をかけた。彼はやはり出なかった。応答メッセージが聞こえてくると、彼女は言った。「折り返し電話して、無事だと言ってちょうだい。わたしは……その……心配してるのよ」

向かい側のテーブルに、やせこけた小柄な老女が座っていた。丸くなった背中や白髪は人生の風雪に耐えてきたことを物語り、黒ずんだ顔の皮膚はたるんでいる。それでも彼女は、ケイトに愛想のいい笑顔を向けた。

ケイトも笑みを返した。

老女の連れの女性はケイトをちらっと見て、首を振った。

ケイトはメニューを見て、ミルクシェイクと一緒に料理も注文することにした。

先ほどこの席に座るように指示したウエイトレスは、〝キャシー〟と書かれた名札をつけていた。彼女は立ち止まって尋ねた。「ご注文は？」

「フライドポテト付きのフレンチディップのサンドイッチと、チョコレートシェイクをお願い」

「そのシェイク、窓に描いてあるやつだけど、すごく人気があるのよ」キャシーは注文を書き留めながら、にんまりした。「ブルーベルのアイスクリームを使っているの」

「そのまま太腿に塗りつけるべきだわね」ケイトは言った。「どっちみち、最終的には脂肪になって腿やお尻につくんだから」

「それより口で楽しんだほうがいいわよ」キャシーは片目をつぶってみせた。

老女は相変わらずケイトに微笑みかけている。目が合うと手を振ってきた。

ケイトも手を振り返した。

老女の笑みが広がった。

キャシーはその女性に目をやった。「あれはミセス・パーカーよ。いい人だけど、頭のねじがちょっとゆるんでるの。言ってる意味、わかるでしょ？　一緒に座っているモーリーンは彼女の娘なんだけど、カリフォルニアに住んでたのよ。母親の世話をするために戻ってきたんだけど、モーリーンだってもう若くはないし。いったいどうするつもりかしら？」彼女は首を振った。「体より先に頭がおかしくなるなんて気の毒だわ」

「幸せそうに見えるけど」ケイトは言った。

「あたしが小学校二年生のときの先生なの。つらいものよ、こっちのことを覚えていないなんて」キャシーは首をかしげてケイトを見た。「あなたとはどこかで会った気がするんだけど」

ケイトが見ていると、ミセス・パーカーは立ちあがって杖《つえ》をつかんだ。「こんなに遠いところでも、オースティンのKTTVが見られるの？」ケイトは尋ねた。「わたしはそこでレポーターをしているのよ」

「ううん、ここで見られるのはサンアントニオの番組がほとんどよ。だけど、それで見覚えがあるのかもしれないわ。去年、結婚記念日にオースティンへ行ったから」去年はまだオースティンにいなかったとケイトが言う前に、キャシーは別の席へ注文を取りに行き、それから仮病を使ったウエイトレスを怒鳴りつけた。

モーリーンは当惑しているような、申し訳なさそうな視線をケイトに向けながら、母親がゆっくり歩くのに手を貸していた。ケイトのテーブルまで来ると、モーリーンが言った。

「母は今日、少し混乱しているんです。あなたのことを知っていると思いこんでしまって」

「本当に知ってるのよ。大切な友人だわ」老女はボックス席に腰を下ろし、テーブル越しに手を伸ばした。弱々しい不自由な手でケイトの手を握りしめて尋ねる。「いったいどこに行ってたの？　寂しかったわ」

「お会いできて、わたしもうれしいわ」ミセス・パーカーの勘違いは無害なものだったので、ケイトはあえて訂正しようとはしなかった。

「お子さんたちはどうしているの？　このあいだホープに会ったときは、ずいぶん大きくなっていたわ。赤ちゃんのころを覚えているけど、あんなにかわいい子はいなかった。おまけにがんばり屋さんで！　あのいたずらっ子のペッパーとは大違い」

ケイトは調子を合わせた。「ええ、ペッパーとは全然違うわね」

「ペッパーなんて名前を子供につけたらだめだと言ったでしょ？　あの子はとても頭がいいけど、算数をするよりは友達と駆け回ったり、おしゃべりをしたりするのが好きなのよ。あの子は難しい子ね」ミセス・パーカーは明るい笑い声をたてた。「よく思い出せないんだけど、お嬢さんたちはいくつになったの？」

どう答えていいか、ケイトにはわからなかった。言いよどんでいるうちに、ミセス・パーカーの陽気さは消えた。その目に涙があふれた。

「あんなふうにあの子たちが消えてしまうなんて、誰にも想像できなかったわ。今ここにいたと思ったのに、もういなくなって。そのあと、ホバートでは何もかも変わってしまったのよ」

「お母さんたら」モーリーンが母親にハンカチを渡した。

店内は異様に静まり返り、聞こえるのはミルクシェイクを作る機械の音だけになった。

ケイトは周囲を見回した。すべての客たちの視線がこちらに向けられている。

「里子の男の子までいなくなっちゃって。あなたのおかげで、あの子は本当に優しい子になったのに」ミセス・パーカーの皺だらけの頰を涙がこぼれ落ちた。

「でも、女の子たちは元気よ」ケイトはミセス・パーカーの手をそっと握った。

「そうなの？　まあ、よかった。本当に心配していたのよ」ミセス・パーカーは涙を拭った。

別のウエイトレスが――あのおかしな怯えたウエイトレスが――厨房《ちゅうぼう》から出てきてカウンターの後ろに立ち、カップにコーヒーを満たしながら、まるでケイトにもうひとつ頭が生えてきたと言わんばかりの目でじっとこちらを見ている。ケイトは異次元空間に迷いこんだ気がした。

「赤ちゃんもいたわね。なんて名前だったかしら？　ケイトリンだわ。ケイトリン・プレスコット。本当にかわいい子だった。大人になったらあなたそっくりになるって、わたしはいつも言ってたのよ」ミセス・パーカーはケイトをまじまじと見た。「不思議ね、あなたは日を追うごとに若くなっていくみたい。まさか整形手術を受けたりしていないでしょうね？　神様の作品に手を加えるなんて馬鹿げているわ。いいえ、あなたは牧師の奥さんだもの。そんなことをするはずがないわね」

「お母さん、キャシーがこの方の注文したものを持ってきたわ」モーリーンが母親の肩に触れた。「わたしたちはテーブルに戻って、彼女に食事をさせてあげましょう」

「もちろんよ」ミセス・パーカーは杖の助けを借りて立ちあがった。「そんなによそよそしくしないでちょうだい！　仕事を辞めたんで、寂しくてたまらないのよ。遊びに来てね。洋梨《ようなし》のパイを作ってあげるわ。ねえ、ラナ、あなたは昔からわたしのパイが大好きだったじゃない」

〝ラナ〟

「ありがとう」ケイトは口ごもった。「お会いできて、わたしもうれしかったわ」

〝ラナ〟エヴリン・オーバーリンは宙を見つめながらラナの名前を呼んで、謝罪した……。老女と娘が立ち去ると、ケイトはふいに汗ばんできたてのひらをナプキンで拭った。

ミセス・パーカーは詳細に語り、さまざまな名前を出した。彼女はケイトが牧師の妻、ラナだと言い張って……一瞬、悲しみに襲われていた。

彼女はなんと言っていたかしら？　〝あんなふうにあの子たちが消えてしまうなんて、誰にも想像できなかったわ〟

キャシーはサンドイッチとフライドポテトをのせた大きな皿をテーブルに置いてから、ミルクシェイクをついだグラスと残りのミルクシェイクの入った金属製のシェーカーを持ってきた。「見た目だけじゃなくて味もいいわよ」そう言うと、彼女は隣のテーブルへコーヒーをつぎに行った。

〝あんなふうにあの子たちが消えてしまうなんて、誰にも想像できなかったわ〟

ケイトは料理を見つめた。それから店内を見回した。今や、客たちは自分の皿にかがみこむようにして、目の端で彼女を観察している。

〝あんなふうにあの子たちが消えてしまうなんて、誰にも想像できなかったわ〟なんてことだろう。今日、わたしの人生はすっかり変わってしまった。この瞬間に。たった今。

ケイトは携帯電話を取ってティーグの番号を押した。「もう!」彼が出ないので、ケイトはつぶやいた。相変わらず電波が通じにくいと気づき、彼女はメッセージを三回残した。「わたしの家族を見つけたわ。わたしの家族を見つけたわ。わたしの家族を見つけたわ。ホバートに来て、ティーグ。彼が家族全員を殺したんだと思うの」

誰かがテーブルに近づいてきた。「全員は殺していないわ」

ケイトは顔をあげた。

四〇歳くらいに見える女性が立っていた。下半身がいくらか太めの砂時計みたいな体型の女性で、髪を燃えるような赤毛に染めていた。アロハシャツにピンクのショートパンツ、素足にランニングシューズを履いている。

「殺していないですって?」車に戻って、全速力で立ち去るべきだろうか? それともここにとどまり、この女性が誰なのか、そして過去に何があったのかを解明すべきかしら?

見出したばかりの過去から逃れられるはずはない。

「あたしはメリッサ・カニンガムよ」その女性は微笑んで手を差し出した。「いつか、あなたたちのうちの誰かが戻ってくると思っていたわ」

ケイトは差し出された手を握った。「じゃあ、あなたはわたしが誰かご存じなんですか?」

「もちろん」メリッサはテーブル越しに身を乗り出して、ケイトの目をのぞきこんだ。「あなたは牧師一家の子供たちのひとりだわ。ラナ・プレスコットの末娘よ」

22

オーバーリンがホバートに向かっているとき、車内で電話が鳴った。彼は発信者の電話番号をちらっと見た。

ジェイソン・アーバーノだ。

今日、オーバーリンは復讐を果たして、金を手にし……ホバートに着いたら、愛する女性を我がものにするつもりでいる。なんとしても、ケイトを自分のものにするつもりだった。

彼は落ち着き払って電話をとった。「もうそろそろだと思ったよ」

「オーバーリン上院議員ですか？」女性の声だった。かすかなテキサス訛りがある。

彼は顔をしかめた。秘書に電話をかけさせるなんて、アーバーノも困ったやつだ。「そうだが？」

「ホープ・ギヴンズです」

ホープ・ギヴンズだと？ オーバーリンは丘陵地帯を曲がりくねって進むハイウェイを見つめた。頭に血がのぼった。

「ホープ・プレスコット・ギヴンズです」ご親切にも、彼女は言い添えた。

アーバーノはわたしを裏切ったのだろうか？ わたしをだましたのか？

「上院議員、聞こえますか？」二三年前と寸分たがわぬ口調だった——快活で、落ち着いていて、いかにも牧師の娘然として。

まあ、たいていのときはそうだったということだ。両親が泥棒で、誰もホープや彼女のきょうだいを歓迎しないと悟ったときを除いては。あのとき、彼女は泣き叫んでいた。哀れで愚かな小娘は。

「聞いてるよ」あの哀れな小娘が成長して、わたしの存在をおびやかそうとしている。わたしのかわいいケイトとは違う。たとえ、彼女がよけいなことに首を突っこんでいるとしても。

「よかった。今、あなたを逃したくないのよ」ホープは簡潔な言葉を脅し文句のように響かせた。

この娘はわたしを脅している。このジョージ・オーバーリン上院議員を。「なぜわたしに電話をかけている？」

「なぜわたしがジェイソン・アーバーノの代わりに連絡しているかという意味？」

「何を言っているんだ？」オーバーリンはハンドルを握りしめた。

「つまり、あなたはジェイソン・アーバーノが電話をかけてきて、ギヴンズ・エンタープライズ社がつぶれたと言うのを待っていたんでしょう。わたしたちのライバル会社に投資したおかげであなたが大もうけし、二度とわたしには邪魔されないと言うのを」

オーバーリンの耳に自分の息づかいが聞こえた。どうして彼女が知っているのだ？　アーバーノが教えたのか。きっとそうに違いない。

「あなたがジェイソンについて集めた情報を暴露するつもりでいるんだとしても、わたしならそんなことはしないわ。全部でたらめだから、あなたが間抜けに見えるだけよ」ホープはまじめな口調で付け加えた。「今より、もっと間抜けにね」

オーバーリンはいきなりバットで殴られたかのように、その言葉を理解した。次に何を言われるか、聞かなくてもわかっている。だが、彼は耳を傾けた。きわめて注意深く。自分が復讐するときに犠牲者が何人になるのか、知っておく必要があるからだ。

「一年以上前、夫とわたしは計画を立てたの。もしも、妹のケイトリンに何が起きたのかを話すようにあなたを説得できなかったら、あなたに協力させるために——」ホープは考えこむふりをした。「ええと、なんていう言葉だったかしら？」

ボストン訛りの歯切れのいい男の声が聞こえてきた。「〝脅迫〟だ」

「そう、それそれ。あなたに協力させるために、脅迫しようということになったのよ。そんなわけでわたしたちは〝おとり作戦〟を計画して、グリズワルドも巻きこんだの——あなたの知っている、フレディよ」

「ここにおります」フレディの歯切れのいいイギリス訛りが聞こえてきた。

「それにジェイソン・アーバーノも」

「こんにちは、上院議員」アーバーノはひどく気どったしゃべり方をしていた。優越感にあふれて。

「それにガブリエルもかかわっているわ――ガブリエルを覚えているかしら、上院議員？　里子の弟を？」ホープはオーバーリンの失策をあざ笑った。「わたしたちの中でいちばん腕っぷしが強いのは、義弟のダン・グラハムよ」

「義弟？」オーバーリンはホープの言葉を理解できなかった。

「妹の夫よ」オーバーリンが誤った解釈をしないように、ホープはひとつひとつの言葉をはっきりと発音した。

「そのとおり。わたしもここにいるわ」別の女性がきまじめな、きっぱりした口調で言った。あまりにもラナに似た話し方だったので、オーバーリンは背筋が寒くなった。「わたしを覚えてる？　真ん中の娘、ペッパーよ」

「家族が再会したのか」オーバーリンは、一同がスピーカーを囲んでほくそ笑んでいる姿を想像した。そのとき、恐ろしい考えに思い当たった。「きみたちはどこにいる？」

「みんなでオースティンに来て、あなたに近づこうとしているの」ホープが言った。

「それほど近づいてはいないさ」ありがたいことに、彼らはホバートにはいない。たとえ行き先を知られたとしても、オーバーリンは彼らより二時間も前に発《た》ったことになる。二時間分、彼らよりもケイトに近づいているのだ。「なぜわたしに電話をかけてきたんだ？」

「あなたは賢い人だからよ、上院議員。なぜわたしたちがあなたに電話をかけているか、知ってるはずよ」またもやペッパーの声が聞こえた。断固とした威厳のある口調は、日曜学校で教えているラナを思い出させた。

「ギヴンズ・エンタープライズ社がつぶれそうだというのは本当ではないけど、あなたが営業妨害を企てたことを裏づけるテープが充分にあるというのは本当よ」ホープは間を置いた。「わたしたちはあなたを破滅させることができるわ」

オーバーリンがおとり作戦の規模の大きさを悟ったとき、彼の車は路肩に乗りあげていた。右側の車輪が砂利にぶつかる。だが彼はスピンアウトせずに、ハンドルを切り直した。彼は運転がうまい。ちゃんと事態を収拾している。「テープなど偽造できるさ」

「そうね。だけど、あなたが複数のライバル会社の株に多額の資金をつぎこんだことは、うちの会社をつぶして株主をあざむこうとした証拠になるわ」意地の悪い小娘は付け加えた。「あなたはクレジットカードの支払い限度枠も超えたようね。株を売ることもできるけど、出費を埋め合わせるまではいかないでしょう。わたしたちも株の売買については心得てるの。あなたが株を取得するために払った金額は戻ってこないはずよ」

オーバーリンは長年にわたって、警官たちをあざむいてきた。ほかの議員たちを脅迫してきた。だが、今の彼は追いつめられている。ただの牧師の娘に。

「聞いているの、上院議員？」ホープが尋ねた。

「ああ」オーバーリンはホープを後悔させてやろうと思っていた。全員を後悔させてやる。

「何が望みだ」彼はしらばっくれて言った。

ホープはなだめるような口調で言った。「教会のお金を盗んだ罪を認めてほしいと頼んでいるわけじゃないわ。両親が死んだことに対する責任を認めてほしいわけでもないの。わたしが知りたいのは、あなたがケイトリンに何をしたかよ。上院議員、妹に何をしたのか教えてちょうだい」

「ホープ・プレスコット・ギヴンズ、わたしはきみの妹の正確な居場所を知っている」

複数の人間がはっと息をのむ音が聞こえた。

「妹を殺したの?」ホープが訊いた。

「赤ん坊のころに? 馬鹿なことを言わないでくれ。彼女は生きている。わたしは殺してはいない」腹の底からこみあげてきた燃えるような怒りが、オーバーリンの全身を包んだ。

「今のところはね」

「なんですって。待って! 上院議員!」

オーバーリンはささやかな自己満足を覚えながら電話を切ると、アクセルを踏みこんでホバートを目指した。

ティーグは目を覚ました。叫び声、振動、ドアがばたんと閉まる音……彼は停まっている車の中にいた。頭も、肋骨も、顔も痛い。ひどく気分が悪い。

何者かに捕まえられて、首に注射針を刺され——。

「マリリン!」

いきなり起きあがると、たちまち吐き気に襲われた。

「横になっていてくれ」男の声が聞こえてきた。ティーグを仰向けに寝かせながら、男は困惑した声で言った。「さもないと確実に吐くよ」

「ここはどこだ？」ティーグは男の顔を両手でつかんだ。「ミセス・モンゴメリーに何をした？」

「わたしはここにいるわ」温かみのある優しげな声が頭上から聞こえてきた。「この人たちは、わたしたちをＦＢＩで降ろしてくれるそうよ」

「まさか」ティーグは周囲を見回した。彼は業務用のワゴン車のカーペット敷きの床に横たわっていた。両側にベンチシートが並び、窓はスモークガラスになっている。片側のベンチシートには、見知らぬ女性たちが腰かけていた。美しい女性たちだ――ハイライトを入れた茶色い髪の女性と、ティーグと同じ黒髪の女性。ふたりは手を取り合ってティーグを見つめているが、実際には彼を見ていない。ふたりとも目の焦点が合わず、緊張の色を浮かべている。

反対側のベンチシートにマリリン・モンゴメリーが座っていた。心配そうだが、落ち着いた様子だ。「みんな、とっても親切だったわ。だけど今は、急いで空港に向かっているんですって」

「まったくわけがわからない」ティーグが言った。「どうしてこの人たちはぼくたちをＦＢＩで降ろしてくれるんですか？　そもそも、なぜぼくたちを車に乗せたんです？　いったい、この連中は何者なんですか？」

「きみを捕まえたのは、きみがジョージ・オーバーリンについて調べていたからだよ。それにこちらのご婦人は、あの男のことでＦＢＩに行くと言っていたし」ティーグに注射針を刺した軍人らしき男は立ちあがり、足を踏ん張ってつり革をつかんだ。くつろいでいるようだが、いかにも屈強な男だ。意志の強そうな目をしている。「こっちは長いあいだオーバーリンを追いかけてきたんだから、今、きみにあの男のことを通報させるわけにはいかなかったんだ」

「というのは？」ティーグは男を見あげた。

「やつが協力的じゃないんでね」軍人風の男は簡潔に言った。「あいつは狂ってる」

「狂ってる、なんてとんでもない」ティーグは、わざと信じられないという口調で言った。

「そう思わないか？」

「ダン・グラハムだ」男が手を差し出した。「注射のことはすまなかった」

ティーグはためらった。だが、この男は本当のことを言っているのだろう。もしも彼らがマリリンとぼくを殺そうとしていたのなら、とっくにそうしているはずだ。ティーグはダンの手を握った。「ティーグ・ラモスだ」

ダンはティーグの顔をしげしげと見た。「誰かにこっぴどく殴られたみたいだな」

「ああ、ある日、街を歩いていたら殴られた。その次の日は、首に注射針を刺されて気絶させられた」ティーグは皮肉たっぷりに言った。「明日はいったい何が起きるのか楽しみだよ」

エンジンがかけられ、ワゴン車が発進した。

ティーグは前に目をやった。

運転席の男にはまったく見覚えがない……いや、違う。ティーグはその男をどこかで見た気がした。映画だろうか？　新聞か？　助手席に座っているのは、注射をするときにぼくを押さえつけていた男だ。男の手首に絆創膏が貼られているのを見て、ティーグはうれしくなった。どうやら気絶する前に多少のダメージを与えたらしい。

だが、大したダメージじゃない。今のティーグは肋骨にひびが入り、顔に打撲傷があり、頭が割れるように痛い。こんな状態では、この男と戦う気がしない。いや、ここにいる誰とも戦う気にはなれない。三人の男たちはみな、いかにも筋縄ではいかない感じだ。

一方、女性ふたりは知性と美しさにあふれていた。男が夢中になるタイプの女たちだ。世の中を意のままに動かす女性。ケイトのようなタイプの。

ティーグはめまいがしないか確かめながら、ゆっくりと上体を起こした。ここにいる女性たちはケイトにそれほど似ているわけではないが、同じ雰囲気を漂わせている。主導権を握っている女性たち。彼女たちは……。ティーグは携帯電話を取り出した。

メッセージの受信を示す赤いランプが点滅している。

ダンがティーグの手をつかんだ。「何をしてる？」

「ぼくはケイト・モンゴメリーをオーバーリンから守らなければならないんだ。彼女と話して、無事を確かめようとしてるんだよ」ティーグはダンをにらみながら、挑むように言った。

「その女性なら無事なはずだ。オーバーリンは今、別のことで頭がいっぱいだから」ダンが言った。

「だったら、彼女に電話をかけてもかまわないだろう」ティーグは、ダンが女性のひとりといかにも親密そうに不安げな視線を交わすのを見た。ティーグはまた挑むように言った。

「きみは自分の大切な女性のことをなりゆきに任せたりするか?」

ダンはティーグの手を放した。「電話をかけたらいい。その女性がオーバーリンに近づいているなら、危険だから離れろと言ってくれ。あの男は今、自分がどれほど窮地に陥っているかわかったところなんでね」

ティーグはケイトの携帯電話にかけた。

マリリンが身を乗り出して、真剣なまなざしで彼を見つめた。「出てちょうだい、ケイト」

ボイスメールが届いた。

「彼女とは話せませんでしたが、大丈夫ですよ」ティーグは慰める口調で言った。「メッセージが届きました。彼女はぼくに連絡を入れることになっているんです。きっと彼女からですよ」彼はボタンを押して、ボイスメールを聞こうとした。

「オーバーリンが、あなたのケイトを付け回している理由はわかっているの?」黒髪の女性が尋ねた。

自動音声が受信履歴を告げた。「四件の新しいメッセージが届いています。一番目のメッセージは……」

ティーグの耳にビッグ・ボブの声が響いた。「やあ、ボス。オーバーリンが早めの昼食に出かけたことをお知らせしたほうがいいと思って」

「オーバーリンが早めの昼食に出かけたそうです」興味深いことだが、ティーグが聞きたいのはケイトの声だった。

「ケイトはオーバーリンの知り合いの誰かに似ているらしいんだ」ティーグは黒髪の女性の質問に答えた。マリリンは彼にじっと目を据えている。「誰か、彼の……つまり、ぼくたちは彼がその女性を殺したと考えているんだよ」

「殺した……もしも彼が殺すとしたら……」茶色い髪の女性がすすり泣いた。「最後にあの子を見たときはまだ赤ちゃんだったのに、今は――」

もうひとりの女性が彼女の体に腕を回して、なだめるように揺すった。「大丈夫よ、ホープ。今、あきらめるわけにはいかないわ」

「オーバーリンはあなた方の知り合いを殺したの？」マリリンはふたりを交互に見た。

「まだ殺しちゃいない」運転席の男性が歯切れのいいボストン訛りで言った。「ぼくたちがそんなことはさせないと思っているかぎりはね。絶対にそんなことはさせない」

二件目のメッセージが始まった。ケイトの声がティーグの耳に飛びこんできた。彼はマリリンに向かって親指を立ててみせた。「ティーグ、ケイ――」彼女の声はいったん途切れた。

「……ホバートにいる……」

ティーグは身震いした。「ホバートだって？」彼は声をあげた。

ふたりの女性たちが彼を見つめ、同時に叫んだ。「ホバート！」

運転席の男性がさっと振り向いた。「ホバートがどうしたんだ？」

ティーグは強く手を振って彼らを黙らせた。

「調査を……元気よ……今晩、オースティンに戻るわ……あなたがブラッドに……知っているわ」

ブラッドのやつめ。あいつがぼくのことを告げ口したに違いない。

「二度と……永久に縁を切るから」

ティーグは女性たちの存在を無視して悪態をついた。「くそっ、あのやろう！」

「ホバートだって？　ホバートがどうしたんだ？」ダンが言った。

「しいっ！」ティーグはにらみつけた。

三件目のメッセージが聞こえてきた。またしてもケイトの声だ。「電話して……無事だと……心配してるのよ」

「よし……いいぞ。これはいい」ティーグはベンチシートの背もたれに体を預けた。それにしても、なぜケイトはぼくのことを心配しているんだ？　彼は早く次のボイスメールが聞きたくて、そうすれば早くなるとでもいうように片手を振り回した。

ようやく四件目のメッセージが聞こえてきた。「わたしの家族……見つけたわ。わたしの家族を……見つけた……来て……ティーグ……彼が……家族全員を殺したんだと思うの」

ティーグは心臓が口から飛び出しそうになった。調査をしたおかげで、ケイトは大変なことを発見したのだ。彼は電話を切った。そっけない口調で言う。「ぼくはホバートに行かなければならない。今すぐに」

ダンが肩をつかんだ。「どうしてホバートに?」

「ホバートってどこなの?」マリリンが訊いた。

「サンアントニオの南ですよ」ティーグは答えた。「ここからは三時間かかります」

ワゴン車に乗っている全員が、彼に向かって叫んだ。「どうしてホバートに?」

いったい、この連中はなんなんだ?　問題を抱えているのはぼくなのに。「ケイトがホバートにいるんだ。家族を見つけたと言っていた。やつが家族全員を殺したとも」

ぞっとしたように、マリリンが息をのんだ。

「ケイト?」茶色い髪の女性、ホープがティーグを見つめた。「そのケイトという人が、わたしたちの妹、ケイトリンだってこと?」

ティーグは金に糸目をつけなければ、どんな障害でもたちまち乗り越えられることに驚いていた。

オースティンからホバートまではヘリコプターで三〇分だった。プロペラの音がやかましくて、ティーグとマリリン、それにホープとザック、ペッパー、ダン、ガブリエルとの情報交換は中断したものの、着陸するとダンが一同に武器を渡した。ホープとペッパー、それにガブリエルが武器をひとつずつ受けとった。

当然だ。彼らはオーバーリンの標的になるのだから。

ザックは、ダンが差し出したベレッタM92をティーグに受けとるように身ぶりで示し、ティーグは険しい表情でそれを手にした。

ティーグはケイトに会ったら、まさにこうなるのを恐れていたからホバートに行ってほしくなかったのだ、と言うつもりだった。冷たい口調で、こう付け加えよう。〝だからそう言ったじゃないか〟と。ヘリコプターが減速し、緊張が高まっていく中で、彼は自分に逆らったケイトに対する非難の言葉を考えていた。

それを聞かせるためにも、彼女には無事でいてもらわなくては。

ティーグはケイトにもう一度電話をかけた。だが、すぐボイスメールに切り替わった。電源が切られているか、電波の届かないところにいるかのどちらかだろう。

高級ワゴン車が待ちかまえていた。ザックが運転席に、ダンが助手席に座った。プレスコット家の娘たちは、安全が確認されるまではスモークガラスの陰に隠れていることになった。ガブリエルとティーグは二列目の席に、ホープとペッパーはマリリンと一緒にその後ろの席に座った。ティーグが後ろを振り返ると、マリリンは涙を拭っていて、ホープとペッパーが彼女を抱きしめていた。

ケイトにはすばらしい姉たちがいる。なんとしても家族に会うべきだ。

ティーグはまたケイトに電話をかけた。今回は呼び出し音が鳴ったものの、途中で切れた。ぴりぴりした沈黙に包まれながら、一同はホバートへ向かった。ハンドルを切るたびに、緊張感が高まっていく。

ホープとペッパーが周囲を見回したが、故郷に戻った人々がよくそうするように叫んだりすることはなかった。ふたりが無言で物思いに沈んでいるので、彼女たちにとってすべて見慣れた光景とはいえ——胸が痛むのだろうとティーグは察した。

ザックは大通りに車を乗り入れ、速度を落とした。何十人もの人々が腕組みをしてしゃべったり、人だかりの中をのぞきこんだりしている。さらに多くの人たちが駆け寄ってきた。ティーグは〈ロウアンズ・ダイナー〉の前で回転灯が点滅していることに気づいた。パトカーと救急車だ。後ろからサイレンの音が聞こえてくる。

彼のこめかみで血管がどくどくと脈打った。

ダンが窓を開け、野次馬のひとりに声をかけた。姿勢のいい年配の男性で、使いこんだカウボーイハットから白髪がのぞいている。「すみません！　何があったんですか？」

「女性が撃たれたんだよ！」

ワゴン車が完全に停止する前に、ティーグは外に飛び出して群衆をかき分けていた。人々が口々にささやく声が聞こえた。

「この町でこんなことが起きたのは初めてだ」

「いったいどうなってるんだ？」

それから、信じられないという口調で言うのが聞こえてきた。「オーバーリン上院議員だって？　本当にオーバーリン上院議員だったのか？」

ティーグは警官たちのいるところに向かった——青い制服姿のふたりの警官が離れて立ち、

叫んでいる。「後ろに下がってくれ。少し風に当ててやらないと！」

「被害者は死んではいない」ダンがティーグの横に立った。

それでも救急隊員たちは大わらわで、歩道にうつぶせに倒れている女性を介抱していた。コンクリートに血が飛び散っていた。ティーグは警官の脇を通り抜けようとしたが、腕をつかまれた。

彼は急いでテキサス州議会議事堂の警備担当者の身分証明書を提示した。「通してくれ」ティーグの声の調子や身分証明書から判断して、警官は道を空けた。

「彼はテキサス州議会議事堂の警備責任者です」ダンが言った。「これは上院議員のしわざだと聞きましたが」

「そう断定されたわけではありません」警官は気づかわしげに広い額に皺を寄せた。

ティーグの耳に、ダンの声がぼんやりと聞こえてきた。「被害者は誰なのかわかりますか？」

しかし、ティーグはぴくりとも動かない体をすでに一瞥していた。

ケイトではなかった。たちまち安堵感に包まれたが、いまだ消えない懸念に気をとられて、警官の返事を危うく聞き逃すところだった。

「彼女の名前はメリッサ・カニンガム。オーバーリン上院議員は車で町にやってきたようです。メリッサは彼と言葉を交わしていました。上院議員は彼女の腹部を撃ちました」警官は急いで付け加えた。「いや、一部の目撃者がそう言っているということです」

ティーグは警官に視線を向けた。「オーバーリンは今、どこにいるんだ？　追いかけて捕まえないのか？」ぼくはあの目つきをしているに違いない、と彼は思った。ケイトを怯えさせ、大の男たちを逃げ出させた表情を。そのことに彼は満足した。なんとしても質問の答えを知りたかったからだ。

警官は口ごもった。「いえ、それはまだ……何しろ人手不足で……メリッサの命を助けることを第一に……」

「銃を持った頭のおかしい上院議員よりも、そっちのほうが重要だというのか？」ティーグは叫んだ。

「そこのあなた！　おまわりさんを怒鳴りつけてはいけませんよ。礼儀に反するわ」

ティーグは、その杖をついている腰の曲がった老女のことも怒鳴りつけたくなった。「オーバーリンがどこに行ったか知りたいんですよ」

「墓地に行ったわ。古いほうの高速道路を通って、町はずれから八キロのところよ」その黒人女性は的確に説明した。ブラウンの目は鋭く、生き生きと輝いている。「ラナに似ている女性を追いかけていったのよ。なんとかしないと、オーバーリンは彼女も殺してしまうわ」

「ミセス・パーカー、それは憶測です。そんなことは言わないでください！」警官が言った。

「ジョン・ジェレミー・リングル、年寄りには敬意を払うように教えたはずよ。教わったとおりにしてちょうだい」ミセス・パーカーが言った。

ティーグはそっと老女の腕をつかんだ。「どのくらい前ですか？」

「三〇分前よ」彼女はそばにいる、娘らしき女性に顔を向けた。「わたしはジョージ・オーバーリンが小学校二年生のときに受け持ったけど、あのころからどこかおかしいのはわかっていたわ」

ティーグは大股でワゴン車に向かった。ダンもそれに続いた。野次馬たちは見るからに強靭そうな厳しい顔つきの男たちに道を空けた。

ティーグは、野次馬の輪の外側にあるワゴン車の後ろに停まっているパトカーに視線を据えた。「ぼくはパトカーを乗っとる。それには注意をそらすものが必要だ」

「わかった、任せてくれ」ダンは不敵な笑みを見せた。

ドアを開け放したパトカーのそばに、ひとりの警官が立っている。エンジンはかけっぱなしだ。警官は肩に担いだトランシーバーに向かって話していた。どんどん集まる野次馬が、大声でいろいろ訊いてくるのに閉口しているようだ——犯人を追いかける気はさらさらないらしい。

なるほど、これがホバートか。ここはオーバーリンの息がかかった町で、警官は彼を追いかけて職を失う危険を冒すべきか、あるいは公衆の面前でまた発砲事件が起きる危険を冒すべきかを決めかねている。

ティーグは警官の後ろの少し離れた場所まで移動した。

ダンがワゴン車にいるザックに声をかけた。

ドアが開いた。ホープ、ペッパー、それにガブリエルが出てきた。

「ちょっと失礼」ホープがはっきりした声で言った。

人々が振り返る。

ティーグは、そこにいる人たちがホープの顔を見て仰天するのをまのあたりにした。彼はパトカーに近づいた。

ホープは続けた。「この事件の犯人はジョージ・オーバーリンです。彼が暴力に訴えたのは今回が初めてではありません。みなさんはプレスコット一家を覚えていらっしゃいますか？　わたしたちの身に何が起きたかを？」

「ホープ！」ひとりの女性が叫んだ。「あなたのことを覚えているわ。ええ、覚えているわよ……ペッパーに……ガブリエル？」

「ケイトリンが戻ってきたと聞いたんだが、信じられなかったよ」中年のカウボーイが驚嘆したように首を振った。「生きているあいだに、こんな日を迎えられるとはな！」

ティーグは位置についた。

「信じてください」ホープは警官を振り返った。「あなたのことを覚えているわ、ビル・ブラウニング。あなたはわたしの家族を連れ去る手助けをしたわね」

ブラウニングは七面鳥のような声をたてた。

「ジョージ・オーバーリンに、わたしの妹も殺させるつもりなの？」ペッパーが激しい口調で詰問した。

ブラウニングはホープのほうに踏み出そうとして、パトカーのドアを閉めかけた。

閉まりかけたドアを押さえ、ティーグはするりとパトカーに乗りこんだ。

ブラウニングが振り返る。

ティーグはギアをバックに入れた。アクセルをいっぱいに踏みこむ。タイヤをきしらせながら、彼は通りを逆走した。ブラウニングが銃に手を伸ばすのが見えた。ダンが彼につかみかかる。

ティーグはサイレンを鳴らし、車を方向転換させて猛スピードで墓地へ向かった。

ケイトのもとへ。愛する女性のもとへ。

23

ホバートの墓地の静謐《せいひつ》は、こんなときでなかったらきっと心を落ち着かせてくれただろう。ひんやりとした風がケイトの頬を撫でた。オークの古木の曲がった枝の上で、鳥たちがさえずっている。芝生は刈りこまれてはいるが、形は整えられていない。墓石の隅に長い蔓《つる》が絡みついている。

ケイトは簡素な鉄製の墓標を、胸をどきどきさせながら見つめた。

〝ベネット・プレスコット〟

〝ラナ・プレスコット〟

ケイトの両親。

彼女の実の両親だ。

ケイトは幸運だった。大人になるまでずっと父親と母親がいて、愛され、精神的に支えられてきた。それでも、教会の階段に捨てられていたという事実が心から離れず、苦しんでいた。そのことについて、父と母はうまく言いつくろっていた。ケイトの実の母は彼女を手もとで育てることができなかったので、安全だと信頼できる場所に彼女を置いたのだと。ケイトは成長するにつれ、養子縁組は望まれない子供を厄介払いするのにうってつけの方法だとわかってきた。彼女の実の母親は、絶望に駆られたティーンエイジャーか、運に見放された娼婦に思えた。

けれども、メリッサ・カニンガムは言っていた。ケイトの母親は、彼女を教会の階段に捨てて立ち去ったのではないと。両親は結婚していたし、牧師夫妻だった。ふたりとも自動車事故で命を落としている。彼らは横領罪に問われていたが、その信憑性を誰も調査していない。ホバートの警察は教会の役員の言葉をうのみにしていたし、その役員というのが……ジョージ・オーバーリンなのだ。

ケイトの両親の墓は、駐車場近くの、貧しい人々が埋葬されている墓地の一角にあった。後ろの木陰に並んでいるどっしりした丈の高い墓石には天使の彫刻が施され、詩が刻まれている。でも彼女の両親の墓石は簡素で、次のように書かれているだけだった。

〝ベネット・プレスコット〟

〝ラナ・プレスコット〟

それ以外は何も書かれていない。

誰かが墓前に花を供えていた。日差しで色あせてはいるものの、黄色や赤の花がまだ咲き残っている。

メリッサは断言していた。プレスコット夫妻が横領を働いたとは思えないと。しかもメリッサの母親は、残された家族がばらばらになったのは自分のせいだし、プレスコット夫妻が亡くなったのはジョージ・オーバーリンのせいだと言っていたそうだ。

ミセス・パーカーは断言していた。ラナ・プレスコットは大切な友人だと。

ラナはケイトの母親だった。

ベネットは父親だった。

この町のどこかにケイトの家族がいた。ふたりの姉と里子の兄。何者かが彼らを引き離そうと画策し、ばらばらになってしまった。そして、その何者かというのは……ジョージ・オーバーリンなのだ。

レポーターとしてのケイトは、これはビッグニュースだと気づいた。これを契機に全国的なキャリアを築けるだろう。

一方、人間としてのケイトは、ひとりの邪悪な男があまりにも多くの人々の人生を破滅させたことを知って、赤ん坊のように泣いた。

いまいましいことに、携帯電話はまだ電波が通じていない。

メリッサは、ケイトの教えた電話番号を書き留めていた。ティーグ、ケイトの母親、FBI、それにKTTVの電話番号を。メリッサは家に戻ってひとりひとりに電話をかけ、ここに来るように伝えると約束してくれた。ケイトはこの問題を自分ひとりで解決できると思うのをやめた。だから今こうして、援軍が来るのを待っているのだ。

墓から振り返ったケイトは、ベージュ色のリンカーン・タウンカーが駐車場に入ってくるのを見た。リンカーンは墓地にあるほかの唯一の車、ケイトのBMWの隣に停まった。

ジョージ・オーバーリンが車から降りてきた。

驚くには当たらない。どうしてわたしは愚かにも、彼に気づかれずにホバートへ来られると思ったのだろう？オーバーリンはさながら巨大な蛸のように、どこにでも届く触手を持っている。

オーバーリンが近づいてきた。まっすぐに背筋を伸ばし、堂々と歩くその姿を目にして、ケイトは激しい嫌悪感に胸が苦しくなった。このひとでなしがわたしの両親を殺したのだ。病的な妄執に取り憑かれて父と母を殺し、わたしをさらって、まるでごみか何かみたいに人に押しつけた。

ジョージ・オーバーリンは人殺しだ。連続殺人犯だ。道義のかけらもない、無慈悲な男なのだ。

彼女の中に憎しみの炎が燃えあがった。わたしは怯えているのかしら？　もちろんよ。けれど、わたしは知りたいし、知る必要がある。なぜ、そしてどのようにしてオーバーリンがわたしの家族を抹殺したのかを。

ケイトは両親の墓の前に立って、近づいてくるオーバーリンのほうに向き直った。彼はケイトが彼女自身に関する真実を知ったことに気づくべきなのに、相変わらず格好をつけて――顎をあげ、唇に誠実そうな笑みを浮かべて――彼女の目によく映ろうと努めている。オーバーリンはケイトの前で立ち止まると、墓標に視線を向けた。「あの女はきみに何を話した？」

「メリッサ・カニンガムのこと？」ケイトは敵意をあらわにして挑むように尋ねた。「あなたがわたしの両親を殺したと言ってたわ」

「憶測だ。根拠のない憶測だよ」彼は間髪を入れずに言った。

「否定しないのね」ケイトはたちまちレポーターの役に戻った。「身に覚えのない殺人の罪を着せられたら、ショックを受けて、すぐに否定するものじゃないの？」

「なあ、きみ《マイ・ディア》」オーバーリンは、いかにも悪意ある中傷や彼女の疑念に傷ついた様子で言った。「もちろんそんな話は荒唐無稽《こうとうむけい》だと、きみにはわかると思っていたよ」

「そんなふうになれなれしく呼びかけ――」ケイトは息をついた。オーバーリンと一緒にここにいるべきではない。けれども真実を知りたいし、そのためには冷静でいなければならない。「でも、あなたは奥様を殺したわ。ミセス・ブラックソーンも殺した。だから、わたしの両親を殺したと考えてもおかしくないはずよ」

「わたしはやるべきことをやったまでだ。みんながやるように仕向けたことをね。わたしは貧しい家に育った。貧しい家に！」オーバーリンは上院議員の役に戻った。肩をそびやかし、演説をしているようなよどみない口調になる。「父はトラックの運転手だった。悪態をついては大酒を飲み、唾を吐き散らし、悪臭がした。母は――すばらしい人で、とても優しかった。そんな母を父は怯えさせた。母は毎日、父にまた殴られるのではないかと怯えていたんだ。あるいはわたしをまた殴るんじゃないかと」

「お父様はひどい人だったみたいね」ケイトは、オーバーリンの少年時代をティーグの少年時代と比べざるをえなかった。いったい何が原因で、ひとりは極悪人に、もうひとりは守護者になったのだろう？「でも、わからないわ。あなたはなぜ、わたしの両親を殺してもかまわないと思ったの？　ひどい父親とすばらしい母親がいたから？」

上院議員の仮面が剝がれた。オーバーリンの首筋が赤い色に染まり、その色は首から顔や耳へと広がった。「きみが聞いてくれるなら」彼が息をつくと、赤みが少しずつ引いていった。「何もかも説明できる」

「そうして」ケイトは墓標を身ぶりで示した。

「わたしが五歳のとき、父は母を殺した」オーバーリンの口調は静かなままだったが、呼吸は荒かった。「きみは殴り殺された人間を見たことがあるか？　身の毛がよだつよ」

「想像はつくわ」不運なことに、ケイトはその場面を想像できた。自分の父親の写真を思い浮かべれば、これ以上ないくらいにはっきりと想像できる。けれど幼年時代の悲劇を、良心の呵責を感じずに人を殺す理由にする人間には、やはり同情できない。「わたしの両親もそんなふうに殺したの？」

オーバーリンの顔が怒りにゆがんだ。彼はケイトに飛びかかろうとした。

ケイトは急いで墓石の後ろに回った。オーバーリンは肩幅が広く、骨太だ。それに少なくとも二〇センチは彼女より背が高い。

ティーグはもっと高いが、彼の背の高さはケイトを守り、安心させてくれる。

一方、オーバーリンの大きさは彼女を怯えさせるものだ。

「わたしの話を聞いていないね。この件について、きみは心を閉ざしている」オーバーリンの声が甲高くなった。「レポーターなんだから、わたしの話に耳を傾けると思ったが」

オーバーリンの外見は人の目をあざむいている。そのことを覚えておかなければならない。その仮面の下には、かろうじて抑えている不満が渦巻いているのだ。「そうね。わたしは公平ではないわね。わかるように説明してちょうだい」口にするのもおぞましい行為を、オーバーリンは自分がひどい目に遭わせた女性に向かってどんなふうに正当化するか、知っておく必要があるからだ。それに……ここには彼とわたしのふたりしかいない。レイプされるかもしれない。殺されるかもしれない。

「お父様はどうなったの？」ケイトは尋ねた。

「どうもならなかったよ。取り調べに来た保安官代理も自分の家族に暴力を振るっているような男だったから、母の死は事故と判断された。父は相変わらずトラックを運転して、酒を飲み、麻薬を吸い、女たちを家に連れこんで殴り……わたしが一七歳のときに死んだ。転落して頭の骨を折って」

階段から落ちて？　その質問を、ケイトは唇を固く閉じて封じた。

「父が死んだとき、わたしはすでに自分が何をしたいかわかっていた。母の血まみれの死体のそばで父と一緒に笑っていた保安官代理みたいなやつらを捕まえて、仕返しをしてやりたかった。そこでエヴリンと結婚した。彼女の家が金持ちだったからだ。愛してはいなかった。誓って言うが、彼女を愛したことなど一度もなかった」

ケイトは嫌悪感を隠しきれなかった。そう言えば、わたしが好感を持つとでも思っているのだろうか――二五年間も一緒に暮らした女性を、一度も愛したことがないと知らしめることで?

「だが、彼女の父親はわたしを嫌っていた。わたしという人間を、わたしの夢を信じていなかった。あの愚かで下劣な牧場主は、わたしに資金を与えてくれなかった。だから、教会の金を少々失敬しなければならなかったんだ」ケイトがあきれて軽蔑したのが顔に出ていたに違いない。オーバーリンがあわてて付け加えた。「わたしは返すつもりだった! テキサス州議会議員に選出されたら、金庫の金をそっと返すつもりだったんだ。結果的には、教会にとってもいいことになるはずだった。教会の金庫に多額の金を加えられただろうから」

「だけど?」

「わたしはきみの母親を愛してしまった」

「なんですって?」その言葉にショックを受け、ケイトは倒れそうになった。わたしの母を愛していた? ともあろうに、そんなことを言い出すなんて。

「どうしようもなかったんだ」オーバーリンはケイトの母親の墓石のかたわらに膝を突いて、指先でさも大切そうに触れた。

今のオーバーリンは格好をつけているのではない。本気なのだ。彼の顔は悲しみにゆがんだ。「彼女はわたしがこれまで出会った中でいちばんの美人だったわけじゃない。彼女はきみにとてもよく似ていた。だが違う点もある。わたしより年上だったし、腰も少し太めだった。なんといっても、子供を三人も産んだのだからね」オーバーリンはケイトを見あげた。まるで彼女が理解するとでも思っている顔だ。

「わからないわ」ケイトは荒い息を吐いた。「母の写真なんて、一度も見たことがないもの」

「写真なら見せてやれる。きみたちのアルバムはわたしが持っているからね。彼女がどんな女性だったか、それを見ればいい！」家族の思い出を盗むという行為の非道さを理解せずに、オーバーリンは言った。「だが、きみにもわかるだろう。わたしが惹かれたのは彼女の容姿ではない。彼女の……魂なんだ。まるで純粋な光のように輝いていた。みんながラナを愛していた。彼女はとても優しかった。優しさや母性で輝いていたんだ。彼女は聖母マリアだった」

「わたしの父は母を愛していたの？」そのことのほうが、オーバーリンの恥知らずな思慕の情よりも重要に思えた。

「ああ。そしてきみの母親もきみの父親を愛していた」膝に痛みでもあるように、オーバーリンはゆっくりと立ちあがった。「そのあとのことはわたしの落ち度だ。それは認める。わたしは熱い思いを告白すべきではなかった。だが、思い浮かべてごらん。多くの女性たちの注目の的だが、恋愛経験のないハンサムな若者のことを。わたしは情熱に押し流されて告白した……。彼女はきみを抱いて食事をさせていた。ふたりともすばらしく美しかった。わたしは彼女にすべてを話した。自分が何を求め、何を思い描いてきたかを。どんなに裕福な生活を彼女に送らせてやれるかを。どんなに彼女を崇拝するかを。すると彼女は……彼女は……わたしには夫がいる、と言ったんだ！」

辛辣なことを言ってしまわないように、ケイトはぎゅっと唇を結んだ。

「彼女はとても優しかった。ほかの者たちに優しかったように、わたしに対してても優しかった。貧しい人々や、施しを受ける必要のある人々に対するのと同じ態度で。まるでわたしがそういう人間たちのひとりだとでもいうようにね」オーバーリンは当時を思い出して皮肉っぽく笑った。オーバーリンが墓石を見下ろしたとき、ケイトは彼が初めて彼女の存在を忘れていることに気づいた。彼は遠い昔の世界に入りこんでいて、一度も忘れることのなかった感情にとらわれているのだ。「だが、わたしは強かった。それは思い違いだった、本気ではなかったというふりをした。彼女がわたしの言葉を信じていないのはわかっていたが、少なくともわたしの信頼は裏切らないと思っていたんだ」

ケイトはポケットからそっと携帯電話を取り出して目をやった。まだ電波は通じていない。

オーバーリンはもう、話を終えようとしている。

彼女の心臓は早鐘を打った。駐車場に向かって数歩、足を踏み出す。

オーバーリンは思い出にどっぷり浸っていて気づかない。「およそ一週間後、牧師がわたしを呼び出した。わたしは彼が日曜大工をする工作場に行った。牧師はつまらないものを作っていた。寝室に置くテーブルをね。ラナのために作っているんだよ、とわたしに言った。そのしゃべり方や声の調子、同情するような表情から……彼女がわたしを裏切ったことがわかった。わたしが彼女を愛していることを、彼にしゃべったんだ」オーバーリンの声が高くなった。「彼女は陰でわたしを笑っていたんだ」

「あなたが言うとおり優しかったのなら、あなたを陰で笑ったりするはずないじゃない！」ケイトは記憶にない母親のために熱くなって憤慨した。

「だったら、なぜ彼に話した？」オーバーリンはケイトのほうに振り向いた。

「夫だったからよ。わたしの両親のような――養父母のような――夫婦だとしたら、互いに隠し事はしないわ！　愛しあっていたらそんなことはしないわよ」

「秘密だったんだ」オーバーリンがゆっくりした足どりで近づいてくる。「わたしたちの秘密だった」

「どうやら、そうじゃなかったみたいね」ぴしゃりと言ったとたん、ケイトは口に出した言葉を呼び戻したくなった。

だが、オーバーリンの常軌を逸した話はあまりにも馬鹿げていて、これ以上聞くのは耐えられなかった。ケイトは彼に平手打ちをくらわせ、少しは道理をわきまえたらどうなの、と言ってやりたかった。

それでも彼女は、こういう人殺しに理屈は通じないと自分に言い聞かせてあとずさりした。ポケットの中の鍵を手探りする。家の鍵。郵便受けの鍵。車の鍵。ボタンを押して、ＢＭＷのドアを開ける。

車のヘッドライトが光った。ロックが解除されたのだ。

オーバーリンは相変わらず近づいている。怒りに満ちた、こわばった足どりで。「プレスコット牧師は、わたしが帳簿を書き換えたのを発見したと告げ、すぐ金を返すようにと言った。わたしは自分の計画を説明しようとした。わたしが上院議員になったら教会は裕福になるとね。だが、彼はわたしの弁明に耳を貸そうとしなかった。わたしの生活資金を奪おうとしたんだ」

「あなたの生活資金?」ケイトはオーバーリンの厚顔無恥が理解できなかった。「まるで生活資金がなかったみたいな口ぶりね」

「あの男と同じことを言うんだな。きみは父親そっくりだ!」オーバーリンは両手を突き出した。その様子はまるで、理性を必死につかもうとしているのに、指のあいだからすり抜けてしまっているように見えた。「あの金がなければ、わたしは上院議員になれなかった。わたしは無名の人間になるのがいやだった。妻の父親に馬鹿にされるのがいやだった。わたしは上院議員になる必要があったが、ベネット・プレスコットがそうさせなかったんだ!」

ケイトはこそこそ逃げるのはやめた。「それで殺したのね」

「あの男が材木で作ったがらくたをつかんで、やつの頭の上に振り下ろした」

一瞬、ケイトは目を閉じた。オーバーリンは過去にひとりの男を殺した。四児の父親で、牧師で、善良な男性を。わたしの父親を。オーバーリンに教会の金庫から金を盗ませなかったという、それだけの理由で。

再び話しはじめたとき、オーバーリンはケイトから一メートルも離れていなかった。「わかってくれ。そうするしかなかったんだ」

ケイトは目を開けて彼を見つめた。

オーバーリンはまるで、囚人の処刑に同意せざるをえない政治家のように高潔で、尊大で、悲しげに見えた。

「それでわたしの母は？」ケイトは唇がこわばるのを感じた。

「そのことについては、まだ悲しくてたまらないよ。彼女が入ってきたんだ。予想外だった」

「ええ。そうだと思うわ」なぜか、風が冷たさをまして肌に突き刺さる。ケイトは肺が痛くなった。

「だが彼女は、わたしがそこにいたことを知っていたんだ。だから結局、ああするのがいちばんだった」人殺しの理屈だ。

「母のことも、その作りかけのテーブルで殴ったの？ 父が母のために作っていたプレゼントで？」

「彼女は知らなかったんだ……牧師が倒れたと思って……そばに膝を突いた……それから彼女が振り返ってわたしを見たから、わたしは――」

「なんてことを！」ケイトは話をやめさせようとして手をあげた。これ以上、聞くのは耐えられない。

オーバーリンが彼女の手をつかんだ。「ケイト、わかってくれ。仕方がなかったんだ」

ケイトは彼の手を振りほどこうとした。

「本当に仕方がなかったんだよ」オーバーリンはケイトの手を強く握った。そのせいで彼女の指の関節や付け根を痛めつけていることもおかまいなしだ。「きみを見たとき――きみが誰かわかったとき――二度目のチャンスを与えられたことに気がついた。きみはわたしのために遣わされたんだと」

「いいえ、違うわ」ケイトは彼の手を振りほどいた。ポケットに手を突っこみ、携帯電話を取り出してかけようとする。

「やめろ！」オーバーリンは彼女の手から携帯電話を奪いとると、縦型の墓石に叩きつけた。

ケイトはあとずさりした。口の中が乾き、心が凍りつく。

彼女はオーバーリンと一緒にいる。ほかには誰もいない。彼女は彼を拒んだ。〝ノー〟と言ったのだ。

「そんなことはさせない」オーバーリンの目は充血して、白目が赤く染まっていた。「あの男に電話なんかさせるものか」

遠くからサイレンの音が聞こえてくる。ああ、よかった。ようやく誰かが助けに来てくれた。

ケイトの頭が再び働きはじめた。ポケットに鍵が入っている。鍵は武器になる。

彼女の手が鍵に届くより早く、オーバーリンが手首をつかんだ。「やつと一緒にわたしを裏切ったのか？　そうなのか？」

「裏切ってなんかいないわ」ケイトはまっすぐに立ち、彼の目を見つめた。「わたしはあなたのものじゃないんだから」

「あのけちな女たらし。ラモスは娼婦の息子なんだぞ」

オーバーリンの言葉に激しく胸を突かれ、ケイトはびくっとした。

彼女の反応を見て、オーバーリンは優位に立った。「知らなかったのか？　やつは言わなかったんだな。父親が誰なのかもわからない。一〇〇〇人の客の中のひとり、いや、一万人の中のひとりか」

サイレンの音が大きくなった。

「痛いわ」ケイトは言った。

オーバーリンは自分の手が彼女の手首を強くつかんでいるのを見た。驚きと狼狽の表情を浮かべて手を離す。「すまない。こんなことをするべきでは……でも、きみはわたしの話を聞かなきゃいけない。きみはわたしのために存在する。あの男のためじゃない。きみはわたしの掌中の珠《たま》なんだ」

「せっかくのご厚情だけど、わたしは大切な宝石は人に譲りたくないタイプなの」ケイトはあとずさりして手首をさすった。ゆっくりとポケットに手を入れる。指で鍵を挟むようにして、キーリングを握りしめた。彼女は礼儀正しい口調で付け加えた。「でも、お礼は言っておくわね、ありがとう」

「きみはラモスと愛し合っていると思っているが、そんなことはありえない。あいつは嘘つきだ」オーバーリンは平手打ちでも繰り出すように手を広げ、息を弾ませながらケイトのあとを追った。「ラモスは自分をすばらしい恋人だと女たちに言っているが、そうではない」

ケイトはそんなつもりはなかった。そんなことをするのは愚かなことだとわかっていた。けれども気が高ぶっていたし、真実を知っていた。だから笑い出してしまったのだ。

オーバーリンの自制心が砕け、狂気が顔をのぞかせた。「この売女め」彼はケイトを平手打ちした。手の甲で顔が横を向くほど勢いよく殴られて、目に涙が浮かんだ。

もう一度殴ろうとして、オーバーリンが手を振りあげた。

ケイトは片方の腕をあげて防いだ。ポケットからもう一方の手を出し、オーバーリンの顔を突く。鍵が頰を切り裂いて、長い傷がふたつできた。彼は後ろによろめき、頰に手をやった。指にべっとりと血がついている。

一台のパトカーが回転灯を点滅させ、サイレンを鳴らしながら駐車場に入ってきた。

オーバーリンがまたケイトに近づいてきた。

彼女は駐車場に向かって走った。

三歩も進まないうちに肩をつかまれた。

ケイトは振り返って再びオーバーリンに切りつけたが、長い腕で阻まれた。「触らないで！」彼女は叫んだ。「絶対に触らないで！　わたしの母を殺したみたいに、わたしを殺させてたまるもんですか」

パトカーのクラクションが鳴り響いた。運転席にいる男は狂ったように車を旋回させると、行くべき方向を見定めてから――縁石に乗りあげた。

手入れの行き届いた芝生や平らな墓石を越えて、パトカーはふたりのほうに向かってくる。

オーバーリンはパトカーにちらっと目をやったが、あわてふためく代わりに、たいそう満足している様子だった。「あいつだ」彼は言った。

ティーグ。ケイトにも彼だとわかった。ティーグの運転する車が——まっすぐこちらに走ってくる。

オーバーリンは胸のポケットに手を入れ、拳銃《けんじゅう》を抜き出した。足を踏ん張って、フロントガラスに狙いを定める。

ケイトは鋭い叫び声をあげ、オーバーリンに飛びかかった。

彼は横ざまに倒れた。

弾丸がフロントガラスを粉々に砕いた。車が大きく傾く。芝を飛び散らせながら円を描いて横滑りし、墓石にぶつかって停まった。

ケイトはパトカーの運転席側に駆け寄ってドアを開けた。ティーグが頭から血を流して、横向きにシートに崩れ落ちている。

「ティーグ！」彼女は車の中に身をかがめた。

サイレンがまだ鳴っている。回転灯も点滅したままだ。駐車場でブレーキのきしる音が響いた。叫び声が聞こえる。

ケイトは気にも留めなかった。「ティーグ。ティーグ、お願いよ」

彼がぎこちない動きで急に片方の腕をあげたので、それがケイトにぶつかった。

彼女はよろよろとあとずさりした。

ティーグはいきなり、ふらふらしながら車から出た。

彼は生きている。

ケイトはうれしかった。

彼は怪我をしている。

ケイトはぞっとした。

オーバーリンが笑って、ティーグに銃口を向けている。

何人もの男女が叫びながら芝生を走ってくるが、間に合いそうにない。

ティーグはパトカーから離れ、何もさえぎるものがない場所に移動した。頭を回してケイトを見つめる。青ざめた顔が血にまみれている。目も腫れているようだ。彼はジャケットの前を開いて拳銃を取り出した。銃をかざし、目を細めてオーバーリンを見る。

ティーグは狙いを定められなかった。

ケイトにはそれがわかっていた。オーバーリンもわかっていた。

ティーグはおとりになって、オーバーリンに撃たせようとしているのだ。

彼女はオーバーリンをちらりと見た。彼は再び身がまえ、発砲する体勢になった。

ティーグが死んでしまう。

パトカーの中にショットガンがあった。ケイトは身をかがめ、それをラックから抜いた。

そして弾をこめた。

オーバーリンの銃口がティーグの動きを追っている。オーバーリンが目を細めた。
彼女はショットガンを肩まであげた。
オーバーリンは視界の端でケイトの動きを見た。
彼が振り返った。口を開け、叫ぶ。「やめろ、ラナ！」
ケイトは引き金を引いた。

24

ケイトの銃弾がどうしてそれたのか、オーバーリンにはわからなかった――だが、それたのだ。彼はケイトを見つめて、いまだに立っている。

プレスコット家の人々やその配偶者たちが全員、銃を手にして大急ぎで駆け寄ってきた。ケイトは馬鹿な女だ、とオーバーリンは思った。彼女はショットガンの撃ち方を知らない。それなのに撃てると思うなんて、なんと愚かなのだろう。わたしを殺せると思うなんて。彼はにやりと笑った。みな殺しにしてやろう。プレスコット家の連中をひとり残らず、この世から消し去ってやる。

オーバーリンは銃を掲げようとして……持っていないことに気がついた。自分の手を見る。何も持っていない。恐怖に駆られて落としたのだろうか？

しかも、プレスコット家の人々が見つめているのはオーバーリンではなく、彼の足もと近くの地面だった。ホープが――彼はホープの顔を思い出した――手で口を覆っている。ペッパーは――ペッパーの顔も思い出した――気分が悪そうだ。

ケイトだけが毅然として立っている。「わたしはレポーターよ。こういう光景は何度も見たことがあるの」彼女はつぶやいた。「でも、うれしいと思ったことは一度もないわ」

「ケイト」ラモスがふらつきながら腕を伸ばす。

ケイトが彼のそばに行った。

ラモスはケイトを抱きしめ、さも愛しげに頭を彼女の頭につけた。

〝こういう光景〟？　どういう意味だ？

彼らがなんの話をしているのか確かめようとして、オーバーリンは地面を見下ろした。

男の体が横たわっている。胸の傷口から血が流れていた。拳銃が――オーバーリンの銃が――男の開いた手から数センチのところに落ちている。投げ出された腕も、腹も、顎も、血に染まって……。

「いったい……？」オーバーリンは震える指を向けた。「これは……？」その体についている顔は自分自身のものだ。男の体は芝生の上に横たわっている。まるで……死体のように。

死んでいる！　まさか、そんなはずはない。

オーバーリンは死体を指さした。「これは誰だ？」顔をあげてプレスコット家の人々を見る。

彼らは返事をしなかった。まるでオーバーリンの声が聞こえなかったように。彼らはティーグとケイトを囲んでいる。長年の苦労と悲しみの末に、やっと再会できたというように。

まるで、もうオーバーリンがそこにはいなくて、もはや危険ではないように。

「これは誰だ？」彼はさらに声を張りあげた。上院議員が記者たちに向かって演説するときの声で。

　そのとき、オーバーリンはプレスコット家の子供たちに、新たにふたりの人間が加わったことに気がついた。

　彼はそのふたりの顔を穴の開くほどじっと見つめた。そして誰なのかわかると、ぞっと身震いした。二三年ぶりに見るが、間違いない。

　ベネットとラナ・プレスコット夫妻。ふたりはまるで……生きているようだ。

　いつものカジュアルな服装で、いつもの知的で洞察力の鋭そうなまなざしをしている。あのころのままだ。あのころ――わたしがまだ若くて、まだこんなに……オーバーリンは考えを中断した。いや、わたしは邪悪な人間などではない。だいたい、古くさい考えだ。天国と地獄。罪と購い《あがな》。そんなことを信じていたら、死んだときに地獄の業火で焼かれると思わなければならない。すべてはたわごとだ。人々に財布から金を出して教会の金庫に入れさせるための、くだらないたわごとなのだ。

　プレスコット夫妻はなぜここにいる？

「これは誰だ？」オーバーリンはいまだに死体を指さしていた。

　しかし、プレスコット家の子供たちはまったく注意を払わなかった。

「あなたは誰だと思うの、オーバーリン？」ラナの声は以前とまったく同じに聞こえた。すんだ穏やかな声に、かすかなテキサス訛りが温かみを感じさせる。

「わたしに似ている」オーバーリンは答えた。「だが、そんなはずはない。わたしはここにいるのだから」

「きみはここにいる」ベネットが言った。「きみが決して行きたがらなかった場所にね」

「いかにも牧師らしい言い草だな」オーバーリンはあざ笑った。

「きみは自分がどこにいると思っているんだ、ジョージ？」ベネットの声はラナの声ほど優しくなかった。オーバーリンの罪を許してはいないと言わんばかりの厳しい声だ。

牧師など、みんな同じだ。自分が日ごろ説教していることを実行できやしないのだ。

「まわりを見てごらんなさい、ジョージ」ラナが促した。「子供たちにはあなたが見えないのよ。みんな、違うほうを見ているでしょう。ほら、あんなに抱き合っている」子供たちを見て、彼女は微笑んだ。「あの子たちは夫や愛する人たちを抱きしめている。耳を傾けてごらんなさい、ジョージ。あの子たちが何を言っているか、耳をすませるといいわ」

気は進まなかったものの、オーバーリンはそうするしかなかった。ほかに選択肢はないように思えた。

「信じられないわ……やっと終わったのね。信じられない……」ホープがザックの胸に顔をうずめて泣いた。

彼女のまわりにみんなが集まってきた。

「今までずっと」ペッパーの声は震えていた。ダンがペッパーを後ろから抱きしめ、彼女はホープの髪を撫でている。「今までずっと、わたしは両親に捨てられたんだと思っていたわ。ずっとふたりを憎んでいたけど……」

「もしもお父さんとお母さんが」その言葉に動揺したかのように、ケイトは咳払《せきばら》いをした。「あなたたちの言っているようないい人たちなら、あなたたちがどんなことを思っていたとしても、きっと許してくれるはずよ。きっとわかってくれるわ」

オーバーリンがベネットとラナに視線を向けると、ふたりは頷いていた。目をきらめかせて子供たちを見つめている。彼らは子供たちが放っている愛のオーラを両手で撫で、その力を強めて、金色に輝かせた。

そしてケイトは……家族の中心に立っていた。あのいまいましいプレスコット家の連中の真ん中に。誰もが彼女に微笑みかけて抱きしめ、大声で呼びかけている。ケイトは見知らぬ人たちにどう対応していいかわからない様子で、落ち着かなげだった。

ケイトはわたしと一緒にいるほうが幸せなのだ、とオーバーリンは思った。彼女はわたしのものだ。

ベネットは彼の心を読んだようだった。「きみのものではないよ、オーバーリン」

もう少しで、わたしのものになるところだった。ラナのように。もう少しだった。ラモスさえいなければ、ケイトはわたしのものになるはずだったのだ。今、彼女はあの男の体に腕を回している。愛の言葉をささやきながら、彼の傷を見ようとしている。人殺しをしたことに、まったく罪悪感を覚えていないのか。

このわたしを殺したことに。

「わたしが死んでいるはずはない」オーバーリンは大声で言った。そうすれば言葉どおりになるとでもいうように。「そんなことはありえない」

「まわりを見てごらんなさい、ジョージ」エヴリンの声が後ろから聞こえてきた。

さっと振り返ると、妻がそこにいた。

彼女はベネットとラナほど穏やかな気持ちではないらしかった。目は冷たい憎悪に燃え、自分の苦悩を癒すものなどありはしないと言わんばかりに、両手をもみ合わせている。腕や脚には階段から落ちたときの傷跡があった。頰に開いた傷口は血まみれで、頭が奇妙な角度で胴体の上にのっていた。

首の骨が折れているのだ。

「待っていたわ、ジョージ」エヴリンは自分の墓を身ぶりで示した。夫婦用の墓石の半分に、オーバーリンが彫らせた愛情たっぷりの言葉が刻まれている。

従順な娘

最愛の妻

親愛なる伴侶

墓石のもう半分には何も書かれておらず、新たな名前を刻めるようになっている。

「あなたはわたしの隣の墓地を買ったわね。そしてふたつの墓地のあいだに、表向きはちゃんとした墓石を立てた。でも、使うつもりはなかったんでしょう。新しい奥さんの隣に埋葬されるつもりだったのよね。だけど、あなたの体はわたしと一緒にここに埋められるはずよ」

墓は開いていた。彼の墓が開いていた。まるで誰かが緑の芝生の上に棺《ひつぎ》の大きさの長方形を置いたかのように。色も光もすべて覆い隠す漆黒の長方形を。

「見てごらんなさい、ジョージ」エヴリンが命じた。

彼女の頭は茎の折れた花みたいに傾いている。傷のまわりの皮膚がめくれあがって、肉がのぞいていた。エヴリンは決して許さないという目でいまだに彼を見つめながら、両手を握りしめている。「見るのよ、ジョージ！」

オーバーリンはプレスコット家の人々にちらっと視線をやった。ラモスが倒れていた。全員が彼を取り囲み、応急処置を施している。だが、オーバーリンは彼らの言葉をよく聞きとれなかった。なぜか彼らが離れているように、まるで遠ざかってしまったように感じられる。先ほど倒れていた男の体も遠くなった気がする。小さくなったように思える。ぱっくり開いた傷口にハエが一匹、止まっている……。

オーバーリンはひるんで顔をそむけた。

墓はまだ開いている。こんなに真っ黒な穴を見たのは初めてだ。もちろんありえないことだが、その先には……何もないように見える。

オーバーリンは一歩、前に出た。

そして後ろを振り返った。何か変だ。ベネットとラナの姿がまだはっきりと見える。ラナがこちらをじっと見ていた。その目に涙が光っている。気の毒がっているのか。ジョージ・オーバーリンを――ベテランの上院議員であり、テキサスでも指折りの金持ちである彼を。

一方、ベネットの表情は重々しく、厳しかった。いかにも神を心から信じ、神の戒律や永遠の断罪を心から信じる、全能の神に仕える牧師のように。彼は永遠の断罪が行われるのを見たがっている。それも今。

「見てごらんなさい、ジョージ」エヴリンが近づいてきた。頬の傷口が開き、見るからに不気味な姿だった。まさに死人そのものだ。そして復讐心に燃えている。「あなたのお墓の中をのぞいてごらんなさい」

オーバーリンは気が進まなかったが、エヴリンにそばに寄ってこられるのはいやだった。怯えていることを知られたくなかったし、なぜかわからないが、黒い長方形がここにある理由を知っておかなければならない気がする。

彼はそこにじっと待っている暗闇に近づいていった。そして三〇センチ近く手前で足を止めた。

「見て！」エヴリンが叫んだ。

オーバーリンはさらに近づいた。

穴の中には何もなかった。ただ……黒いだけだ。匂いもなく、熱い空気も冷たい空気も感じられない。彼がかがみこんだとき、見えたものは……何もなかった。まるで宇宙の深みをのぞきこんでいるようだ。星がきらめく光を投げかけてくることも、太陽が温かさと生命をもたらすこともない宇宙の深みを。ただぽっかりと、うつろな穴が開いているだけだ。

何もない。

「常に公正な裁きが下されるのよ、ジョージ」エヴリンの声が耳に飛びこんできた。

彼はさっと振り向いて彼女を見つめた。

エヴリンは心癒され、満足しているようだ。なぜそんなふうになれるんだ？

オーバーリンは彼女を引っぱたきたくなった。「わたしはきみを殺した。やつらを殺した。わたしは不正を働き、嘘をついた。地元の有力者たちを脅迫した。公正な裁きだって？」彼は笑った。今、この輝かしい一瞬、彼はいつもの自分に戻った気がした。テキサス一の権力者、ジョージ・オーバーリンに。

「この世界に公正な裁きなどない」

「あなたはもうあの世界にはいないのよ」エヴリンは幸せそうに言った。とても幸せそうに。

何かがオーバーリンの足をつかんだ。

彼は下を見た。黒いものが足首を包みこんで、消し去ろうとしている。

オーバーリンは飛びのこうとした。だが、動けなかった。

「公正な裁きがなされるまで、時間がかかることもあるの」エヴリンが言った。

黒いものがじわじわと脚まで手を伸ばしてきた。何匹ものヘビのように身をくねらせて。

「やめろ！」オーバーリンは振り払おうとした。

黒いものは容赦なくずるずると這いあがってくる。分かれたり、くっついたりして……。

膝が見えなくなった。腿の感覚もない。体の一部が……なくなってしまった。

ようやくオーバーリンは理解した。黒いものが自分を消しつつあることを。彼を。ジョージ・オーバーリンを。彼は死んでいる。権力があろうが、金があろうが、なんの関係もない。彼は死んでいる。

あの死体はオーバーリンだった。これは彼の墓なのだ。彼は自分の殺した人々に会っていたのだ。今や、暗闇が彼をのみこもうとしている。

オーバーリンは悲鳴をあげた。

暗闇にぐいと引っ張られる。

腕がもぎとられた。彼はつんのめった。もう一度悲鳴をあげる。地面が顔にぶつかった。芝生をつかんだが、感触がなかった。

口を開けて叫ぼうとしたが、口はすでに消えていた。たとえ口があったとしても、どうにもならなかっただろう。音が消えていた。何もかも消えていた。光も言葉も夢も思考も。あらゆる感覚が……消滅していた。

彼自身も、彼の魂も消えていた。

ジョージ・オーバーリンは永遠の闇の中に消えていった。

25

救急車のサイレンの音で目を覚ましたとき、ティーグはただひとつのことしか考えていなかった。

彼女は無事か？ ケイトは無事なのか？

彼はおぼろげに思い出した。オーバーリンが銃を持っていたことを。ケイトがオーバーリンを撃ったことを。そのあと、自分がほかの人々と一緒に墓地の中をよろめきながら歩いていたことを。

ケイトの家族と一緒に。

彼女は無事なのか？

思い出そうと気を張りつめたせいか、ティーグは頭が割れるように痛くなった。タイヤが道路のくぼみにはまるたびに骨がガタガタ揺れる。青い制服を着た救急隊員の男性が、彼の腕に注射針を刺そうとした。

ティーグはもがいた。「薬で眠らせるのはやめろ。放せ、ぼくは彼女を助けなければならないんだ！」彼女が撃たれる前に。ぼくの無能さが引き起こした結果に直面するはめになる前に。自分の愚かしさに直面する前に。ぼくは長いあいだずっと……。今回はもっとひどいことになるかもしれない。ずっとひどいことに。

「ティーグ、じっとして！」彼をのぞきこむ顔が見えた。

「ケイト？」ケイトだった。彼女は美しかった。それに元気そうだ。

彼女は厳しい表情で言った。「あなたは怪我をしているの。この人たちはあなたを助けようとしているのよ。これからヘリコプターに乗り換えてサンアントニオに行くから、落ち着いて」

注射針がティーグの腕を刺した。まだ痛みは感じるものの、まるで他人の腕みたいだ。このうえない幸福感に包まれて、気分が高揚してきた。「ケイト、愛しているよ」

「しいっ」彼女の冷たい手がティーグの熱い頬に触れる。「もうすぐよ」

ぼくはケイトを愛している。もっと早くそのことに気づかなかったのは愚かとしか言いようがない。ほかに彼女になんと言えばいいだろう？　そうだ。わかったぞ。「ぼくと結婚してくれるかい？」

ケイトの唇が動いた。だが声は聞こえたものの、言葉の意味が理解できない。それでもひとつだけ、わかったことがある。ケイトは家族を見つけたばかりなのに、ぼくのそばにいる。病院まで一緒についてきてくれるのだ。

ティーグは担架の上で体の力を抜いた。救急隊員に注射をされたり、包帯を巻かれたりしても抵抗しなかった。

なぜなら、すでにケイトを助け出していたからだ。彼女は生きているし、怪我もしていない。

今度こそ、ぼくは凶弾から愛する女性を守ったのだ。

ケイトは誰かが——誰でもいいから——あのドアを開けてティーグはもう大丈夫だと言ってくれたらいいのにと思いながら、病院の待合室にぽつんと立って腕をさすっていた。彼は生きているはずだ。でも、あれほど大量に出血しているのを見たのは初めてだった。

頭がくらくらしてきたので、ケイトはふらつく足どりで冷水器に向かった。身をかがめ、水を顔につける。そのあと、待合室にいるほかの人たちに気づかれませんようにと願った。めまいがおさまると、ケイトは体を起こした。壁に手を突いて足もとを見つめる。

ティーグは救急車の中で叫び声をあげて暴れた。ケイトは彼をなだめ、救急隊員たちが薬物を投与できるようにしたが、おびただしい量の血が流れていた。そして……。

ケイトは母親に会いたくなった。

彼女は額を強くこすった。

お母さんに会いたい。そしてわたしは家族全員を手に入れようとしている。あの墓地で、新しい家族たちはとても優しかった。それぞれ自己紹介をしてから、まるで長いあいだ迷子になっていた愛犬が見つかったみたいにわたしを抱きしめてくれた。でも、わたしは彼らのことをよく知らない。ホープにペッパー、ダンにザック、ガブリエル……。

いったい、あの人たちは何者なの？　わたしは彼らのことを誰ひとりとして覚えていない。あの人たちが今、わたしを慰められるとしても、せいぜい待合室にいる見知らぬ人々や、怯えた顔の受付のボランティアや、鬼軍曹さながらにERを仕切っている看護師とあまり変わらないわ。わたしはお母さんに会いたい。

「ダーリン！」待合室の入口から、大好きな人の懐かしい声が聞こえてきた。「急いで飛んできたのよ」

ケイトはさっと顔をあげた。「お母さん！」

マリリンは急いで待合室に入り、ケイトを抱きしめた。「彼の具合はどうなの？　よくないの？」

「わからないわ」ケイトは母親の肩に頭をのせた。「ああ、お母さん」彼女は初めてしゃくりあげた。「もしかしたら彼は……し、死んでしまうかもしれないわ。わたしを助けたせいで」

優しい手がケイトとマリリンを包みこみ、カウチに連れていった。

「銃弾は彼の頭をかすっただけです」男性の声が聞こえた。「たぶんそれほどひどくはないでしょう」

ケイトは顔をあげた。

全員がここにいた。ケイトの家族全員が彼女と母親を囲んでいた。

ケイトは声の主である男性を見つめた。ダークブラウンの目にブロンドの髪。よく日に焼けていて屈強そうだ。彼はケイトの身内なのだ。

今は名前を思い出せないけれど。

「彼はわたしの夫のダンよ。牧場主で、以前はテロリストを追っていたの」ケイトの姉――ペッパーは妹が混乱しているのがわかったようだった。ウェーブのかかった黒髪にはしばみ色の目。子供のころに一緒に暮らしていたら、きっとケイトをいたずらに引きこんでいただろうと思わせる顔をしている。

「たぶんそれほどひどくはない？　どうしてわかるの？」ケイトは喉を詰まらせた。

「ダンは医者ではないけど、怪我をした人たちをたくさん見てきているのよ」ホープが言った。ケイトのもうひとりの姉だ。ブラウンの髪に青い目。故郷に帰ってきたかと思わせる安らぎをたたえた顔をしている。

「彼は……抵抗してたわ」ケイトの目に涙があふれてきた。彼女はもどかしげに涙を拭った。目がよく見えない。でもちゃんと見て、ちゃんと聞こえるようにしておかなくては。医師が現れてティーグの容態について説明するときに備えて、気をしっかり持っていなければいけない。「救急隊員に。彼は抵抗していた。わたしが落ち着かせたのよ。あ、あの人たちが鎮痛剤を注射すると、き、急に白目をむいて、い、意識を失ったの」

母親はケイトの肩に腕を回したままだった。

「ぼくは何度も銃による傷を見てきたし、ぼく自身も撃たれた経験があるが、意識を失っているから重傷というわけじゃないよ」ダンが言った。

「救急隊員は重傷だと思ってたみたい。彼に飛びかかるみたいにして酸素マスクをあてがって、それから……そのあとどうしたのか、わたしにはわからない」ケイトは震えながら長い息を吐いた。

ホープが夫を振り返った。「ザック、どんな様子なのか訊いてきてくれる?」

ザック——ところどころに銀色の筋が入っている黒髪と黒い目の風格ある男性——が頷き、ケイトの肩を叩いてから歩き出した。怪獣のゴジラを思わせる看護師が、無関心と軽蔑の表情を浮かべてデスクについているところに向かって。

「心配しなくていいよ、ケイトリン。ザックが質問すると、誰でも答えてくれるんだ」ガブリエルが言った。ケイトの里子の兄で、黒髪に緑色の目をしている。ハンサムだ。

「彼女はわたしが訊いても答えてくれなかったわ」不愉快そうに言うケイトの声は、まだ震えていた。彼女はザックから目を離さなかった。「わたしには何も教えてくれなかった」

ザックがゴジラに話しかけた。彼女が蔑むような表情で返事をすると、彼は両手をデスクに置いて身を乗り出し、もう一度話しかけた。

ゴジラが背筋を伸ばした。ザックを見つめたまま、受話器を取って電話をかける。彼女はメモをとってから、ザックに渡して説明した。そのあと、彼が家族のところに戻ってくるのをじっと見つめていた。

「いったい彼はどうやったの?」ケイトはささやいた。

「あなたたちをここまで追いかけるために、ザックがヘリコプターを呼んだところを見せたかったわ」マリリンが畏敬《いけい》の念を抱いている口調で言った。「彼は人の心をつかむ話し方を心得ているみたいね」

「ずっとお金があり余る人生を送ってきたからよ」ホープが言った。

ザックが近づいてきた。「銃弾はティーグの頭蓋骨《ずがいこつ》をかすっただけだ。彼はショック状態で、脳震盪《のうしんとう》を起こしている。それで意識が戻らないんだ」

「助かるの？」ケイトは尋ねた。

「それについては看護師は何も言わなかった。言ってはいけないと命じられているそうだ。でも、頷いた気がするから、経過は良好なんじゃないかな。少なくとも悪くはないはずだ」ザックは満足げに頷いた。

ケイトはすっかり安心し、目を閉じて母親の肩に頭を預けた。

「ああ、よかったわ！」ホープの声には感嘆以上のものがこめられていた。まるで感謝の祈りのようだった。

「ええ、本当によかった」マリリンはいかにも母親らしい仕草でケイトの背中を撫でた。ケイトは心が落ち着くのを感じた。

「ティーグは集中治療室《ICU》にいる」ザックが言った。「ケイト、彼に会えるよ。担当の医師がきみを案内して、詳しく説明してくれるはずだ」

ケイトはあわてて立ちあがった。

マリリンは座ったまま、ケイトの手を握っている。

「あの看護師は家族しかティーグに会えないと言ったわ」ケイトはドアから目を離さなかった。「だからわたしは、彼には家族がいないと言ったの。それなら誰も面会はできないって言われたのよ」

全員がぎょっとして看護師を見た。

ザックは顔色ひとつ変えずに言った。「そんなことにならないように、ぼくが説得しておいたよ」

その瞬間、ケイトは家族が自分を守るように囲んでいることに気づいた。わたしの家族。赤ん坊のころ以来、耳にすることのなかった彼らの名前を再び聞いたのは、わずか四時間前だ。彼らは今ここにいる。そして心配している――わたしのことを。自分たちの妹のことを。なんて不思議ですばらしい……まさに不思議としか言いようがない。

しかし、ケイトはそのことについて考えている暇はなかった。なぜなら、疲れきった顔をした白衣の女性が待合室に入ってきたからだ。「ミス・モンゴメリー？」

ケイトは急いで駆け寄った。

「どうも、ドクター・カーンです」医師はケイトと握手をした。「ミスター・ラモスに面会できますよ。ただし、彼はまったく動けないし、顔色もかなり悪いです」

ＩＣＵに向かう途中、ドクター・カーンは銃弾はティーグの頭蓋骨をかすめただけだと請け合ってから、それでも弾が頭に触れた患者の処置には神経を使うと言った。だが、ひどい頭痛以外にはとくに問題なく回復すると思っているらしかった。ドクター・カーンは、打撲傷や銃創は実際よりも重傷に見えますから、とケイトに注意を与え、ベッドに案内した。ティーグはたくさんのチューブやモニターやプリンターにつながれていた。プリンターは意味不明の専門的な数値を吐き出している。ドクター・カーンが言った。「一〇分だけですよ」

ティーグが身動きひとつしなかったので、ケイトはショックを受けた。彼女の知っているティーグは活動的で反応が速く、常にふたりのあいだに電流が走るほど生命力にあふれていた。今の彼は青ざめ、頭に巻かれた包帯の下から紫色になった傷跡がのぞいている。「ああ、ティーグ」ケイトはささやいた。「ティーグ、聞いて」注意深く彼の手を取る。彼女の手の中で、その手は力なくだらっとしたままだった。「ティーグ、聞いて。あなたを愛しているわ。起きて、わたしの話を聞いて。ティーグ、愛しているのよ」

ティーグが彼女の手を握った。ほんのかすかな力で。

そのとたん、モニターのひとつが鳴り出した。

ドクター・カーンと看護師が飛んできた。ドクター・カーンはプリントアウトを見てから、ティーグのまぶたをあげて瞳孔《どうこう》を懐中電灯で照らした。彼女は微笑んだ。「よかった」

「意識が戻ったんですか？」ケイトは尋ねた。

「いいえ。でも、永久に意識を失ったままにはならないはずよ」

ドクター・カーンの満足そうな声を聞いて、ケイトは背筋を伸ばした。「意識が戻るチャンスがあるんですか？」

「わたしたちは現代医学と人間の脳の話をしているんですよ。あらゆるチャンスがあります」ドクター・カーンは懐中電灯をしまった。「あと五分です。ずっと話しかけていてください ね」

待合室に戻ったとき、家族たちは――ケイトの家族たちは彼女を質問攻めにした。〝彼はどんな具合だった？〟〝医者はなんて言ったの？〟〝少しはほっとした？〟

ケイトは詳しく説明した。彼女が話し終えてみんなが控えめに喜び合っていると、ゴジラの看護師が冷ややかな口調で言った。「ここにはほかの患者さんのご家族もいらっしゃいます。あなた方ほど幸運ではない人たちの状況も考慮してください」

「彼女の言うとおりだ」ガブリエルが一同をドアのほうに追いたてた。「さっき、このフロアを偵察してきたんだ。この先にある中庭は患者も見舞い客も使えるよ」

ゴジラににらまれて、彼らはいたずらをした生徒のような気持ちになった。

逃げ出しながら、ペッパーはひそかに鼻を鳴らし、ホープは忍び笑いをした。一同は後ろめたさに笑いをこらえて体を震わせながら、中庭に通じるガラスのドアに向かった。中庭では冷たい風にもめげずに生きようとしている耐寒性の植物の鉢植えが、おぼろげな光に照らされていた。

ダンとガブリエルがドアを押さえ、ケイトと姉たちがドアの外に出た。とたんに女性たちはどよめいた。くすくす笑いながら言い合う。〝ねえ、彼女の顔を見た？〟〝火を噴くかと思ったわ〟

ひとしきり笑ったあと、彼女たちは静かになった。そして互いを見つめた。

家族。その事実がケイトの中に浸透しはじめた。ここにいるのはわたしの姉たちだ。わたしには家族がいる。

「母にそっくりね」ペッパーが心底驚いている声で言った。

「これならどっちにしても、わたしたちはケイトを見つけられたでしょうね」ホープが震える指で、ケイトの顔にかかっていた髪を払った。「全国ネットのレポーターになったら、顔を見てすぐにわかったはずよ」

「ありがとう……」何を言うべきか、ケイトにはよくわからなかった。姉たちは彼女のことを覚えていた。ケイトは姉たちのことを覚えていなかったし、彼女たちが味わってきたであろう悲しみにどう対処したらいいのかもわからなかった。なんとなく決まりの悪い、落ち着かない気分でケイトは言った。「わたしを探してくれてありがとう。あきらめずに探してくれて。お姉さんたちが費やしてきた長い年月を思うと、信じられない気がするわ。お姉さんたちは本当に強かったのね」

「あなたはわたしたちの赤ちゃんだったのよ。探さずにはいられなかったわ」ホープが言った。

ケイトは三人の男性をちらっと見た。彼らはまだ外に出てきていない。まだひとかたまりになってドアを押さえている。居心地の悪そうな、困った顔をして――うれしい半面、面映《おもは》ゆい感情もあってとまどっているのだろう。

「お母さんはどこ？　わたしの母はどこにいるのかしら？」ケイトがドアの中をのぞきこむ

と、母親が立っていた。ケイトが姉たちと一緒にいるのを見守りながら、静かに頰を伝う涙を拭っている。

「お母さん?」ケイトは中に戻りはじめた。

「なんてこと!」ホープが言った。「わたしたち、あなたのお母さんのことを忘れていたわ」

「わたしたちって最低ね。再会を喜びながら、お母さんをほったらかしにしていたなんて」

ペッパーがうんざりした口調で言った。

ケイトは母親の首に腕を巻きつけた。「どうしたの、お母さん? なぜ泣いているの?」

「本当に、ひ、ひどいことをしたと思ってるの」マリリンはうまくしゃべれなかった。「こんなにな、長いあいだ、わたしはあ、あなたから、このすばらしい、か、家族を奪ってきた。全部、わ、わたしのせいなのよ」

ホープが入ってきてケイトを脇へ押しやった。「あなたのせいだなんて、とんでもありません。わたしたちはケイトのことをずっと心配していました。虐待されているんじゃないか、どこかに売りとばされてしまったんじゃないかと」ホープは喉を詰まらせた。首を振って話を続けようとしたが、できなかった。

ペッパーがホープの話を引きとった。「わたしたちは妹が死んでしまったのではと心配していました。そして今、このすばらしい女性が妹だとわかったんです。それに妹が幸せな人生を送ってきたとわかって本当にうれしいし、救われた気持ちです。もちろん、あなたのおかげですよ、彼女が幸せになったのは。だからこそ、わたしたちはあなたが大好きなんです。

あなたはもう、わたしたちの家族の一員です」

ケイトはふたりの姉にキスしたいと思った。母親はまだ泣いているが、微笑んでもいる。母親は腕を広げた。「あなたたちの家族になれるなんて光栄だわ」

妹になるにはどうしたらいいのか、ケイトにはわからなかった。誰の妹に――この女性たちの妹に、この男性たちの妹に――なるにしても。それでも今、ホープとペッパーはマリリンを抱きしめ、ケイトは家族を抱きしめた。

プレスコット家の人々は再び家族となったのだ。

六日後、ティーグはケイトが病室に入ってくるのを眺めていた。彼がレザージャケットとジーンズにランニングシューズという格好だったので、ケイトは目を丸くした。ぱっと笑みが浮かぶ。ティーグに会えてうれしくてたまらない様子だ。

それも真実を話せば変わってしまうだろう、と彼は思った。

ケイトはジーンズに、長袖の白いTシャツの上にカーディガンを羽織っている。

なんて……美しいんだ。

ティーグは息をのんだ。彼を悩ませていた頭痛が――頭痛に悩まされていることを彼はずっと否定していたのだが――悪化した。

「服を着ているのね！」彼女が言った。

「それに帰る用意もできてるよ」ティーグはスーツケースをつかんでドアに向かった。「充分すぎるくらいだ」

「歩いては帰れないわ」ケイトが彼の腕をつかんだ。「看護師が車椅子を持ってくるから」

ケイトに触れられた部分が、雷が落ちたように熱くなった。彼女はわからないのだろうか？　気づいていないのか？　ケイトの唇がぼくの唇をかすめるたびに、あるいは肩に彼女の腕が回されるたびに、ぼくの体が欲望で熱くなることを。

ティーグは先週、注意深く無関心を装っていた。心を空っぽにすれば、これから襲ってくるはずの痛みは麻痺するだろう……真実を告げたときの痛みは。

だが、ケイトに触れられるたびに電流が走るような興奮が闇を吹き飛ばし、ティーグの魂の隅の暗がりに光を当てて、彼を無理やり活気づけるのだ。

ティーグは心を鬼にして冷たい声を出した。「車椅子はいらない」

ケイトは辛抱強く、おもしろがっている口ぶりで応えた。「あなたに車椅子が必要かどうかなんて病院側は気にしてないわ。あなたが途中で転んで告訴されると困るからよ」

最高だ。ケイトはユーモアでぼくの気持ちを引き立てようとしはじめた。おそらく、一週間愛を交わさなかったことによるストレスなど感じていないのだろう。明らかに彼女は、家族が現れたことにもうまく対処しているらしい。

ティーグよりもずっとうまく。プレスコット家の人々は全員が一日一回はティーグの面会に来て、深い愛情で彼を包みこんだ。何しろティーグは妹の命の恩人なのだ。彼らは無条件で彼を愛した。

プレスコット家の人々がいないとき、ケイトは彼らの話をした。それぞれにどんな特徴があり、どこに行って、どんなものを食べるかを。彼女はこれほど親密な家族の一員となることに対する複雑な感情を打ち明けた——それがティーグに関係があるかどうか、定かではないが。さらに自分が人を殺したのだと気づいたときは——オーバーリンはひとでなしではあったけれど——すごく奇妙な気持ちだったと打ち明けた。

ティーグは軍人だったころ、人を殺したあとで味わった驚くほど複雑な感情にどう対処したかを話して聞かせた。するとケイトは頷いて、実はダンにも同じことを言われたと明かした。

もはやケイトはぼくを必要としていない、とティーグは思った。ひとつだけ、オーバーリンが正しかったことがある。ぼくはケイトの人生にふさわしくないのだ。

「車椅子はいらないよ」ティーグは頑固に言った。

「じゃあ、あなたから彼女に言ってね」ケイトは目を見開いて怯えたふりをした。「ゴジラの担当なのよ」

「くそっ」ティーグの頭の傷が痛んだ。彼は額を指で押した。

ドアが勢いよく開き、ゴジラの看護師が車椅子のそばに控えているのが見えた。

ケイトはティーグの腕をさすってから、ゴジラが彼を車椅子に乗せられるように脇によけた。ティーグが気づいたときには、もう病院の廊下を通っていた。一ブロックも歩けない老人になった気分だ。通りかかった看護師たちが、陽気に別れの挨拶をしてくる。そのうちのふたりの笑顔はティーグに、自分は老人ではなく、デートの相手として申し分ない男であると思い起こさせた。

それにケイトも気づいたようだった。ティーグのそばに寄って肩に手を置いたからだ。それで彼は、またもや雷に全身を貫かれたと感じた。

嵐の中でケイトと愛を交わすべきじゃなかった。あのときの熱気がいまだに空中に残っていて欲望に火をつけ、思いをかき乱す。

あのとき、ぼくは理性をなくして……彼女に心を奪われていた。

病院の玄関に近づくと、ケイトはティーグのスーツケースを手にして車を取りに行った。彼は険しい顔つきで待っていた。ケイトが車を回してくると、彼は後ろに控えていたゴジラの看護師が止めるのもかまわず、立ちあがってひとりで車に乗りこんだ。ゴジラはまるで彼を厄介払いできてうれしいと言わんばかりに、ドアをばたんと閉めた。

「さあ、早くここを離れよう」ティーグはケイトに目をやった。

ケイトはギアを入れて車を発進させた。彼女は微笑んでいた。よく幸せそうな顔などできるものだ、とティーグは思った。

「なんだい？」彼は嚙みつくように言った。

「一週間前は、あなたは死んでしまったと思っていたのよ」声の調子も本当に幸せそうだ。

「それなのに、今は家まで送っていけるなんて」

「いや、違うよ。ぼくたちはこれから……ある人を訪ねるんだ」彼は強引にこのチャンスをつかもうとした。「ここを左に曲がってくれ」

ケイトは眉をあげたものの、言われたとおりにした。「誰のところに行くか訊いてもいいかしら?」

「ファニータのところだ」

「ファニータって、ラモス・セキュリティ社の?」

「ああ」ティーグはひと息ついた。「彼女の名前はファニータ・ラモスなんだ」

ケイトは身を固くした。「彼女はあなたの……?」

「いとこだよ。ファニータはぼくのいとこなんだ」

「よかった」彼女は再びリラックスして、パワーのある小型車を楽々と運転した。「あなたは家で休んでいなくてはいけない体なのよ。今、彼女の家に行かなければならない理由があるの? わたしがあなたの親戚《しんせき》とおしゃべりするのは、あとでもできるわ」

「いや、あとではだめなんだ」遅らせることはできない。ICUで意識を取り戻してから、ずっとこの瞬間を恐れてきた。生まれて初めて、ラテン民族の炎のような激しい情熱で誰かを愛していることを気づいてからずっと。愛……愛は真実を求める。真実を知ったら、どんな女性もぼくを愛せないだろう。ましてケイトはプロテスタントの道徳観を持つ潔癖な性格だから、なおさらだ。

もちろん、ケイトはぼくを哀れむだろう。親切にするに違いない……そう思って、彼はぐっと歯を食いしばった。

ケイトはファニータのアパートメントに到着し、来客用の駐車スペースに車を停めた。その建物はペンキが剝げていて、みすぼらしかった。ティーグは説明した。「彼女はぼくの援助を拒んでいる。自分の給料で生活すると言い張っているんだが、あんな体では医療費がかかるし……」彼は言葉を途切らせた。取りつくろってはいけない、と自分に言い聞かせる。「さあ、行こう」

ふたりは車から降りた。ケイトは車の前で待っている。ティーグは身ぶりで行き先を示したが、ケイトは彼が先に立って歩いてほしいと思っているのがわかっていないようだった。彼女はティーグの手の中に自分の手を滑りこませた。「ファニータはわたしたちが来るのを知っているの？」

「ああ」ティーグは緊張感にとらわれた。

「ほかにも親戚はいるの？」

「そう呼べる人間はいないよ」

「じゃあ、あなたのご両親に会うようなものね？」ケイトは握りしめた手に力をこめた。

ケイトの手を振り払いたいとティーグは思った。彼女の指にキスをしたい。彼女の血管に吸いこまれて、彼女と一緒に見たり、聞いたり、息をしたりしたい。ぼくは苦しみながらゆっくりと息絶えようとしているが、ケイトはぼくの苦しみに気づいてさえいない様子だ。

「そうじゃない」ファニータの部屋のドアの前でティーグは立ち止まり、ノックした。「そういうことじゃないんだ」

彼に向けたケイトの表情は、気づいていないふりをしているが実際はそうではないことを物語っていた。ケイトは何かあると気づいている……もちろん彼女にはわかっているのだ。六日前に目覚めて以来、ティーグのほうから彼女に触れようとしたことはない。彼は最後に一度だけ、キスができたらと願っていた。

ケイトは今、ティーグが何を考えているかわかっていて、しかも乗り気だ。彼女はしなやかに体をもたせかけて顔をあげた。そして目を閉じた。

ケイトが身を任せてきたことに、ティーグは抗えなかった。

そのときファニータが出てきた。「あら！」彼女はブラウンの目をきらめかせた。「家の中に戻ったほうがいいかしら？」

「いや」ティーグはうっとりしているケイトを無情にも振り払った。

ケイトは傷ついたようにうつむいて唇を噛んだ。だが、長年にわたってゆっくりと失望感にさいなまれていくよりは、今、少しばかり傷つけられるほうがましだった。

ファニータはふたりが通りやすいように車椅子を移動した。「どうぞ入って！　待っていたのよ」彼女は自宅ではいつもゆったりとしたワンピースを着て、足を冷やさないようにスリッパを履いている。けれども今日は、パーティのホステス役みたいな装いだ。黒い髪を引き立てる赤いシャツと、お祭り《フィエスタ》にふさわしい花模様のスカートに、ファッショナブルで履き心地のよさそうなフラットシューズを合わせている。

「いい匂いがするわ」ケイトはファニータのあとについて、こぢんまりしたアパートメントのダイニングルームに入っていった。

「ティーグは病院でさんざんまずいものを食べたあとだから、おなかがぺこぺこのはずだと思って——不幸にして、わたしは病院には詳しいの——シュリンプ・エンチラーダスとチャーロ・ビーンズを作ったのよ」

ティーグは信じられない思いだった。円いテーブルには祝い事用のテーブルクロスがかけられ、キャセロールや電気鍋《なべ》、それに磨き抜かれた銀器がところ狭しと並べられている。

「これも見てちょうだい——」ファニータが布のナプキンを取ると、トルティーヤ・チップスの山が現れた。

「あなたが作ったの?」ケイトが尋ねた。

「いいえ。トルティーヤのお店で買ってきたのよ」ファニータがにんまりした。「マルガリータはいかが?」

「一杯だけいただくわ。ティーグは運転を許可されていないから」ケイトもにやりと笑い返した。

「彼は不満でしょうね」ファニータはキッチンの中をすいすいと移動し、サラダに最後の仕上げをした。「ティーグ、わたしがお皿を持ってくるあいだにマルガリータをついであげてくれる?」

「ぼくは運転できるさ」ケイトのためにフロストガラスのピッチャーからマルガリータをつぎながら、ティーグはいらだちを隠せなかった。この訪問は彼の計画どおりには進んでいない。彼が思い描いていたのは短い訪問で、ファニータの健康状態の現実をケイトに見せ、手短に話をしてすぐに立ち去り、そのあと、自分はずっとわびしい歳月を送るというものだったのだ。

それなのにケイトは、彼の親戚に会うのだと言い、そのことに特別な意味があるみたいに振る舞っていた。ファニータも同じように振る舞っている。いったい彼女たちはどういうつもりなんだ？　どうして何もかも重要な出来事にしなければならないのだろう？　なぜこちらが認めてもいないのに、勝手に決めつけるんだ？

ケイトがいなかったら、ぼくはどうなるのだろう？

その答えをティーグは知っていた。彼はこれまでの人生で何度も地獄を見てきた。そこに足を踏み入れたことも一度ならずある。闇の地獄も知っているし、光や感情や人生における自分の存在の不毛さも知っている。ケイトがいなくなったら、彼は生きながらにして地獄の人生を送るはめになるだろう。

「すてきなお宅ね」ケイトはマルガリータをすすった。「室内装飾は自分でしたの？」

「ありがとう、そうなのよ！　ちょっと家庭的な雰囲気にしたかったの——ティーグから聞いていると思うけど、わたしは彼と同じように州境のあたりで育って——」

「いいえ、聞いてないわ。あなたが彼のいとこだということも、今日初めて聞いたのよ」ケイトはごくあたりまえのことを話すような口調で、ティーグについて話した。「彼は身寄りのない、まったくの孤児だと思っていたわ」

「わたしたちが親戚だというのを、彼は誰にも言っていないの」ファニータもやはりあたりまえのことを話すような口調で言った。「彼は身内びいきを嫌っているんだけど、当然ながら、わたしはどこでも仕事をもらえるというわけじゃないのよ。彼のところで働かなかったら、もっと賃金の低い仕事をしなければならないわ」

それが真実だとティーグは認めたくなかった。ファニータはうちの会社でもっとも優秀な警備員だよ。去年は彼女の調査のおかげで一〇人以上が逮捕されたんだ」

「テキサス州にはずいぶんお世話になっているのよ」ファニータが言った。「ヒューストンのシュライナー病院は無料で手術をしてくれたの。それで今のように自由に動き回れるのよ。だから、自分が議事堂を守っていると言えるのはいい気分だわ」

「わたしも議事堂で仕事をしていたのよ」ケイトはトルティーヤ・チップスをチャーロ・ビーンズに浸した。「これ、すごくおいしい。あとでレシピを教えてね」

「どういう意味だ、議事堂で仕事をして*い*た*というのは？」ティーグは、その答えが自分の気に入るものでないとわかっていた。

「首になったのよ」ケイトは口をすぼめた。「わたしが入社して以来、ブラッドはわたしを金食い虫だと思っていたみたい」

「なんてやつだ！」ティーグは信じられなかった。「あの男はきみがどんな目に遭ってきたかわからないのか？」

「彼にとってはどうでもいいことなのよ。もともとわたしを雇いたくなかったんだから、今や雇いつづける必要はなくなったというわけ」ケイトはまったく気にしていないように見えた。

だが、ティーグにはよくわかっていた。彼女は仕事を愛している。「ぼくがブラッドと話をつける」

「いいえ、やめて。わたしが前の仕事についたのは、ある人が無理やりそうさせたからよ」

ケイトの目が光った。「もう二度とごめんだわ」

「そろそろ食事にしたほうがよさそうね」ファニータがサワークリームの入った小さなボウルとピコデガロをテーブルに置いた。彼女が小さく微笑むと、ほっそりした頬にえくぼができた。

ティーグとケイトが椅子に座った。ファニータも自分の場所についてふたりの手を握った。

「わたしは食事のたびに、今日も一日無事に過ごせたことを神様に感謝するの。今日はあなたたちが生きていられたことも神様に感謝するわね」

26

二時間後、ティーグと一緒にファニータのアパートメントを出るころには、ケイトはファニータから彼の一〇代のころの愉快な話をたっぷり聞かされていた。ファニータはすべてを話したわけではないが――重大なことは話さなかった――校庭で不良たちに立ちはだかって年下のいとこを守るかと思えば、ヘアスタイルが気に入らずにべそをかくようなところもあるタフガイ気どりの少年の姿を生き生きと語ってみせた。

ティーグはケイトが話を聞いてときおり笑うのを見つめながら、その快活な笑い声に、腹にナイフを突き立てられたような気持ちになった。

だがティーグの車に戻るあいだ、ケイトは物思いに沈んでいて、何も言わなかった。たぶんあれこれ憶測しているのだろう。たぶん的確なことを。これからの一時間はつらいものになる、と彼は思った。でも、ぼくはもっとつらい時間を過ごしてきた経験があるし、これがすめば――すべて終わるのだ。

遠ざかっていく景色を見て、ティーグは言った。「曲がるところを間違えているよ、ケイト」

「あなたを家に送っていくんじゃないもの」彼女はもう一度、角を曲がった。

「きみの家には行きたくないな」

「わたしの家に行くわけでもないわ」固い決意をうかがわせるように、ケイトは顎を突き出して言った。よくない兆候だ。

ティーグは次の言葉を待ったが、彼女は続けなかった。「どこに行くんだ?」彼は尋ねた。

「タウン・レイクの公園よ」

そこは美しい湖のある美しい公園だが、ティーグはピクニックをするよりもこの話し合いをすませたかった。「なぜそこに行くんだい?」

「今時分はすごくすてきだから」まるで答えになっていなかったものの、ケイトはそれ以上言おうとしなかった。

彼女は閑散とした駐車場に車を乗り入れた。芝生はまだ緑色だが――当然ながら、ここはテキサスで、まだ一一月に入ったばかりなのだ――色づいている葉もあった。木々の枝を透かして、青いなめらかな湖面が見える。ひと組のカップルがピクニックテーブルで身を寄せ合っていた。ほかには誰もいない。

ケイトはティーグを振り返った。「歩かない?」

「いいよ」彼はまだ頭痛にさいなまれていたが、ケイトに言うべきことをついに言ったとたん治るに違いないと思った。「ともかく、ぼくたちは話し合わなければならない」

「わかってるわ」ケイトは運転席側のドアを開けた。「歩きましょう」

そうか。それで彼女はここに来たのか。彼女も話をしたがっているのだ。どちらの家でもない場所で。

ふたりは並んで歩き、芝生を横切って湖のほとりに向かった。だがケイトは今回、ティーグの手を取ろうとしなかった。彼にまったく触れようとしない。

この日は冷えこんでいた。たぶん一三度ぐらいだろう。レザージャケットを着ていても、ティーグは寒かった。退院したばかりだからだ、と彼は自分に言い聞かせた。本当は、寒いのはふたりのあいだの距離が原因なのだ。その距離にも慣れなければいけない。

湖からそんなに離れていない芝生の上に、ケイトは座った。襟を立て、両手をカーディガンのポケットに突っこむ。沈黙は気詰まりなものになり、ついには耐えがたいものになったが、彼女は沈黙を破ろうとしなかった。どちらかが会話の口火を切るとしたら、それはティーグでなければならない。

彼はケイトを見下ろすように立っていることに感謝した。これなら真実を彼女に突きつけられる。彼女は知る必要があるのだ。

「ファニータが車椅子に乗っているのはぼくのせいなんだ」にべもない言い方には違いないが、それでも事実は告げた。

「そうじゃないかと思っていたわ」ケイトは顔をカーディガンの襟の中にうずめるようにした。そして待った。

「ファニータは……ファニータがぼくのことを話すとき、ぼくはまったく悪意のない人間みたいに聞こえる。でも、そうじゃなかった」ファニータに幸いあれ。彼女はぼくを愛するあまり、ぼくが実際よりもましな人間のような言い方をしたのだ。「ぼくは不良たちとつるんでいた。リーダー格のひとりだったんだ。街角でぶらぶらして人生を無駄にしていた。酒もドラッグもやっていた。母が予言したとおり、ドブの中で死んでも仕方なかったが……」

「目を覚ませという声が聞こえたのね」ケイトは湖の対岸を見つめた。

「ああ。そう言ってもかまわない。ぼくの母が……あの朝、母が言った言葉は決して忘れないよ」以前は決して口に出せなかった言葉が――過去の辛辣な思い出にどっぷり染まった言葉が吐き出された。「〝なんてこったい、ティーグ、このクソガキが、あの子を不良の喧嘩に連れていくなんて。そんなろくでもないことをするんじゃないよ。おまえは白人の血が混じった出来そこないだ。ナイフで刺されたって、誰も気にかけやしない。あたしだってそうさ。だけどあの子はまだ一四歳だ。あの子に何かあったら、あの子の父親はおまえを殺すだろう。それにあの子は頭がいい。とてもいい子だ。おまえとは違う〟」

「あなたのお母様は、本当にあなたを喜ばせることばかり言ってたのね」ケイトはわざとそう言ったが、ティーグとは目を合わせなかった。

なんの前触れもなく、暗いむなしさが広がってきた。「母親がひどい人間だからといって、ぼくのしでかしたことの言い訳にはならないよ」

「ええ、あなたの言うとおりよ」ケイトはあっさりと同意した。「つまり、あなたはファニータを不良たちの喧嘩に連れていったのね」

「ファニータは幼いころから、ぼくにくっついて歩いていた。彼女はぼくを崇拝し、ぼくは彼女の面倒を見ていたんだ。そうすることで、自分が強くなった気がしていた。自分がいいことをしているような」彼は苦々しげに言った。「まったく、大馬鹿やろうだよ」

「ファニータは今でもあなたを好きなのね。何も知らなかったら、今日、彼女があなたをわたしに売りこんでいたと思うところだったわ」

　確かにファニータは、ぼくをケイトに売りこんでいた。「彼女はぼくの結婚を望んでいるんだ」

「もちろんそうよね。で、なぜ結婚しないの？」

「それは……」〝まだ自分にぴったりの女性とめぐり会っていないから〟しかし、ティーグはその言葉を口にできなかった。そんなふうには思っていないからだ。

　ケイトが突然目を輝かせたので、彼女もそんな答えは受け入れないだろうとわかった。

「最後まで話して」ケイトが言った。

「それから、母は言った。〝あの子はまだ一四歳だ。おまえを追いかけて地獄まで行くだろう〟と……そしてそのとおりになった。ファニータが不良たちの喧嘩を見たがったので、ぼくは連れていった。そろそろ彼女もタフになって血の匂いをかいで、刃物沙汰の喧嘩で勝利をおさめる興奮を肌で感じるべきだと思ったんだ。ぼくたちは窓を壊し、物を盗み、互いに戦った。警察もぼくたちを捕まえられなかった」ティーグはまだ覚えていた。地面から立ちのぼる砂埃や、叫び声や、汗を。

彼の頭痛がひどくなってきた。「そのあと誰かがルールを破った。誰かが銃を持ってきたんだ」そこまではすらすらと言えた。一週間かけて練習してきた、おぞましい出来事をありのままに再現する言葉。だが、その先は喉に張りついて出てこない。ひとつの出来事だけが脳裏に焼きついて離れない。

あの一発の銃声。

あれ以来、何発も銃声を聞いてきたが、あのときの音は今でも耳に響いている。ティーグは思い出から、そしてケイトから遠ざかった。だが、いつまでも離れてはいられない。話を終えなければならないのだ。彼は現実に立ち返り、すべては一時間ほどで終わると再び自分に言い聞かせた。一時間なら、どんなことにも耐えられるはずだ。

「一発の銃弾。その銃弾がファニータの脊髄を切断した。彼女はもう少しで死ぬところだった」ティーグの足もとに倒れたとき、ファニータにはまだ意識があり、彼を見あげていた。

「ぼくは死ぬべきだったんだ」

「でも死ななかった」ケイトはティーグが想像もしなかったほど、彼から遠ざかってしまったように見える。「神様か運命の女神か、とにかくあなたが信じている何かが、生きるべきだと決めたのよ」

「ああ。そして自分のやったことに向き合うべきだとね」何度も何度も繰り返して。「その晩、家に戻ると……警官がいた」

「あなたを逮捕するために来てたの？」

「いや。酔っ払った母が道路に飛び出して、警官にさんざん悪態をついたあげく――なぜか死んだと知らせるためだ」陰鬱で冷え冷えとしたものがティーグを包みこむ。「まったく、ひどい一日だったよ」

「じゃあ、あなたはお母様も殺したのね」ケイトの残酷な言葉に、ティーグの最後のかすかな希望も――自分でも気づかなかったほどのかすかな希望も――潰《つい》えた。

彼は歯をむき出すようにして言った。「いや、違う。それはぼくのせいじゃない。母は気が向くと客をとっていた。そして金が入ると、あっというまに使いはたしてしまうんだ。飲んだくれてるときも、しらふのときも、意地が悪かった。あの日もファニータを助けるために出ていったわけじゃない。ぼくがファニータを連れていくことに反対したのは、自分の兄を怖がっていたからなんだよ。あの日、母が出ていったのは……母は地獄みたいなところに住むのが好きだったし、家のすぐそばで地獄みたいなことが起こっていたからだ」

「わかってるわ」ケイトはティーグと目を合わせて言った。「ファニータから聞いたの」

このとき初めて、ティーグは自分がケイトの手の内にあったことに気がついた。そして彼女が立ちあがって彼のジーンズの尻についた芝を払い落としたときには、さらに操られそうな気がした。「ファニータはほかに何を言ったんだ?」

「彼女はあなたが撃たれたあと、死ぬほど心配したと言ってたわ。わたしたちはずいぶん話をしたのよ。あなたが話したこととだいたい同じだけど、そのほかにもね」ケイトは髪を後ろに振り払った。インタビューをしていたときと同じ仕草だ。「彼女は、事故の前に父親によくぶたれていたけど、あなたが彼に立ち向かってくれたと言ってたわ。父親の半分くらいの背丈しかないのに飛びかかったり、注意をそらしたりして、彼女の代わりに殴られていたって」

「そうすることで自分が偉くなった気がしたんだ」

「誰かのヒーローになることで？　そのとおりだけど、偉くなったと感じるのと引き換えにずいぶん痛い目に遭ったのね」ケイトは湖の岸辺まで歩いていって小石を拾うと、水面を跳ねて飛んでいくように投げた。「ファニータが言ってたわ。あなたは彼女が血を流して通りに倒れていたときに立ちはだかり、暴れる不良たちから守ってくれて、一緒に救急車に乗ってくれたって。父親が待合室であなたを殺そうとしたとも言ってた」

「ああ。ファニータの父親は、娘を傷つける人間がいるとしたら、それは自分じゃなきゃいけないと思いこんでいたからな」まったく、実にすばらしい血筋じゃないか。

「あなたはファニータの父親に町から追い出されて軍隊に入ったんだと、彼女は言ってたわ」ケイトはまた小石を拾って投げた。「ファニータが退院して家に戻ったとき、父親は彼女をベッドに寝かせっぱなしにして放っておいたそうね。あなたは休暇をもらうと、彼女をこっそり訪ねた。特別手当の出る危険な任務を引き受け、お金がたまると除隊して、彼女をシュライナー病院に連れていって手術を受けさせた。そして彼女が回復すると、ラモス・セキュリティ社での仕事を与えた」

「彼女には借りがあったからだ」

「もちろんそうね」ケイトが向きを変え、ティーグを見つめながらまっすぐ近づいてきたので、彼はケイトの固い決意を見てとった。「でも、あなたは借りを返したわ。ファニータは愚かな女性ではないし、あなたの長所しか目に入らない、車椅子に縛りつけられた聖女でもないのよ」彼女は激しい口調で言った。「ファニータは何が起きたか、ちゃんとわかってるわ。あなたの借りがどういうものかもわかってる。あなたは充分すぎるほど借りを返したと、彼女は言っていた。それに彼女はあなたを愛しているわ。あなたは彼女の愛を過小評価して、自分になんの価値もないと思いこむつもりなの？」

「きみはわかっていない。それほど簡単じゃないんだ」だが、迫ってくるケイトからあとずさりしないようにするには、意志の力を総動員しなければならなかった。

「いいえ、簡単よ。あなたは恐ろしい愚かな行為をした。そのときの不良の誰もがしたようにね。だけど、誰もあなたほど高い代償は払っていないと思うわ」ケイトはティーグに口を挟む隙を与えず、話を続けた。「わたしも恐ろしい愚かな行いをしたわ。スピードの出しすぎで違反切符をもらったの——でも逃げたり、事故を起こしたりはしなかった」

「それとこれとは話が違うんじゃないか」

「もっとひどい事態になっていたかもしれないけど、わたしは運がよかったのよ。それにわたしは賢い女だしね。でもあの日、わたしはあなたに嘘をつかれて腹を立て、自分にも簡単な調査ができるだろうと思ってホバートに行ったの。そしてどういうことになったか、考えてみて。あなたとメリッサ・カニンガムが撃たれて、わたしもあとほんの少しで——」ケイトは親指と人差し指の隙間をわずかに空け、その手をティーグに突き出した。「殺されるところだった。だったら、わたしはメリッサに借りがあるの？　あなたにどんな借りがあるの？」

「何もないさ」ぼくに借りがあるなんて考えないでほしい、とティーグは思った。「そういうことじゃないんだ」

「そう、残念ね。わたしは長女をメリッサと名づけようと思っているし、いつまでもあなたを愛そうと思っているのに」ケイトは声を詰まらせた。涙をこらえて身を震わせる。「それについては、あなたは何もできないのよ、ティーグ・ラモス。だから決してわたしを止めようとしないで」

ティーグはケイトを見つめた。心からの涙で輝いている青い瞳を。柔らかな肌や長い首、激しい思いにわなないている唇を。そして何より、彼女の愛の強さを。

彼の中で何かが壊れた。これまでの人生に取り憑いていた暗闇が崩れ去った。

自分が解き放たれて身軽になり、愛に支えられている気がした。ケイトの愛に。

かすれた声で、ティーグは言った。「きみはぼくになんの借りもないけど、もしぼくに何か与えたいと思うなら、ぼくが唯一欲しいものは……きみの愛だ」

「そう、よかったわ」ケイトはポケットに手を突っこんでティッシュを取り出し、大きな音をたてて洟《はな》をかんだ。

「ああ、よかったよ」ティーグは気の抜けた笑みを浮かべた。「本当に今週はひどい一週間だった」

「そうね」ケイトは頬を拭った。「男性はプロポーズをしたあとに気絶すべきじゃないわ」

「えっ？」彼女は本気で言ってるのだろうか？　どうもそうらしい。「いつそんな……？」

ふいにティーグは何もかも思い出した。痛みやパニック、それにケイトの声を聞いたときのうれしさを。「救急車の中だ。ぼくはプロポーズした。そしてきみを……」ああ、なんてことだ。ぼくは彼女を愛していると言った。プロポーズしたんだ！

ティーグがこれほどうろたえたのは初めてだった。ケイトから顔をそむけ、湖を見つめながら髪をかきむしった。「その、ぼくはどうかしてたんだよ」

「つまり、あなたがわたしに愛していると言うのは、注射されたときだけってこと？」ケイトはティーグの腕から肩へ両手を滑らせていった。

またもや、あのいまいましい稲妻が彼の全身を貫いた。「そういう意味じゃない」

「よかった。愛していると言ってもらうためならあなたを銃で撃ってもいいけど、いつか撃ちそこなって、本当に怪我をさせてしまうといけないから」

ティーグは笑った。ケイトの腕に抱かれて、彼女の顔を見下ろした。ケイトには活力がある。その微笑みには力強さがある。彼女の母親同様、光を意のままにする能力がある。だからティーグに光をもたらしたのだ。そこで彼は、自分の言葉を強く意識しながらひざまずいた。「愛しているよ、ケイト・モンゴメリー。ぼくはきみにふさわしくない男だ。呪われた過去を持ち、悪魔から逃れられない男など、きみにはふさわしくない」ティーグは彼女の手を取った。指の関節を優しく撫でる。「だけど、ケイト、きみをこれほど愛する男はほかにいない」

「わたしの望みはそれだけよ」

「結婚してくれるかい？」

「ええ、ティーグ・ラモス」ケイトは彼の髪に両手を差し入れた。「光栄だわ」


メリッサ・カニンガムがホープに身を寄せて、聞こえよがしに言った。「ケイトリンと彼は、ちょこちょこっとあれをするために抜け出したんじゃないの？」

「いいえ、メリッサ。違うわよ」

「三〇分もたっているのに、まったく姿を見せないわね」メリッサは教会の中を見回し、そわそわと落ち着きのない列席者の衣ずれの音やささやき声に耳をそばだてた。「あなたが雇った四重奏団《カルテット》はきっとうんざりしはじめているはずよ。追加料金を請求されるんじゃない？」

ホープは自分の夢をすべてかなえるために、大きな代償を伴ったことを思い起こした――彼女は永遠にメリッサ・カニンガムに借りができた。メリッサはジョージ・オーバーリンに逆らって、プレスコット家の人々の代わりに銃弾を受けた。そのうえ、彼女がオーバーリンの追跡を引き延ばしてくれたから、ティーグはケイトを救出できたのだ。

あいにく、ホープとメリッサは同い年なので、メリッサはホープの親友を自任している。

今日も彼女はホープの隣に座り、自分ではユーモラスだと思っているけれど、ほかの家族があきれて笑いをこらえるようなおしゃべりをしていた。

「ねえ、ティーンエイジャーのころは、あたしはあなたを全然好きじゃなかったのよ」メリッサは考えこむ口調で言った。「何をやらせても、あなたはあたしよりも優秀に思えたの。でも、あなたは変わったわね」

ホープの隣で、ザックが懸命に笑いをこらえて体を震わせている。

ペッパーが彼のほうに首を伸ばして、わざと目を大きく見開いてみせた。

ホープは、マリリンと一緒に後ろで待っているガブリエルが、ケイトリンに付き添ってヴァージンロードを歩くことにしてよかったと思った――もちろん、彼女がヴァージンロードに現れると仮定してだが。そうしなかったら、ホープはずっとそのことで、彼に文句を言われていたに違いない。

ホープとペッパーとガブリエルは、ケイトとの再会を心から喜んだ。だからきょうだいとして、父と母の代わりにその役をやりたかったのだ。

「ケイトリンは花嫁の付き添い役をお姉さんたちに頼むんじゃないかと思ってたわ」今日の結婚式用のメリッサの衣装の色は紫と赤だった。そして素足にグレーのランニングシューズを履いている。なんとも興味深い選択だ。

「ケイトには昔からの友達がたくさんいるから、その人たちに付き添いを頼んだの。あの子は自分の家族に一番前の席に座ってほしがったのよ」それに実を言うと、ホープとペッパーは式のあいだ、座っていたいと思っていたのだ。

この瞬間のために、ホープとペッパーは長年苦労を重ねてきた。家族がみな健康で誰も欠けることなく、一堂に会する瞬間のために。今や彼女たちはその目標を達成し、堂々と勝利を祝っている。

それにしても、花嫁はどこにいるのだろう？

プレスコット家の人々はホバートにある父親の教会に戻ってきた。赤いれんが造りの建物には三〇〇人しか収容できない。教会の中は人でいっぱいだった。ギヴンズ家は全員出席していたし、グラハム家も親戚を含めてみんな出席している。それにペッパーの親友、リタと彼女の家族も。グリズワルドは後ろに立って、結婚式全体を取り仕切っていた。ケイトリンが姿を見せないことについて彼がどう思っているか、ホープには想像がつかなかった。

けれど一件落着したあとで、グリズワルドはきっと感想を述べるだろう。

モンゴメリー家の人々も出席していた。マリリンの親族の人数は――ホープの意見では――テキサスの人口の半数にも及びそうだった。

空いている会衆席には町の人々が座っている。

当然、町の住人全員ではない。警官たちは――というより、以前警官だった人たちは――ここにはいない。郡の裁判官はリコール選挙で追放され、式に出席しないことになっていた。

だがホバートの住人の大半はオーバーリンの犯罪とは無関係なので、招待状を手に入れた人たちは会衆席に座っているし、手に入れられなかった人たちも受付で待機している。

先週、ホープとペッパーは結婚式の準備のためにホバートを訪れたとき、何度も呼び止められては〝あなたたちが戻ってきてうれしい〟と言われていた。ときおり目をそらす人もいたが、それは仕方がない。彼らはプレスコット家の人々を救おうとはしなかったけれど、ホープにはわかっていた。みんな自分たちが生きることに必死で、ジョージ・オーバーリンという破壊的な戦車に轢き殺されるわけにはいかなかったのだと。

ホープの八歳の娘、ラナが言っていたとおりだ。〝ジャジャーン、悪い魔女は死んだのよ〟ペッパーの六歳の息子、ラッセルが言い返した。〝ばーか、魔女は女だよ〟

　そこでラナはラッセルを殴り飛ばした。

　家族たちは、ふたりをできるだけ引き離しておくようにした。ザックは、これでERに運ばれずにすむよ、と言った。

「たとえケイトがあの男性と結婚しなくても、この教会はきれいだわ」メリッサは誇らしげに礼拝堂の中を見回した。

「ケイトはちゃんと結婚するわよ。でも、本当にきれいね」ホープは老朽化した教会の改修をメリッサに頼んだのだが、彼女はその仕事を見事にこなしていた。塗りたての白いペンキの壁やステンドグラスの窓が輝き、祭壇にはメリッサ自身がさまざまな色の刺繍《ししゅう》を施した純白の布がかけられている。その刺繍のあまりの繊細さに、ホープはメリッサには違った側面が隠されているのではないかと思った。

　横目で見ると、メリッサはハンカチに唾をつけて、ドレスのしみを拭っていた。

違うわね。メリッサには繊細なところなんてないみたい。

「後ろで何か聞こえるわ」メリッサが首を伸ばした。「ティーグのいとこがこっちに来るわよ。どうしたのかしら？」

ファニータが車椅子で近づいてきて、プレスコット家の人々のそばで止まった。ホープとペッパーは――それにメリッサも――説明を聞くために身を乗り出した。「ケイトのドレスを少し直さなければならなかったの。腰当ての部分をあげて、ボタンが閉まらないところを隠したのよ」

「ええっ？」ホープが驚いて目をしばたたいた。「どういうこと？　二週間前はぴったりだったのに」

「そのあと、ウエストのあたりが少しふっくらしてきたの」驚きにぽかんと口を開けている一同に、ファニータが微笑みかけた。

「あら、まあ。彼女、おめでたなのね！」メリッサが言った。

ホープとペッパーは彼女に向き直った。「しいっ！」

あちこちで忍び笑いが起きる。

「四か月よ」ファニータが言った。

「それにしても、二週間でそんなにサイズが変わるはずないわ」ペッパーが反論した。

「おばのときもそうだったわ」とメリッサ。「おばは双子を産んだのよ」全員の注目を集めた彼女はまだ話を続けそうだったが、ちょうどそのとき、カルテットが行列聖歌の最初の旋律を演奏しはじめた。

ファニータは花婿側の席に戻った。

「見て!」メリッサが叫んだ。「花嫁が来たわ。結局、結婚式は始まるのね!」

祭壇の後ろの小さな扉が開き、ティーグが六人の花婿の付き添いを伴って現れた。満面の笑みのビッグ・ボブは、その中でもとりわけ背が高い。

ティーグはホープの視線をとらえて頷いた。それから礼拝堂の入口に視線を向けた。彼はとてもハンサムに見える。そしてケイトリンをとても愛しているのだ。

ホープは感きわまって、喉が詰まりそうになった。

ああ、だめよ。まだ早いわ。

ピンクのサテンのドレスに身を包んだ花嫁の付き添いたちがふたりずつ、二列に並んでヴァージンロードを歩き、その後ろに三歳になるペッパーの双子の子供たち、コートニーとマシューが続いた。

晴れ着を着た子供たちはとても愛らしかった。彼らは立派に役目を果たした。ヴァージンロードのなかばでマシューが薔薇の花びらを撒《ま》きたがったときに、コートニーが〝だめ! マシューはゆびわのかかりでしょ!〟と叫んだ以外は。

ホープは涙があふれてくるのを感じた。

やがてオルガン奏者が《ウエディングマーチ》を奏ではじめ、ケイトリンが現れた。かたわらにはマリリンが立っている。赤ん坊だったケイトリンを自信に満ちた人間に育てた、生気あふれる女性が。反対側にはガブリエルが立っている。あらゆる障害を乗り越えて家族を再会させた、すばらしい男性が。

そしてケイトリンがいる。彼女は肩を出したシンプルな白いウエディングドレスに身を包んでいた。ボディスにはビーズ刺繡が施され、小さなトレーンがついている。黒い髪にはホープのベールが留められていた。

ペッパーも結婚式でこのベールをかぶった。

ラナは〝あたしもそうする〟と宣言している。

ケイトリンは髪をアップにし、長い首筋を見せていた。耳にはダイヤモンドのピアスをしている。どの花嫁もそうだけれど、彼女も本当に美しかった。

けれどもホープが涙に暮れたのは、ケイトリンがティーグを見つめる、そのまなざしのせいだった。ケイトリンは、この世界で自分を幸せにできるのはティーグしかいないという目で彼を見つめている。ホープはそのまなざしに見覚えがあった。ペッパーもそんな目でダンを見つめていた。そして自分も同じまなざしでザックを見つめていたことを、ホープは知っていた。

花嫁がヴァージンロードを歩きはじめると、参列者は立ちあがった。

ホープはザックがハンカチを渡してくれたことに気づいた。

ペッパーが彼女と席を替わった。彼女も泣いていた。ペッパーは小声で言った。「両親がここにいてくれたらいいのに」

ホープは力をこめて頷いた。

メリッサが確信をこめて陽気に言った。「大丈夫よ、心配しないで。ふたりはここにいるから」

訳者あとがき

お待たせしました。クリスティーナ・ドットの〈ロスト・テキサス・シリーズ〉第三弾、『めぐりあう恋』(原題"Close to You")をお届けします。

このシリーズは、両親を亡くして離れ離れになったプレスコット家のきょうだい――長女のホープ、次女のペッパー、三女のケイト(ケイトリン)、里子のガブリエル――の物語です。第一作の『あたたかい恋』では、ホープとガブリエルが再会を果たし、前作の『思いやる恋』ではさらにペッパーが加わって、きょうだい三人がそろいました。

本書は最後のひとり、末の妹のケイトを主人公として物語が展開します。そして、両親の死にまつわるさまざまな謎が解き明かされ、物語は大団円を迎えます。

物語は第一作、第二作ともに、テキサス州ホバートで、きょうだいが両親を失った悲しみと不安のどん底にいる場面から始まります。そのとき、第一作のヒロイン、ホープは一六歳、第二作のヒロイン、ペッパーは八歳でしたが、養父母のモンゴメリー夫妻に引きとられるヒロインのケイトは、まだ生後一〇か月の赤ちゃんでした。姉のホープやペッパー、それに里子の兄のガブリエルは、父と母に愛された思い出がたくさんあるのに、赤ちゃんだったケイトは何も覚えていない。ホープもペッパーもそれぞれ、さまざまな困難を乗り越えて幸せをつかんだのですが、両親の顔も知らないケイトは、その意味で姉たち以上につらい思いをしたと言えるかもしれません。

優しい養父母の愛を受けて何不自由なく育ったケイトですが、実はある事件で義父も亡くしていました。けれども、その悲しみを乗り越えて、念願のテレビ局のレポーターになり、オースティンのテキサス州議会議事堂を取材する仕事を与えられます。ところが、そんな彼女にまたもや試練が……。

そのケイトを心身ともに守ろうとするのが、州議会議事堂の警備担当者であるティーグ・ラモスでした。ケイトとは正反対の人生を送ってきたティーグには、どうやら過去に秘密があるようです。はたしてケイトは、そんな彼の愛を得ることができるのでしょうか。この先は本文で、たっぷりお楽しみいただきたいと思います。

次々に襲いかかる困難に敢然と立ち向かっていくケイトを、常に温かな愛で包み、励ます母親のマリリン。ティーグに理想の母親だと言わしめたマリリンですが、やはり夫を亡くして三人の娘を女手ひとつで育てあげたドット自身の母親を彷彿《ほうふつ》とさせます。実は、ドットのヒストリカルロマンスのヒロインは、彼女の母親をモデルにしているそうで、〝どんな逆境にもめげず、自分の人生を自分の思いどおりに生きようと奮闘し、常にそれをかなえる強い意志を持った女性〟の姿が、ケイトともぴったり重なります。

〝執筆のヒントはどこにでもあるわ――ニュースや映画や本、それに友人たちや歌から、ヒントをもらうの。たくさんアイデアがありすぎて、書きたいと思ってる本を全部書きあげる時間が足りないくらい〟と、うれしい悲鳴をあげるドットですが、前作のあとがきでお伝えしたように、ガブリエルが登場する〈The Fortune Hunter series〉も回を重ねています。第二作では脇役でしたが、いちばん新しい第三作では、とても重要な役どころをになっているとか。今後のドットの活躍から目が離せません。

二〇〇八年五月

ライムブックス

めぐりあう恋

著 者　クリスティーナ・ドット
訳 者　青海黎《あおみれい》

2008年6月20日　初版第一刷発行

発行人　成瀬雅人
発行所　株式会社原書房
〒160-0022東京都新宿区新宿1-25-13
電話・代表03-3354-0685　http://www.harashobo.co.jp
振替・00150-6-151594
ブックデザイン　川島進（スタジオ・ギブ）
印刷所　中央精版印刷株式会社

落丁・乱丁本はお取り替えいたします。
定価は、カバーに表示してあります。
 ISBN978-4-562-04343-9　Printed in Japan